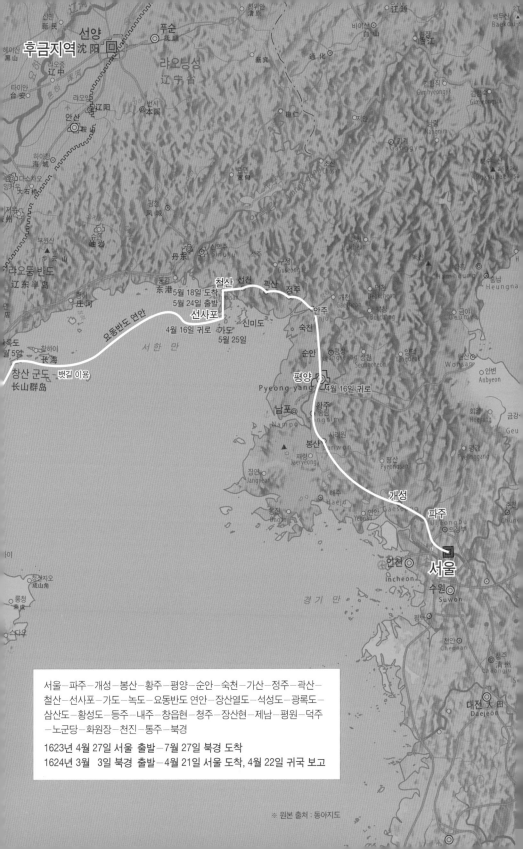

후금지역
선양 沈阳
라오닝성
辽宁省

철산
5월 18일 도착
5월 24일 출발

선사포
4월 16일 귀로
가도
5월 25일

평양
Pyeong-yang 4월 16일 귀로

개성
파주

서울

서울—파주—개성—봉산—황주—평양—순안—숙천—가산—정주—곽산—
철산—선사포—가도—녹도—요동반도 연안—장산열도—석성도—광록도—
삼산도—황성도—등주—내주—창읍현—청주—장산현—제남—평원—덕주
—노군당—화원장—천진—통주—북경

1623년 4월 27일 서울 출발—7월 27일 북경 도착
1624년 3월 3일 북경 출발—4월 21일 서울 도착, 4월 22일 귀국 보고

※ 원본 출처 : 동아지도

1623년의 북경 외교

인조 책봉주청사 이민성의 조천록(朝天錄)

이 책은
2014 우수출판콘텐츠로 선정되어
한국출판문화산업진흥원의
출판지원사업 지원을 받아
발행되었습니다.

1623년의 **북경 외교**

인조 책봉주청사 이민성의 조천록(朝天錄)

초판 1쇄 인쇄 | 2014년 11월 25일
초판 1쇄 발행 | 2014년 12월 15일

지은이 | 이민성
옮긴이 | 이영춘·정진석·강한규·원재연·이미선

발 행 인 | 김남석
편 집 이 사 | 김정옥
편집디자인 | 최은미
전   무 | 정만성
영 업 부 장 | 이현석

발행처 | ㈜대원사
주   소 | 135-945 서울시 강남구 양재대로 55길 37, 302
전   화 | (02)757-6711, 6717~9
팩시밀리 | (02)775-8043
등록번호 | 제3-191호
홈페이지 | http://www.daewonsa.co.kr

값 15,000원

Daewonsa Publishing Co., Ltd
Printed in Korea 2014

이 책의 국립중앙도서관 출판시 도서목록(CIP)은 e-CIP홈페이지(http://www.nl.go.kr/ecip)에서
이용하실 수 있습니다. (CIP제어번호 : 2014033496)

1623년의 **북경 외교**

인조 책봉주청사 이민성의 조천록(朝天錄)

이민성 지음
이영춘·정진석·강한규·원재연·이미선 옮김

(변)대원사

서 문

이 책은 1623년 3월의 인조반정 후 명나라에 인조의 책봉을 요청하기 위하여 사신으로 갔던 이민성(李民宬) 일행의 여행을 기록한 「조천록(朝天錄)」의 국역본이다.

우리나라는 삼국시대 이래 중국과 외교 관계를 가져왔다. 그러나 전통시대 동아시아의 외교는 오늘날과 같이 평등한 것이 아니었다. 중원의 지배자인 황제는 '천자(天子)'란 이름으로 천하의 주인 행세를 하면서 주변의 소수민족 국가에 복종을 강요하였다. 순종하는 국가의 지배자는 국왕으로 책봉하고 많은 시혜를 베풀었다. 이것이 전통시대 동아시아 특유의 '조공－책봉' 체제였다.

황제로부터 책봉을 받은 주변 국가의 왕들은 자기 나라에서 생산되는 특산품을 가지고 정기적으로 조공을 바쳤고, 이를 받은 황제는 그들 나라에 값비싼 회사품을 보내어 답례하였다. 동아시아의 국제 평화는 이렇게 유지되었고, 조공품과 회사품의 왕래는 국가 간의 공식적인 무역이 되었다. 중국 주변 국가들 중에는 순전히 중국 황제로부터 진귀한 물품들을 얻기 위하여 복속을 자처하는 나라도 많았다.

고구려, 백제, 신라 삼국의 국왕들은 모두 중국의 북조와 남조, 그리고 수나라·당나라 황제들에게 조공하여 책봉을 받고 자기 나라를 다스렸다. 그들은 이를 위해 중국에 사신을 보내었고, 그들을 통하여 인도와 중국의 선진 문화가 전래되었다. 유교·불교·도교와 같은 고등 종교와 한자, 법령, 예법, 건축, 공예, 미술 등이 한반도로 유입되어 8세기의 황금 문화를 발전시키게 되었다.

고려와 조선시대에도 중국의 송나라·명나라와 같은 정통 왕조에 대해 변함없이 '조공─책봉' 외교를 지속하였고, 이것이 중국과 장기간 평화를 유지하게 하였다. 그러나 요나라·원나라·청나라와 같은 북방 이민족 국가들과는 처음부터 조공을 거부하였기 때문에 여러 차례 침략을 받았고, 결국 그들의 강요에 의해 조공 체제를 수용할 수밖에 없었다. 조선시대 명나라와의 조공 외교는 동아시아의 평화적인 국제 질서의 전형이라고 할 수 있다. 두 나라는 200년 이상 평화 관계를 유지하였고 국제무역이 이루어졌을 뿐만 아니라, 1592년의 일본 침략에는 합동 군사작전으로 적을 물리칠 수 있었다.

조선 전기에 명나라의 북경으로 가는 사신들은 육로로 요동을 경유하여 산해관(山海關)으로 들어갔다. 그러나 1621년에 후금의 누르하치가 요동 지역을 점령한 후에는 육로로 갈 수 없었고, 평안도 철산 선사포에서 배를 타고 중국의 등주(登州)나 영원(寧遠) 지역을 경유하여 북경으로 갈 수밖에 없었다. 이를 '해로 사행'이라고 하였다. 1623년에 책봉주청사(奏請使)로 북경에 간 이민성 일행은 평안도 선천에서 배를 타고 산동반도의 등주와 제남 그리고 천진(天津)을 경유하여 북경으로 갔다.

조선 왕조에서는 새 임금이 즉위하면 으레 명나라에 '조선국왕'의 책봉을 요청하였고, 명은 군말 없이 책봉 교서와 고명(誥命 : 임명장)을 발급해 주었다. 그러나 인조는 반정으로 즉위하였기 때문에 명 조정에서는 이를 쿠데타에 의한 왕위 찬탈로 인식하여 책봉을 허용하지 않았다. 이 때문에 이민성 일행은 북경에서 인조반정의 실상을 해명하고 책봉을 얻어내기 위해 그야말로 피눈물나는 외교 활동을 전개하였다. 그들은 온갖 수모를 받으며 6개월간에 걸친 치열한 노력과 끈질긴 로비로 책봉을 인가받을 수 있었다. 조선시대 중국과의 외교에서 이때처럼 어려운 적은 없었고, 모든 사신들 중에서 이들만큼 사활을 걸고 투쟁한 적도 없었다. 이 책은 당시의 눈물겨운 노력 끝에 얻은 값진 외교 성과를 보여 주고 있다.

조선시대에 북경을 다녀온 사신들이나 수행원들이 남긴 여행기를 '조천록(朝天錄)' 혹은 '연행록(燕行錄)'이라고 한다. 1636년 병자호란 이전 명나라에 다녀온 사신들의 여행기는 '조천록'이라고 하였고, 병자호란 이후 청나라의 북경에 다녀온 사신들의 여행기는 '연행록'이라고 하였다. 조선시대 선비들은 명나라에 대해서는 '천자에 대한 조공'을 의미하는 '조천(朝天)'이란 용어를 사용하였지만, 청나라 황제에 대해서는 조공을 인정하고 싶지 않았기 때문에 단순히 '연경(燕京 : 북경)' 여행을 의미하는 '연행'이라는 용어를 사용하였다.

이민성의 「조천록」은 조선 중기 한·중 외교사에 핵심이 되는 중요한 사료이며, 만 1년이 넘는 여행 과정에서 보고 들은 흥미진진한 중국 풍물과 여러 가지 에피소드는 문학적으로도 큰 가치가 있다. 조선 후기의 수많은 연행록들 중에서도 단연 으뜸으로 칠 수 있는 책이다. 이 책은 전통시대의 한·중 불평등 외교 체제와 조선 사신들의 피땀 어린 외교 투쟁을 보여 주는 자료로서, 오늘날 한반도 주변 4강을 비롯한 강대국들과의 외교에서 우리가 어떠한 정신과 협상력을 발휘해야 하는지 좋은 교훈이 될 것이다.

한문으로 된 이 책을 국어로 번역한 역자들은 오랫동안 '조천록/연행록'에 관심을 가지고 연구해 왔다. 진지한 토론 끝에 이 책을 번역하여 간행하기로 결정하고, 작년 1월부터 수원의 한·중역사문화연구소에 모여 9개월간 강독과 토론을 하면서 번역 작업을 진행하였다. 이 책은 우리 5명의 귀중한 노력의 결실이라고 할 수 있다. 역자들은 전문 지식을 가지고 번역과 교정에 최선을 다하였으나 미비한 점도 없지 않을 것이다. 관심 있는 분들의 아낌없는 질정을 바란다.

이 책에서는 일반 독자들을 위해 어려운 한자 용어를 되도록 쉬운 현대어로 고쳐 썼으나, 특별한 경우에는 연구자들의 편의를 위해 각주를 달아 해설을 붙였고, 서두에는 원 자료에 대한 간략한 해제를 붙였다. 또 현지 답사에서 찍은 많은 사진들을 넣었다.

한·중역사문화연구소에서

역자들을 대표하여 이영춘(李迎春) 씀.

일러두기

1. 이 책은 1623년에 인조 책봉주청사로 북경에 다녀온 경정(敬亭) 이민성(李民宬)의 한문 일기체 여행기 「조천록(朝天錄)」(『경정집(敬亭集)』속집 제1~3권에 수록)을 국어로 번역한 것이다.

2. 중국에 있는 동안 사신 일행이 본국에 보낸 비밀 장계 등의 공문서(『경정집』속집 제4권에 수록)를 부록으로 붙였다. 이 공문서들은 정사(正使) 이경전(李慶全)의 「조천록」에도 그대로 수록되어 있다.

3. 이민성 일행의 사신 호칭은, 『인조실록』에는 '주문사(奏聞使)'로 기록하기도 하고 '주청사(奏請使)'로 기록하기도 하였다. '주문사'는 '반정(反正)을 명나라 황제에게 알리는 사신'이라는 뜻이며, '주청사'는 '인조의 책봉을 요청하는 사신'이라는 뜻이다. 이민성 일행은 반정을 알리는 사신과 인조의 책봉을 요청하는 사신을 겸하였던 것이다. 이 책에서는 '책봉주청사'로 통일하였다.

4. 「조천록(朝天錄)」 원본은 3권으로 되어 있고, 일기의 연월일 순서에 따라 상·중·하로만 편집되어 있다. 그러나 이 국역본에서는 여행의 구간에 따라 또는 북경에서의 외교 진행 과정에 따라 장절을 나누고 소제목을 붙였다.

5. 원문 일기에는 여행 중 통과하는 중국 각 지역의 지리지(地理志)를 일기 본문에 삽입해 놓았다. 원래의 위치에 맞게 지리지를 정리해 놓았다.

6. 각 장의 제목 아래에는 독자들의 이해를 돕기 위하여 그 장의 주요 내용과 의미를 해설하여 붙였다.

7. 원문에는 매년 매월의 초하루 이후에는 날짜와 그날의 간지만을 표기하여 연월을 쉽게 알기 어렵다. 이 국역본에서는 일기의 보편적 형식에 따라 기사마다 연월일과 간지를 표기해 두었다.

8. 인명(人名)이나 지명(地名) 기타 어려운 용어에는 ( ) 속에 한자를 병기하였다.

9. 제도(制度)나 고사(故事)와 같은 어려운 구절에는 본문의 ( ) 속에 간단한 설명을 붙이거나 각 면의 하단에 자세한 각주를 붙였다.

10. 도서 제작상의 문제 때문에 한문 원문은 붙이지 않았다. 관심 있는 분들은《한국고전번역원》의 인터넷 사이트 〈한국 고전 종합 DB〉 '한국 문집총간'에 탑재된 이민성의 『경정집(敬亭集)』 속집 제1~4권 원문을 참조하시기 바란다.

차 례

「조천록(朝天錄)」 해제(解題)

시대적 배경

1623년 3월, 반정으로 즉위한 인조(仁祖)는 책봉을 요청하기 위하여 즉시 명나라에 사신을 파견하였다. 이때 파견되었던 정사(正使) 이경전(李慶全), 부사(副使) 윤훤(尹暄), 서장관(書狀官) 이민성(李民宬) 등 사신들은 반정을 왕위 찬탈로 비난하고 있던 명 조정의 강경한 분위기에 맞서게 되었다. 그들은 반년간 집요한 노력을 기울인 끝에 사명을 완수하였고, 또한 그 과정을 훌륭한 기록으로 남겼다. 그것이 이민성의「조천록」이다. 정사 이경전과 부사 윤훤도 여행 기록을 남겼는데, 이경전의「조천록」은 당시의 공문을 모아 놓은 데 불과하고, 윤훤의『항해노정일기(航海路程日記)』는 대부분 유실돼 끝 부분이 조금 남아 전할 뿐이다.

당시 인조가 명나라 황제로부터 '조선국왕'으로 책봉 받는 일은 결코 쉬운 일이 아니었다. 중국에서는 인조반정을 군사를 동원해 왕위를 빼앗은 찬탈로 인식하고 있었다. 이는 1622년 11월에 황제의 칙서를 가지고 조선에 왔던 추관(推官) 맹양지(孟良志)가 1623년 3월에 인조반정을 목도하고 그 사실을 중국 조정에 쿠데타에 의한 왕위 찬탈이라고 보고하고, 가도에 있던 명 도독(都督) 모문룡(毛文龍)도 그렇게 보고하였기 때문이다. 뿐만 아니라 종주국(宗主國)으로 자처하고 있던 명은 자신들의 인가 없이 반정이 일어났기 때문에 황제의 권위를 손상하는 것으로 인식하였다. 이 때문에 중국에서는 광해군이 살해되었다는 등의 유언비어가 전국에 유포되어 여론이 매우 악화되었다. 특히 후금과 교전 상태에 있었던 명나라 군부는 조선의 소극적인 태도에 불만을 품고 반발이 심하였다. 그래서 인조의 책봉을 허락받는 데는 6개월 이상의 많은 시일이 소요되었고, 그 일을 담당했던 사신들의 어려움도 컸다.

당시 명 조정에서는 명분을 내세우는 '동림당(東林黨)'과 현실적 이해를 중시하는 '엄당(閹黨)'으로 분열되어 있었고, 후금(後金)과의 전황타개책을 모색하던 군부(兵部)의 입장에 따라 논란이 극심하였다. 결국 반년을 지체한 12월 13일에 각로(閣老), 6부(六部), 9경(九卿)을 비롯한 백관들이 모여 조선의 책봉 문제를 난상 토론한 끝에 허가하기로 결정하였다. 12월 18일에 희종(熹宗) 황제는 인조의 조선국왕 책봉을 결정하였고, 이 사실은 『명사(明史)』에도 수록되어 있다. 다음 해 2월 13일에는 정식으로 인조를 조선국왕으로, 한씨(韓氏)를 왕비로 책봉한다는 황제의 칙서가 내렸다. 사신들은 3월 3일 칙서를 가지고 귀로에 올랐고, 4월 20일에 인조는 모화관(慕華館)에서 직접 칙서를 맞이하였다. 인조는 다음 날 백관의 하례를 받고 전국에 교서를 반포하였으며, 사신들을 포상하였다.

인조의 책봉 획득은 반정 이후 '이괄(李适)의 난'으로 어수선하였던 조선의 정국을 안정시키는 데 결정적으로 기여하였다. 만약 책봉이 실패하였더라면 조선은 상당한 혼란에 빠지게 되었을 것이다. 1623년 인조의 책봉은 주청사 일행의 집요한 노력으로 성사되었지만, 여기에는 또한 당시의 국제적인 역학 관계를 감안한 명나라 조정의 현실적인 계산도 깔려 있었다. 명으로서는 명분론과 군사 전략 등 여러 가지 이유로 책봉을 지연시켰지만, 당시 후금과 첨예하게 대립하고 있던 상황에서 조선을 전선으로 끌어들이고 군량 지원 등 협조를 얻기 위해 책봉을 끝까지 거부하기는 어려웠다. 그러나 인조의 책봉 과정에서 조선은 명에 대해 확고한 충성 서약을 하지 않을 수 없었다. 이는 '숭명반청(崇明反淸)'의 의리를 내세웠던 인조반정의 명분을 더욱 고착시키는 계기가 되었고, 후금과의 외교에서 유연성을 발휘하기가 어려워지게 되었다. 이것은 후일 병자호란을 초래하는 하나의 요인이 되었다고도 할 수 있다.

저자 이민성(李民成)

이민성(1570~1629)은 관찰사를 지낸 이광준(李光俊)의 아들로, 본관은 영천(永川)이며 경상도 의성에서 태어나 자랐다. 호는 '경정(敬亭)'이다. 1597년(선조 30) 정시 문과에 갑과로 급제하여 승문원 정자, 승정원 주서, 세자시강원 사서를 역임하였다. 1602년 10월에 왕세자 책봉주청사의 서장관이 되어 북경에 다녀왔다. 1603년에 예조 좌랑ㆍ1608년에 사헌부 지평 등을 지냈고, 호당(湖堂)에 뽑혀 사가독서의 기회를 가졌다. 이후에 그는 홍문관 수찬ㆍ세자시강원 겸문학 등 화려한 벼슬을 하였으나, 1617년(광해군 9) 폐모론에 반대하다가 파직되어 오랫동안 시골에서 은거하였다. 1623년 3월에 인조반정이 일어나자 사헌부 장령으로 복직하여 책봉주청사의 서장관으로 가게 된 것이다.

이민성 일행은 1623년 4월 27일 서울을 떠나 다음 해 4월 20일 서울에 돌아오기까지 갖은 고생을 겪었다. 그러나 그들은 인조 책봉의 임무를 성공적으로 완수하여 돌아왔기 때문에 많은 전답과 노비를 하사받았다. 그는 후에 승지를 지내고, 1627년(인조 5) 정묘호란 때는 경상좌

경정 종택의 사랑채 수락당(壽樂堂) 경북 의성군 금성면 산운리에 있다.

경정 종택의 가묘(家廟) 경북 의성군 금성면 산운리에 있다.

이민성의 묘소 경북 의성군 봉양면 신평리 산 77에 있다.

학록정사(鶴麓精舍)와 광덕사(光德祠)

학동(鶴洞) 이광준(李光俊), 경정 이민성, 자암(紫巖) 이민환(李民寏) 3부자를 제사하는 서원이다.

경북 의성군 금성면 산운리에 있다.

도 의병대장이 되었다. 1629년 형조참의가 되었으나 그해에 병으로 타계하였다. 그의 동생 이민환(李民寏, 1573~1649)도 문과 출신으로 호조참판과 경주부윤 등을 지냈고, 1619년 강홍립(姜弘立)의 종사관으로 심하(深河)전투에 종군하였다가 「책중일록(柵中日錄)」과 「건주견문록(建州見聞錄)」 등의 훌륭한 기록을 남겼다.

「조천록」의 체제

이민성의 「조천록」은 그의 문집인 『경정집』 속집 제1~3권(상·중·하)에 수록되어 있다. 그의 「조천록」은 전형적인 일기체 여행기이다. 1623년 3월 25일 주문사의 서장관으로 임명되어 익년 4월 21일에 돌아올 때까지 약 13개월치의 여정과 활동이 자세히 수록되어 있다. 전체 분량이 3책 5만 6000여 자로, 여러 조천록이나 연행록들 중에서도 장편에 속한다.

이 「조천록」에는 책봉주청사의 왕래 여정과 북경에서의 활동이 세밀하게 수록되어 있다. 여기에는 일행의 전체 여정, 행로의 풍물과 지리, 공무 수행과 각종 사건 사고, 중국 관원들과의 접견과 대화 및 교섭 활동, 각종 의례와 연회, 황제와 중국 조정의 동향, 책봉 주청 활동에 관한 현장 기록과 참고 자료들이 요약 정리되어 있다. 「조천록」에는 또한 가공되지 않은 원 자료들이 많이 수록되어 있다. 1624년 2월 13일에 수집한 칙서의 초본, 중국 관원들의 보고서 및 사신들이 작성한 문서 등이 그러하다.

이 「조천록」에서 주목되는 것은 사신들이 경유한 중국 여러 지역의 인문지리 정보와 고사, 인물 자료들이 풍부하게 수록되어 있다는 점이다. 그들이 오래 머문 북경을 비롯하여 등주(登州), 발해(渤海), 제남(濟

南) 등 중요한 지역은 일기 아래에 별도로 항목을 정하여 지리 정보를 자세히 기록하였고, 군소 고을 · 강 · 산 등은 일기의 본문 속에서 그 연혁과 지리 개황 및 인물 등을 간략하게 기록하였다.

이민성의 「조천록」에는 약간의 날짜 오기가 있다. 원본에는 사신 일행이 7월 26일에 북경의 옥하관(玉河館)에 도착한 것으로 기록하였으나, '관소에서 올린 비밀 장계'에는 7월 27일에 도착한 것으로 되어 있다. 문맥을 살펴보면 「조천록」의 7월 27일 기사 일부가 낙장(1장)되어 26일 기사 뒤에 잘못 편입되어 있다. 이후 7월 30일까지 4일간의 날짜가 모두 하루씩 당겨져 있으며, 8월 1일부터 다시 정상적으로 기록되어 있다. 이 책에서는 사실에 따라 날짜를 수정하였다.

사신의 왕래 여정

책봉주청사 정사 이경전 · 부사 윤훤 · 서장관 이민성은 1623년 4월 27일 서울을 떠나 개성 · 평산 · 봉산 · 황주를 거쳐 5월 4일 평양에 도착하였고, 다시 순안 · 숙천 · 가산 · 정주 · 곽산을 지나 5월 18일 평안도 철산군의 선사포에 도착하였다. 여기서 그들은 여행에 필요한 제반 물자들과 장비를 준비한 후, 20일 해신(海神)에게 제사를 지내고, 24일 항해 길에 올랐다. 세 사신을 포함한 일행은 역관, 군관, 요리사, 포수, 선원 등 모두 345명이었다.

그들은 5월 24일 선사포를 출발하여 다음 날 가도에 도착, 도독(都督) 평료총병관(平遼摠兵官) 모문룡을 배알하여 책봉 문제를 협의하였다. 27일 가도를 출발하여 30일에 녹도를 돌아 요동반도(랴오둥 반도) 연안과 장산열도를 따라 항해하였다. 6월 1일 석성도에 정박하였을 때, 이민성 일행이 탄 제3선이 풍우에 파선되어 바닥이 침몰하기 시작하였으므로 모두 익사할 위기에 빠졌으나 겨우 수습하였다. 6월 5일 광록도, 7일 삼산도, 9일 황성도를 지나 10일 묘도에 정박하여 며칠 머물렀다가 6월 13일 산동반도(山東半島, 산둥 반도)의 등주에 도달하였다. 다음 날 그들은 요동·산동 지역 총사령관이었던 등래순무(登萊巡撫) 원가립(袁可立)을 만나 보았다. 그들은 등주에 머물면서 중국 조야의 동향과 여론을 비밀 장계로 작성하여 군관들을 본국으로 보내 보고하였다.

그들은 6월 24일 등주를 출발하여 27일 내주(萊州), 29일 창읍현을 지나 7월 3일 청주(靑州), 5일 장산현, 7일 제남부에 도착하였다. 그들은 여기서 며칠 머문 후 7월 10일 다시 출발하여 11일 평원현, 12일 덕주에 도착하였으나 홍수로 길이 막혀 더 이상 나아가지 못하게 되었다. 그래서 배를 임대하여 천진으로 우회하는 길을 잡았다. 그들은 14일 덕주를 출발하여 15일 노군당, 18일 화원장을 지나 7월 19일 천진에 도착하였다. 그들은 여기서 며칠 쉬었다가 사신들은 육로로 가고, 수행원 중의 일부는 선박으로 북경을 향해 출발하였다. 그들은 22일 천진을 출발하여 26일 통주를 지나 7월 27일에 비로소 북경에 도달할 수 있었다. 4월 27일 서울을 출발한 지 꼭 3개월 만이었다.

책봉주청사 일행은 이때부터 익년 3월 2일까지 7개월간 북경에 머물면서 책봉을 인준받기 위해 악전고투하였다. 결국 그해 12월 18일에 인조의 책봉이 결정되어 사명을 이룰 수 있었다. 이후 사신 일행은 느긋한 마음으로 북경 여러 곳을 유람한 후에 3월 3일 귀로에 올랐다. 귀환 여정은 당시 조선 사신들의 정규 노정이었던 북경~등주를 잇는 육로의 직행 노선이었다. 그들은 3월 20일 등주에 도달하였다.

이민성 일행은 3월 25일 등주를 출발하여 4월 6일 무사히 선사포에 도착하였다. 다시 4월 9일 선사포를 출발하여 16일 평양에 도착하였고, 4월 20일 서울에 들어와 모화관에서 인조의 영접을 받았다. 그들은 다

등주 수성(水城) 이민성 일행이 정박해 머문 곳이다.

음 날 국왕을 알현하여 사행 중의 경과를 보고하였다.

북경에서의 외교

반정으로 즉위한 인조가 명의 황제로부터 조선국왕으로 책봉을 받는 일은 쉬운 일이 아니었다. 그것은 군사를 동원하여 광해군을 축출하고 왕위를 빼앗은 찬탈로 인식되어 있었고, 명의 사전 허가를 받지 않은 이러한 반정은 종주국의 권위를 손상하는 것이기도 하였다. 이 때문에 중국에서는 광해군이 살해되었다는 등의 유언비어가 광범하게 유포되어 여론이 악화되었고, 특히 병부를 비롯한 군부 쪽의 반발이 심하였다. 그래서 책봉을 허락받는 데는 반년간의 시일이 소요되었고, 그 일을 담당했던 사신들도 큰 어려움을 겪었다.

명 조정에서는 명분을 내세우는 동림당(東林黨)과 현실을 중시하는 엄당(閹黨 : 환관 위충현(魏忠賢) 일파)으로 분열·대립하고 있었다. 그리고 후금과의 전황 타개책을 모색하던 군부(병부)의 입장에 따라 인조의 책봉 문제는 논란이 극심하였다. 대체로 중국 조정에서는 동림당 계열의 관료들이 명분과 원리 원칙을 내세워 인조의 책봉을 극구 반대하였고, 엄당 계열의 관료들은 후금을 견제하기 위해서는 조선의 협조가 필요한 것으로 보아 책봉을 찬성하였다. 그러나 군부에서는 조선의 군사 원조를 보장 받은 후에라야 인조 책봉을 허가해야 한다는 강경 입장을 고수하고 있었다.

조선 사신들은 북경에 도착한 다음 날부터 예부(禮部)를 방문하여 본격적으로 외교 활동에 들어갔다. 그들은 8월 5일에는 비를 맞으면서도 출근하는 명나라의 정승들을 가로막고 책봉을 호소하였다. 그러나 그들의 반응은 냉담하였다. 그들은 조선에서 황제의 승인 없이 마음대로 광해군을 폐출한 것, 궁궐을 불태운 것, 광해군을 죽인 것, 왜병 3000명을 끌어들인 일을 들어 용납하지 않았다. 사신들이 이에 대하여 조목조목 변명하자, 당시 명의 수상이었던 각로 섭향고(葉向高)가 형식적으로 약간 조사를 한 후에 책봉을 허가하겠다는 긍정적인 반응을 보였다. 그러나 그들이 8월 10일 병부를 방문하였을 때는 좌시랑 이근(李瑾) 등이 인조반정 직후의 비협조적인 태도를 심하게 힐난하였다.

이에 이경전 등은 수상 섭향고와 예부상서 임요유(林堯兪)에게 매달려 명 정부의 조사를 면제해 줄 것을 간청하였다. 결국 명 조정은 모문룡과 원가립(袁可立)에게 각기 조사관을 보내어 인조반정의 내막을 조사하도록 하였다. 모문룡이 보낸 조사관은 그해 10월에 조사를 마치고 조선 문무백관들의 보증서를 받아 돌아왔으나, 원가립이 보낸 조사관은 풍파를 만나 익사하고 말았다.

그 동안 명나라의 관료들은 연달아 상주하여 책봉을 저지하고자 하였다. 이에 조선에 우호적이었던 섭향고 등의 각로들도 어찌할 수 없이 수수방관하게 되었다. 윤 10월 20일에 가서야 비로소 모문룡이 보낸 조선 백관들의 보증서 12건이 도착하였다. 그러나 예부의 관원들은 조선인들의 보증서는 신빙성이 없다 하여 무시하고 말았다. 이러한 소용돌이 속에서 병부는 인조를 국왕이 아닌 임시 통치자로서의 권서국사(權署國事)에 임명하자고 건의하여 황제가 승인하였다. 이것은 조선에게 크나큰 위기가 되었다. 한번 권서국사로 결정되면 정식 국왕으로 책봉받는 것은 더욱 어려워지게 되는 것이다. 이에 이민성 등의 사신들은 각 관청을 다니며 피눈물나는 노력을 기울였다.

마침내 명 조정은 12월 13일에 각로, 6부, 9경을 비롯한 백관들이 모여 조선의 책봉 문제를 난상 토론한 끝에 마침내 허가하기로 결정하였다. 이에 12월 18일에 황제가 인조의 책봉을 비준하였다. 이로써 인조의 조선국왕 책봉이 결정된 것이다. 다음 해 2월 13일에는 정식으로 인조를 조선국왕으로, 한씨를 왕비로 책봉한다는 황제의 칙서가 내렸고, 17일에 조선 사신들에게 교부되었다. 사신들은 이를 받들고 귀국하였다. 4월 20일에 인조는 모화관에서 직접 칙서를 맞이하였고, 다음 날은 백관들에게서 하례를 받고 전국에 교서를 반포하였다. 당연히 이민성을 비롯한 사신들은 공신에 준할 만큼 많은 전답과 노비를 상으로 받았다.

〈이영춘〉

1623년, 인조 책봉주청사 이민성(李民宬)의

조천록(朝天錄)

1 서장관에 임명되어 여행 준비를 하다

1623년 4월 4일~4월 26일

책봉주청사 서장관으로 임명 → 경상도 의성 출발 →
선영 배알 → 유곡 → 문경 → 충주 → 음죽 → 이천 →
광주 → 서울

이 여행기의 필자 이민성은 문과 출신의 촉망받던 엘리트 관료였으나 1617년(광해군 9), 폐모론(廢母論)에 반대하다가 파직되어 오랫동안 등용되지 못하고 고향에서 은거하였다. 1623년 3월 인조반정이 일어나자 폐모론에 반대했다는 죄가 오히려 커다란 충절로 인정되었다. 이에 그는 3월 25일, 일약 책봉주청사의 서장관으로 발탁되었다. 그는 이 소식을 고향인 경상도 의성에서 들었고, 4월 4일 빨리 상경하라는 국왕의 유지(有旨 : 왕명을 통지하는 문서)를 받았다. 그는 4월 7일 서울로 출발하여 14일 서울에 도착하였고, 이튿날 입궐하여 사은숙배하였다.

그때 책봉주청사의 정사로 처음 임명되었던 월사(月沙) 이정구(李廷龜)가 예전에 광해군 책봉주청사로 북경에 갔던 일 때문에 사퇴를 요청하여 윤허를 받았다. 광해군의 책봉을 요청했던 사람이 또 인조의 책봉을 요청한다는 것은 자기모순에 빠지는 일이었기 때문이다. 이민성도 1602년(선조 35)에 광해군의 세자 책봉주청사 서장관으로 북경에 가서 활동했던 일이 있었기 때문에 사퇴 상소를 올렸으나 출발 날짜가 임박하였고, 조그만 혐의는 핑계가 될 수 없다 하여 받아들여지지 않았다.

이민성은 4월 17일, 이정구 대신 정사(正使)로 임명된 우참찬 이경전(李慶全)과 부사(副使) 윤훤(尹暄)을 찾아 인사하고, 연원부원군(延原府院君) 이광정(李光庭) 등 조정의 원로들에게도 출발 인사를 드렸다.

4월 22일에는 사행 중에 수행원들의 비위를 규찰하는 사헌부 장령(掌令)에 겸직하도록 임명되었다. 그는 당일 홍문관을 방문하여 부제학 정경세(鄭經世)·응교(應敎) 윤지경(尹知敬) 등에게 인사하였으며, 다음 날은 의정부에서 중국에 가져갈 방물(方物)을 포장하는 일을 감독하고, 영의정 이원익(李元翼) 등이 베푼 환송연을 받았다.

4월 26일에는 정사·부사 등과 함께 입궐하여 국왕 인조에게 하직 인사를 하였다. 이에 인조는 활과 화살, 사슴과 표범의 가죽 등을 선물로 하사하였다. 이날 우의정 윤방(尹昉)·대제학 신흠(申欽) 등 원로들을 찾아 인사하고, 경기감영에서 조정의 고관들이 베푼 환송연을 받았다.

　이로써 중국으로 출발할 모든 준비와 인사가 끝난 것이다. 이러한 준비와 절차는 조선시대 중국으로 파견되는 사신들이 서울에서 행하는 일반적인 관행이었다.

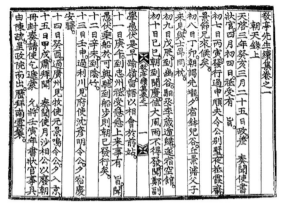

『경정 선생 속집(敬亭先生續集)』제1권 「조천록(朝天錄)」상권으로, 1623년 4월 4일 ~ 6월 29일까지의 기록이다.

천계(天啓) 3년(1623, 인조 원년) 3월 25일에 정부의 인사가 있었다. 내가 주문사(奏聞使)의 서장관(書狀官)으로 임명되었다.

1623년 4월 4일 계해(癸亥), 임금님의 유지를 받았다.

1623년 4월 7일 병인(丙寅), 서울로 출발하였다.

신순부(申順夫 : 신지제(申之悌), 1562~1624) 어른의 별장을 지나가며 인사하였다. 저녁에 하재(霞齋)에 도착하였다. 경절(景節) 형이 와서 기다리고 있었다.

1623년 4월 8일 정묘(丁卯)

아침에 선영(先塋)을 배알하였다. 저녁에 발아곡(鉢兒谷)에서 잤다. 구경준(丘景濬) 부자가 와서 보았다. 사앙(士昻)과 함께 잤다.

1623년 4월 9일 무진(戊辰)

유곡(幽谷)에 도착하였다. 역승(驛丞)인 이점(李蒧)이 어디론가 가 버려서 텅 빈 관소에서 잤다.

이민성의 부친 학동(鶴洞)
이광준(李光俊)의 묘소
경북 의성군 봉양면 신평리
산 77 선영

1623년 4월 10일 기사(己巳)

아침에 문경(聞慶)에 도착하였다. 때마침 큰 비바람을 맞아 출발할 수 없었다. 들건대, 부제학(副提學) 정우복(鄭愚伏 : 정경세(鄭經世), 1563 ~1633)께서 이날 아침에 조령(鳥嶺)을 넘으시면서 나에게 전갈을 남겨 앞의 역에서 만나자고 하였다 한다.

1623년 4월 11일 경오(庚午)

충주(忠州)에 도착하였다. 시급히 상경하라는 임금님의 유지(有旨)를 받았다. 정우복께서 가흥창(可興倉 : 충주의 남한강 가에 있던 조운창)에서 배를 타신다는 말을 듣고 선착장으로 달려갔으나 아침에 이미 출발하셨다고 하였다.

1623년 4월 12일 신미(辛未)

음죽(陰竹)에 도착하였다.

1623년 4월 13일 임신(壬申)

이천(利川)을 지나면서 부사(府使) 심언명(沈彦明) 어른을 찾아뵈었다. 저녁에 경안역(慶安驛)에서 잤다.

조령관문 조령 제3관문이다. 현판은 '조곡관(鳥谷關)'이라 하였다.

충주호 충주호 북쪽에 '가흥창(可興倉)'이 있었다.

1623년 4월 14일 계유(癸酉)

광주(廣州)를 지나며 목사 원경명(元景鳴) 어른을 찾아뵈었다. 저녁에 서울에 들어갔다.

1623년 4월 15일 갑술(甲戌), 사은숙배하였다.

들건대, 주문사(奏聞使)의 정사로 임명되었던 월사(月沙 : 이정구(李廷龜), 1564~1635) 상공(相公)께서 예전에 광해군의 책봉주청사(册封奏請使)로 갔던 일 때문에 교체해 줄 것을 요청하여 윤허를 받았다고 하였다. 나도 임인년(壬寅年 : 1602, 선조 35)에 광해군의 세자 책봉주청사(世子册封奏請使)의 서장관으로 북경에 갔던 일 때문에 사유를 갖추어 상소문을 지어 승정원(承政院)에 바치고 나왔다. 설사(雪簑 : 남이공(南以恭), 1565~1640)를 찾아가 만났다.

1623년 4월 16일 을해(乙亥), 서울에서 머물렀다.

1623년 4월 17일 병자(丙子), 서울에서 머물렀다.

상소에 대해 임금님의 비답이 내려왔다.

"사신이 출발할 날짜가 이미 박두하였으니, 결코 바꾸어 임명하기 어렵다. 조그만 혐의를 가지고 핑계하지 말라."

즉시 정사(正使)로 임명된 우참찬 이경전(李慶全)을 초전동(草前洞)으로 찾아뵙고 이야기를 나누다가 물러나왔다. 경기감영을 지나면서 관찰사(觀察使) 홍낙부(洪樂夫 : 홍명원(洪命元), 1573~1623) 어른을 찾아뵙고 장차 부사(副使)인 동지중추부사 윤훤(尹暄)을 찾아뵈려고 하였는데, 길에서 만나 말 위에서 인사하였다. 즉시 안변부사 정사우(丁士優 : 정호선(丁好善), 1571~1633) 어른의 집을 찾아갔는데, 수사(水使) 이중번(李仲蕃 : 이창정(李昌庭), 1573~1623) 어른도 와서 대화를 나누었다. 이어 연원부원군(延原府院君 : 이광정(李光庭), 1552~1627) 상공을 찾아 배알하였다.

1623년 4월 18일 정축(丁丑), 서울에서 머물렀다.

1623년 4월 19일 무인(戊寅), 서울에서 머물렀다.

1623년 4월 20일 기묘(己卯)

사헌부 겸지평(兼持平)으로 임명되었다. 김정수(金廷叟 : 김수현(金壽賢), 1565~1653) 어른이 와서 뵈었다.

1623년 4월 21일 경진(庚辰)

사은숙배하고 홍문관을 방문하여 부제학 정우복(鄭愚伏), 응교(應敎) 윤지경(尹知敬), 수찬(修撰) 조성립(趙誠立)을 만났다. 저녁에 남대문 밖에 사시는 연릉부원군 상공을 배알하였다.

1623년 4월 22일 신사(辛巳), 종부시(宗簿寺) 정(正) 겸 춘추관(春秋館) 편수관(編修官) 지제교(知製敎) 겸 사헌부(司憲府) 장령(掌令)에 임명되었다.

동지중추부사 이필영(李必榮), 동지중추부사 민형남(閔馨男)이 모두 와서 뵈었다. 저녁에 아우(이민환(李民寏))가 서울에 들어왔다. 홍문관 박사 임숙영(任叔英)이 와서 뵈었다. 함께 술을 마시고 취하여 돌아갔다.

1623년 4월 23일 임오(壬午)

의정부를 찾아가 인사를 드린 후에 방물(方物)의 포장[封裹]을 감독하였다. 어전(御前)에서 품질을 검사하였는데, 황세저포(黃細苧布)는 품질이 거칠었고 수달피(水獺皮)는 털이 나빠 모두 퇴짜를 놓았다. 호조(戶曹)에서 교환하여 준비하겠다는 내용으로 보고하였으나 비답이 내리지 않았다. 그 일이 끝난 후, 사인(舍人) 이성구(李聖求)가 환송연을 베풀었다. 영의정(이원익(李元翼)) 상공께서 술과 함께 위로의 말씀을 해 주시고, 내 아우의 근황에 대해 물으셨다.

1623년 4월 24일 계미(癸未), 겸장령(兼掌令) 승진에 대해 사은숙배하였다.

대궐에서 도원수 장낙서(張洛西 : 장만(張晩), 1566~1629), 경상감사 이사훈(李士薰 : 이정혐(李廷馦), 1562~?) 어른을 뵈었다. 숙배를 한 후

경희궁(慶熙宮) 흥화문(興化門) 4월 24일 글의 '대궐'은 당시 인조가 상주하고 있었던 경희궁을 말한다. 인조 즉위 시 창덕궁과 창경궁은 불에 타서 인조는 이 궁에서 정사를 보았다.

의정부 터 의정부는 광화문 앞 동편에 있었다(점선 안).

에 남설사(南雪蓑)를 찾아보고 돌아와 이이실(李而實 : 이지화(李之華),
1588~1666) 어른께 사례하였다. 영상 대감께 작별 인사를 하였는데, 자
리를 내리시고 위로의 말씀을 하셨다. 사행길에 모 도독(毛都督 : 모문
룡(毛文龍)을 찾아보는 것이 임무 수행에 도움이 될 것이라고 교시하셨
다. 인사를 마치고 예조판서 월사(月沙) 상공과 대사헌 오윤겸(吳允謙)
공을 두루 배알하였다. 돌아와 민 지사(閔知事), 윤 응교(尹應敎), 조 수
찬(趙修撰)에게 인사하였다.

1623년 4월 25일 갑신(甲申), 의정부에 가서 다시 방물(方物)을 갖추어 검사한 후 싸서 봉했다.

예조참의 홍경망(洪景望), 호조참의 김득지(金得之) 영감이 참석하여
할 말을 다하고 헤어졌다. 대사간 이지봉(李芝峯 : 이수광(李晬光)), 참판
권중명(權仲明), 청주목사 김정수(金廷叟)를 차례로 찾아보고 돌아오니,
이날 참지(參知) 심자순(沈子順), 태복(太僕) 목탕경(睦湯卿), 응교(應敎)
윤지경(尹知敬)이 함께 찾아와서는 명함을 놓고 갔다.

1623년 4월 26일 을유(乙酉), 절하고 하직 인사를 하였다.

여명에 정사·부사 및 일행과 역관이 함께 입궐했다. 정 부제학, 교
리 최계승(崔季昇), 전한(典翰)* 임무숙(任茂叔)이 와서 만나 보았다. 숙
배 후 문화당(文化堂)으로 불러들여 뵈올 때, 승지 민여임(閔汝任)·사
관 신계영(辛啓榮)·주서(注書) 이소한(李昭漢)이 입시했다. 사신에게
하교하셨다.

"육로의 행차도 염려가 되거늘, 만리 바닷길을 일엽편주에만 의지하
여 가니 자못 염려가 된다."

---

* 원문에는 '내한(內翰)'으로 되어 있으나 조선시대에 이러한 관직은 없으므로 '전한(典翰 :
  홍문관의 정3품 관직)'의 오기로 보인다.

경기감영 터 경기감영은 현재의 서대문 서울적십자병원 일대에 있었다.

이에 사신이 사행(使行)에 관한 일을 아뢰었다. 주상(主上)의 음성이
귀에 쟁쟁하여 다만 송구스러울 뿐이었다. 나올 때에 어전에서 활과 화
살, 사슴과 표범의 가죽을 하사하셨고, 밖으로 나오자 비옷과 쥘부채
〔貼扇〕, 기름종이와 납약(臘藥)을 각자에게 보내 주셨다. 이어 빈청(賓
廳)에 술을 내리시어 마시고 나올 때에 우의정 윤 상공을 송현(松峴) 집
에 가서 뵈었다. 정사는 이미 들렀었고, 부사가 마침 자리하고 있었다.
우의정께서 오랫동안 위로의 말을 나눈 후에 말씀하셨다.

"지난날 내가 병조참의로서 연경(燕京)에 동지사로 갈 때, 낭관(郎官)
이명준(李命俊)은 서장관이었는데, 그 작별시에 '멀리 동지사로 조알(朝
謁)하는데, 문창성(文昌星)을 대동하노라.'라는 구절이 있어 지금도 잊
혀지지 않는다."

이어 술을 권하여 몇 잔 마시고 물러났다. 이어서 태학사(太學士 : 대
제학) 신상촌(申象村 : 신흠(申欽), 1566~1628)을 뵙고, 나와서 경기감영

경기감영 터 표지석

에 가니 이조판서와 호조판서, 경기감사와 호조참의가 송별연을 벌였
다. 정사(正使)는 술에 취해 물러가고, 좌의정 정 상공과 진원부원군(晉
原府院君) 유 상공(유근(柳根), 1549~1627)이 함께 사람을 보내 안부를 묻
고, 나주목사 남(南) 공과 여러 사람이 사현(沙峴) 밖까지 나와 사람을
보내 맞이했다. 동지중추부사 박정현(朴鼎賢), 동지중추부사 이정신(李
廷臣), 원외(員外 : 정랑·좌랑의 별칭) 정백창(鄭百昌)·기여인(奇汝仁)·
이진지(李鎭之)·남사호(南士豪) 등이 함께 와서 전별했다. 정사는 술
에 취해 깨어나지 못했다. 듣건대 예조(禮曹)에서 내일 사대(査對)를 청
하였다고 해서, 경기감영 근처로 돌아가서 이장(而壯 : 이민환(李民寏),
1573~1649, 이민성의 아우)·사고(士高)와 함께 잤다.

2 서울을 출발하여 평안도 선사포에 이르다

1623년 4월 27일 ~ 5월 23일

서울 → 개성 → 평산 → 서흥 → 봉산 → 황주 → 평양 →
순안 → 숙천 → 가산 → 정주 → 곽산 → 선사포

사신 일행은 4월 27일에 서울을 출발하여 평안도의 선사포로 향하였다. 그 전에 마지막으로 사대(査對)를 하였는데, 중국에 가져갈 외교 문서들을 최종 확인 점검하는 일이었다. 그리고 모화관에서 예조판서가 베푼 전별연을 받고 친구들과 작별한 후, 정오에 출발하여 그날은 벽제(碧蹄)에서 잤다.

다음 날인 4월 28일에는 개성에 도착하여 쉬었고, 다음 날부터 평산 · 서흥 · 봉산 · 황주를 경유하여 5월 4일에 평양에 도착하였다. 지나가는 고을마다 그곳 수령과 지인들이 환송연을 베풀었다. 그들은 평양에서 5월 6일 다시 장도에 올라 순안, 숙천, 가산을 거쳐 5월 10일 정주(定州)에 도착하였다. 여기서 그들은 5일을 머물면서 마지막 준비와 점검을 하였다.

그들은 5월 17일 정주를 떠나 곽산(郭山)에 도착하였고, 다음 날인 5월 18일에 선사포에 도착하였다. 선사포는 평안도 철산군의 서해안에 있는 작은 포구로서 1621년 이후 1636년까지 북경으로 가는 사신들이 배를 타고 항해를 시작하는 곳이었다. 그들은 다음 날 '승선장계(乘船狀啓)'를 서울로 보내고, 5월 20일 새벽에는 바다의 신에게 평온한 항해와 무사 귀환을 비는 제사를 올렸다. 그들은 5월 23일까지 선사포에 머물면서 일행이 타고 갈 선박을 정비하고 6척의 선박을 운행할 선원들을 편성하여 시험 항해까지 마쳤다.

제1선에는 정사 이경전과 수행원들이 승선하였고, 제2선에는 부사 윤훤과 당상역관 이응(李膺) 등이 승선하였으며, 제3선에는 서장관 이민성과 수행원들이 승선하였다. 제4~6선에는 단련사(團練使), 역관, 군관 등이 승선하였다. 5월 23일까지 그들은 항해를 위한 모든 준비를 마치고 순풍을 기다리고 있었다.

1623년 4월 27일 병술(丙戌), 사대(査對 : 외교 문서의 확인 점검)하였다.

예조판서·이조판서·호조참의가 와서 참여했다. 끝난 후에 예조판서가 전별연을 베풀었다. 안악군수 남적만(南敵萬 : 남이웅(南以雄), 1575~1648)과 교리 이민구(李敏求)가 와서 만나 보고 갔다. 정오에 출발하여 벽제(碧蹄)에서 잤다.

1623년 4월 28일 정해(丁亥), 개성부에 도착하였다.

아침에 도원수 서평부원군(西平府院君) 한준겸(韓浚謙)을 장단에서 뵈었다. 부사는 조상의 산소에 성묘하러 가서 뒤처졌다. 저녁에 송경(松京 : 개성)에 도착하니, 유수(留守) 안응형(安應亨)이 찾아와서 주연을 베풀었다.

1623년 4월 29일 무자(戊子), 개성부에 머물렀다.

부사가 뒤쫓아 도착하고 접반사(接伴使) 윤조원(尹調元)이 인사하고 갔다. 저녁에 정사의 숙소에 가니, 부사와 개성유수 또한 모였다. 몇 잔 마신 후에 헤어졌다.

1623년 4월 30일 기축(己丑), 평산에 도착하였다.

어제 저녁에 들으니, 찬획사(贊畫使) 이시발(李時發)과 참판 이자민(李子敏)이 박연(朴淵 : 박연폭포)에서 약속하여 중도에서 사신들을 만나기로 했는데, 마침 더위를 먹어 일찍 출발하였으므로 만나 보지 못했다. 배천(白川) 수령 남여앙(南汝昻)이 금교역(金郊驛)에서 인사차 들러 서로 만났으나 내가 몸이 좋지 않아서 술은 마시지 못했다. 해주목사 이여황(李如璜)이 도차원(都差員)의 자격으로 평산(平山)에서 찾아왔다.

1623년 5월 1일 경인(庚寅), 서흥(瑞興)에 도착하였다.

오시(午時)에 총수산(葱秀山)에서 쉬었다. 접반사 정명해(鄭明海)가 와서 만나 보고 갔다. 옥류천(玉溜泉)에 앉아서 해주목사 이여황(李如

벽제관지　사신들의 숙소인 벽제관(碧蹄館) 터. 경기도 고양시 고양동에 있다.

개성유수부(開城留守府) 문루　개성박물관 경내에 이건하였다.

璜), 도사(都事) 유창문(柳昌文)과 잠시 대화를 나누고 길을 갔다.

1623년 5월 2일 신묘(辛卯), 봉산(鳳山)에 도착하였다.

겨우 관소(館舍)에 들어서자 크게 천둥번개가 치고 비와 우박이 쏟아졌다. 정사와 부사 일행은 모두 비에 젖어 간신히 관소에 도착하였다.

정사와 내가 술을 마시는데, 부사(副使)와 해주목사가 계속해서 도착했다. 술잔을 베풀어 위로하였더니 부사와 해주목사가 모두 취하여 노래를 부르면서 화답했다. 잠깐 사이 천둥에 놀라기도 하고, 기뻐서 즐기기도 하니 사람의 변화가 심한 것이 이와 같았다.

1623년 5월 3일 임진(壬辰), 황주(黃州)에 도착하였다.

병마절도사 진영에 가니 병사는 마침 형제의 상(喪)을 당하여 대화를 나눌 수 없었다. 감사 이자연(李自然) 영공(令公)이 군관을 보내와서 문안하고 노자도 주었다.

1623년 5월 4일 계사(癸巳), 평양에 도착하였다.

아침에 중화(中和)를 지나는데, 부사 정사추(丁士推 : 정호서(丁好恕), 1572~1647)가 잔치를 베풀어 주었다. 정사와 부사가 길을 떠난 후에 품관(品官) 최붕서(崔鵬瑞)·김덕륭(金德隆)·채염수(蔡聃壽)·최창정(崔昌庭)·박응인(朴應仁) 등이 전별연을 베풀어 주었는데, 정사추도 또한 참석하였다. 저녁에 평양에 도착했는데, 정리관(整理官)인 전적 윤순지(尹順之)가 선사포로부터 왔으니 부사(副使)의 큰아들이다.

1623년 5월 5일 갑오(甲午), 평양에 머물렀다.

아침에 감사 김달천(金達川)을 관아에서 만났다. 도사(都事) 최정원(崔貞元), 서윤(庶尹) 윤형언(尹衡彦)이 와서 인사하였다. 양사(兩使), 감사와 더불어 동헌(東軒)에서 술을 마셨다.

동지사(冬至使)의 선래통사(先來通事)가 지나갔다. 역관(譯官) 신응융(申應漋)이 "표류해 온 중국인들을 돌려보냅니다."라는 주문(奏文)과 자

문(咨文)*을 받들어 가지고 이곳에 쫓아와 이르렀다.

1623년 5월 6일 을미(乙未), 순안(順安)에 도착하였다.

밤에 큰비가 왔다.

1623년 5월 7일 병신(丙申), 비가 왔다. 숙천(肅川)에 도착하였다.

길에서 접반관 변삼근(卞三近)을 만나서 말 위에서 작별 인사를 나누었다. 자산군수(慈山郡守) 안몽윤(安夢尹)과 함종현령(咸從縣令) 신광립(申光立 : 자는 현경(顯卿))이 숙령관(肅寧館)에 와서 기다렸다. 정사와 부사가 나를 맞아들여 술을 마시고자 했으나 나는 병 때문에 사양하고 술자리에 참석하지 않았다.

---

* 중국의 6부(六部)나 동급의 아문에서 동급의 아문과 주고받는 공문서. 조선의 국왕이 중국의 예부나 병부에 주고받는 공문서도 '자문(咨文)'이다.

1623년 5월 8일 정유(丁酉), 숙천에서 머물렀다.

1623년 5월 9일 무술(戊戌), 가산(嘉山)에 도착하였다.

이른 아침에 청천강에서 배를 띄우고 평양의 수레가 도착하기를 기다렸으나 정사와 부사가 이때 아직 출발하지 않았다. 드디어 내가 먼저 떠났다. 오전에 가흥(嘉興)에 도착했다. 한참 지나서 사신의 행차가 도착했다. 저녁에 군수 최간여(崔衎輿)와 영유현령(永柔縣令) 홍희(洪熹)가 전별 잔치를 열었다.

1623년 5월 10일 기해(己亥), 정주(定州)에 도착하였다.

목사 이인경(李寅卿)이 납청정(納淸亭)에 나와서 기다렸다. 늦은 아침에 신안관(新安館)에 먼저 도착하니 동지사가 서헌(西軒)에 머물고 있었는데, 머문 지 이미 여러 날이었다.

1623년 5월 11일 경자(庚子), 정주에서 머물렀다.

계묘년(癸卯年 : 1603, 선조 36)에 북경에 사행을 갔다가 돌아올 때 병으로 영춘당(迎春堂)에 열흘 남짓 누워 있었는데, 나를 간호하던 이들이 모두 죽고 다만 늙은 기생 근생(謹生)·난생(蘭生)과 의생(醫生) 오청룡(吳靑龍)만 생존해 있었다. 동지사 이중경(李重卿 : 이현영(李顯英)) 영공과 그 아들 전적 이기조(李基祚)를 만났다. 4월 28일에 등주를 떠나서 배를 탔는데, 섬에서 풍랑을 피한 기간이 5일이었고, 항해한 날짜가 6일로서 선사포에 돌아와 정박하였는데, 바닷길이 몹시 순조로워 일행이 편안하였다고 한다.

1623년 5월 12일 신축(辛丑), 비가 왔다. 정주에서 머물렀다.

진헌(進獻) 물품을 담는 궤(匭)를 포장하고 칠하는 일로 머물렀다. 저녁에 동지사를 전별(餞別)하였다. 윤낙천(尹樂天)·이자선(李子善) 두 전적(典籍)이 참석했고, 도사(都事) 최정원(崔貞元)과 평사(評事) 최구(崔衢)도 참석했다. 평사는 동지사 행차를 수검(搜檢)하러 왔던 것이다.

1623년 5월 13일 임인(壬寅), 정주에서 머물렀다.

1623년 5월 14일 계묘(癸卯), 정주에서 머물렀다.

1623년 5월 15일 갑진(甲辰), 도사(都司) 심세괴(沈世魁)를 만나 보았다.

심세괴는 총병(摠兵) 모문룡의 부하였다. 문안관(問安官) 민여검(閔汝儉)이 와서 만나 보고 갔다.

1623년 5월 16일 을사(乙巳), 정주(定州)에 머물렀다.

1623년 5월 17일 병오(丙午), 곽산(郭山)에 도착하였다.

아침에 우후(虞候) 정충신(鄭忠信)이 용만(龍灣 : 의주에 있는 지역)으로부터 와서 정주에서 만났는데, 예전에 북경에 사신 갔을 때의 동반자였다. 모 도독 접반사인 이상길(李尙吉) 어른이 와서 알현하였다. 술이 반쯤 취하자, 목사 이인경(李寅卿)이 검무(劍舞)를 자청하였다. 칼을 휘두름이 재빠르고 호탕하며, 악기 연주가 모두 정연하여 구경하는 자들이 넋을 잃었다. 부사는 장인[外舅]의 상으로 참석하지 않았다. 접반사가 뒤이어 곽산(郭山)에 도착하여 숙소에 찾아와 담화를 나누었다. 정사가 술자리를 마련하여 작별하였다. 부사는 병으로 신안에 뒤처져 조리하였다. 도원수가 군관을 시켜 문안 편지와 함께 노자로 은 10냥을 보내왔다.

1623년 5월 18일 정미(丁未), 선사포(宣沙浦)에 도착하였다.

아침에 부사가 곽산에 도착하여 정사와 부사 모두 그곳에 머물렀다. 나는 선원들을 정비하고 신칙하는 일로 먼저 선사포로 향했다. 평안도의 도사(都事)는 경연관이 아뢴 것 때문에 교체되었으나, 관찰사가 은을 단속하는 일로 이미 왕명을 받았다 하여, 그로 하여금 빨리 달려가서 살피도록 하였으므로 곽산으로 와서 사신들을 뵈었다.

도원수는 총진(摠鎭 : 가도의 모문룡 군대가 주둔하던 진영)에서 만나자는 일로 정주에 군관을 보내어 사신들을 문안하였다. 오후에 선사포에 도착하였는데, 거리가 군(郡)에서 30리였고, 사는 집들이 작고 초라해

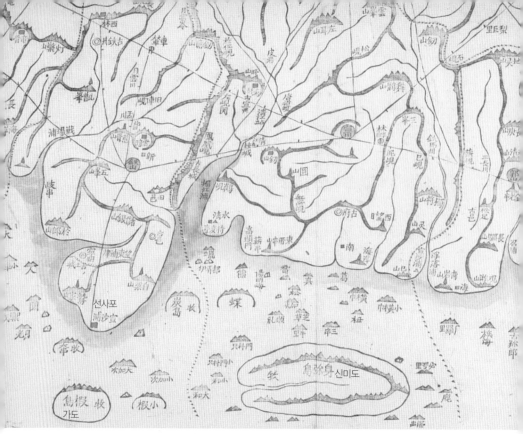

선사포(宣沙浦) 평안북도 철산군 앞바다에 있는 포구이다. 가도와 신미도가 보인다.(대동여지도)

서 거처하기 힘들었다. 다만 크고 작은 섬들이 해면에 어지러이 흩어져 있는데, 신미도(身彌島)는 안산(案山)에 해당하고 조망에 가장 적당하였다. 진청(鎭廳)은 서편에 있었는데, 정사가 이름 짓기를 '해람정(解纜亭)'이라 하였고, 앞에는 절벽 위에 외로운 소나무가 있는데, 이를 '반사대(返槎臺)'로 명하였다. 시를 지어 그 사실을 기록하였다.

1623년 5월 19일 무신(戊申), 선사포에 있었다.

아침에 정사와 부사가 선사포에 도착하였다. 승선장계(乘船狀啓)를 갖추어 서울로 보냈다.

1623년 5월 20일 기유(己酉), 선사포에 있었다.

큰 바다의 신에게 제사를 지냈다. 축시(丑時 : 밤 1~3시)에 목욕하고 조복을 갖추어 입고 먼저 단소(壇所)로 나아갔다. 비 내리는 것이 물을 퍼붓는 듯하였다. 정사가 뒤이어 왔다. 제사지내는 일이 끝나자 비가 그쳤다. 새벽녘에는 쾌청해졌다.

제문은 아래와 같다.

"아! 천계(天啓) 3년 세차 계해 5월의 초하루는 경인(庚寅)일인데 20일 기유일에 조선국 주문사(奏聞使) 의정부 좌의정 이경전(李慶全), 예조판서 윤훤(尹暄), 사헌부장령 이민성 등은 삼가 제물과 술을 갖추어 작은 제사로서 공경히 큰 바다의 신께 고합니다. 우리나라는 명나라를 정성껏 섬겨 옥·비단 등의 조공 예물을 어느 해나 가지고 가지 않은 적이 없었습니다. 후금의 침략으로 인해 요동의 의무려산(醫巫閭山)을 경유하는 육로가 끊어지고 발해(渤海)로 배를 띄웠으니, 신의 도움에 의지하지 않는다면 어찌 건널 수 있겠습니까! 저희들은 왕명으로 사신의 직함을 받들어 장차 황제의 대궐로 가려고 하옵니다. 저으기 신령스러운 가호를 기원하오니, 우리의 항해를 도와주소서. 이에 깨끗한 예물을 가지고 보잘것없는 제사를 공손히 올리니, 신은 굽어보셔서 우리를 도와 항해를 순조롭게 하여 어려움을 물리쳐 주십시오. 비렴(飛廉 : 바람을 맡은 신)은 숨고, 양후(陽侯)*와 해약(海若 : 바다를 맡은 신)이 모두 약속하여 백령(百靈)과 간사한 요괴들이 직분을 수행하지 못하도록 하소서. 하늘의 끝머리가 훤히 트이며 만리가 한결같이 푸르러서 맑은 폭풍이 돛을 밀어 보내어 우리가 마치 재각(齋閣)에 누워 있는 것처럼 하셔서 사신의 일을 완성한 후에 빨리 돌아오게 하소서. 공경하고 정성을 다하오니 이에 흠향하소서."

부사는 병으로 참석하지 않았다. 식후에 정사가 머무는 숙소에 가서

---

* 양릉국(陽陵國)의 군주가 익사해서 대해(大海)의 신이 되어 항상 물결을 일으켜 배를 전복시켰다는 데에서 인용한 말로, '바다의 큰 물결'을 뜻함.

선원들에게 잔치를 베풀었다. 도사(都事)가 장차 은을 수색한다는 소리를 듣고 옛 관례에 따라 동참하려고 하였으나, 도사는 산꼭대기로 피하여 일행의 짐 보따리를 붙잡아 사사로이 저울로 달며 조사하였는데, 사체(事體)를 알지 못함이 심하였다. 역관 윤대선(尹大銑)이 재래사목(齎來事目 : 사신들이 가져가야 할 규정집)을 잃어버려서 곤장을 때렸다.

한낮에 정사와 부사가 배를 타고, 나도 사신의 배에 올라 각각 위로의 말을 하고 내려왔다. 정사는 선상(船上)에 앉아서 잔을 잡고 나에게 술을 권하였고, 나는 막차(幕次)에서 잔을 받들어 멀리서 술을 권하였다. 각자 몇 잔의 술을 마시고 마쳤다. 오후에 정사와 부사의 배가 바다로 나가 시험 운행하다가 돌아왔다.

자산군수(慈山郡守) 안몽윤(安夢尹), 구성부사(龜城府使) 여인길(呂裀吉), 박천군수(博川郡守) 안철(安徹), 태천현감(泰川縣監) 윤염(尹焰)이 지응관(支應官 : 보급 담당관)으로 왔다. 선사포 첨사(僉使) 이택(李澤)은 선원들의 일을 관장하였다. 저녁에 비가 왔다.

1623년 5월 21일 경술(庚戌), 흐리고 비가 내렸다. 선사포에서 바람을 기다렸다.

의주(義州) 사람들이 선원으로 위장하여 들어왔다 하였다. 대개 그들은 등주 지방에서 밀무역으로 이익을 도모하고자 한 것이었다. 그래서 선원들에게 인식표[腰牌]를 나누어 주어 허리에 차게 하고 대오를 단속하여 좌우 단련사(團練使)*에게 분속시켰다. 간사한 짓으로 사건을 일으키는 폐단을 막고자 함이었다. 저녁에는 구성(龜城)부사가 환송연을 차렸다. 도사(都事)가 기생을 데리고 가마를 타고 나가니, 보는 사람들이 분통을 터뜨렸다.

---

* 조선시대 사신을 호송하고 책문이나 등주 등의 중국 국경에서 돌아오는 인원들을 인솔해 귀국하는 관리. 보통 무관들로 임명하였다.

1623년 5월 22일 신해(辛亥), 맑음. 승선하였다.

아침에 동행하는 관원과 일꾼들을 조사하여 점검하였다. 제1선에
는 정사가 승선하였는데, 당상역관(堂上譯官) 장세굉(張世宏)과 역관
최영(崔泳), 군관 황박(黃珀)·강집(姜潗)·최득남(崔得男)·김기남(金
起南)·이관(李寬), 사자관(寫字官) 장응선(張應善), 북경(北京)에서 일
할 노복(奴僕) 3명, 주방 일꾼 2명, 뱃사공[梢工] 김화리(金禾里) 등 5
명, 선원[格軍] 오룡(吳龍) 등 47명, 요리사[炮手] 4명이 탔다. 모두 69
인이었다.

제2선에는 부사가 승선하였는데, 당상역관 이응(李膺), 학관(學官) 이
장배(李長培), 역관 정인신(丁仁信), 군관 류경지(柳敬地)·윤연지(尹衍
之)·정예남(鄭禮男)·함득서(咸得瑞)·이덕룡(李德龍)·구숙(具翻)·
박검동(朴黔同), 의원(醫員) 이파(李坡), 북경에서 일할 노복 3명, 뱃사공
박돌시(朴乭屎) 등 5명, 선원 유혈복(劉頁福) 등 46명, 요리사 김의걸(金
義傑) 등 9명이 탔다. 모두 74인이었다.

제3선에는 내가 승선하고 당상역관 이순(李恂), 역관 장후순(張後
巡)·최준남(崔俊男), 군관 김건방(金健邦)·정창운(鄭昌雲), 별파진(別
破陣 : 폭약 전문가) 홍춘영(洪春榮), 사헌부 서리(書吏) 임춘무(林春茂), 북
경에서 일할 노복 1명, 이순의 노복 1명, 뱃사공 강화리(康禾里)·노 짓
비(唐非)·강여봉(康汝奉 : 모두 안주인)·송성실(宋成實 : 정의인)·강동
복(姜同福 : 봉산인) 등 5명, 선원 용산(龍山 : 가산인), 요리사 애수(愛守 :
안주의 노비) 등 38명이 탔다. 모두 47인이다.

제4선에는 단련사 김봉휘(金鳳輝), 당상역관 견후증(堅後曾)·황여중
(黃汝中), 역관 우계현(禹啓賢)·전유후(全有後)·이득실(李得實), 군관
신언복(申彦福)·김천경(金天擎)·김승조(金承祖), 견후증(堅後曾)의 노
복 1명, 뱃사공 한막쇠(韓莫金) 등 2명, 선원 김경일(金京日) 등 30명, 요

리사 우학경(禹鶴卿) 등 9명이 타서 모두 50인이었다.

제5선에는 단련사(團練使) 김희경(金希京), 당상역관 신응융(申應瀜), 군관 윤응사(尹應士)·김천길(金天吉)·최흥남(崔興南)·모천수(牟天壽), 의원 김언신(金彦信), 당상역관의 노복 3명, 선원 응남(應男) 등 37명, 포수·사수 백남(白男) 등 7명이 타서 모두 54인이었다.

제6선에는 당상역관 태덕립(太德立), 역관 윤대선(尹大銑)·이부윤(李富潤), 당상군관의 노복 3명, 뱃사공 김복(金福) 등 2명, 선원 권논쇠(權論金) 등 36명, 포사수 한무진(韓武進) 등 5명이 탔다. 모두 49인이었다. 각 선의 관원과 일꾼들은 모두 345인이었다.

그 후에 늙고 병든 선원들은 조사하여 제외시킨 자들이 많았다. 그 실제의 수는 전 감군(田監軍)에게 보낸 보단(報單 : 통지한 명단)에 들어 있다. 배는 제1선이 크고, 제2선과 5선이 가장 크며, 제3선과 6선은 작고, 나머지는 조금 컸다. 미시(未時 : 오후 1~3시)에 승선하여 출항하였다가 돌아왔다.

저녁에 곽산군수 송시범(宋時范)이 환송연을 베풀었는데, 부사는 병 때문에 참석치 못하였다. 대사헌 오공(吳公 : 오윤겸(吳允謙))이 북경에 다녀오면서 시조를 많이 지었는데, 그 중에 한 수는 자못 운치가 있었다. 정사 이경전(李慶全)이 그것을 한시로 번역하였다.

客舍垂垂柳	객사에 늘어진 버들
折得最長枝	긴 가지를 꺾어 왔네
贈君去	그대 가는 길에 바치니,
此意知不知	이 뜻을 아시려나?
秋風此葉未盡枯	추풍에 이 잎 다 마르기 전에
是歸期	돌아오기 바라네.

그 시어(詩語)가 놀랍고 고매하였다. 도사가 또 기생을 데리고 가마를 타고 지나가니 내가 잡아서 가두어 버렸다. 정사가 술 취한 사람이라 하여 용서해 주기를 청하니, 드디어 놓아 보냈다.

1623년 5월 23일 임자(壬子), 선사포에서 바람을 기다렸다.

아침에 도사가 와서 사과하였다. 내가 "그대의 성정(性情)을 도적질한 자는 술이요, 그대의 오장(五臟) 중에서 가장 요긴한 것을 훔친 자는 애경춘(愛鏡春)일세. 어제의 실수는 그대가 한 것이 아닌데, 무슨 사과할 것이 있겠는가?" 하니 그가 답하기를, "제가 정신을 빼앗겼다는 말씀인지요?" 하였다. 내가 "이미 빼앗긴 줄 알았으면 어찌 다시 찾아오지 않는가?" 하니, 듣는 사람들이 포복절도하였다. 애경춘은 신안의 기생이지만 실상은 동쪽·서쪽으로 날아다니는 제비나 백로와 다를 바 없는 여자였다.

3 험난한 항해 끝에 중국 등주(登州)에 이르다

1623년 5월 24일~ 6월 13일

우리채 → 가도 → 거우도 → 우도 → 녹도 → 석성도 →
장산도 → 광록도 → 삼산도 → 황성도 → 묘도 → 등주

5월 24일 여명에 이민성 일행은 드디어 배를 타고 출항하여 긴 여정을 시작하였다. 당일은 가까운 우리채(亏里寨)에 도착하여 잤다. 다음 날 5월 25일에 가도(椵島)에 도착하여 이틀간 머물면서 명나라 도독 모문룡(毛文龍)을 예방하고 책봉주청을 도와줄 것을 정중히 요청하였다. 모문룡(1576~1629)은 요동총병 이성량(李成梁)의 휘하에 있었던 명나라 무장으로서 1621년 후금이 요동을 공략했을 때 피난했다가 소규모의 병력을 인솔해 진강(鎭江 : 현재의 단동)을 수복한 공으로 총병(摠兵)이 되었고, 후에 평요총병관(平遼摠兵官)이 되었으나 평안도 연해의 가도(일명 피도(皮島))에 주둔하면서 조선에 많은 횡포를 부렸다. 후금과는 전쟁·강화를 반복하면서 '명-조선-후금' 관계를 어렵게 하다가 1629년 영원총병(寧遠摠兵) 원숭환(袁崇煥)에게 참살되었다. 조선 사신들의 요청을 받은 모문룡은 황제에게 인조의 책봉을 허가해 달라는 보고서를 올려 주었고, 조선 사신들에게 연회를 베푸는 등으로 후하게 접대하였다. 또한 가함도사(假銜都司) 낙유신(駱惟信)을 차출하여 사신 일행을 북경까지 안내하도록 배려해 주었다.

사신 일행은 5월 27일 가도에서 출항하여 거우도(車牛島)에 정박하고, 다음 날은 우도(牛島)에 머물렀다. 우도는 압록강 어귀에 있는 섬으로, 이곳까지가 조선의 영역에 속한다. 여기서 일행은 선수를 서쪽으로 돌려 요동반도(遼東半島, 랴오둥 반도)를 따라 여순 앞바다까지 갔다가 다시 남쪽으로 향하여 장산(長山) 열도를 따라 등주까지 항해하게 된다. 그들은 5월 28일 우도를 출항하였으나 풍파가 심하여 돌아와 이틀을 쉬었다가 5월 30일에 비로소 서쪽으로 항해하여 저녁에 녹도(鹿島)에 도착하였다.

6월 1일은 순풍을 받아 500여 리를 항해하여 밤에 석성도(石城島)에 도착하였다. 그러나 그날 밤에 폭풍을 만나 이민성 일행이 탄 제4선은 선저의 널판이 깨어져 침몰 일보 전까지 갔으나 선원들의 사투로 겨우 죽음을 면하였다. 그들은 여기서 이틀을 쉬면서 배를 수리하고 6월 4일 출항하여 장산도(長山島)에 정박하였다. 다음 날은 광록도(廣鹿島)에 도착하여 하루를 쉰 뒤, 6월 7일 삼산도(三山島)에 도착하였다. 그 다음 날은 삼산도에 머물면서 술을 마시고 시를 짓는 등 푹 쉬었다.

그들은 6월 9일 다시 배에 올라 순풍을 타고 900리를 항해한 끝에 황성도(皇城島)에 도달하였다. 6월 10일에는 묘도(廟島)에 도착하였는데, 이곳은 등주가 빤히 보이는 해방(海防)의 요충이었다. 그들은 입항 허가를 받느라고 여기서 3일을 지체한 후 6월 13일에야 입항할 수 있었다. 조선 사신 일행의 배 6척은 등주의 명물인 수성(水城 : 일종의 도크)에 배를 정박시키고, 등주 성 남문 밖에 있는 개원사(開元寺)에 숙소를 정하였다.

조선 사신들이 항해한 바닷길은 선사포에서 가도까지 100리, 가도에서 거우도까지 200리, 거우도에서 녹도까지 500리, 녹도에서 석성도까지 500리, 석성도에서 장산도까지 300리, 장산도에서 광록도까지 250리, 광록도에서 삼산도까지 300리, 삼산도에서 황성도까지 900여 리, 황성도에서 타기도까지 160리, 타기도에서 묘도까지가 150리, 묘도에서 등주까지가 80리로서 총 3450리였다. 선사포에서 등주까지 가는 데 모두 24일이 걸린 셈이다. 그러나 가도, 우도, 석성도, 삼산도, 묘도 등에서 여러 날(총 10여 일) 쉬기도 하였으므로 항해에 걸린 기간은 보름 남짓 되었다.

1623년 5월 24일 계축(癸丑), 배를 띄워 우리채(亏里寨)에 도착하였다.

축시(丑時) 초에 각 읍 수령이 함께 인사하고 떠났다. 여명에 포구에서 닻줄을 풀고 돛을 펼쳐 바다로 나갈 때, 첨사 이택(李澤)이 배를 띄워 송별하고 돌아갔다. 아침에 정사가 삿자리에 앉아 나에게 술을 권하여 나 역시 삿자리에서 떨어져 바라보며 건배하고, 각각 몇 잔을 마신 뒤 끝내었다. 제6선이 앞에 나가고, 제2선과 제1선이 다음에, 내가 탄 제3선이 그 다음에, 제4선과 제5선이 그 뒤를 따랐다. 정오가 지나서 제1, 2, 3선이 모두 지도(芝島)에 정박하게 되었다. 바람이 역풍으로 불고 조류가 거슬러 올라와 배를 운행할 수 없었기 때문이다.

서남쪽에 가마솥을 엎어놓은 듯한 섬들이 있으니, 가까운 것은 '삼오리(三五里)'라 부르고 비스듬하게 떨어져 있는 것은 '여삼오리(餘三五里)'라고 하는데, 바라보니 흰 모래섬 같았다. 둥그스름하게 조금 멀리 있는 것은 '신도(申島)'이고, 그 서쪽에 산이 있었다. 가까우면서 매우 수려한 것이 '우리채'이고, 그 앞의 작은 섬을 '진채(眞寨)'라 불렀는데, 이는 뱃사람이 글자를 몰라 소리 나는 대로 기록한 것이다. 신시(申時 : 오후 3~5시)에 조류가 물러나자 닻을 올려 제2선이 맨 앞장서고 나머지 선박들이 잇달아 가다가 갑자기 제3선이 앞서기 시작했다. 저녁에 우리채에 닻을 내렸는데, 오직 제5선과 6선이 뒤처져서 지도(芝島)에 정박하였다. 밤이 오자 편안히 잠들었다. 배 안에는 평상과 휘장 장막 등 물품이 그런대로 괜찮아서 다행히 조금 편안하게 잠들 수 있었다.

1623년 5월 25일 갑인(甲寅), 가도(椵島)에 도착하였다.

동틀 무렵에 노를 저어 회도(灰島 : 선천(宣川)에 속하며 중국인의 농막이 있다. 가도와는 서로 마주보고 있다.)에서 나왔다. 비가 올 조짐이 보여 바람을 피할 만한 곳에 정박했다. 묘시(卯時 : 5~7시)에 햇빛이 나기 시작하고 바람 또한 순조로워 삿자리를 걸고 출발하여 곧바로 가도(椵島)

가도(椵島) 평안도 철산군 앞바다에 있다.

로 향했다. 앞바다에서 제1선과 서로 어긋나서 안부를 물으려 했는데, 배는 점점 멀어지고 말소리도 서로 들을 수 없어 멀리서 서로 바라보며 멀뚱멀뚱할 뿐이었다.

신시(申時 : 오후 3~5시)에 노를 저어 가도 앞 항구에 들어갔다. 해안에 내려 바위 위에 앉아 두 사신과 더불어 대화했다. 철산(鐵山)의 대곶(大串)을 바라보니 모든 산이 동남쪽으로 연이어 뻗어 있었다. 멀고 가까이 푸른색과 비취색이 눈앞에 늘어서서 공수(拱手)하듯 하는데, 모두 육지와 연결된 산들이었다.

점심 식사 후에 각각 견여(肩輿)를 타고 총진 아문(摠鎭衙門 : 가도 모문룡의 사령부)으로 나아갔다. 큰 고개를 넘어 내려가서 다시 가파른 비탈을 올랐다가 비스듬히 동쪽으로 꺾어 서쪽으로 향하니 돌길이 기이한 것이 거의 10여 리나 되었다. 산세가 북향으로 둘러앉았는데, 흙집과 초가가 위아래에 자리 잡고 덮었다. 앞에는 외로운 봉우리가 우뚝 일어나서 총진 아문을 등지고 있었다. 기와집은 겨우 몇 채뿐이요, 나머지는 모두 거적으로 있었다. 점포 역시 매우 초라했다. 항구는 외로운 봉우리의 북쪽 해안에 있으니, 선박의 검은 돛대가 양쪽 해안에 빽빽이 늘어서 있었다. 들으니 도원수가 어제 이곳에 도착하여 도독(都督)을 방문하자, 도독이 회답 차 그의 선창으로 가서 오늘 늦게 연회를 베풀기로 했다고 하였다.

신응융(申應融)으로 하여금 미리 인사장을 드리게 하니 도독이 전하여 말하기를, "내일 마땅히 배에 가서 인사하겠다."고 하였다. 다시 황여중(黃汝中)을 보내어 지금 이곳에 와 있음을 알렸다. 도독이 전갈을 부쳐왔다.

"들으니, 사신께서 선창에 계신다고 하여 내일까지 기다리기로 청하였습니다. 지금 문 밖에 당도하셨다니 서로 만나 보기로 하겠습니다."

마침내 아문(衙門)에 나아가니 도독이 청당(廳堂 : 집무실) 밖으로 나와 공수(拱手)하고 서 있었다. 앞으로 나아가 두 번 절하자, 도독은 답례로 두 번 읍(揖)하였다. 예를 마치고 사신이 각각 예단(禮單)을 올리니, 도독이 사양하기에 다시 청하자 이에 받았다. 도독이 집무실로 들어가서 북쪽 벽으로 나아가 의자에 앉아 읍하고, 사신들은 동서로 나누어 앉았다. 차를 마신 후 사신이 통역관 이응(李膺) 등을 시켜 말했다.

"노야(老爺)께서 우리 나라에 주둔하고부터 군사 단속이 엄하고 분명하여 군의 명성이 점점 진작되고 털끝만큼도 소란이나 피해가 없습니다. 우리 나라 사정에 있어서는 통찰하지 않음이 없어서 명백하게 제본(題本)*을 올릴 것을 허락하여 온 백성이 뛸 듯이 기뻐해 마지않습니다."

---

* 중국의 6부 상서(尙書)나 지방의 순무(巡撫), 도독(都督) 등의 고관이 황제에게 올리는 보고 문서

도독이 답하여 말하였다.

"내가 이 지방에 주둔하면서 어찌 소요와 피해가 없었을 리가 있겠소. 새 임금께서 현철(賢哲)하시어 국면을 변화시켜 오랑캐를 협공할 뜻을 품고 있음을 내가 이미 알고 있습니다. 책봉(冊封)을 받는 일은 제본(題本)을 갖추어 상주(上奏 : 황제에게 아룀.)하려 하지만, 해당 부(部)와 각 아문에 함께 보고하여 알리려고 하니, 문서가 크게 번거로워 저절로 지연되었습니다. 초하룻날에 마땅히 발송하겠지만, 그 행차가 반드시 사신보다 먼저 도착하도록 하겠습니다. 사신이 돌아오실 날짜는 기약하기 쉽지 않으나, 그 전에 (황제의) 승인이 만약 내려온다면 얼마나 다행이겠습니까? 오늘은 마침 바쁘고 시끄러우니 내일 다시 만납시다."

드디어 사례하고 돌아왔다. 도독은 곧 평요총병관(平遼摠兵官)으로서 절강(浙江)의 전당(錢塘) 사람이지만 호적은 '산서성 태평(太平)'이라고 하였다.

1623년 5월 26일 을묘(乙卯), 비바람이 크게 일었다.

도독이 배첩(拜帖 : 인사장)을 보내오고 또 전갈을 보내어, "비 오는 형세가 이와 같으니 답방을 갈 수 없습니다." 하였다. 따로 아래와 같은 청첩(請帖)을 보내왔다.

"오늘 음식을 준비하여 그곳의 수행원들을 받들어 맞이하고자 하오니, 바라옵건대 왕림해 주시면 매우 기쁘고 다행이겠습니다. 지생(知生) 모문룡은 재배(再拜)합니다."

늦은 아침에 약간 날씨가 개었다. 나아가 바위 위에 앉았더니, 도원수가 군관을 보내와서 서로 만날 약속을 하였다. 도원수가 배를 타고 항구에 와 있으므로 작은 거룻배(小舠)를 타고 원수가 탄 배에 올라 대화를 나누었다. 들건대 도독이 도원수를 접대함이 극히 후하였고, 좌우의 측근을 물리치고 비밀리에 군기(軍機 : 군사 기밀)를 의논하였다고 하였다. 도원수가 내게 말하였다.

"도독이 사신을 연회에 초청하여 후대하는 것은, 자신이 조선에 분란을 일으켜 피해를 주지 않는다는 것을 (북경의) 각 아문(衙門)에 전파해 달라는 것이니, 이 뜻을 잘 아시기 바라네."

내가 "가르쳐 주신 대로 하겠습니다." 하고 대답하였다. 바라보니 정사와 부사가 항구에서 진영으로 나아가는지라 마침내 인사하고 물러나왔다. 도원수와 악수하며 이별하였고, 또 별장(別將) 남이흥(南以興), 우후(虞侯) 정충신(鄭忠信)과도 인사를 나누었다. 거룻배를 타고 항구에 이르자 가마를 타고 갔다.

사신과 더불어 (도독의) 관아에 나아가서 이전과 같이 인사를 마치자 도독이 즉시 편한 복장으로 잔치를 행하자고 하였다. 우리는 그것이 무례하고 방자스럽지 않을까 하여 사양했다. 도독이 "날씨가 몹시 더우니, 간편한 복장이 양쪽에 모두 편합니다."라고 하여, 감히 억지로 사양할 수 없었다.

도독이 (사신 일행을) 인도하여 연회석에 앉게 하였다. 미리 배열한 탁자 위에 차린 연회의 도구들이 매우 풍성하고 사치스러웠다. 또 재인(才人)들의 공연도 있었고, 음식이 연이어 나왔다. 사신이 황제에게 올리는 주문(奏文)의 초고를 보여 주기를 청하자, 도독이 즉시 아전들에게 지시하여 꺼내 보여 주었다. 아울러 일로(一路)에 호송하는 패문(牌文 : 통행증)도 발급해 주었다.

도독이 또 말하기를, "선원을 보내 바닷길을 안내해 드리겠습니다." 라고 했다. 이에 감사하다는 말을 드렸다. 도독이 사행에게 노자로 쓸 은냥(銀兩)을 보내 주었는데, 원역(員役)과 노비들에게까지 차등 있게 주었다. 또 그들에게도 별도의 장소에서 술과 안주를 대접해 주었다. 사신이 거듭 사양했으나 도독이 머물기를 권면하여 열 잔 이상을 마시고 난 후에 마침내 인사하고 물러났다. 우리가 의관을 착용하니 도독도 옷을 바꾸어 입고 함께 작별의 예를 행한 후 물러나왔다. 상통사(上通事) 우계현(禹啓賢)이 죄를 지어 (직책에서) 해임시키고, 신응융(申應瀜)으로 하여금 그를 대신하게 했다.

1623년 5월 27일 병진(丙辰), 거우도(車牛島)에 도착하였다.

아침에 이순(李恂)·신응융(申應瀜)을 도독부의 분부에 따라 아문으로 나아가게 하고, 제6선(船)을 남겨 두어 그들이 타고 오게 했다. 사시(巳時)에 배를 출발하니, 풍랑이 솟구쳐 올라 자주 대자리로 만든 돛을 찢었다. 일행이 우도(牛島) 앞바다에 못미쳐 제2선의 배 뒷부분 키가 부러지자 배가 기울어져 거의 전복될 지경에 이르렀다. 그 광경을 바라보니 두렵기 그지없었다. 다행히 즉시 돛을 내리고 바람과 물결이 조금 진정되어 부러진 키를 바꾸어 달고 운행하였다. 노를 저어 앞에 있는 항구에 들어가 정박했다. 섬(우도)은 용천 땅에 속한다. 앞쪽의 바위섬이 네모지고 반듯하였는데, '책도(册島)'라고 불렀다. (책도의) 남쪽에서부터 동쪽까지 이어졌다가 끊어지곤 하니, 매우 기이한 절경이라 올라가서 볼 만하였다. 그러나 각(閣 : 선저 밑의 수심)이 너무 낮아서 언덕 위로 올라갈 수 없었다. 의주의 사자도(獅子島)가 동북쪽에 있었다. 어슴푸레한 가운데 탕참(湯站)의 봉황성(鳳凰城)을 알아볼 수 있었고, 나머지는 식별할 수가 없었다.

1623년 5월 28일 정사(丁巳), 구름 낀 가운데 비가 조금 내렸다. 우도(牛島)에 머물렀다.

아침에 사신의 선박들과 거리가 조금 멀어지자 군관 김건방(金健邦)에게 종이에 큰 글씨로 "바람이 뒤따르는 자를 어렵게 하니, 멀리서 절하고 문안드립니다."라고 써서 배 위에 길게 늘어뜨리게 하니, 정사와 부사의 선박도 모두 회답하였다.

낮에 이순(李恂) 등이 중국 선원 하충(夏忠) 등 세 사람과 함께 와서 만나 보았다. 이순이 설명하기를, "도독부에서 군병을 점검하고 사열하는 바람에 간신히 명함(名銜)을 통할 수 있었다."고 했다. 도독이 개인 서찰 네 봉(封)을 주었으니, 원(袁)·담(譚)·전(田)·노(魯) 등* 네 노야(老爺 : 원로)에게 전달하는 것이었다. 또 가함도사(假銜都司) 낙유신(駱惟信)을 차출하여 사신 일행을 안내하게 하고 이르기를, "너희들은 마음을 써서 호송하여 일로(一路)에서 절대로 사단이 일어나지 않게 하라."고 하였다. 그리고 이순에게 말하기를, "요동 사람은 성격이 온순하지 않으므로 남쪽 지방 사람을 잘 선택하여 (안내인으로) 보내니, 그대들은 모름지기 이 사실을 알라."고 했다.

마침 제6선이 바다 신에게 굿하면서 돼지머리를 던져 넣는 것이 보였다. 수영(水泳)으로 항구를 가로질러 왕래하는 사람이 있어서 돌고래 두 마리를 잡아서 산 채로 뱃전에 올려 보내니, 곧 안악(安岳)의 사공 나남(羅男)이었다. 비상시에 쓸 만한 인물이므로 격군(格軍 : 선원) 김이경(金二京)과 임무를 교환하게 했다. 낮에 사신이 장계를 갖추어 발송하고 아울러 집에 보내는 편지도 부쳤다.

밤에 배 안에 누웠더니 닭소리가 각각의 배에서 들려서 마치 수촌(水村 : 이민성의 고향 마을)에 온 듯하였고, 정신은 말똥말똥 깨어 있었다.

1623년 5월 29일 무오(戊午), 흐림. 우도에 머물렀다.

사시(巳時)에 돛을 걸고 노를 저어 섬 입구로 나갔다. 서북쪽으로는 신도(薪島)가 바라다보이는데, 제6선은 앞에 서고, 제2선은 다음에 있으며, 제3선은 가장 뒤에 있었다. 제2선은 선복(船腹)이 넓적해서 풍파에 흔들리지 않았다. 이날 저녁에 군관 황박(黃珀) 등이 배를 띄울 것을

---

* 당시 명나라의 고관이었던 원가립(袁可立), 담창언(譚昌言), 전일정(田一井) 또는 전유가(田惟嘉), 노정언(魯廷彦)을 말한다.

강력히 주장하여 여러 배들이 겨우 큰 바다로 나갔으나 바람이 없어서 운행할 수가 없자 우도(牛島)로 돌아왔다. 즉시 뱃사공에게 명하여 노를 저어 책암(冊巖)에 들러서 물을 긷는 데에 편하게 하라고 하였다.

어제 바라본 섬은 어떤 것은 끊어지고 어떤 것은 이어졌는데, 끊어진 곳마다 바다문(海門)을 이루었다. 오직 네 번째와 다섯 번째 섬 사이에 거리는 서로 약 50보로 떨어져 있었다. 흰 모래가 가로로 문턱을 만드는지라, 안과 밖의 물세가 진동해서 넘을 수가 없었다. 섬의 끝에 있는 석벽(石壁)의 굴은 방과 같아서 10개의 자리를 수용할 만하였다. 그 안의 흰 모래는 반은 드러났고 반은 잠겼다. 잠시 후에 조류가 물러나가서 깨끗하여 앉을 만하였다. 그 남쪽의 흰 섬은 둥글고 빼어나서 향로와 비슷하였다. 그 앞에 절벽이 깎아지른 듯 서 있어서 부도와 같았고, 높이는 수십 길이나 되었다. 새가 송골매와 비슷한 것이 있는데, 절벽 꼭대기에 새집을 지었다. 그 뒤의 지세는 길쭉하고 둥글해서 물가를 내려다보면 흰 모래가 멀리서 바라다보이는데, 비스듬히 기울어져서 손에 잡힐 듯하였다. 하루 종일 휘파람을 불며 감상하면서 풍파의 고통을 갑자기 잊어버렸다. 어찌 조물주가 나를 위해 배를 돌리게 하여 기묘한 절경을 보여 준 것이 아니겠는가! 절구 한편을 지어서 기록하고 갔다.

미시(未時 : 오후 1시~ 3시)에 제2선을 바라보니, 우도(牛島)에 정박하기는 하나 암초에 달라붙어서 배가 갑자기 기울어졌다. 밧줄을 펴서 치간(梔竿)에 묶어 언덕 바위에 묶어 두려고 했는데, 사공들이 위태롭게 여겼다. 이무기가 오도(五島)에서 바다를 건너 육도(六島)를 향했다. 일찍이 탐라에 갔을 때에 큰 이무기가 바다에 떠서 거요량(巨腰梁 : 완도~제주도 사이)을 지나가는 것을 보았는데, 가고 오는 뱃길이 쉬웠던 생각이 나서 마음으로 은근히 기뻤다. 배 가운데에 또 쥐가 있었는데, 뱃사람들이 서로 축하하였다.

저녁에 송성실(宋成實)과 김송직(金松直)이 낙지[絡蹄]와 굴[石花]을 캐서 올렸다. 민검동(閔檢同)은 해구(海鷗 : 바닷가에 있는 갈매기)를 붙잡았고, 나남(羅男)은 또 돌고래를 잡아 오니, 그들에게 술을 보내 주었다. 다만 갈매기를 잡은 자에게는 술을 주지 않았다. 저녁에 우도의 물가로 돌아와서 정박하였다.

1623년 5월 30일 기미(己未), 녹도(鹿島)에 도착하였다.

축시 초(축초(丑初) : 새벽 1시)에 배를 움직여서 바다로 나갔다. 그믐날이라 조수가 많이 빠지고 암초[草]를 만나 나아갈 수 없었다. 바다 가운데에 있는 숨은 여울[暗灘]을 뱃사람은 '암초'라 이른다. 배가 파손되는 것은 모두 이로 말미암은 것이다. 뱃사공이 배를 운행할 때 이것을 보고 미리 피한다. 어제 부사가 탄 배의 키가 부러진 것은 모두 이것을 만나서였다.

진시(辰時)에 돛을 기울여 바람을 받고 노 젓기를 겸하여서 마침내 큰 바다로 나갔다. 북쪽으로 신도(薪島 : 진강(鎭江), 지금의 단동)를 돌아갔다. 사시(巳時)에 날씨가 쾌청하고, 풍향이 점점 좋아져서 돛을 올려 곧바로 녹도(鹿島)를 향하였다. 일몰 후에 사신의 배가 보이지 않았다. 선상에 켜 놓은 불을 바라보면서 불빛을 쫓아 나아갔다. 초경(저녁 7~9시)에 대장자도(大獐子島), 소장자도(小獐子島)를 지나 녹도(鹿島) 앞 항구에 도착하였다. 사신들이 탄 배는 이미 정박해 있었다. 비스듬히 서쪽 건너편의 육지에 연결되어 있었는데, 바로 진강 등의 땅이다. 섬 가운데에 군병이 있었는데, 주우길(朱尤吉)이 지휘하고 있었다.

1623년 6월 1일 경신(庚申), 밤에 석성도(石城島)에서 폭풍을 만났다.

이른 아침에 배를 운행하였는데, 수위가 낮아 배가 좌초되었다. 드디어 삿대를 사용하여 배를 돌렸고, 물의 흐름에 따라 진행하였다. 진시

(辰時 : 7~9시)에 돛을 올리고 대양으로 나갔다. 점차 풍랑이 심해져 배의 운행이 불안해졌다. 멀리 중국 관원이 승선한 쾌속선 한 척이 돛을 펴고 오는 것을 보았다. 이순(李恂)이 소리 지르기를, "낙 도사(駱都司)인가요?" 하니 답하기를, "그렇다!" 하였다.

마침 정사의 배를 만났는데, 주방에 불이 붙어 사람들이 모두 놀랬다가 겨우 물을 부어 진화하였다. 사시(巳時 : 9~11시)에 풍랑이 극도로 왕성하여 배가 심하게 요동하였다. 기울어졌다가 다시 서고 겨우 바로 섰다가는 다시 기울어졌는데, 부사가 탄 배가 더욱 심하였다.

오시에 석성도(石城島)에 정박하였다. 섬의 서쪽으로 500리쯤에는 흑도(黑島)와 황골도(黃骨島)가 있는데, 후금에 투항한 한족(漢族)의 가짜 오랑캐들이 점거하고 있는 곳이다. 동쪽에는 대청도(大靑島), 소청도(小靑島), 오가도(五家島), 오정도(五亭島), 서장자도(西獐子島), 백사도(白沙島), 대장산도(大長山島), 소장산도(小長山島) 등이 있다.

섬에는 돌로 쌓은 성(城)의 옛터가 있는데, 그래서 '석성도'라는 이름이 생긴 것이다. 주위가 20리인데, 지세가 평탄하여 사람들이 살 만하였다. 주민들이 많이 모여 우리 일행을 구경하고 있었다. 그때 낙 도사의 배가 우리 앞을 지나가므로 통역관 이순(李恂)을 시켜 소리 질러 말하게 하였다. "대인께서 우리들 때문에 창해에 나와 고생이 많으시니 감사하고 송구합니다. 감히 안부를 묻습니다!" 하니, 도사가 선창으로 나와 감사하다고 소리 질렀다.

밤 이경에 선원들이 모두 삿자리 아래 들어가 곤히 잠들었는데, 홀로 군관 정창운(鄭昌雲)이 촛불을 들고 와서, "배가 정박했던 곳에서 점점 이동하고 있습니다." 하였다. 뱃사공에게 소리 질러 확인하게 하였더니, 과연 처음 정박했던 곳에서 이동하고 있었다. 선원들을 독촉하여 삿대를 내리게 하였으나 모두 잡을 수가 없었다. 이윽고 풍우가 세게 몰아쳐서 지척을 구분할 수가 없고, 벼락처럼 흔들리며 치고 깨어지는 소리가 귀에서 떠나지 않았다. 배의 밑바닥이 크게 부딪혀 안정되지 않으니, 곧 부서져 침몰하는 변고가 닥칠 듯하였다. 또 새어 들어오는 물이 사방에서 솟구쳐 들어오는 것으로 보아 선판이 파손된 것 같았다. 사공들이 모두 어찌해 볼 수 없다고 여기고 손을 비비며 하늘에 축원할 뿐이었다.

송성실(宋成實)은 내가 제주도로 출장 갔을 때의 선주였는데, 울면서 내게 고하였다. "일이 이 지경에 이르게 되었으니, 미리 대비하시기 바랍니다." 하였는데, 이는 옷을 갈아입고 죽음을 기다리라는 뜻이었다. 나는 그를 꾸짖어 물리치고 할 일에나 진력하라고 하였다. 즉시 정창운(鄭昌雲)과 최준남(崔俊男) 등을 시켜 물을 퍼내게 하였는데, 배가 침몰하지는 않았다. 또 삿대를 내리게 하였는데, 삿대가 밧줄에 감겨 있어 창졸간에 풀거나 자를 수가 없었다. 자귀와 망치 등의 도구는 깜깜한 밤이라 찾을 수가 없었고, 차고 있던 패도를 송성실에게 주어 밧줄을 잘라 내게 하였다. 천신만고 끝에 배가 전복되지 않았으나 밤은 이미 삼경이 되었다.

사공 동복(同福) 등 수영 잘하는 자들을 시켜 배를 해안의 바위에다 묶어 두게 하였으나 모두 따르지 않았다. 오직 송직(松直)·용산(龍山)과 나남(羅男) 등이 서로 말하기를 "우리들의 생명은 말할 필요가 없으나 공무 수행 중인 사신들은 살려야 한다." 하고, 마침내 밧줄을 당겨 물에 들어가 해안 바위에 묶었다. 그러자 조수가 물러가고 배가 갑자기 바닥에 달라붙어 다시 살아나게 되었다. 그래서 입고 있던 옷을 벗어 용산에게 상으로 주었다.

불을 밝혀 배의 바닥을 비춰 보니, 선판이 해어져 틈이 벌어진 곳이 여러 군데 있었다. 배가 요동하여 물에 닿을 때마다 물총을 쏘는 것처럼 물이 들어왔다. 급히 명령하여 틈을 메우고 날이 밝기를 기다려 다시 잘 수리하였다. 배가 본래 견고하고 치밀하였기 때문에 침몰하는 것을 면할 수 있었으니, 이는 곧 전라병영*의 우자(羽字) 선박이다.

1623년 6월 2일 신유(辛酉), 석성도에서 머물렀다.

아침에 배가 좌초된 곳을 보니 날카로운 바위 모서리가 있었는데, 다행히 서로 닿지는 않았으나 간담이 서늘하였다. 비를 무릅쓰고 해안에 내려 중국인들의 천막을 빌려 들어가 정신과 기운을 조섭하였다. 두 사신도 또한 해안에 내렸다는 소식을 들었으나 거리가 멀리 떨어져 있어 만나 볼 수가 없으니, 울적하고 근심스러울 뿐이었다. 지난밤에 부사의 배도 역시 닻이 빠져 떠내려갔으나 다행히 제1선의 닻줄에 걸려 멈추었는데, 역시 매우 놀랐다고 하였다.

참장(參將)**이 인사장과 예단(禮單)을 보내왔기에 신응융(申應融)을 보내어 사례하였다. 밥을 먹은 후에 선착장으로 사신들을 배알하러 갔다. 일행이 비로소 지난밤의 사고 소식을 듣고 안색이 변하였다. 낙 도사(駱都司)가 배 정박한 곳에서부터 와서 보았다. 관복을 입지 않고 접견하는 것이 미안하다고 하여 사양하니, 도사가 편복으로 갈아입고 와서 악수하고 노고를 위로하였다.

수비(守備) 지봉양(池奉恙) 등이 인사장을 보내어 알현하기를 요청하였으나 즉시 인사장을 돌려보내고 사례하면서 관복을 입지 않은 것 때문에 사양하였다. 지 수비가 낙 도사의 정박 처로 가니 도사가 작별하고 물러나갔다. 두 사신이 각기 숙소로 돌아가고 나는 홀로 해안 근처 장걸(張傑)의 집에서 잤다. 석성도는 금주위(金州衛)에 속하고 주민 70여 집이 있었

---

* 이때 '전라병영'은 '전라수영'으로 바꾸는 것이 좋을 듯하다. 병영에는 전선이 없기 때문이다.
** 중국 명·청대의 무관직으로, 3~4품직이다. 총병(摠兵)·부총병(副摠兵)의 아래에 있으며, 도사(都司)나 유격(遊擊)의 위에 있다.

는데, 요동에서 피난해 온 사람들이 두 배나 많았다. 총진(摠鎭)에서 유가신(劉可紳)을 차출하여 참장(參將)으로 삼아 주둔하게 하였다.

녹도에서 삼산도에 이르기까지는 모두 금주위에 속하였고, 유 참장(劉參將)이 관할하였다. 금주(金州)·복주(復州)·해주(海州)·개주(蓋州)는 모두 오랑캐가 점령하였고, 오직 바다에 있는 약간의 섬들만이 총진(摠鎭)에 속해 있을 뿐이다.

1623년 6월 3일 임술(壬戌), 안개 끼고 비가 왔다. 석성도에서 머물렀다.

낙 도사(駱都司)가 차 한 봉지와 인사장을 보내왔는데, "중국의 명차는 천식을 해소하고 원기를 소생시키기에 삼가 받들어 올립니다." 하였다. 별지에 차 다리는 법을 기록하였다.

"샘물을 가지고 불로 끓이다가 큰 기포가 생기면 차 잎을 자완(磁碗)에 흩어 넣고 끓는 물[濱水]을 반이 넘게 붓는다. 때맞추어 소금을 함께 끓는 물에 타서 차를 만들면 심히 맛이 좋다. 10분을 비율로 하여 소금은 2분을 넣고 끓는 물은 8분으로 한다."

즉시 감사장을 썼다.

"특별히 내려 주신 명차 한 봉지를 받으니, 보물로 여겨 마지않습니다. 저는 본래 가슴에 열증(熱症)이 있는데, 뱃길에 번민이 심하여 범화(汎花)의 즙을 마셔 갈증을 식히려고 하였으나 얻을 수 없었습니다. 지금 좋은 선물을 받으니, 한 잎 한 잎이 모두 완연히 진품이므로 그 이름은 모르지만 건계(建溪)의 명품인 것을 알 수 있습니다. 또 차 달이는 법을 가르쳐 주시니, 깊이 육우(陸羽)와 채ㅇ(蔡ㅇ)의 비법을 얻은 것 같습니다. 다만 유감스러운 것은 혜산천(惠山泉)의 물을 얻어 진미를 낼 수 없는 것이지만, 다행히 가르쳐 주신 방법대로 달여 마시니 아름다운 향기를 손상시키지 않았습니다. 침이 생기고 말랐던 몸에 윤기가 돌아 크게 진기(眞氣)를 부지하게 하니, 다만 막힌 것이 사라지는 이익을 느꼈을 뿐이요, 몸이 수척해지는 해로운 기운은 느끼지 못했습니다. 갈증을 느끼던 중 이를 얻으니 참으로 다행입니다. 이에 잣 한 말을 보내어 저의 작은 정성을 표현하고자 하니 물리치지 마십시오. 받들어 답장을 올리며 이만 그칩니다."

낙유신(駱惟信)은 절강성 의오(義烏) 사람으로, 등주에 거주하며 빈왕(賓王)의 먼 후손이라고 하였다. 이전에 선원들에게 나누어 주기 위해 받은 은자(銀子)를 거두어 통관에게 주어 불시의 수요에 대비하게 하였는데, 곧 나남(羅男) 등에게 나누어 주어 이전의 노고에 보답하게 했다. 초경에 각각의 선박이 노를 저어 항구를 빠져나와 섬의 서쪽 모퉁이에 정박하여 내일의 출발에 편리하게 했다.

1623년 6월 4일 계해(癸亥), 장산도(長山島)에 도착하였다.

동틀 무렵에 배를 띄우니, 낙유신의 배도 함께 출발하였다. 내가 탄 배가 가장 빨랐고 나머지는 모두 뒤처졌다. 아침부터 정오까지는 사방이 안개에 잠겨 장산도에 정박하고자 하였으나 근처를 식별할 수가 없었다. 홀연히 어두움 속에서 섬 모양이 어른거리니, 뱃사람들이 기뻐하며 어쩔 줄 몰라했다. 갑자기 안개가 걷히면서 가파른 절벽이 보였고, 앞에는 다섯 바위가 깎아지른 듯이 떨어져 서 있으니, 마치 다섯 장부(丈夫)와 같았다. 바위 서쪽에는 반송 한 그루가 그 정상에 관처럼 씌워져 있었으니, 기이하고 절묘하여 그림으로도 표현하기 어려울 정도였다. 드디어 천천히 노를 저어 느긋하게 나아가면서 뒤따라오는 배들을 돌아보니, 겨우 배의 꼭대기 부분만 보였다. 서서히 나아가는데, 별안간 안개가 끼며 있는 곳을 알 수 없었다.

신시(申時)에 장산도의 동쪽 모퉁이에 정박하려 하니, 그곳 사람들이 정박할 만한 곳을 가르쳐 주었다. 과연 삼면이 산을 의지하고 수세가 완만하여 참으로 배를 정박할 만한 곳이었다. 섬에는 인가(人家)가 겨우 백여 집이요, 군부대가 있었는데, 수비(守備 : 명·청대의 정5품 무관직)가 지휘하고 있었다. 저녁에 제6선과 제4선이 계속하여 도착하였다. 제1선은 서쪽 모퉁이에 정박했다고 한다. 해질녘에 제2선도 서쪽을 향해서 가고, 제4선이 꼬리를 물고 떠났다. 제5선은 밤이 깊은 후 비로소 도착하여 정박한 곳을 알 수 없었다. 오직 제6선이 나의 배를 따라와 한 곳에 정박할 수 있었다. 사신들이 탄 배의 소재를 알 수 없어 밤새도록 걱정하고 애를 태웠으나 어쩔 수 없었다.

1623년 6월 5일 갑자(甲子), 저녁에 비가 왔다. 광록도(廣鹿島)에 도착했다.

아침에 배를 띄워 서쪽을 바라보니 제1, 2, 5선이 낙유신의 배와 함께 항구에 정박해 있었다. 그쪽에서 먼저 포성을 울려 알리자, 곧 응답하고 서로 이어서 출발했다. 제1선이 앞장서고 제3선이 다음에, 제2선이 그 뒤에, 제4선과 제6선이 또 그 뒤를 따랐으나 오직 제5선은 간 곳을 알 수 없었다. 오후에 광록도를 바라보니, 10리도 채 되지 않았지만 안개로 어두워서 나아갈 곳이 혼미했다. 동쪽에서 남쪽과 서쪽으로 가다가 도로 동남쪽을 향하는데, 숨은 여울을 만나니 물살이 사납고 급하여 배를 운행할 수 없었다. 키가 부딪히고 닳은 것이 3개요, 거의 뒤집힐 뻔한 위기였는데, 송성실(宋成實) 등이 키를 잡고 힘을 다해 높이 걸어서 드디어 위험을 넘겼다. 제2선이 갑자기 앞서고 나머지가 차례로 뒤따랐으나 제1선은 여울에 막혀 결국 몇십 리 밖으로 밀려났다. 신시(申時)에 광록도에 도착하니, 제5선과 제2선은 이미 정박해 있었고, 제1선이 맨 뒤에 도착했다.

낙 도사가 제4선에 앉아 나를 보고 멀리서 읍(揖)했다. 들건대 그가 탄 배가 장산도에서 부딪혀 파손되었으므로 사람들을 남겨 수리하게 하고, 그에게 딸린 장정 10명만 데리고 제4선을 타고 왔다고 했다. 도사가 역관 이순을 통해 나에게 말했다.

"이처럼 바람 부는 날에는 결코 배를 부릴 수 없는데, 탈이 없으니 다행입니다."

또 말하였다.

"이곳에 도착해서는 깃발을 세우거나 총을 쏘면 안 되니, 알아 두십시오. 오늘 밤에는 반드시 비와 바람이 있을 것이니, 반드시 안전한 곳으로 피해야 합니다. 이는 사소한 일이 아니므로 삼가 알려드립니다."

마침내 가까운 해안으로 노를 저어가니, 중국인들이 진을 치고 늘어선 것이 마치 적군에 대비하는 것 같았다. 이순으로 하여금 인사장(拜帖)을 지참하여 참장에게 가서 말하게 하였다.

"저희들이 바람과 파도에 몰려서 귀하의 영역에 정박하게 되니, 마치 부모의 땅에 들어서는 것 같습니다만, 뜻하지 않게 번거롭고 놀람을 끼쳤으니 황송함을 감히 아룁니다."

참장(參將)이 말하였다.

"귀국과는 일이 한집안과 같은데, 어찌 의심하고 주저함이 있겠습니까? 적과 서로 대치하고 있으므로 방어하는 직책상 이렇게 하지 않을 수 없었습니다."

이윽고 술과 고기를 보내오고 너그럽게 대접하여 역관들을 보내 주었다. 또 사람을 시켜 인사장과 함께 채소와 육류를 보내왔다. 종이 묶음과 부채 몇 자루를 주어 사례하였다.

광록도도 금주위에 속했는데, 지형이 둥그스름하고 주위가 20리나 되었다. 합선도(哈仙島)는 그 남쪽에 있었고, 색립도(色立島)·갈등도(葛藤島)·와피도(瓦皮島) 등의 섬은 모두 서쪽에 있었다. 거주하는 사람들이 300여 호에 가까웠고, 전선이 6척 있었으며, 포수·살수(殺手) 약간 명이 있었는데, 모두가 절강(浙江) 지방의 군병으로, 모문룡 총진의 정탐선(聽候船)이었다. 참장 장계선(張繼善)은 자못 기율(紀律)이 있어서 이미 지나온 석성도 등의 장령(將領)들과 같지 않고 적합한 사람으로 생각되었다. 저물녘에 비바람이 쳤으므로 닻을 언덕 위에 단단히 파묻도록 하였다. 그래서 편안히 잠잘 수 있었다.

1623년 6월 6일 을축(乙丑), 안개 끼고 비가 내렸다. 광록도에서 머물렀다.

여러 선박들이 항구 안에 정박했는데, 서로 간에 거리가 멀었다. 저녁에 제6선의 사람이 헤엄쳐서 언덕 위로 올라왔다. 그 온 사유를 물으니, 제1선에서 내가 탄 배에 전하여 보고하게 하기를, "한 곳으로 배를 물려 정박하게 했다가 내일 새벽 함께 출발하자."는 것이었다. 마침 바람의 형세가 불순하였으므로 배를 물려 정박할 수 없었다.

저녁에 이(李) 천총이 채소와 육류를 가져와서 배 위에 건네주고 또 어제 일을 사과했으니, 자못 실례한 것이 미안했기 때문이다. 내가 말하였다.

"귀 지방은 오랑캐(여진족)와 서로 대치하므로 순라(巡邏)와 경비하는 방도가 엄중하지 않을 수 없습니다. 장군께서 외국인(조선 사신 일행)에게 위엄을 보여 주고 예의로서 대접하였으니, 이 두 가지를 병행하면서도 서로 어긋나지 않았는데 어찌 미안할 것이 있겠습니까?"

이 천총이 말하였다.

"노야(老爺 : 장 참장)께서 주 천총(朱千摠)의 집에 청소할 것을 명하셔서 관소에 오시기를 기다렸는데, 어찌하여 오시지 않습니까?"

내가 답변하였다.

"두 분의 노야(정사와 부사)께서 아직 오지 않으셨으므로 감히 들어갈 수 없습니다."

천총이 "그렇군요!" 하였다. 또 말하기를, "채소와 천한 물건으로 작은 정성을 표시하니 부끄럽기 짝이 없습니다." 하였다.

내가 대답하였다.

"좋은 채소는 배에 없는 것인데, 이제 진귀한 선물을 주셔서 비로소 이 채소를 먹게 되니, 배 속의 귀신이 놀라겠습니다."

이 말을 듣고 천총이 포복절도하였다. 이윽고 그에게 술을 대접하니, 술잔이 거듭되어도 사양하지 않았다. 천총이 스스로 말하기를 장 참장과 더불어 모두 평양부의 사람이라 하였다. 내가 말하였다.

"장 참장은 기율이 엄중하고 밝으니 진실로 참된 장군입니다. 대인께서도 장 장군의 뜻을 본받아서 군령이 심히 엄숙하니, 이 또한 유능한 장수입니다. 예전에 들으니, 산서(山西)에서 훌륭한 장수가 나온다고 하였으니 어찌 그것을 믿지 않겠습니까? 예전에는 황제의 사신도 돌아오는 길에 (오랑캐들 때문에) 감히 이 지방 근처에 접근하지 못했는데, 지금은 우리 사신들의 배가 이곳에 편안히 머물도록 하여 (마치 고국에) 돌아오는 것과 같이 하였습니다. 모 도독의 덕이 먼 곳에 미치는 바가 많고, 장 장군도 공이 있습니다."

그가 대답하였다.

"장 장군은 위엄과 덕망이 있으니 모 도독께서 평소에 말하기를, '나의 직책을 대신할 자는 그대이다.' 하였습니다. 그러나 지금 이 강역을 보전하도록 한 것은 하늘이 주신 것이니, 황상(皇上)의 복이며 또한 어진 국왕(조선왕)과 모 도독의 공입니다."

내가 공손히 읍하며 대답하기를, "대인의 칭찬이 우리 국왕께도 미쳤으니, 그 배종하는 신하 또한 영광입니다." 하였다.

천총은 강변(江邊 : 압록강 변)의 진보(鎭堡)를 두루 맡았고, 또 우리나라의 사정을 잘 알았다. 이어서 말하였다.

"우 총병(禹摠兵 : 평안병사 우치적)은 이쪽저쪽의 눈치를 살폈고, 정준(鄭遵)은 오로지 오랑캐에게 붙을 뜻을 갖고 있었습니다. 박 포정(朴布政 : 관찰사 박엽(朴燁))은 정준의 죄와 같지 않은데도 모두 처형당하였으니 어찌된 일입니까?"*

내가 이순(李恂)을 시켜 박엽의 죄상을 말해 주었더니, 천총이 알았다고 하고 물러갔다.

1623년 6월 7일 병인(丙寅), 삼산도(三山島)에 도착하였다.

아침에 햇볕이 나기도 하고 구름이 끼기도 했으며, 남풍의 조짐이 있었다. 정사와 부사가 태덕립(太德立)과 신응융(申應瀜)을 보내서 내가 제6선에 올라 출발하도록 하였는데, 내 배가 선각(船閣, 船脚)이 낮아서 움직일 수 없었음을 염려했기 때문이다. 사공들이 진언(進言)하였다.

"오늘은 날씨가 맑고 남풍이 거듭 불어오니 돛을 펼쳐서 배를 띄울 수 있겠지만, 오후에는 풍랑이 반드시 크게 일어 배를 부리지 못할 것입니다. 헤아려 주심이 어떠하겠습니까?"

나는 비록 그 운행의 불가함을 알았지만, 이미 정사와 부사가 분부하였으므로 감히 따르지 않을 수 없었기에, 마침내 조수(潮水)의 흐름을 타고 배를 출발시켰다. 큰 바다로 나온 지 미처 10리가 못 되어 세찬 바람을 만나 풍랑이 산의 허리까지 넘실거렸다. 바다 한가운데서 파도가 뱃전에 부딪히니 여러 선박이 눈처럼 부서지는 파도에 번쩍 들려 나부꼈다. 제2선이 더욱 심하여 사람들이 모두 실색하였다. 내가 탄 배는 조금 튼튼하고 속도가 빨라 앞으로 달려 나가니, 여러 선박이 모두 뒤로 처졌다. 저물녘에 바람이 멎자 힘써 노를 저어 나아갔다.

이경 초(二更初 : 밤 9시)에 삼산도(三山島)를 바라보니 겨우 5리쯤 되어 보였다. 작은 섬들 사이에 머물면서 사신들의 배를 기다렸다. 뱃머

---

* 이들은 모두 인조반정(1623년) 이후 광해군과 한편이었다는 이유로 죽음을 당하였다. 박엽은 광해군 말년에 평안감사를 했고, 정준(鄭遵, 1580~1623)은 의주부윤이었으며, 우치적은 평안병사였다. 그리하여 본문에서 우치적(禹致績, ?~1628)은 우 총병(禹摠兵)으로, 박엽(朴燁, 1570~1623)은 박 포정(朴布政)으로 표기되었던 것이다.

대련(大連) 앞바다

리에서 횃불을 들어 알리니, 사신의 배에서도 역시 응답이 왔다. 두 섬 사이에는 급류가 합치는 곳이라 선체가 갑자기 흔들려 마음대로 제어할 수 없었다. 온몸이 선체에 부딪치는 것이 오래되었다. 삼경에 제1선, 6선이 서쪽 항구에 도착하여 정박하였다. 곧바로 닻을 올려 파도를 물리치고 섬 앞에 나아가 정박하였다. 제4선 역시 근처에 정박하였고, 제2선 · 5선은 모두 뒤떨어져서 있는 곳을 알지 못하였다.

1623년 6월 8일 정묘(丁卯), 삼산도에 머물렀다.

날이 밝자 노를 저어 사신이 탄 배가 정박한 곳으로 갔다. 부사는 바다 한가운데에서 밤을 새우고 꼭두새벽에 이곳에 도착하였다고 하였다. 이응(李膺) 등이 와서 문안하였다. 마침내 배에서 내려 정사, 부사와 함께 언덕 위에서 서로 위로하였다. 함께 조반을 먹고 종일토록 대화하였다. 부사가, 배가 운항할 때 지은 시고(詩稿)를 꺼내 보면서 돌아가며 시를 짓고, 모두 고금(古今)을 논하고 각각 몇 잔의 술을 마셨다. 크고 넓은 바다 가운데에 떠 있는 물거품과 같아서 맹랑(孟浪)하기 짝이 없었지만 서로가 마주보고 웃었다.

나는 부사의 '공(工)' 자(字) 운에 차운(次韻)하여 짓기를, "부침하는 것은 벼슬살이와 같고, 가고 멈추는 것은 뱃사공을 따른다〔浮沈同宦海, 行止聽篙工〕." 하였다. 정사가 웃으면서 말하였다. "나도 배 가운데에서 운에 따라 시를 지었다. '부침(浮沈)은 바다새와 같다〔浮沈同水鳥〕.'라 하였으니 뜻이 같다고 할 수 있다. 다만 '물새'와 '벼슬살이'라는 표현은 어느 쪽이 나은지 알지 못하겠다."

선원 등이 앵두를 따서 바쳤는데, 육지에서 심은 것과 다를 것이 없었다.

한낮에 제5선이 비로소 도착하였다. 견후증(堅後曾)과 우계현(禹啓賢)이 와서 인사하고 말하기를, 바다 가운데에서 밤을 보냈다고 하였다. 제4선은 힘써 노를 저어 근처 해안에 정박하고자 했으나 바람에 거슬려 앞바다에 정박하였다.

삼산도(三山島) 역시 금주위(金州衛)에 속하였는데, 본래는 황무지였다. 서쪽으로는 바위투성이의 뾰족한 고개가 있는데, 그 지세가 남쪽으로 달려가서 서쪽으로 우뚝 솟아 봉우리가 되었다. 그 서남쪽에 또 한 봉우리가 솟아 있어 통칭 '삼산(三山)'이라 한다. 남쪽의 지류는 내외 조류에 막히고 끊어져 모래와 뻘이 풍랑에 씻겨 나가서 옥과 같았다. 어제 서남쪽을 바라보았는데, 푸른 것이 뛰어나서 구름과 파도가 하늘에 닿는 것이 바로 이 섬이었다.

정사와 부사가 사공들에게 물었다.

"오늘 평도(平島)로 출발하는 것이 여기에 머물러 바람을 기다렸다가 황성도(皇城島)로 곧장 가는 것과 어느 것이 편한가?"

사공들이 모두 말하였다.

"평도(平島)는 육지와 연결되어 있어 갈 수 없습니다. 이곳에 머물면서 바람을 기다렸다가 황성도(皇城島)로 직향하는 것이 편하겠습니다."

그래서 그들의 말을 따랐다.

날이 저물자 제4선이 비로소 도착하였다. 김봉휘(金鳳輝), 신응융(申應灉) 등이 와서 인사하였다. 최준남(崔俊男)을 보내 낙 도사(駱都司)에게 문안하였는데 대답하기를, "매우 감사합니다." 하였다. 초저녁에 사신이 이응(李膺) 등을 시켜 희생물과 제주를 갖추어서 해신에게 제사지냈다. 낙 도사의 배가 수리와 보수를 마치고 도착하여 그들과 함께 모두 출발하였다. 항구를 출발하여 양두자도(羊頭子島)에 정박하고 바람을 기다렸다가 운행하였으나 일기가 좋지 않았다.

1623년 6월 9일 무진(戊辰), 황성도(皇城島)에 도착하였다.

아침에 서쪽으로 평도(平島)를 바라보니 서북쪽으로 이어져 뻗었고, 해안에 돌들이 뒤섞여 있었다. 산꼭대기에 봉수대와 감시탑이 있었다. 바위 언덕이 자른 듯이 서 있고, 가운데에 굴혈(窟穴)이 있었는데, 과연 볼 만하였다. 속담에 용이 사는 굴에는 배들이 감히 지나갈 수 없고, 지나가면 곧잘 빠져 들어간다고 말한다. 내 생각에 굴혈(窟穴)은 물이 모이는 곳이라 소용돌이가 뭉쳐져서 가까이 가면 곧장 빠져나갈 수가 없는데, 경계하지 않을 수 없었다.

여순구(旅順口)는 서북쪽에 있는데, 왕년에 진위사(陳慰使) 일행이었던 통사(通事) 박경룡(朴慶龍)의 배가 사로잡혔던 바로 그곳이다. 철산취(凸山嘴)는 또 여순구(旅順口)의 밖에 있었는데, 유 칙사(劉勅使)의 배가 파손되었던 곳이다. 모두 비스듬히 서쪽으로 수백 리 밖에 있었다. 남쪽을 향하여 키를 잡고 황성도(皇城島)로 직향하였는데, 운행에 아무런 장애가 없었다. 여순구(旅順口)는 바로 금주위(金州衛)에 속했는데,

동쪽·서쪽으로 다니는 선박의 기준이 되는 지점이다. 멀리서 바라보니 마치 귀문관(鬼門關)과도 같았다.

이날 풍향이 극히 순조로워서 파도가 일어나지 않았다. 풍속계측기〔五兩〕*가 거의 가득하여 배가 날아갈 듯이 빨랐다. 제2선이 그 다음이고, 제1선이 또 그 다음이었다. 여러 배가 모두 몇십 리 거리에 있었으나 다만 돛 끝이 안개와 파도에 보일 듯 말 듯 명료하지 못하였다. 제2선에서 사람을 시켜 전달하였다.

"순풍은 만나기가 어려우니, 황성도(皇城島)에 들어가지 말고 곧장 타기도(鼉磯島)로 향하는 것이 좋겠다."

---

* 고대의 풍향·풍속계이다. 닭 털 5~8냥 정도를 묶어 장대 위에 매어 달고 그것이 나부끼는 것을 보고 풍향과 풍속을 계측한다.

여순구 표지석

　그러나 나는 생각하였다.

　'오늘은 천리의 해로를 운행하였는데, 하늘이 도와준 것이 아니라면 어찌 가능하였겠는가! 만약 일정을 탐해서 무릅쓰고 나아간다면 후회가 있을까 두렵다. 또 뒤따라오는 여러 배들이 아득히 형체가 보이지 않으니, 그들을 버리고 가는 것 또한 모름지기 상부상조하는 의리가 아니다.'

　그래서 뱃사람들을 감독하여 황성도(皇城島)로 향하였다. 제1선이 바로 근처에 있기에 뱃사공에게 명하여 알리니, 좋다고 하였다. 제2선은 보고를 기다리지 않고 키를 잡아 가 버렸다. 해가 지고 밤이 되자, 하늘은 맑고 별과 달이 밝아서 마치 재각에 누워 있는 듯하고 조금도 걱정되는 바가 없었다. 제1선과 함께 황성도(皇城島)로 나아가니, 돛대에 부는 바람이 홀연히 그치고 달빛도 없어져 바다 빛깔이 어두컴컴해서 갈 곳을 알지 못하였다. 제2선은 아마도 타기도에 이르지 못하였을 것이다.

1623년 6월 10일 기사(己巳), 묘도(廟島)에 도착하였다.

　아침에 황성도(皇城島)의 지형을 살펴보니, 주위가 비록 협소하기는 하였으나 사면이 모두 암벽으로 되어 있고, 오직 한 쪽에만 배가 통과하는 길이 있으니, 여기에 항구를 조성하여 선박들을 정박시켰다. 또

군사들을 배치하였으니, 바로 해안을 방어하는 곳이었다. 사시(巳時 : 오전 9~11시)에 항구를 나오니, 바람의 세력이 점차 순조롭게 되어 항해하는 데 지체되지 않았다. 바라보니 타기도(鼉磯島)·죽도(竹島)·대경도(大鏡島)·소경도(小鏡島) 등이 있고, 묘도(廟島)도 그 가운데 있었다. 흑도(黑島)와 장산열도(長山列島)가 아득히 점철되어 있었는데, 솜씨 좋은 화가가 그림을 그린 것 같았다.

어제 낙후하였던 제5선은 밤새워 뒤따라와서 여러 배들과 함께 잇달아 노를 저어 진주문(眞珠門)으로 들어가 묘도의 북쪽 모퉁이에 정박하였다.

1623년 6월 11일 경오(庚午), 묘도에서 머물렀다.

새벽에 사당 앞으로 이동하여 정박하였다. 한(漢)나라 임온(林蘊)의 딸이 바닷물에 빠져 죽어 해신(海神)이 되자 황제가 천비(天妃 : 선녀)로

봉하였는데, 이 섬을 '묘도(廟島)'라고 한 것은 이런 연유 때문이었다. 부사(副使)가 대추, 참외, 살구를 사서 우리 배에 나누어 주었다. 들으니 그저께 대양에서 밤을 새우면서 온갖 위기를 넘기고 어제 이곳에 도착하였다고 하였다. 부사의 배와 뱃전을 나란히 하여 이야기를 하였는데, 어제 이 섬을 방어하는 파총(把摠 : 중대장급 지휘관) 장앙(張昻)이 와서 말하였다.

"오늘날에는 일의 형편이 예전과 같지 않으므로 군문의 지휘관[按察]이 분부하여, '조선에서 온 사람들을 수성(水城 : 도크)의 문으로 들여보내지 말라.' 하였기에 어젯밤에 제가 공문으로 보고하였습니다. 군문에서 회보가 와야 비로소 들어갈 수가 있습니다."

이에 낙 도사(駱都司)가 나의 배에 올라 비밀히 말하였다.

"제가 세 분께서 데리고 오신 통관(通官 : 통역관)들을 인솔하여 등주의 각 아문에 인사를 드리고 회보를 얻어 오는 것이 좋겠습니다."

조금 있다가 양산을 받쳐 든 관리가 낙 도사의 배에 오자 낙 도사는 인사하고 돌아가서 그 관리와 함께 선실에 들어가 귀에 대고 속삭이기를 한참이나 하였다. 그의 부하들에게 물어보니, 그는 운량관(運糧官) 모(毛) 아무개란 자였는데, 모문룡과 성이 같은 친척이라고 하였다. 그들이 한 말은 아마도 우리나라의 정세에 관한 것 같았는데, 그 내용은 알 수 없었다.

낙 도사가 장세굉(張世宏), 이응(李膺), 이순(李恂) 등을 데리고 함께 배를 타고 갔다. 장 파총(장앙(張昻))이 부사의 배에 왔다는 말을 듣고 정사와 내가 인사장을 보냈다. 장 파총이 말하기를, "인사장을 보내지 않으셔도 응당 제가 가서 인사를 드리겠습니다." 하였다. 장 파총이 정사의 배로 옮겨 와서 조용히 이야기를 나누다 갔다.

묘도의 지형은 매우 넓어 봉우리들이 첩첩이 둘러싸 항구의 좌우를 감싸안았고, 그 사이에 백사장이 수십 리에 걸쳐 뻗어 있었다. 또 항구 밖에 두 섬이 떠 있어서 마치 하늘을 막아 빈틈을 가리고 있는 것과도 같았다. 그 밖에도 바다에 솟은 섬들이 무수히 보였는데, 다만 맑은 날임에도 어스름하여 분명하게 보이지는 않았다. 산봉우리의 전망이 탁트인 곳에는 모두 봉화대가 설치되어 있었고, 둔전의 농막이 도처에 접해 있었다. 상선과 전선들이 가까운 해안에 무수히 정박해 있으니, 이곳은 바로 등주를 방어하는 요충지였다. 천진위(天津衛)의 운량선 30여 척이 여기에서 바람을 기다렸다가 9월경에 피도(皮島 : 모문룡이 주둔한 가도(椵島)의 별칭)로 출발한다고 하였다.

1623년 6월 12일 신미(辛未), 맑음. 묘도에서 머물렀다.

이응(李膺) 등이 간 후에 도무지 소식이 없었다. 정사가 견후증(堅後曾)에게 제6선을 타고 등주에 가서 탐문해 오도록 하였으나, 장앙(張昂)이 안 된다고 고집하면서 유 유격(劉游擊)의 표문(票文)을 꺼내 보여 주었다. 그 내용을 요약하면 아래와 같다.

"흠차 산동등주수영 유격장군(欽差山東登州水營游擊將軍) 유(劉) 아무개는 군무에 관한 일로 이달 초 3일에 해방병비도부사(海防兵備道副使) 담(譚) 아무개의 수본(手本 : 공문)*을 받았다. 이달 초 2일에 해방도군문(海防道軍門) 원헌(袁憲)의 지령서를 받은 바, 조선의 죄상은 마땅히 성토해야 할 것을 알았으나 아직 (북경) 조정의 의논이 결정되지 않았다. 근자에 맹 추관(孟推官 : 맹양지(孟良志))의 보고서에 의하면, 곧 배신(陪臣 : 사신)을 차출하여 북경에 들어가 승인을 요청하려 한다 하였다. 만약 저들의 배가 도착하면, 마땅히 묘도에 우선 정지시켜 두고 무원(撫院)**과

---

* 명나라 공문서 양식의 하나이다.
** 중국 각 성(省)의 순무(巡撫)는 당연직으로, 도찰원(都察院) 우부도어사(右副都御史)나 우첨도어사(右僉都御史)의 직함을 겸하기 때문에 '무원(撫院)'이라고 불렀다.

해방병비도 아문에 보고하여 관원을 차출해 명백히 조사한 후에 비로소 관문에 들여보낼 일이다. 공문이 해방도에 도착하면 각처에 이첩해 보내어, 본관의 지시 내용을 숙지하고 소홀히 하여 군무를 그르치는 일이 없게 하라."

표문의 내용이 하도 기막혀서 그대로 볼 수 없었기에 부사의 배에 모여 내일 공문을 올려 해명하기로 의논하였다.

1623년 6월 13일 임신(壬申), 등주에 도착하였다.

신응융(申應融)이 등주로부터 돌아왔다. 어제 올린 보단(報單 : 보고서)에 대해 군문에서 공문을 내려 등주로 입항하라고 지시하였다고 했다. 다음 날 아침에 배를 띄워 먼저 수성문(水城門) 밖에 도착해 사신의 배를 기다렸다가 함께 항구에 정박하였다. 장세굉(張世宏)과 이응(李膺) 등이 아문에서 와 인사하였다. 수성문은 곧 등주의 외북성(外北城)이며, 배들이 출입하는 곳이다. 분을 칠한 듯한 성곽이 뾰족하게 서 있고, 성 아래로는 물결이 양치질하듯이 굽이치고 있었다. 날아갈 듯한 누각이 높은 벼랑에 의거하여 푸른 바다를 굽어보고 있으니, 실로 뛰어난 경관이었다.

사신과 더불어 해안에 내려앉아 이야기할 때 한 관인이 찾아오니, 이름이 '이유동(李惟棟)'이라고 하였다. 읍하고 자리에 앉더니 각 선박의 선원과 무기들을 물어 조사하고, 그 수량을 적어 문서로 제출할 것을 요구하였다. 무기류는 거두어 선박에 두고, 가지고 내리지 못하게 하였는데, 아마도 군문의 분부인 것 같았다. 이유동은 가함도사(假衛都司)였는데, 양 감군(梁監軍)의 군대와 함께 일찍이 우리나라에 온 적이 있으며, 지금은 군문의 휘하에 있다고 하였다. 드디어 남문으로 나가 숙소인 개원사(開元寺)에 들어가서 유숙하게 되었다.

내가 일찍이 소나기에 대해 지은 시 한 수가 생각나서 읊었다.

隱几纔聞萬竅風　안석에 기대어 곧 천지의 바람 소리를 들으니,

波濤聲撼太虛空　파도 소리는 태허(太虛)의 공허함을 흔들도다.

誰將一片江南地　누가 한 조각 강남의 땅을 가지고,

移就營丘水墨中　영구(營丘)의 그림 가운데로 옮겼던가?

석루(石樓 : 이경전의 호)가 말하였다.

"이것은 곧 그대가 바다 건너 천자에게 사신 갈 것을 예언한 시 같네. 내 또한 객관의 침실 벽에서 우연히 한 연구(聯句)를 보았는데, '몸은 멀리 아무 의심 없이 아득한 바다를 넘었으니, 하늘 맑은 어느 곳이 등주 내주인가?〔身遠却疑超汗漫, 天晴何處是登萊〕' 하였다네. 후에 『기재집(企

齋集)』을 검토하면서 그 전편(全篇)을 보았다네. 세상만사는 모두 미리 정해지는 것이니 가히 피할 수 없는 것이라네."

나 또한 평소 "천길 벼랑에서 옷깃을 떨치며, 만리 물결에 발을 씻노라[振衣千仞岡, 濯足萬里流]."라는 시구를 즐겨 읊었더니, 곧 예언이 실현된 것인가 보다. 또 탐라의 선주 송성실(宋成實)을 수십 년 후에 우연히 만났으니, 미리 예정된 운명이 아니라면 어찌 그럴 수 있겠는가! 사람들이 혹 이치에 통달하지 못하면서 망령되이 낌새를 가지고 말로 표현한다면 또한 그릇되지 않겠는가!

발해(渤海)는 요성(遼城 : 요동성, 즉 요양)의 남쪽 700여 리에 있는데, 바다 연안을 '발(渤)'이라 하니, 요동의 남쪽은 모두 '발해'라고 하겠다. 경과하는 바닷길을 살펴보면, 선사포에서 가도(椵島)까지 100리요, 가도에서 거우도(車牛島)까지 200리요, 거우도에서 녹도(鹿島)까지가 500리요, 녹도에서 석성도(石城島)까지 또한 500리요, 석성도에서 장산도(長山島)까지 300리요, 장산도에서 광록도(廣鹿島)까지 250리요, 광록도에서 삼산도(三山島)까지 300리요, 삼산도에서 황성도(皇城島)까지 900여 리요, 황성도에서 타기도(鼉磯島)까지 160리요, 타기도에서 묘도(廟島)까지 150리요, 묘도에서 등주까지 80리니 총 3450리이다. 그러나 그 늦고 빠른 것은 바람과 조류의 순방향이나 역방향을 고려해야 되므로 본래 정해진 표준이 없으나, 다만 그 개요를 적은 것일 뿐이다.

세상에서 흔히 '동해에는 밀물과 썰물이 없다.'고 전해 오며, 성균관의 시험에서 이것을 논하라는 문제가 출제되기도 하였다. 내가 생각건대 「요전(堯典)」*에 "해를 맞이하는 우이(嵎夷)"라 하였으니, 곧 지금의 등주이다. 이는 곧 중국의 동해(東海)이니, 우리나라로서는 서해(西海)

---

* 『서경(書經)』의 한 편명(篇名)이다.

이다. 또 우리의 동해는 일본의 서해이니, 조석(潮汐)을 논하는 자가 중국의 동해에는 '조수가 없다'고 말하고, 일본의 서해에는 '조수가 있다'고 말하는 것은 옳지 않음이 명백하다. 혹 억지로 변명하려 한다면 여기에 와 본 후에 비로소 발해에 밀물과 썰물이 있음을 알 수 있을 것이다. 등주의 수성문(水城門) 같은 곳은 밀물이 올라오면 노를 저어 배가 들어오고, 썰물이 나가면 평평한 땅으로 바뀐다. 또 〈관조(觀潮)〉니, 〈부조(賦潮)〉니 하는 작품들이 고금에 읊어지고 있으니, 어찌 일찍이 '조수는 없다'는 논의가 있을 수 있겠는가? 이것이 그 의심되는 점이어서 대략 이렇게 기록하여 견문록을 만든다.

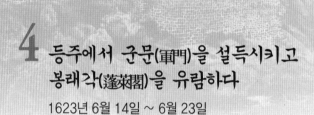

4 등주에서 군문(軍門)을 설득시키고 봉래각(蓬萊閣)을 유람하다

1623년 6월 14일 ~ 6월 23일

등주 도착 → 10일간 군문에 나아가 인조반정 실정 해명, 설득
→ 등주 수성의 봉래각 유람

1623년 6월 13일 천신만고 끝에 등주에 도착한 이민성 등 조선 사신 일행은 6월 23일까지 10일간 머물면서 등래순무(登萊巡撫) 원가립(袁可立) 등 여러 관원들을 찾아 인사하고, 중국에 잘못 알려진 인조반정의 실상을 해명하였다. 1622년 11월에 황제의 칙서를 가지고 조선에 왔던 추관(推官) 맹양지(孟良志)와 가도의 모문룡이 인조반정을 쿠데타에 의한 왕위 찬탈이라고 나쁘게 보고하였다. 이 때문에 중국 조정에서는 인조반정을 극히 나쁘게 인식하게 되었던 것이다. 등주에 도착한 조선 사신들은 명나라 관원들 사이에 퍼진 나쁜 여론을 듣고 그들을 설득하여 반정의 당위성을 설명하는 데 진력하였다. 그들은 6월 17일에는 명의 관원들을 초청하여 연회를 베풀면서 로비를 하기도 하였다. 그들의 노력 때문에 원가립을 포함한 명의 고관들은 인조반정에 대하여 어느 정도 수긍하게 되었다.

그들은 6월 16일 숙소를 개원사(開元寺)에서 일반 여염집으로 옮겼는데, 이는 승방에 빈대가 너무나 많았기 때문이었다. 6월 19일에는 등래순무 원가립이 사신들의 반송관(伴送官 : 호위 겸 안내인)으로 허선(許選)을 차출해 보내 주었다. 6월 21일에는 등주의 퇴역 관료인 오대빈(吳大斌)과 시를 주고받았고, 왕마힐(王摩詰)의 〈망천도(輞川圖)〉라는 시화(詩畵)를 빌려 숙소에 걸어두고 감상하기도 하였다. 또 이날 오후에는 등주의 이름난 화원(花園)을 유람하기도 하였다.

6월 23일에는 사신 일행이 유명한 봉래각(蓬萊閣)과 수성(水城)을 유람하였다. 봉래각은 등주 수성의 바닷가 벼랑에 세운 도교 사원인데, 그 규모와 경치가 중국에서도 몇 손가락 안에 드는 곳이다. 조선의 사신들이 등주에 도착하면 으레 유람하는 곳이며, 많은 그림과 시가 전하고 있다. 이민성 일행은 여기에 올라가 두루 관람하고 수성(水城)의 누각에 올라가 어부들의 그물질을 구경하기도 하였다. 또 부근의 행화촌(杏花村) 경치가 볼 만하다 하여 이곳에도 유람하였다. 6월 21일에는 등래순무와의 대화 내용을 장계(狀啓)로 작성하여 군관 유경지(柳敬地)와 모천수(牟天壽) 등에게 주어 제6선을 타고 서울로 가서 보고하게 하였다.

등주의 수성은 등주 항구의 선박들을 계류시키는 일종의 도크였다. 바다에 면하여 성을 쌓고, 출입구에는 만조 때만 선박이 출입할 수 있는 시설을 만들어 선박들이 조수 간만에 구애되지 않고 안전하게 정박할 수 있는 시설이었다. 이러한 시설은 조선에 없는 것으로, 사신들에게는 매우 경이로운 볼거리가 되었다.

이날은 그들이 등주에서 보내는 마지막 날이었으므로 이 날짜에 등주와 주변 지역의 지리적인 상황들을 자세히 기록해 두었다. 여기에는 고을의 설치와 변천 역사 및 관할 각 고을의 방위와 거리를 수록하고, 산과 강 및 섬 들의 지리적 정보도 수록하였다.

1623년 6월 14일 계유(癸酉), 등주에서 머물렀다.

아침에 군문(軍門)에 현관례(見官禮)를 행하고, 낙유신(駱惟信)의 집에 들러 차와 술을 대접받았다. 마친 후에 아문(衙門)에 나아가 이응(李膺) 등으로 하여금 보단(報單)을 올리도록 했더니, 무원(撫院)*이 즉시 알현(謁見)하도록 허락했다. 동쪽 계단을 거쳐 올라가서 두 번 절하자, 무원이 읍례(揖禮)로 답했다. 신문(申文)**을 올리자 무원이 서서 묻고 우리는 대답하였다.

"너희 나라 옛 왕(광해군)은 살아 있느냐?"

"살아 있습니다."

"(광해군에게) 아들은 있는가?"

"아들 한 명이 있습니다."

"어디에 있는가?"

"같은 곳에 있습니다."

"듣건대, 옛 왕이 3월 13일에 이미 죽었다고 하는데, 맞는가?"

"그럴 리가 없습니다."

군문(軍門)이 말하였다.

"13일에 군대를 출동시켰다고 하는데, 맞는가? 또 옛 왕이 스스로 물러났는가?"

우리가 대답하였다.

"그가 덕망을 잃어버린 사실은 신문(申文 : 의정부에서 인조반정을 해명한 외교 문서) 중에 자세히 적혀 있으니, 노야(老爺)께서 그것을 읽어

---

* 순무등래지방 찬리정동군무(巡撫登萊地方贊理征東軍務) 겸도찰원우첨도어사(兼都察院右簽都御史) 원가립(袁可立)을 지칭한다.
** 조선 의정부에서 중국 측에 인조반정에 대해 해명한 문서. 당시의 영의정 이원익(李元翼) 이름으로 작성되었다.

보시면 곧 상세히 알게 되실 것입니다. 온 나라의 대소 신료들과 백성들이 사전에 모의도 하지 않고 한마음이 되어 새로운 임금을 추대하였고, 소경왕비(昭敬王妃 : 인목대비)가 국사(國事)를 임시로 맡겼습니다. 하늘이 명하고 인심(人心)이 돌아가서 조용히 왕위를 바르게 하였으니, 어찌 군대를 출동할 일이 있었겠습니까?"

군문이 말하였다.

"그렇다면 궁실이 불에 탔다고 하는 것은 무슨 까닭인가?"

"궁첩(宮妾)이 거처하고 있는 곳에서 등불을 켜다가 실수로 불이 번진 것일 뿐입니다. 정전(正殿)은 예전 그대로입니다."

"너희 나라는 현재 안정되어 있느냐?"

"반정하는 날에 저자도 변함없이 열렸고 조정(朝廷)과 재야(在野)도 평

등주 무원 등래순무의 관아이다.

온하였는데, 어찌 안정되지 못할 일이 있겠습니까? 또 총진(摠鎭 : 모문룡 부대)이 우리나라에 주둔하고 있으니, 만약 의심스런 단서가 있었다면 어찌 우리나라를 엄호하여 중국 조정을 기만할 리가 있겠습니까?"

군문이 말하기를, "잘 알았다." 하였다. 이어 차를 대접하라고 명했다. 사례의 인사를 하고 물러났다. 군문은 곧 순무등래지방 찬리정동군무 겸도찰원우첨도어사(巡撫登萊地方贊理征東軍務兼都察院右簽都御史) 원가립인데, 하남(河南)의 휴양(睢陽) 사람이다.

1623년 6월 15일 갑술(甲戌), 등주에서 머물렀다.

아침 일찍 패(牌)[*]를 보내고 군문(軍門)에 나갔으나, 군문이 이미 철수하여 문패(文牌)만 전달하고 정문(呈文)^{**}을 올리지 못한 채 돌아왔다.

1623년 6월 16일 을해(乙亥), 등주에서 머물렀다.

아침 일찍 패(牌)를 보내고 군문(軍門)에 나아가 장앙(張昻)의 신패(信牌 : 공문)에 있는 일을 들어 군문에게 해명서를 올렸다. 군문이 이응(李膺)에게 전하여 말하기를, "올린 글의 곡절을 조용히 살펴볼 것이니, 사신들은 우선 물러가 계시라." 하였다.

늦게서야 패가 밖으로 나왔는데, 그 패에 회답을 써서 주었다.

"옛 왕을 폐하고 신왕을 세운 일을 살펴보았다. 200년 이래로 없었던 일을 하루아침에 전해 들었으니, 어찌 놀라고 괴이하게 생각하지 않겠는가? 국경을 방어하는 중책을 맡아, 문서를 시행하여 신중히 하는 일은 사리(事理)의 당연한 이치이다. 그리고 지금 보내온 신문(申文)을 보니 곧 일의 전말을 알 수 있고, (대국을 섬기는) 효순(效順)의 정성도 예

---

* 전통시대 중국의 관부에서 사용하던 간략한 공문의 한 형태이다. 6부와 지방의 부(府) 이하 관청에서 사용하던 공문으로, 오늘날의 메모 보고와 같은 것이다.
** 전통시대에 중국의 하급 기관에서 상급 기관에 올리는 문서. 우리나라의 사신들이 중국의 각 관아에 올리는 문서도 정문이다.

전과 다를 바 없으니, 우대하는 예의도 마땅히 종전보다 덜해서는 아니 될 것이다. 일체의 연회와 음식물 공급과 상(賞)을 주는 등의 항목은 이미 격문(檄文)을 보내서 마련하도록 촉구했으니, 그렇게 알기 바란다."

또 해방도(海防道 : 분순등래해방도부사 담창언(分巡登萊海防道副使 譚昌言))에 나아가 현당례(見堂禮 : 알현하는 예)를 거행하였다. 인사가 끝나자 신문(申文)을 올렸는데, 온돌방〔火房〕으로 안내해 들여서 차를 대접해 주었으나 별도의 질문이 없어서 마침내 인사하고 물러나왔다. 해방도(海防道)가 이응(李膺) 등에게 설명하였다.

"이 올린 신문을 보니 너희 나라 사정을 훤히 알겠다. 만약 의심을 두었다면 어찌 전례에 맞추어 대접할 리가 있겠는가?"

등주 해방도 관아 등주 수군 지휘부 관아이다.

감군(監軍 : 등주감군안찰부사 전일정(登州監軍按察副使田一井))은 병을 핑계로 두문불출했으므로 가서 인사하지 못했다. 또 등주 지부(知府)* 아문에 가서 인사를 드리니, 또한 사신 일행을 온돌방에 맞아들여 차를 마시도록 했다. 우리나라 일에 대하여 질문하자 이전과 같이 명쾌하게 답변하니 곧 말하기를, "잘 알았다."고 해서 마침내 인사하고 물러나왔다.

군문은 사신이 올린 예단(禮單)을 받았으나, 병비도(兵備道)와 지부(知府 : 노정언(魯廷彦))는 예단을 받지 않았다. 정오 무렵에 군문이 봉래현(蓬萊縣 : 봉래지현 왕유(蓬萊知縣 汪裕))에 명하여 군사 교련장에서 잔치를 베풀도록 하였다. 중군(中軍) 양여림(梁汝霖)이 연회를 주관하였다. 사신이 가서 참석했으나 나는 마침 병이 나서 잔치에 가지 못했다. 중군이 명하여 (내게) 술과 안주를 보내왔다. 감군(監軍)이 보낸 다음과 같은 표문(票文)을 보았다.

"조선의 선박 다섯 척이 두문(斗門)에 나아왔는데, 어떤 공한(公翰)을 가지고 왔는지는 모르겠다. 한 배에 탄 사람이 몇 명인지 내가 현장에 갈 터이니, 신속히 조사하여 명백하게 보고서를 갖추어 전보(轉報)하고 어기지 말라."

즉시 아래와 같이 보고서를 썼다.

"조선국의 주문배신(奏聞陪臣) 3원이 새로 즉위한 국왕의 책봉을 받을 일로 북경으로 가고자 합니다. 수행하는 정관(正官)은 43원, 타각부(打角夫) 3명, 종인(從人) 15명입니다. 타고 온 배 6척(隻)에는 제1선에 사공과 선원이 모두 53명이고, 제2선은 57명, 제3선은 40명, 제4선은 39

---

* 중국의 지방관 중 부(府)급의 큰 고을을 다스리는 관원이다. 우리나라의 부윤(府尹)이나 대도호부사(大都護府使)에 해당한다. 예하에 소속된 많은 현(縣)을 감독하는 권한도 가졌다.

명, 제5선은 44명, 제6선은 31명입니다."

감군(監軍) 전일정(田一井)은 등주감군 안찰부사(登州監軍按察副使)이고, 직예성(直隷城) 안주(安州) 사람이다. 병비도(兵備道) 담창언(譚昌言)은 분순등주내주해방도부사(分巡登萊海防道副使)로, 절강성의 가흥(嘉興) 사람이다. 지부(知府) 노정언(魯廷彦)은 산서성 원곡(垣曲) 사람이다. 봉래(蓬萊) 지현(知縣)*은 왕유(汪裕)요, 중군(中軍) 양여림(梁汝霖)은 양 감군(梁監軍)의 동생이다.

1623년 6월 17일 병자(丙子), 등주에서 머물렀다.

아침에 사신이 사례의 뜻으로 군문에서 잔치를 베풀었다. 기거하는 승방(僧房)의 빈대 때문에 매우 고통스러워서 절 문 밖에 있는 여(呂)씨 집으로 옮겨 기거하였다.

1623년 6월 18일 정축(丁丑), 등주에서 머물렀다.

아침에 사신이 감군의 아문으로 나아갔는데 병으로 출근하지 않았고, 전하여 말하기를 후일에 조용히 뵙겠다고 말하였다. 그가 (수군 응모자들에게) 포고하였던 고시(告示)**를 보았다.

"본 도(本道 : 해방도)는 성품이 우매하고 고지식하여 걸핏하면 법의 기강을 고집한다. 해상에서 군대를 운용하는 것을 육지에서 하는 것처럼 쉽게 여겨 기한을 정해 놓고 오랑캐를 평정하라고 한다. 이제 '반드시 바다로 나갈 필요는 없다.'는 분명한 지시를 보게 되니, 요동의 오랑캐를 평정하려고 한 작전 계획이 수포로 돌아가니 낙심한 사람들이 많을 것이다. 본관 역시 억지로 당신들을 머물게 할 수 없으니, 각자 돌아가는 것을 자유에 맡긴다. 바다가 맑게 개기를 기다려서 예로써 대접하

---

* 중국의 지방 고을인 현(縣)을 다스리는 수령으로, 우리나라의 군수나 현령에 해당한다.
** 중국의 관아에서 방부하는 포고문(布告文). 대중에게 어떤 사항을 통고하는 문서이다.

겠다. 접때는 잡아 두었고, 오늘은 영웅들이 의지해 온 뜻을 저버리게 되는 것을 심히 후회한다."

감군은 각 섬을 돌아다니며 살펴서 오랑캐의 침입을 막자는 의논을 제기하였으나, 군문에 의해 저지당하였다고 한다. 이 통지문을 보면 그의 분노한 뜻을 알 수 있다.

어제 감군(監軍) 양지원(梁之垣)*이 사신(使臣)에게 인사장을 보내어 정사와 부사가 그 집에 가 보았으나, 감군이 병을 핑계로 나타나지 않고 다만 중당(中堂)에서 차를 대접하고 보냈다. 양 감군은 탐욕스럽고 외국(外國 : 조선)을 못살게 군 죄로 가택연금 처분을 받으니, 그 식구들이 모두 조선을 원망하였다.

낙유신(駱惟信)이 연회에 초청하니, 정사와 부사는 가고 나는 병으로 가지 못하였다. 군문에서 상으로 은을 보내왔는데, 여러 원역(員役)들에까지 미쳤다.

1623년 6월 19일 무인(戊寅), 등주에 머물렀다.

낙유신(駱惟信)이 술과 안주를 가져와서 정사의 숙소에서 초청하였으나 병으로 사양하고 감사하다는 뜻을 전달하였다. 또 군문에서 반송관(伴送官) 허선(許選)을 차출해 보내왔는데, 허선은 등주의 정해위(靖海衛) 사람이다.

1623년 6월 20일 기묘(己卯), 아침에 비가 내렸다. 등주에서 머물렀다.

양 감군(梁監軍)이 통역관을 불렀으므로 태덕립(太德立)을 시켜 나아가 보게 했다. 그가 회신(回信) 1통을 주어 그로 하여금 박정길(朴鼎

---

* 명 말의 문관으로, 등주(登州) 사람이다. 진사에 급제하였고, 1622년 하남안찰부사(河南按察副使)가 되어 요동남로(遼東南路) 감군(監軍)으로 충원되어 조선에서 군사를 징발하고 군량미를 조달하는 일을 맡았다. 성품이 탐욕스럽고 염치가 없는 사람으로서 각종 명목을 만들어 광해군 정부로부터 수만 냥의 은을 수탈하였다. 중국에 돌아간 후 탄핵을 받아 파직되고 폐서인되었으며, 은 7만 냥을 환수당했다.

吉)[*]에게 전해 주도록 하였다. 양 천사(楊天使)가 갈 때에 진강(鎭江) 사
람 오중고(吳仲庫) 등 3명이 수행하여 왔으니, 천사가 측근의 호소로 인
하여 오중고 등이 가지고 온 은 2600냥을 거두어 의주부의 창고에 맡겨
두었다. 그 사이에 요양(遼陽)이 후금에 함락되어 천사가 의주를 경유
하지 못해 맡겨 둔 은을 가져가지 못하였다. 양 감군이 조선에 올 때에
오중고가 찾아서 돌려달라고 청했는데, 감군이 빼앗아서 사사로이 사
용하다가 고소를 당하여 바야흐로 아문에서 송사를 벌이고 있었다. 지
금 회신을 보니, "그 은은 요동 백성들을 구제하는 데 보태 썼고, 나머
지는 모문룡에게 주어 군사들을 먹이는 비용으로 충당하였다."라고 하
였다. 대체로 이것은 박정길에게 연락하여 그로 하여금 변명하게 하려
는 것이었다.

우리는 최준남(崔俊男)을 시켜 잘 말하여 그 회신을 돌려보내게 하였
다. 급사중(給事中) 이춘엽(李春燁)이 도 군문(陶軍門 : 등주 지부와 등래순
무를 역임한 도낭선(陶朗先))의 군자금과 군량미를 포탈한 일을 조사하는
일로 마침 등주에 도착하였다는 소식이 왔기에 양 감군도 역시 벌벌 떨
고 있다고 말하였다.

과관(科官)^{**}이 관에 도착하니 부총병 이하가 갑주를 갖추고 맞이하
였다. 진수총병(鎭守摠兵) 심유용(沈有容)이 바야흐로 황성도(皇城島)에
주둔하고 있었다. 도 군문(陶軍門)의 이름은 '낭선'인데, 전임 등주 지부
(登州知府)이다. 해방도(海防道)에 전직되고 군문(軍門)이었다가 파직된
자이다.

---

* 조선 후기의 문신. 1622년 예조참판으로 있을 때 감군 양지원의 접반부사(接伴副使)가 되
  어 친분이 깊었다.
** 명나라 때의 독립 기관인 6과 급사중(六科給事中)을 말한다. 조선의 승정원과 삼사(三司)
  관원을 합친 것과 같은 언론감찰기관이었다. 청나라 때는 도찰원(都察院)에 소속되었다.

1623년 6월 21일 경진(庚辰), 등주에서 머물렀다.

사신이 비밀 장계*를 작성하여 군관 유경지(柳敬地)와 모천수(牟天壽) 등에게 주어 제6선을 타고 출발하도록 하였다. 낙유신(駱惟信)이 진도 남(陳圖南 : 진박(陳搏))의 글씨인 '복수(福壽)' 두 자의 인본(印本)을 보내 왔기에 사례하였다. 오대빈(吳大斌) 상공이 시고(詩稿)를 보내왔는데, 이는 등주 지역의 군 지휘관과 관료들 및 지방 선비들이 서로 수창한 것으로, 그 운에 따라 차운하여 시권에 써 주기를 매우 간청하였다. 그 래서 차운한 시를 지어 보내 주었더니, 오대빈 상공이 와서 보고 쪽지에 필담으로 적어 보여 주었다.

"지어 주신 시 4수를 받으니 어찌나 감동하였는지 모릅니다. 뒤의 두 시는 가슴에 감춘 주옥을 입으로 토해 낸 것이 아니라면 불가능한 것입 니다. 이 고을에 있는 여러 관리들과 선비들에게 두루 보여 드렸더니, 모두 옷깃을 여미고 감복하였습니다. 우리 중국에서도 이처럼 할 수 있 는 사람이 몇이나 되겠습니까! 체면치레로 하는 소리가 아닙니다."

이어서 봉래각을 그린 그림을 선물로 남기고 떠났다. 오 공은 호(號) 가 청천(晴川)인데, 월주(越州)의 산음(山陰) 사람이다. 그는 작고한 유 격(游擊) 오종도(吳宗道)의 친척 아저씨 되는 사람이었는데, 오종도가 임진왜란의 원병으로 왔을 때 도사(都司)로서 우리나라에 참전하였다. 선조(宣祖)가 그의 공문 글씨 첩을 보고 매우 칭찬하고, 승문원에 명하 여 그가 보낸 전후의 공문들을 모아 잘 표구하여 바치게 하였다. 그는 후에 진강(鎭江 : 현재의 단동)의 우길(尤吉) 벼슬을 하였다. 청천은 진강 에서부터 돌아와 지금은 등주의 개원사(開元寺)에서 지내고 있었다. 전 일정(田一井)·유국진(劉國縉)·진몽침(陳夢琛)과 함께 시단(詩壇)을 만

---

* 이 장계의 내용은 『인조실록』 1623년 7월 21일 조에 수록되어 있다.

들었는데, 인품이 중후하고 온화하였으며 또 시를 잘 하기로 이름나 이곳 사대부들 사이에서 명망을 가지고 있었다.

유국진은 복주(復州) 사람으로, 시문에 능하였고 기백과 절조가 있었다. 일찍이 산동안찰부사(山東按察副使)를 지냈는데, 직언을 하다가 탄핵을 받고 이곳으로 피해 와서 진몽침의 별장에 우거하고 있었다. 근자에 곧 재판이 끝나 서용되기를 기다리고 있다고 하였다. 그의 시는 맑고 두렷하여 즐길 만하였다. 진몽침은 상서(尙書) 진기학(陳其學)의 손자로, 전임 등주 지부였는데, 부모의 상을 만났다가 이제 복(服)을 마쳤다. 그는 동생 몽린(夢麟), 몽매(夢梅)와 함께 모두 문장과 행실로 이 지방에서 추중을 받고 있다고 하였다.

1623년 6월 22일 신사(辛巳), 등주에서 머물렀다.

이곳으로 올 때 바닷길에서 건강을 다쳐 연일토록 신음하였는데, 이날 비로소 조금 차도가 있었다. 절강 사람 왕영(王榮)이 왕마힐(王摩詰)의 〈망천도(輞川圖)〉를 보여 주었는데, 그 그림과 화제(畵題) 시(詩)가 모두 왕마힐의 친필이었다. 주위에 그림을 아는 사람이 없어 그것이 진품인지 아닌지 판별할 수는 없었지만 그 그림에 맞게 시를 붙였고, 그 시에 맞게 그림의 아취가 있으니, 아마도 왕마힐이 아니었다면 이렇게 완성할 수 없었을 것이다. 대개 그 그림은 이 소장군(李小將軍)의 화풍을 따랐고, 글씨는 왕우군(王右軍)의 체와 같았다. 개원(開元) 경오년(庚午年 : 730년)에 제작하였는데, 이제 우연히 개원사(開元寺)에서 보게 되었다. 절도 또한 개원(開元) 연간에 창건되었다 하는데, 단청이 아직도 완연히 그대로였다. 천년 세월이 지난 후에 만리 이역에서 이를 만나게 되니 우연이 아닌 것 같았다. 여러 날 머물러, 두고 완상하다가 돌려주었다.

밥을 먹은 후에 한 사미승이 정사를 인도하여 화원(花園)을 유람한다하여 백사(白沙 : 윤훤의 호)가 나를 불러 그 뒤를 따라갔다. 등주성의 동쪽 3리쯤에 별로 보잘것없는 건물들이 있고, 그 뒤편에 겨우 몇백 평의 정원이 있었다. 해류(海榴)나무 · 월계수(月桂樹) · 난초[叢蘭] · 수양버들 등속의 잎과 꽃이 분분한 사이에 화려하게 점철되어 있었고, 자잘하게 이름을 알 수 없는 화초도 역시 많았다. 정원의 북쪽 모서리에는 드넓은 채소밭이 있고, 우물에는 도르래 등의 기구가 없는 것이 없었는데, 밭에 물을 주어 자급하는 것이었다. 명색은 화원이었으나 실상은 채소밭이었다. 주인의 성은 '황(黃)씨'였고, 이름은 '장오(長吾)'였다.

1623년 6월 23일 임오(壬午), 등주에서 머물렀다.

모 총진에서 주본(奏本 : 황제에게 올리는 보고서)을 가지고 온 관리 진희순(陳希順)이 도착하였기에 사신과 함께 그의 숙소로 가서 보았다. 이른바 '봉래각'이라는 곳을 가 보았다. 난간에 기대어 사방을 돌아보니, 등주의 성채는 호로박(葫蘆朴)의 형태를 하고 있었고, 두문(斗門) 안에는 선박들의 돛대가 파나 죽순처럼 총총히 솟아 있었다. 누각 안에는 시를 쓴 편액들이 무수하였는데, 오직 소동파(蘇東坡)의 〈항구를 보며 봉래각에 쓰다[觀海市題蓬萊閣]〉는 시와 진박(陳搏)의 '복수(福壽)' 두 글자를 새긴 현판 외에는 오래된 유물이 없었다. 관람을 마치고 성벽에 있는 작은 담 문을 나와 관음원(觀音院)을 찾아갔다. 그 절은 절벽에 있었는데, 바다 골짜기를 굽어보니 눈이 아찔하고 무서웠다. 담 문으로 돌아나와 수성(水城) 문에 있는 작은 누각에 올라가 어부들이 그물질하는 것을 보다가 흥이 다하여 돌아왔다.

이순(李恂)이 행화촌(杏花村)의 경치가 볼 만하다 하였으나, 다른 사람은 살구꽃은 이미 제철을 지나 볼 것이 없으니 그만두는 것이 낫다고 하였다. 우계현(禹啓賢)이 힘써 주장하여 드디어 정사가 가 보자고 하였다. 남문을 나와 10리쯤 가니 수목이 무성하게 우거졌는데, 그 속에

봉래각(蓬萊閣) 원경 수성의 언덕에 있는 도교 사원이다.

구부러지게 지은 누각이 있었다. 거기에 올라가서 조금 쉬고 있는데, 주인 진씨(陳氏)가 나와 응접하였다. 그의 이름은 '몽두(夢斗)'이고 호는 '규원(奎垣)'으로, 진몽침(陳夢琛)의 친척 동생으로 성시(省試)에 합격한 거인(擧人)이라고 한다. 백사(白沙 : 부사 윤훤의 호)는 먼저 돌아가고 나는 석루(石樓 : 정사 이경전의 호)와 함께 시내 남쪽에 있는 연못 누각(溪南池閣)을 찾아갔다. 그 앞에는 푸른 암벽이 병풍처럼 둘러쳤는데, 혼자서 손으로 붙잡고 올라가니, 등주 성곽과 시내가 모두 한눈에 들어왔다. 저녁에 정사와 함께 나란히 말을 타고 돌아왔다.

등주(登州)

등주가 군(郡)이었을 때의 이름은 '동모(東牟)'인데, 우(禹)임금 때의 청주(靑州) 지역이니 옛날의 짐심국(斟尋國)이다. 요순 시절에는 '우이(嵎夷)'라 불리었고, 춘추(春秋)시대에는 '모자국(牟子國)'이었다. 진(秦)나라 때는 제군(齊郡)이 되었으며, 한(漢)나라 때 동래군(東萊郡)에 속했고, 홍무(洪武) 9년에 부(府)로 승격되었으니 속주(屬州)는 1곳이요, 속현(屬縣)은 7곳이다. 동쪽으로는 바다까지 700리요, 남쪽은 즉묵(卽墨)의 경계까지 400리요, 서쪽은 야현(夜縣)의 경계까지 150리요, 북쪽은 바다까지 3리요, 부(府)의 치소(治所)로부터 북경(北京)까지가 1600리요, 남경(南京)까지가 1900리다. 봉래현(蓬萊縣 : 부(府)에 부속된 성곽 노릇을 하니, 한 무제가 이곳에서 바다 속 봉래산을 보았다 하여 그로 인하여 성을 쌓고 '봉래'라고 이름 지었다.), 황현(黃縣 : 등주부(登州府)의 서남쪽 60리에 있다.), 복산현(福山縣 : 등주부의 동쪽 140리에 있으니, 한(漢)의 추현(腄縣) 땅이다.), 서하현(栖霞縣 : 등주부의 남쪽 150리에 있는데, 역시 추현 땅이다.), 초원현(招遠縣 : 서남쪽 150리에 있는데, 본래는 한나라의 동래군 야현(夜縣)이다.), 내양현(萊陽縣 : 부(府)의 남쪽 250리에 있으니, 또한 동래군의 창양현(昌陽縣)이었다.), 영해주(寧海州 : 등주부의 동쪽 200리에 있는데, 원래 한(漢)의 동모현(東牟縣)이다.), 문등현(文登縣 : 영해주(寧海州)의 동남쪽 120리에 있으니, 본래 옛날의 불야성(不夜城)이다. 북제(北齊)가 현을 설치하고 산의 이름을 따라서 지었으며, 영해주에 속하게 했다.)

단애산(丹厓山)은 등주부의 성(城)에서 북쪽 3리에 있으니 석벽이 가파른데, 봉래각(蓬萊閣)을 그 위에 지었고, 북쪽으로는 장산도(長山島)와 서로 마주보고 있다. 10여 리에 세 마을이 있으니 반선동(半仙洞)·사자동(獅子洞)·남토동(南土洞)으로, 한 고을의 기이한 경관을 이루고 있다. 전횡산(田橫山)은 성(城)의 서북쪽 3리에 있는데, 전횡이 그의 무리 500여 명과 함께 머물렀던 곳이다. 전횡채(田橫寨)는 봉래각과 서로 마주보고 있으니, 남은 터가 아직도 존재하고 있었다. 우산(羽山)은 성의 동남쪽 30리에 있으니, 곧 우왕의 아버지인 곤(鯀)이 처형당한 곳인데, 혹은 그곳이 '도주(塗州)'라고도 하니, 어느 것이 옳은지 알 수 없다.

사문도(沙門島)는 성의 서북쪽 60리에 있으니 타기도(鼉磯島)·견우도(牽牛島 : 동파기(東坡記)에는 '거도(車島)'로 되어 있다.)·대죽도(大竹島)·소죽도(小竹島)와 서로 접근해 있으면서 파도 가운데 출몰하고 있으니, 동파기에 "신기루가 항상 다섯 섬의 위에 나타났다 사라진다."고 한 것이 이것이다. 등주는 사면이 모두 바다이다. 오직 서남쪽 한 모퉁이가 육지로 연결되어 있다. 성북(城北)은 바다와 거리가 5리인데, 봄과 여름에 멀리 해면을 보면 성곽과 시장의 형상이 있으니 그를 일러 '해시(海市 : 신기루의 일종)'라고 했다.

소동파가 일찍이 해신에게 기도했다고 했는데, 패옥으로 장식한 궁궐이라는 구절이 보인다. 만송당(萬松堂)은 성안에 있는데, 소동파의 시에 "일만 소나무를 누가 심어 그리도 푸르른가, 고갯마루 푸른 소나무가 이곳을 굽어보네."라고 하였다. 망선문(望仙門)도 성안에 있는데, 한 무제가 방사(方士)들을 이곳에 보내 신선 되기를 바랐다고 하며, 지금은 망루가 서 있다. 소동파가 원풍(元豊) 을축년 5월에 등주의 수령이 되어 부임한 지 5일 만에 다시 예부낭중(禮部郎中)이 되어 불리어 갔는데, 사민(士民)이 어느새 교화되어 그의 급속한 떠남을 한탄하였다고 한다.

종택(宗澤) 또한 통판(通判)으로 와서 백성들에게 은혜를 베풀었고, 제(齊)나라의 순우곤(淳于髡)과 한(漢)나라의 유총(劉寵)도 모두 등주 사람이요, 척계광(戚繼光)의 집도 역시 성안에 있다. 문등산(文登山)은 문등현 동쪽 2리에 있으니, 진(秦) 시황(始皇)이 문사들을 소집하여 이 산에 올라 공덕을 찬양케 했기 때문에 지어진 이름이다. 성산(成山)은 문등현의 남쪽 120리에 있으니, 진 시황과 한 무제가 행차했던 곳이다. 해신묘(海神廟)는 현의 남쪽 60리에 있으니, 전해 오는 말에 진 시황이 석교(石橋)를 놓아 해신(海神)과 상견했던 곳이라 한다.

지부산(之罘山)은 복산현(福山縣)의 동북쪽 30리에 있으니, 진 시황과 한 무제가 모두 이 산에 올랐으며, 석교에 이를 새긴 것이 아직 있다고 한다. 등주부는 성지(城池)가 웅장하고 단단하며 여염집이 즐비하고 시장이 가까워 물화가 쌓여 있었으며, 음식 냄새와 차와 술 냄새가 코를 찌를 정도였다. 성안에는 고관들의 집과 패루(牌樓)가 서로 바라볼 정도이니, 인재들을 많이 배출한 것은 근기 지방에 비추어 본다면 영평부(永平府)와 가히 맞먹을 만하다고 하겠다. 비록 지위가 낮고 천한 집이라도 부인이 절대 집 밖으로 나도는 일이 없으므로 요서(遼西) 지역과 크게 다르니, 제(齊)나라와 노(魯)나라의 풍속이 아름다웠음을 가히 상상할 수 있다.

5 등주에서 제남(濟南)으로 이동하여
선박 지급 증서를 받다

1623년 6월 24일 ~ 7월 9일

황현 → 황산역 → 황산일 → 내주부 → 회부역 → 창읍현 →
유현 → 창락현 → 청주 → 금령진 → 장산현 → 장구현 →
제남부

이민성 등 책봉주청사 일행은 1623년 6월 24일 등주를 떠나 제남으로 향하였다. 그들은 당일 황현(黃縣), 6월 25일 황산역(黃山驛)을 거쳐 6월 27일 내주부(萊州府)에 도착했다. 내주(萊州)는 본래 동래군(東萊郡)이었는데, 명나라 시대에는 '내주'라고 불리고 있었다. 여기에는 남송의 학자 여조겸(呂祖謙)을 모신 동래서원이 있는 곳이었으나, 그들은 일정이 촉박하여 참배하지 못하였다. 그러나 내주의 설치 연혁과 자세한 지리 정보를 부기해 놓았다.

그들은 6월 28일 회부역(灰埠驛), 6월 29일 창읍현(昌邑縣), 7월 1일 유현(濰縣), 7월 2일 창락현(昌樂縣)을 거쳐 7월 3일 청주(靑州)에 도착하였다. 청주도 유서 깊은 도시로서 그 역사와 명승고적 및 지리 정보들을 자세히 부기하였다. 그리고 7월 4일 금령진(金嶺鎭)에 도착하여 명나라 때 유명한 관료였던 예부상서 풍기(馮琦, 1558~1604)의 묘를 참배하고, 그가 마지막 남긴 상소문 1편을 요약해 붙였다. 또 임치현(臨淄縣)을 지나면서 제(齊)나라 환공(桓公)·경공(景公)·선왕(宣王)·전단(田單) 등의 무덤과 비석을 구경하기도 하였다.

7월 5일 장산현(長山縣), 7월 6일 장구현(章丘縣)을 지나 7월 7일 밤에 제남부에 도착하였다. 선발대로 보낸 통역관들이 미리 숙소를 정하지 못해 우왕좌왕하다가 정사 일행을 놓쳐 버린 이민성은 부사와 함께 제남의 서관일(西館馹)에 들어가 유숙하였다. 밤이 깊어 정사의 종적을 찾을 수 없었는데, 이튿날 아침 역산서원(歷山書院)에서 서로 만나게 되었다. 그들은 함께 제남의 명물인 표돌천(趵突泉), 광회교(廣會橋), 관란정(觀瀾亭) 등을 유람하였다. 이 날짜의 일기에는 제남의 역사와 지리, 명승고적, 인물 등에 대한 자세한 정보를 기록해 놓았다.

7월 9일은 제남순무(巡撫) 조언(趙彦)을 알현하고, 의정부에서 작성한 인조반정 해명서인 신문(申文)을 바쳤다. 조언은 그해 10월에 병부상서에 임명되어 사신 일행이 북경에서 만나 책봉 문제를 의논하게 된다. 그리고 병비도(兵備道 : 지역 방어 책임자)에 정문(呈文)을 올려 덕주(德州)에서 천진(天津)까지 타고 갈 선박을 요청하여 지급 증서를 받았다.

1623년 6월 24일 계미(癸未), 황현(黃縣)에 도착했다.

어제부터 역관들이 노새를 부리는 값을 다 치르지 못했다는 것을 핑계로 아주 출발할 뜻이 없었다. 아침에 정사가 곧 행차를 정돈하여 길을 떠나고, 부사와 나도 서로 이어서 출발했다. 30리쯤 가서 도교 사원에서 점심을 지어 먹었다. 저녁에 황현의 동관일(東館馹)에 도착했다. 장씨(張氏) 성을 가진 이의 집에서 숙박했다. '황현'은 등주에서 동북쪽으로 60리 거리에 있는데, 한나라 때는 동래군(東萊郡)에 속했고, 후위(後魏) 때는 현(縣)의 동쪽 중랑(中朗)에 옛성[故城]이 있었으므로 동모군(東牟郡)을 두었다. 당(唐)·송(宋)·원(元) 때에는 모두 등주에 속했는데, 명나라도 그대로 하였다. 남북의 상품이 모두 여기로부터 등주에까지 도달했으므로 가장 풍성하고 부유하였다. 지현(知縣)은 장소유(張所惟)이다.

1623년 6월 25일 갑신(甲申), 황산역(黃山驛)에 도착했다.

아침 일찍 황현을 출발하여 북마진포(北馬鎮舖)에서 점심을 지어 먹었다. 마고(麻姑)의 고향 마을을 지나서 황산역에 이르렀다. 마고(麻姑)는 모현(牟縣)의 고여산(姑餘山)에서 수도하였으니, 바로 이곳이라고 한다. 황산역은 황현에 속하는데, 현의 치소(治所)로부터 60리 거리에 있다. 두씨(竇氏) 성을 가진 사람의 집에서 숙박했다. 밤에 큰비가 왔다.

1623년 6월 26일 을유(乙酉), 비가 왔다. 황산일(黃山馹)에 머물렀다.

거처를 역관(驛館)으로 옮겼다. 역승(驛丞) 화만방(和萬邦)이 인사장과 함께 술, 과일, 찬합을 보내왔기에 사례하였다. 역승의 아들 위미(爲美)는 아홉 살이었는데, 『맹자(孟子)』를 암송하였고 단아한 모습이 사랑스러웠다.

1623년 6월 27일 병술(丙戌), 내주부(萊州府)에 도착했다.

어제 낮부터 비가 개기 시작하여 장차 출발하려 하자, 낙유신(駱惟信)

과 허선(許選) 두 반송관(伴送官 : 호송인)도 찬성하였다. 그런데 낙유신이 외출했다가 돌아와 말하기를, "짐 싣는 마차와 인부들이 이미 흩어졌으니 내일 아침에 출발하는 것이 마땅하겠습니다."라고 하여 마침내 중지하였다. 군관 이덕룡(李德龍)이 "낙유신이 역졸들에게서 뇌물을 받고 마부들을 해산시켰다."고 말한 것 때문에, 낙유신이 불같이 화를 내어 진정시킬 수 없게 되었다. 부사가 덕룡에게 매를 치고 사과했다.

아침이 되어서도 오히려 마부들이 도착하지 않아 해가 중천에 뜬 느지막이 겨우 출발했다. 신성점(新城店)에서 점심을 먹고 주교역(朱橋驛)에서 역말을 바꾸었는데, 주교역은 야현(夜縣)에 속했다. 봉리포(蓬裏鋪)에서 쉬었다가 날이 저물 무렵에 십리포(十里鋪)에 다다랐다. 야현에서 사람을 보내와 인사했다. 그래서 횃불을 들고 길을 가서 야현성 밖의 동관일(東舘馹)에 도착했다.

손씨(孫氏) 성을 가진 사람의 집에서 유숙하니, 어느새 밤 이경(二更 : 10시)이었다. 이날은 약 120리를 갔다. 지현(知縣)이 인사장과 함께 술과 안주를 보내 주었으나 밤이 늦어 회답을 즉시 보내지 못했다. 지현은 '왕응예(王應豫)'인데, 산서성 조성(趙城) 사람이다.

내주(萊州)

내주의 군명(郡名)은 '동래(東萊)'인데, 또한 청주(靑州) 지역이니 옛날 내이(萊夷)의 땅이다. 춘추시대에는 내자국(萊子國)이었는데, 제후(齊候)가 내자(萊子)를 예(郳)로 옮겨 가게 하니, 내자국의 동쪽이었으므로 '동래(東萊)'라고 하였다. 관할 주(州)는 2곳이고, 현(縣)은 5곳이다. 동래부에 울타리처럼 인접한 야현(夜縣 : 한(漢)나라 때는 동래군(東萊郡)에 속했다.), 평도주(平度州 : 동래부의 남쪽 100리 거리에 있는데, 본래 한나라의 교동현(膠東縣)이다.), 유현(濰縣 : 내주의 서쪽 180리에 있는데, 본래 한나라의 하밀현(下密縣) 평도주(平度州)에 속했다.), 창읍(昌邑 : 평도주의 서쪽 120리에 있다. 본래 한나라의 도창현(都昌縣)인데, 또한 평도주에 속한다.), 교주(膠州 : 동래부의 남쪽 220리에 있다. 춘추시대 개국(介國)의 땅이다.), 고밀(高密 : 교주의 서쪽 50리에 있다. 본래 안영(晏嬰)의 봉읍(封邑)인데, 한나라가 현(縣)을 두고 밀수(密水)를 취하여 (고밀을) 이름으로 삼았으니, 교서국(膠西國)은 곧 이 땅이다. 교주(膠州)에 속한다.), 즉묵(卽墨 : 교주의 동쪽 120리에 있다. 본래 제(齊)나라 땅이었고, 묵수(墨水)에 임해 있으므로 (즉묵을) 이름으로 불렀는데, 또한 교주에 속한다.) 등이 있다. 내주부(萊州府)는 동으로 나산(羅山)을 근거지로 하고, 서로는 유수(濰水)에 막혀 있고, 남으로 신산(神山)에 이르고, 북으로는 발해(渤海)를 베개로 삼는다. 전횡도(田橫島)는 즉묵(卽墨)의 동북쪽 100리에 있는데, 사면이 바다로 둘러싸여 뱃길로 가면 25리(里)이며, 그 무리 500인이 여기에서 죽었다. 석구도(石臼島)는 교주의 남쪽 100리 바다 가운데 있는데, 송나라 장군 이보(李寶)가 신(神)에게 기도하여 바람을 맞아 금나라 군대를 크게 쳐부순 곳이다. 이제묘(夷齊廟 : 백이숙제(伯夷叔齊)의 사당)는 유현(濰縣)의 서쪽 40리에 있는데, 백이(伯夷)가 주왕(紂王)을 피하여 북해(北海)의 바닷가에 살았기 때문에 사당을 세운 것이다. 사지묘(四知廟)는 창읍(昌邑)의 동북쪽에 있는데, 한나라 양진(楊震)이 금(金)을 버린 곳이다. 영척묘(寧戚廟)는 평도주의 서쪽 60리에 있다. 정현(鄭玄)의 사당은 고밀현 서북쪽 50리에 있다. 즉묵의 옛 성은 평도주 동남쪽 60리에 있으니, 전단(田單)이 연(燕)나라를 격파한 곳이다. 그 곁에 낙의성(樂毅城)이 있으니, 곧 즉묵을 공격할 때 쌓은 것이라고 한다. 동래서원(東萊書院)은 동래부 치소(治所)의 서남쪽에 있는데, 여조겸(呂祖謙 : 1137~1181, 남송의 학자)의 조상이 내주(萊州) 사람이기 때문에 사당을 세워 제사지낸다. 제나라의 영척(寧戚)·안영(晏嬰), 한나라의 개공(蓋公)·정현, 송나라의 채제(蔡齊)가 모두 동래부의 사람이다. 동래부는 산동의 큰 고을인데, 등주와 더불어 병칭되기도 하지만 지리의 웅장함이나 인재의 성대함이 등주의 배가 된다.

1623년 6월 28일 정해(丁亥), 회부역(灰埠驛)에 도착하였다.

아침에 야현지현(知縣)에게 내주부 지부(知府) 사명룡(謝明龍) 역시 노자를 보내왔다. 통판(通判) 곽현영(郭顯榮), 동지(同知) 포맹영(鮑孟英) 등이 인사장을 보내왔길래 모두 회답을 보내 사례하였다.

즉시 말과 마부들을 교체하여 출발하였다. 동문 쪽으로 들어가서 성 가운데를 지나 서문으로 나왔다. 서문 밖에는 연못이 있고, 둑을 둘러 쌓았다. 연꽃이 무성하게 피었고, 갈대와 물억새가 바람에 나부꼈다. 동래서원(東萊書院)을 지나니 첨사전(瞻士田)의 비석이 길 옆 밭 경계에 세워져 있었다. 등주의 동쪽 경계에서부터 산세가 위로 솟아 갑자기 봉우리가 되고 완만하게 자리 잡고 앉은 것이 고개가 되었으며, 깎아지를 듯 서 있는 것이 암벽이 되어 서쪽으로는 황현(黃縣)의 동쪽에 이르고, 남쪽으로는 야현의 서쪽 200여 리에 이른다. 연이어 뻗어서 빙 둘러 포옹하듯이 기세가 웅장하고, 촌락과 점포들이 30~40리 사이를 두고 서로 바라보고 있었다. 곡식이 들판을 덮었는데, 비록 벼는 없지만 기장과 조가 나와서 이삭이 익어가고 깨·콩·목면이 도처에 밭고랑을 채워 아득하게 넓어서 끝이 없었다. 이는 대체로 토질이 비옥해서 그런 것이다.

정오 무렵에 고촌(高村)에 도착하여 점심을 먹고, 야현의 서쪽 경계를 지나고 사하(沙河)를 건너 평도주(平度州)의 북쪽 경계로 들어가 회부역에 도착하였다. 장씨가 운영하는 여관에서 유숙하였다. 남쪽으로 평도(平度)까지의 거리는 아직도 70리가 남았다. 이날 70리를 갔다.

1623년 6월 29일 무자(戊子), 창읍현(昌邑縣)에 도착하였다.

아침에 회부(灰埠)역을 출발하여 탁하(濁河)를 건넜는데, 일명 '독부(獨埠)'라 하였다. 강은 매우 넓지 않으나 웅덩이가 깊어서 방물 포대기를 거룻배에 실어서 건넜다. 가마꾼들이 높이 메고 갔지만 물이 거의 어깨에 차서 겨우 흠뻑 젖는 것을 면하였다. 또 이름을 알지 못하는 2개의 탁류가 흐르는 강을 지났다. 대체로 같은 강인데, 꼬불꼬불하여 여러 번 건넌 것이다. 창읍현 동쪽 경계를 지나서 신하점(新河店)에서 점심을 지어 먹었다. 남쪽으로 잇닿아 상점과 가옥이 즐비하고 사람들이 많았다. 신하(新河)의 강가에 도착하여 부사와 함께 배를 타고 강을 건넜다. 창읍(昌邑) 동쪽 30리에 도착하였을 때 비를 만났다. 또 회하(淮河) 동쪽 언덕에 다다라 어떤 관원이 지나가는데 추종하는 자가 매우 많기에 물어보니, 청주추관(靑州推官)이 일 때문에 등주에 갔다가 돌아오는 길이라고 하였다. 또 부사와 함께 배를 타고 강을 건너니, 정사는 이미 서안에 도착해 있었다.

살펴보건대, 회수와 황하는 본래 서로 통하지 않았는데, 당 태종(太宗) 문황제(文皇帝)가 뚫기를 명하여 뱃길로 통하여 현재의 남부 근기의 회안부(淮安府)가 되었다. 회수는 맑고 황하는 탁하다고 하여 맑은 강과 탁한 강의 구별이 있었다. 지금 이것을 가리켜 회수와 황하를 지칭한다고 하나, 아마도 와전된 것 같다. 아니면 우연히 이름이 같게 된 것인가! 현의 동쪽 십리포를 지나니, 비는 그쳤으나 천둥이 쳤다. 이날 저녁에는 너무 무더웠으나 큰 버드나무 사잇길이 있고, 때때로 비를 뿌려서 찌고 타는 것을 면할 수 있었다.

저녁에 창읍성(昌邑城) 밖의 동관일(東館馹)에 도착하였는데, 대략 80리를 간 것이다. 저녁에 지현 이봉(李鳳)이 인사장을 보내와 보기를 청하였으나, 숙소가 좁고 누추해서 행차를 모시기 어렵다고 사양하였다. 지현(知縣)이 매우 감사하다고 회답하였다.

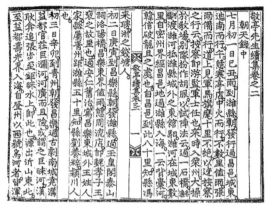

『경정 선생 속집(敬亭先生續集)』제2권 「조천록(朝天錄)」중권으로, 1623년 7월 1일 ~ 9월 30일까지의 기록이다.

1623년 7월 1일 기축(己丑), 비. 유현(濰縣)에 도착하였다.

아침에 출발하여 창읍성의 동쪽을 지나 비스듬히 남쪽을 향하여 갔다. 정오 무렵에 한정점(寒亭店)에서 쉬었다가 점심을 지어 먹고 길을 갔다. 몇 리를 가지 않아서 비를 만나 우비를 펼치고 갔다. 길에서 군마(軍馬)와 기치[旗麾]가 10리나 이어져 있는 것을 보았는데, 이는 안찰사(按察使)를 맞이하러 가는 행차라고 하였다. 안찰사는 곧 감군(監軍) 유사임(游士任)이다. 이곳으로 오는 길에 내주(萊州)에 들렀을 때, 교장(敎場)에서 대규모의 훈련을 하는 것을 보았다. 그 중에서 한 별동대(別動隊)는 오랑캐 복장으로 분장하고 있었는데, 그것으로써 진법(陣法)을 시험하는 것이라 하였다. 돌다리 하나(이름을 '어하교(漁河橋)'라 하였다.)를 지났는데, 유하(濰河)를 건너 유현(濰縣)의 성 밖 동관일(東館馹)에 도착하였다. 유하는 성의 동쪽 몇 리 거리에 있었고, 밀주(密州)의 경계에서부터 창읍(昌邑) 땅을 경유하여 유현을 지나 바다로 들어간다. 유하는 일명 '배낭하(背囊河)'라고도 하는데, 한신(韓信)이 용저(龍且)를 격파한 곳이다. 창읍에서 여기까지는 80리이고, 지현은 풍래빙(馮來聘)인데, 절강성 전당(錢塘) 사람이다.

1623년 7월 2일 경인(庚寅), 창락현(昌樂縣)에 도착하였다.

아침에 유현을 출발하여 옥황각(玉皇閣)·태산사(泰山祠)·낙양교(洛陽橋)를 지나, 창락현의 동쪽 경계에서 비를 만났다. 주류점(周流店)에서 쉬었는데, 이곳은 위(魏)나라의 효자인 왕부(王裒)의 고향이다. 안인현(安仁縣)의 옛 치소를 지나 창락현 동쪽 성 밖 왕씨의 집에서 묵었다. 창락현은 청주(靑州)에 속하였고, 유현에서부터 50리이다. 지현은 유양수(劉養粹)로, 영천(穎川) 사람이다.

1623년 7월 3일 신묘(辛卯), 청주(靑州)에 도착하였다.

아침에 창락을 출발하여 옛 극남성(劇南城)의 요구(堯溝), 익도(益都), 관장(官莊), 거미하(巨彌河)를 지났다. 강은 폭이 넓고 험하였고 일명 '거매하(巨眛河)'라고도 하였다. 한(漢)나라의 경엄(耿弇)이 장보(張步)를 추격하여 거매수(鉅眛水)에 이르렀다는 것이 이곳이다. 강의 근원은 기산(沂山)의 동북쪽에서 나와 익도(益都)와 수광(壽光)의 경계에 이르러 바다에 들어간다. 등주 서쪽으로 '하(河)'라고 부르는 곳은 모두 혼탁하여 그 바닥이 보이지 않고 물이 적어서 모두 오염된 웅덩이처럼 흐름이 멈추고 씻겨 내려가지 않는다. 또 백양하(白楊河)를 건너 청주의 북쪽 성문 밖에 다다라 미타사(彌陀寺)에서 묵었다. 청주부는 창락현에서 70리 거리에 있다.

청주(靑州)

　청주의 옛 군 이름은 '제군(齊郡)'이고, 또 '북해(北海)'라고도 하였으니, 이는 곧 「우공(禹貢)」의 청주 지역이다. 무왕이 태공(太公)을 여기에 봉하여 제나라가 되었다. 진(秦)이 제군(齊郡)을 설치하였는데, 한나라가 여기서 북해군(北海郡)을 따로 떼어서 설치하였고, 송나라는 이를 '진해군(鎭海軍)'으로 고쳤다. 원나라 때 '익도로(益都路)'로 고쳤고, 명나라가 고쳐서 '부(府)'로 만들었다. 속주(屬州)는 1곳이고, 속현은 13곳이다. 그것은 거주(莒州 : 청주부의 남쪽 300리에 있는데, 옛 거자국(莒子國)으로, '익도(益都)'라고도 한다. 곽현(郭縣)의 땅을 여기에 붙였는데, 뒤에 익도후국(益都侯國)이 되었다.), 임치현(臨淄縣 : 부의 서쪽 30리에 있는데, 본래는 영구(營丘) 땅이었다.), 박흥현(博興縣 : 천주부의 북쪽 120리에 있는데, 주(周)의 박고(薄姑) 땅이다.), 고원현(高苑縣 : 부의 서쪽 150리에 있는데, 옛 원장(苑墻) 땅이다.), 악안현(樂安縣 : 부의 북쪽 90리에 있는데, 옛 광요(廣饒) 땅이다.), 수광현(壽光縣 : 부의 동북쪽 70리에 있는데, 옛 짐관(斟灌) 땅이다.), 창락현(昌樂縣 : 부의 동쪽 70리에 있는데, 옛 영구(營丘) 땅이다.), 임구현(臨朐縣 : 부의 동남쪽 40리에 있는데, 본래 백씨(伯氏)의 병읍(騈邑)이다.), 안구현(安丘縣 : 부의 동쪽 200리에 있는데, 옛 거구(渠丘) 땅이다.), 제성현(諸城縣 : 부의 동쪽 300리에 있는데, 노(魯)나라의 제읍(諸邑)이다.), 몽음현(蒙陰縣 : 부의 서남쪽 250리에 있는데, 노의 전유국(顓臾國)이다.), 기수현(沂水縣 : 거주(莒州)의 서북쪽 70리에 있는데, 주(周)의 운읍(鄆邑)으로,

거주의 속현이다.), 일조현(日照縣 : 주의 동쪽 150리에 있는데, 본래 낭야군 (琅琊郡)의 해곡현(海曲縣)으로, 역시 거주의 속현이다.)이다.

청주부(靑州府)는 동북으로 바다에 접해 있고, 남으로는 태산과 이어 져 있다. 동에는 낭야(琅琊)가 있고, 서에는 탁하(濁河)가 있어 사방이 요새로 된 지역이다. 옛날에는 '동서진(東西秦)'이라는 말이 있었는데, 진(秦)이 102곳을 얻고 제(齊)가 12곳을 얻은 것은 이 때문이다. 운문산 (雲門山)은 부의 남쪽 5리에 있고, 정상에는 관통하는 동굴이 있는데, 100여 명의 사람들이 들어갈 수 있다. 그 곁에는 흑룡동(黑龍洞)이 있는 데, 부필(富弼)이 청주부의 지주(知州)로 있을 때 쓴 제명(題名)이 바위 벽에 새겨져 있다. 요산(堯山)은 부의 서북쪽 8리 되는 곳에 있는데, 요 임금이 등주와 임치 지역을 순행했기 때문에 이름을 붙인 것이다. 해대 루(海岱樓)는 성안에 있었으나 지금은 무너져 버렸다. 부상정(富相亭)은 부의 서쪽 4리에 있다. 폭수간(瀑水澗)은 부필이 건립한 것으로, 후세인 들이 '낭야대(琅琊臺)'라고 이름 붙였는데, 제성(諸城)의 동남쪽 150리에 있고, 동으로 바다에 임하였으며, 구천(句踐)이 재기한 곳이다. 진 시황 (秦始皇)이 여기에 올라 3개월을 머물렀다. 초연대(超然臺)는 제성의 북 쪽 성벽 위에 있는데, 소동파(蘇東坡)*가 새롭게 개축한 곳으로, 자유(子 由)**가 '초연(超然)'이라고 이름 붙였다. 목릉관(穆陵關)은 임구(臨朐)의 동남쪽 큰 고개 위에 있다.

---

* 자첨(子瞻)은 북송의 동파(東坡) 소식(蘇軾)의 자이다. 소순(蘇洵)의 장자(長子)이며, 소 철(蘇轍)의 형이다.
** 소자유(蘇子由)로, 소철(蘇轍)의 자이다. 소순의 아들이며 소식의 아우로, 호는 영빈이다. 당송팔대가의 한 사람이다.

『좌전(左傳)』에 "남으로 목릉(穆陵)에 이르렀다." 하고, "유유(劉裕)가 남연(南燕)을 정벌할 때에 큰 고개를 넘었다."고 한 것이 모두 이곳이다. 범공천(范公泉)은 서남문 밖에 있으니, 범문정(范文正)*이 지주(知州)로 있을 때에 단 샘물〔醴泉〕이 나와서 사람들이 이름 지은 것이다. 위에는 범공정(范公亭)이 있으니, 구양수와 여러 현사들이 시를 지어 정자에 새겨 두었다. 요사(堯祠)와 후직(后稷), 태공(太公), 환공(桓公), 유장(劉章) 등의 사당이 모두 경내에 있다. 창힐(倉頡)의 무덤은 수광(壽光)의 서쪽에 있고, 태공(太公)의 무덤은 임치(臨淄) 남쪽 10리에 있다. 태공은 주(周)에서 장례를 치렀지만 제나라 사람이 의관을 이곳에 묻었던 것이다. 관중(管仲)의 묘는 우산(牛山)의 언덕에 있고, 기량(杞梁)과 안영(晏嬰)과 삼사(三士)의 묘는 모두 임치에 있다. '삼사'란, 안영이 복숭아 두 개로 꾀를 써서 서로 힘을 다투게 하여 죽게 한 자이다. 공명(孔明)의 〈양보음(梁甫吟)〉에서 '세 무덤'이라 한 것이 이것이다. 정사(正使)는 이것을 근거로 이곳을 '탕음리(蕩陰里)'라고 하니, 〈양보음〉에 "멀리서 탕음리를 바라본다."는 구절이 있기 때문이었다. 계속하여 혜소(嵇紹)가 진 무제(晉武帝)를 보호하려고 자신의 몸에 온통 피를 뒤집어쓰고 죽은 곳이라고 하는데, 그렇지 않다. 또 임자순(林子順)의 〈탕음부(蕩陰賦)〉 첫 구절 "임치의 길 위에서"라는 구절을 근거로 하니, 나도 모르게 웃음이 나왔다. 사마월(司馬越)이 영(穎)을 정벌한 곳은, 즉 상주(相州)의 탕음현(蕩陰縣)이니, 지금 하남성(河南省) 휘위부(輝衛府)에 속하고 장안(長安)과의 거리가 멀지도 않으며, 하물며 거기는 현(縣)이요, 이곳은 리

---

* 북송의 학자, 정치가, 문장가인 범중엄(范仲淹, 989~1052)의 시호. 〈악양루기(嶽陽樓記)〉 등의 작품이 있다.

(里)임에 있어서랴. 자순(子順)이 임치의 탕음으로 오인했으니, 당시 주관하던 자들의 불찰이 심했다. 부사(副使)의 〈제(齊)를 지나면서〉라는 시에 "와룡(臥龍) 선생이 이곳에서 〈양보음〉을 읊었네."라는 구절 역시 온당치 못하다. 공명이 남양(南陽) 융중(隆中)에서 은거하며 양보음을 지은 것은 대개 공융(孔融), 양수(楊脩), 예형(禰衡)이 조조에게 억울하게 살해되었음을 제나라의 삼사에 빗대어 지은 것이다. 그 뜻이 현저하고 그 말이 완곡한 것이 대개 우언(寓言)이요, 실제로 제성(齊城)으로 걸어 나와서 멀리 탕음리를 바라보면서 지은 것은 아니다. 또 한퇴지(韓退之)는 남양인(南陽人)인데, 『좌전(左傳)』에 진(晉)이 남양을 열었다는 것은 지금 하내(河內)의 수무(脩武)로되 『당서(唐書)』 본전(本傳)에 등주 남양인(南陽人)으로 되어 있으니, 대개 당나라 때 남양은 등주에 속했으므로 망령되게 추가한 것이다. 모두 함께 기록하여 널리 변별하는 데 도움이 되고자 하였다. 맹상군(孟嘗君)의 집이 부(府)의 서북쪽 모퉁이에 있었는데 지금은 성황묘가 되어 있고, 공야장(公冶長)의 묘는 성의 서쪽에 있고, 왕촉(王蠋)의 묘는 임치(臨淄)의 우공산(愚公山)에 있다. 준불의(雋不疑) · 이응(李膺) · 공융(孔融) · 이옹(李邕) · 구준(寇準) · 범중엄(范仲淹) · 부필(富弼) · 구양수(歐陽脩) · 여정(余靖) · 조변(趙抃)이 혹 청주자사(靑州刺史)나 북해태수(北海太守) 혹 지군(知軍) · 지주(知州)가 되었으니, 역대 명현들이 주현의 관리가 되었다. 진번(陳蕃) · 소식(蘇軾) 같은 사람은 모두 기록할 수 없을 정도이며, 산천의 형세가 빼어나고 인물들이 전기(傳記)에 기록된 자 또한 모두 열거할 수 없다. 제왕부(諸王府)가 성안에 있고, 지부(知府)는 한돈(韓旽)이며, 산서성 심수인(沁水人)이다.

1623년 7월 4일 임진(壬辰), 금령진(金嶺鎮)에 도착하였다.

아침에 절의 중 원상(遠祥)이 법당으로 인도하는데, 현판에 '대웅보전(大雄寶殿)'이라고 쓴 글씨가 웅장하기가 짝이 없었다. 송(宋)나라 희령(熙寧) 연간에 창건하였으며, 소동파(蘇東坡 : 소식(蘇軾))의 글이 있었다. 보기를 마치고 청사역(青社驛)을 지나고 서북쪽 바깥 성문을 나와 또 옛 서북쪽 성문을 나와서 누택원(漏澤園)을 지났다. 누택원 제도는 송나라 원풍(元豊) 때에 시작되었는데, 대개 국가에서 의지할 데 없는 사람을 묻어 주는 곳이다. 풍상서(馮尚書)의 묘를 지났는데, 묘는 익도(益都) 서북쪽 10리 땅에 있고, 황제의 제문을 새긴 비(碑)가 있다. 풍상서의 이름은 기(琦)요, 호는 탁암(琢庵)으로 임구인(臨朐人)이며, 본적은 광녕(廣寧)이다. 만력 계묘년에 예부상서로서 벼슬을 마쳤다. 그가 죽으면서 남긴 상소문이 있으니, 요약하면 다음과 같다.

"신(臣)이 삼가 병중에서 올리지 못했던 소를 합치고 보완하여 아룁니다. 생각건대 황상께서 재위하신 지 31년입니다. 예로부터 제왕이 오랫동안 재위한 경우는 있지만 30여 년을 재위하면서 춘추가 이제 한창이며 중천(中天)의 운세에 있었던 분은 없었습니다. 신은 원컨대 폐하께서 고요히 자성하셔서 행하심이 모두 옳다면 곧 30여 년이 진실로 폐하의 충만하고 태평했던 시기가 될 것입니다. 행하신 것이 모두 옳지 않다 하더라도 30여 년은 또한 폐하께서 마음을 돌리고 뜻을 전환시키는 시기가 될 것입니다."

"폐하께서 이 왕성하고 건장한 때는 진실로 잘 다스리고 못 다스리는 기회가 될 것입니다. 만약 장차 크고 작은 정무를 한번 정돈하여 전국의 인심을 한번 수습하지 않는다면, 날이 계속 흘러가서 왕성한 나이도 점차 흘러갈 것입니다. 마음의 병은 점점 깊어져서 곧 돌이킬 수 없는 형세가 될 것이니, 부지런히 만회하고자 해도 또한 미칠 수 없게 될 것입니다. 무릇 조정이 정숙하지 못한 것은 그 병통이 사람들 생각의 게으름에 있고, 행정 사무가 청정하지 못하게 되는 것은 그 병통이 선비들의 기질이 탐욕스러운 데 있으며, 군신 상하가 서로 대치하는 것은 그 병통이 형적(形迹)을 의심하는 데 있습니다. 그러니 그 요지는 인심을 복종시키는 데 있습니다. 폐하께서는 어찌하여 200년간 굳히고 결집해 온 인심을 하루아침에 흩어지게 하여 이 지경에 이르도록 하십니까?

예전에 성탕(成湯)이 허물을 고침에 인색하지 않았음을 칭송했던 것은 성인은 허물을 짓지 않는다는 것이 아니라, 오직 성인이라야만 능히 그 허물을 고칠 수 있기 때문입니다. 한나라 무제(武帝)는 늙어서야 회개하고, 당 덕종(德宗)은 난리를 겪고서야 회개하였습니다. 늙지도 않고 난리도 겪지 않고서 회개할 사람은 천고에 다시 어떤 분이 있겠습니까? 거룩한 폐하께서 왕성한 나이를 맞아 하루라도 회개하지 않으면, 곧 한나라나 당나라 꼴이 되고, 하루라도 회개하면 곧 요순시대가 될 것입니다. 소장(疏章)을 하루만이라도 펼쳐본다면 관직의 결원은 하루 만에 보완될 것이며, 백성이 불편한 것도 하루 만에 제거할 수 있을 것입니다. 폐하께서는 어찌하여 하루만이라도 펼쳐보시는 것을 꺼려하여 만세에 업적을 이루고 만세에 명예를 세우는 것을 생각하지 않으십니까?"

임치현(臨淄縣) 남쪽 경계에서 제(齊)나라 환공(桓公)·경공(景公)·선왕(宣王)·전단(田單)의 무덤을 지났는데, 모두 비석이 세워져 있고, 여러 무덤이 마치 언덕과 같았으며, 계속 이어져 있었다. 낮에 점심을 치하점(淄河店)에서 먹었다. 치하(淄河)의 관아를 지나자 길에서 관원을 만나 서로 읍(揖)하며 지나쳤는데, 곧 제남도사(濟南都司)가 찰원(察院)을 영접하고 알현하기 위해 왔던 것이다. 길 좌우에는 우산(牛山)·치하(淄河)의 두 비석이 있었고, 관포(管鮑)의 별장도 있었다. 우산(牛山)

은 임치현 남쪽 10리 거리의 평원 가운데 있는데, 그다지 높거나 크지 않았지만 제나라의 도읍을 굽어볼 수 있었다. 제나라 경공(景公)이 양구거(梁丘據)와 더불어 올라가서 크게 울었던 곳이다. 그 산 자락이 평평하여 치하(淄河)의 동쪽 강안에까지 이르렀는데, 치하의 근원은 내무현(萊蕪縣)에서 나와 임치를 가로질러 수광(壽光)에 이르러 제수(濟水)로 흘러 들어간다. 「우공(禹貢)」에서 유치(濰淄)의 물길을 냈다고 하는 것이, 곧 바로 이것이다. 다만 이곳의 작은 물길은 여러 물길의 중심이 되기에는 부족한데, 생각해 보니 세월이 오래되어 모습이 변해 옛날과 같지 않게 된 때문인 듯하다.

지나온 곳에는 과일과 곡식이 들판을 가득 덮었고, 뽕나무·대추나무·감나무 등의 숲이 울창하게 도로 가에 있었다. 농상서(農桑書)를 살펴보건대, 형(荊) 땅의 뽕과 노(魯) 땅의 뽕에는 구분이 있으니, 형 지방의 뽕은 잎이 가늘고 얇지만 노 지방의 뽕은 잎이 크고 두텁다고 한다. 지금 제나라의 뽕나무들을 보니 다른 곳과는 달라 보이므로 아마도 노 지방의 뽕과 같은 듯하다. 저녁에 금령진(金嶺鎭)에 이르러 관아에서 유숙하니, 이날은 70리를 갔다.

1623년 7월 5일 계사(癸巳), 장산현(長山縣)에 도착하다.

아침에 금령(金嶺)을 출발하여 익도(益都)의 서북쪽 90리 경계를 지나고, 또 장가(張家)와 급체포(急遞舖)를 지났다. 등주에서부터는 서남쪽으로 향하여 가는데, 바라보는 산이 우산(牛山)의 골짜기에 다다라 도로에 근접하였고, 이곳을 지나서는 점차 멀어져서 서북쪽으로 비스듬히 연이어 단절되지 않았다. 그 사이에 있는 마을과 성곽, 밭두둑과 도랑 등은 모두 생략한다. 한낮에 장점(長店)에서 점심을 먹었다. 장산현(長山縣)의 경계를 지나서 또 20리 방(二十里坊)을 지났다. 연무진(演武鎭)을 지나서 오후에 장산의 동관일(東館馹)에 도착했다. 지현은 왕몽

윤(王夢尹)이다. 저녁에 번개와 우레가 치고 비가 왔다. 밤중이 되자 비가 크게 왔다.

1623년 7월 6일 갑오(甲午), 장구현(章丘縣)에 도착하다.

아침에 장산을 출발하여 서쪽 성문을 나오니 문 밖에 하천이 있었는데, '효부하(孝婦河)'라고 하였다. 배를 타고 건넜다. 옹치묘(雍齒墓)를 지나서 현의 서쪽 18리에 복생(伏生)의 사당과 서원이 있는데, 곧 복생이 글을 가르치던 곳이다. 또 범문정공(范文正公 : 범중엄(范仲淹))의 독서당이 있고, 그 곁에는 회범루(懷范樓)가 있으며, 그 앞에는 백련지(白蓮池)가 있다. 범공(范公)은 본래 소주(蘇州) 사람으로, 어려서 어머니를 따라서 장산으로 와서 공부하였다 하였으니, 곧 이곳이다.

낮에 추평현(鄒平縣)에서 쉬었다. 성남(城南)의 호씨(胡氏) 성을 가진 사람의 여관에서 점심을 먹고 길을 떠났다. 성내의 인구가 번성하고 많았으니, 천사(天使 : 조선에 온 명나라 사신) 유홍훈(劉弘訓)이 곧 이 현 사람이라고 한다. 남쪽으로 아홉 구비 황룡산(黃龍山)을 바라보니 세상에서 전하기를, 산 아래에 태공(太公)이 낚시하던 곳이 있다고 하지만 정말 그런지 모르겠다.

회선산(懷仙山)이 그 앞에 있는데, 기이하고 가파르고 웅장하고 빼어나다. 산 정상에는 객점이 있는데 이름을 '산두점(山頭店)'이라 하고, 혹자는 '한가점(韓家店)'이라고 하였다. 산 언덕에는 지름길이 있고, 노나라 운문양(鄆汶陽)의 구음(龜陰)으로 향하는 길이라고 한다. 아마도 여기서부터 태안(泰安)으로 가는 사잇길인가 보다.

청룡산(青龍山)을 넘었는데, 고개 중턱에는 언덕을 깎아서 길을 내었다. 호산점(湖山店)을 지났다. 객점 서쪽에는 호수가 있는데, 둘레는 30리이고 수초가 그 반을 채웠다. 장구현(章丘縣)에 도착하였다. 동쪽 성문 밖에 돌다리가 있는데, 튼튼하였다. 혼탁한 개울물이 흘러 다리 아래를 지나는데, 곧 탑수(漯水)이다. 수원(水源)은 장백산(長白山)에서 나와서 서북쪽 소청하(小淸河)로 흘러들어간다. 서남쪽을 바라보면 몇 리쯤에 산이 있는데, 그다지 높고 험하지 않으며, 이름은 '소형산(小荊山)'이라고 하였다. 장백산(長白山)은 서남쪽 5리쯤에 있는데, 수나라 도적 왕박의 근거지였다.

동쪽 성문에 들어갔는데, 문 안에도 돌다리가 있었다. 다리의 넓이는 6~7보쯤이고, 길이는 40여 보이다. 다리 아래는 모두 무지개문으로 만들었는데, '수성교(水城橋)'라 하였다. 혼탁한 개울물이 성안을 두루 흘러 나가므로 '몽하(蒙河)'라고 하였는데, 탑하(漯河)의 다른 지류이다. 듣건대 동남쪽 30리에 명수진(明水鎭)이 있는데, 샘물이 넘쳐 나와 '명수(明水)'라고 하였다. 사람들의 거주지는 조밀(稠密)하고, 벼슬아치와 선비들이 그곳에서 많이 나왔다고 한다. 현성(縣城) 안에는 인구가 많으며 패루(牌樓)가 길거리에 창창하게 늘어서 있는데, 유명한 벼슬아치들이 많았기 때문이다. 성황사(城隍祠) · 관왕묘(關王廟) · 악사(嶽祠) · 옥황묘(玉皇廟) 등을 지났는데, 모두 규모가 거대하고 호화로워 이루 다 표현할 수가 없었다. 청룡산맥(靑龍山脈)은 우산(牛山)에서 점점 멀어지는데, 서남쪽으로 그것을 바라보면서 왔다. 이곳에 도착하고 보니, 곧 산맥의 등마루를 넘고 또다시 올라 서쪽을 따라온 것이다. 저녁에 성 남쪽의 송씨 집에서 유숙하였다. 장산에서 이곳까지는 90리이다. 지현은 '풍실(馮悉)'이라는 사람이다.

1623년 7월 7일 을미(乙未), 제남부(濟南府)에 도착하였다.

아침에 장구(章丘)를 출발하여 40리를 가서 용산역(龍山驛)에서 점심을 먹었다. 오후에 출발해서 긴파(緊坡)를 넘어 한 개의 작은 강을 건넜다. 언덕 위에 비석이 있는데, 비문에는 "제나라 경(卿) 포숙아(鮑叔牙)가 첫 번째에 받은 채읍(采邑 : 식읍)이다."라고 하였다. 조창점(朝倉店)

을 지나니, 객점의 서쪽에 홍제교(弘濟橋)가 있었다. 내무지현(萊蕪知縣) 여명륜(呂明倫)이 72개의 우물을 파서 제하(濟河) 탑하(漯河)로 물줄기를 흘려보내게 하였다. 다리는 그 위에 걸쳐 있었는데, 만력(萬曆) 18년(1585)에 창건한 것이고, 송응창(宋應昌)이 산동순무(巡撫)가 되었을 때 중수하였다고 한다. 부(府)에서부터 10리쯤에 자갈이 많은 하천이 있는데, 물이 매우 맑아서 일명 '산하(山河)'라고 불렀다. 건조한 계절에는 말라 육지가 된다고 한다.

동북쪽에 외톨이 산 하나가 있는데, 마치 연꽃 봉오리와 같아서 주민들에게 물으니, 모두 '화산(華山)'이라고 답하였다. 외성의 동쪽 문으로 들어갔는데, 통사 황여중(黃汝中) 등이 미리 숙소를 정하지 못해 우왕좌왕 서쪽으로 향하다가 남쪽으로 가고 또 북쪽으로 돌아갔다가 서쪽으로 가서 서원의 홍살문 밖에 다다랐는데, 여전히 우왕좌왕하면서 갈 곳을 정하지 못한 채 밤이 이미 깊었다. 내가 황여중(汝中)을 질책하였는데, 부사도 정인신(丁仁信)을 매질하였다. 마침내 서관일(西館馹)에 도착하여 부사와 함께 서랑(西廊)에서 유숙하였다. 정사는 뒤처졌는데, 밤이 깊어 서로 소식을 알 수 없었다. 장구(章丘)에서 이곳까지는 110리이다.

1623년 7월 8일 병신(丙申), 제남부에서 머물렀다.

아침에 들으니, 정사는 성 남쪽에 있는 서원에 들어가 외대문에서 밤을 새웠다고 하였다. 아침에 지현에게 보고하여 서원 안으로 옮겨 유숙하게 하고, 사람을 보내어 우리를 맞이하게 하였다. 부사와 더불어 그곳으로 가니, 바로 역산서원(歷山書院)이었다. 본당[正廳]은 '정일당(精一堂)'이라 하였는데, 곧 유생들이 학업을 익히고 시험을 보는 곳이다. 서쪽 협문을 따라 나오니 우물이 하나 있는데, '표돌천(趵突泉)'이라 하였다.

성 서쪽으로 낙수(濼水)가 흐르는데, 그것을 끼고 둑을 쌓아 구불구

표돌천 산동성 제남시에 있는 자연 용출천이다.

아영사(娥英祠)

순임금의 부인 아황(娥皇)과 여영(女英)을 제사하는 사당. 역산서원(歷山書院)의 일부였다.

불하게 물길을 내어 네모진 연못에 물을 대었다. 수맥을 돌 구멍으로
내어 솟아오르게 하니, 물이 세차게 뿜어져 나와 분수가 끓는 증기와
같았다. 일명 '폭류천(瀑流泉)'이라고도 한다. 물의 근원은 왕실산(王屋
山)에서 나와 땅속으로 흐르다가 제원현(濟源縣)에 이르러 솟아올라 황
하를 지나면 실개천이 된다. 서북쪽으로 갈마애(渴馬厓)에 이르러 50리
를 땅 속으로 흐르다가 성 서쪽에 이르러 또 솟아나와 북천(北泉)이 된
다. 일찍이 흑수(黑水) 구비에서 버린 겨의 찌꺼기가 여기서 나타난 것
도 있었다. 또 여러 샘의 물이 합쳐져 성으로 들어가 대명호(大明湖)가
되고, 그것이 흘러 소청하(小淸河)가 된다. 제남의 72개 샘 중에는 폭류
천이 으뜸이 되고, 금선천(金線泉)이 그 다음이 된다고 한다.

　돌다리가 개울물 위에 걸쳐 있는데 이름이 '광회교(廣會橋)'였고, 조
송설(趙松雪)과 왕양명(王陽明)이 지은 제명(題銘)이 있어 지금까지 회자

(膾炙)되고 있다. 대체로 제(濟)와 낙(濼)은 이곳의 내나 샘에 대한 총괄적인 이름이지만 오직 이것만이 천하의 명승지가 되었다. 샘물 위에는 '수옥당(漱玉堂)'이라는 건물이 있었고, 왼쪽 둔덕에는 작은 누각이 있었는데, 그 앞에는 돌다리가 네모난 연못 위에 걸쳐 있었다. 그 북쪽에는 정자가 있는데 '성경선천(聖境仙泉)'이라 하였고, 또는 '관란정(觀瀾亭)'이라고도 하였다. 여기에 여동빈(呂洞賓)을 제사하는 서원이 있었다.

수옥당 남쪽에는 또 '빙감정(氷鑑亭)'이라는 정자가 있고, 그 앞에는 청당(廳堂)이 있었다. 밖에는 대문이 있고, 문 밖에는 돌난간을 설치한 다리가 있으며, 다리 아래의 물은 통원문(通院門)의 다리 아래로 이어져 있었다. 명색이 서원(書院)이었으나 악기 소리와 노래 소리가 은은하고, 한가한 사람들이 많이 모여 그 위에서 술을 마시며 떠들고 있었다. 주민들이 순임금의 높은 덕을 알지도 못하고 감히 여순양(呂純陽) 따위

제남성(濟南城) 남쪽 해자

를 제사하고 있음은 무슨 까닭인가? 저녁에 큰비가 내리고 천둥소리가
진동하였다. 지부(知府) 이천경(李天經), 동지(同知) 당겸육(唐謙育), 통
판(通判) 왕삼읍(王三揖), 추관(推官) 오집어(吳執御)가 모두 인사장과 노
자를 보내왔다. 모두에게 답장을 보내어 사례하였다.

1623년 7월 9일 정유(丁酉), 제남부에 머물렀다.

군문(軍門)에 신문(申文)을 바쳤다. 또 덕주(德州)를 지나서는 수로(水
路)와 육로(陸路)를 번갈아가는 일 때문에 병비도(兵備道)에 정문(呈文)
을 올리니, 병비도가 배를 내어 주도록 조치하였다. 사행으로 올 때 여
러 장의 신문(申文)을 작성하고 수신자 난에만 빈칸으로 두어 가져왔는
데, 그것을 제대로 관리하지 못하여 물에 젖게 하였으므로, 가지고 온
담당 역관 전유후(全有後)와 최준남(崔俊男)에게 각각 곤장 6대를 때렸
다. 올 때 특별히 이름을 비워 둔 신문(申文) 서너 건을 가져와서 관련
되는 관아에 변무할 것이 있으면 곧바로 해당 아문의 직함만 적어 넣어
올리기에 편하도록 한 것이니, 이를 '공함자문(空銜咨文)'이라 한다.

오후에 출발하려고 했는데 인마(人馬)가 갖추어지지 않고, 또 방물
문서를 점검해야 하므로 마침내 출발을 멈추었다. 군문은 곧 산동순무
겸 병부상서(山東巡撫兼兵部尙書) 조언(趙彦)이고, 병비도는 안찰사(按察
使) 조이정(曹爾禎)이며, 포정사(布政司)는 정계남(程啓南)이다.

제남(濟南)

제남 역시 고대 청주(靑州) 지역으로, 춘추전국시대에는 모두가 제(齊)나라 땅이었다. 진(秦)이 천하를 통일한 후에 제군(齊郡)으로 만들었고, 한 초(漢初)에는 다시 제(齊)나라로 만들었다가 후에 군으로 고쳤다. 당 천보(天寶) 초기에 임치군(臨淄郡)으로 고쳤다가 곧 제남(濟南)으로 개칭하였다. 송나라 때 부(府)로 승격시켰고, 원나라 때 '제남로(濟南路)'로 고쳤고, 명나라 때 다시 '제남부'로 고쳤다. 관할 주(州)는 4곳이고 현은 26곳이다.

그것은 빈주(濱州 : 부의 동북쪽 300리에 있고, 하나라 때는 천승군(千乘郡)이었다.), 태안주(泰安州 : 부의 남쪽 180리에 있고, 한나라 때의 봉고박현(奉高博縣)이다.), 덕주(德州 : 부의 서북쪽 280리에 있으며, 본래는 진제군(秦齊郡) 땅이었다.), 무정주(武定州 : 부의 동북쪽 70리에 있으며, 진나라 때는 제군의 땅이었다.), 역성현(歷城縣 : 제남부의 변두리에 붙은 현으로, 옛 역하성(歷下城)이다.), 장구현(章丘縣 : 부의 동쪽 110리에 있고, 춘추시대에는 제나라의 제고당읍(齊高唐邑)이었다.), 추평현(鄒平縣 : 부의 동북쪽 180리에 있고, 옛 추후국(鄒侯國)이다.), 치천현(淄川縣 : 부의 동쪽 230리에 있고, 본래는 한의 반양현(般陽縣)이었다.), 장산현(長山縣 : 부의 동북쪽 200리에 있고, 본래는 한의 제남군(濟南郡)이었다.), 신성현(新城縣 : 부의 동북쪽 320리에 있고, 본래 당·송의 장산현(長山縣)으로, 원나라 때 지역이 넓어 성읍을 설치하고 신성(新城)이라 하였다.), 제하현(濟河縣 : 부의 서쪽 50리에

있고, 본래는 한의 축아현(祝阿縣)이었다.), 제동현(齊東縣 : 부의 동북쪽 80
리에 있으며, 한나라 때의 추평(鄒平) 땅으로, 송의 제동진(齊東鎭)이었다.),
제양현(濟陽縣 : 부의 북쪽 90리에 있고, 본래는 북제의 장락현(長樂縣) 땅이
었다.), 우성현(禹城縣 : 부의 서북쪽 100리에 있고, 한의 축아현(祝阿縣)이
었다.), 임읍현(臨邑縣 : 북의 북쪽 150리에 있고, 본래 한의 구현(舊縣)이었
다.), 장청현(長淸縣 : 부의 서남쪽 70리에 있고, 본래 한의 노현(盧縣) 땅이었
다.), 비성현(肥城縣 : 부의 서남쪽 160리에 있으며, 옛 비자국(肥子國)이다.),
청성현(靑城縣 : 부의 동북쪽 220리에 있으며, 본래는 임읍현(臨邑縣)과 영진
현(寧津縣) 두 현이었다.), 능현(陵縣 : 부의 서북쪽 240리에 있으며, 한의 안
덕현(安德縣) 땅이다.), 신태현(新泰縣 : 태안주 동남쪽 180리에 있으며, 한
의 태산군(泰山郡)이다.), 내무현(萊蕪縣 : 태안주의 동쪽 120리에 있으며, 춘
추시대의 협곡(夾谷) 땅이다.), 덕평현(德平縣 : 덕주의 동쪽 160리에 있으며,
한의 평악현(平樂縣)이었다.), 평원현(平原縣 : 덕주의 남쪽 120리에 있으며,
한의 평원군(平原郡)이었다.), 양신현(陽信縣 : 무정주의 북쪽 40리에 있고,
한나라 때는 발해군(渤海郡)이었다.), 해풍현(海豐縣 : 무정주의 동북쪽 60리
에 있고, 본래는 한나라 때의 양신(陽信) 땅이었다.), 악릉현(樂陵縣 : 무정주
의 서북쪽 90리에 있으며, 본래는 한의 부평현(富平縣)이었다.), 상하현(商河
縣 : 무정주의 남쪽 120리에 있다.), 이진현(利津縣 : 빈주(濱州)의 동쪽 60리
에 있으며, 본래는 발해의 영리진(永利鎭)이었다.), 점화현(霑化縣 : 빈주의

서북쪽 60리에 있고, 본래 발해현 땅이었다.), 포대현(蒲臺縣 : 빈주의 남쪽 30리에 있고, 한나라 때 습옥현(濕沃縣)이었다.)이다.

빈주(濱州), 이진(利津), 점화(霑化), 해풍(海豐)은 모두 바다를 끼고 있다. 역산(歷山)은 부의 남쪽 5리에 있으니, 곧 순임금이 밭을 갈던 곳이다. 한나라 때의 학자 정현(鄭玄)은 역산이 하동(河東)에 있다고 하였으나 증공(曾鞏)이 그 잘못을 밝히고 제남의 남산을 역산이라 하였다. 묘산(廟山)은 부의 동쪽 10리에 있는데, 순임금의 사당이 있었기 때문에 그렇게 이름을 붙인 것이다.

화부주(華不注)는 부의 동북쪽 15리에 있는데, 봉우리 하나가 우뚝 솟아 있고 그 아래에는 화천(華泉)이 있으니, 곧 어제 바라보았던 그 외로운 산으로서 사람들이 '화산(華山)'이라고 잘못 말하였던 곳이다. 『좌전(左傳)』에는 "진(晉)나라가 제후(齊侯)를 삼주(三周)의 화부주(華不注)로 쫓아내었다."*고 하였고, 당(唐) 이백(李白)의 시에는 "옛적에 내가 제나라 도읍에서 노닐었나니, 화부주(華不注)의 봉우리에도 올랐네〔昔我遊齊都, 登華不注峯〕."라고 한 곳이 바로 이곳이다.

횡산(黌山)은 장구(章丘)에서 25리 되는 치천현(淄川縣)과 추평현(鄒平縣) 두 현의 경계에 있다. 정현(鄭玄)이 여기서 『시경』의 주석 작업을 하였는데, 옛 우물가에는 맥문동**이 자라고 있었다. 태산(泰山)은 태안주(泰安州) 북쪽 5리에 있는데, '대종(岱宗)'이 바로 이곳이다. 올라가는

---

* 『좌전(左傳)』 성공(成公) 2년 "逐之, 三周華不注." 華不注 : 山名
** 서대초(書帶草)는 '수돈초(秀墩草)'라고도 한다.(출전 : 群芳譜) 그 밖에도 麥門冬(神農本草經), 虋冬(爾雅), 麥冬(藥品化義), 沿階草(江西通誌), 羊韭, 馬韭, 羊蓍, 愛韭, 禹韭, 忍陵, 不死藥, 仆壘, 隨脂(이상 吳普本草), 羊蓍, 禹葭(名醫別錄)], 階前草(이상 本草綱目), 馬糞草, 家邊草, 韭葉麥冬(이상 中藥大辭典) 등으로 부른다.

길이 구불구불하게 나 있으며, 정상까지는 40리이다. 석표(石表)가 있는데, '동악묘(東嶽廟)'라고 하며 봉선단(封禪壇)이 있다. 또 세 봉우리가 있는데, 동쪽에 있는 것을 '일관봉(日觀峯)'이라 하며 새벽에 일출을 볼 수 있고, 서쪽에 있는 것은 '진관봉(秦觀峯)'이라 하여 장안(長安)을 바라볼 수 있으며, 남쪽에 있는 것을 '월관봉(越觀峯)'이라 하는데 회계(會稽)를 바라볼 수 있다. 정조래(亭徂徠)와 석려량보(石閭梁父)가 모두 태안(泰安)의 경내에 있다.

대청하(大淸河)는 곧 제수(濟水)의 옛 물길인데, 연주(兗州)에서부터 흘러 제남부와 이진(利津) 등지를 지나 바다로 들어간다. 소청하(小淸河)는 일명 낙수(濼水)이니, 즉 제수(濟水)의 남쪽에 있으며, 그 근원은 제남부(濟南府)의 서쪽 표돌천(趵突泉)으로 신성(新城)을 지나서 바다로 들어간다. 대명하(大明河)는 일명 서호(西湖)이니, 제남부의 성 안쪽 서북쪽 모퉁이에 있고, 순천(舜泉)에서 근원하여 제남부의 3분의 1을 차지하며, 북수문(北水門)을 통하여 흘러나와 제하(濟河)와 합친다. 끝없이 아득한 가운데 멀리 화부주(華不注)산을 바라보니 마치 물 가운데 있는 것 같고, 부용교(芙蓉橋)·백화교(百花橋) 등을 두고 경치가 빼어난 곳으로 흘러간다.

낙수는 또 서호(西湖)로부터 부주산 아래로 흘러 돌면서 호수를 만들었고, 호수 위에는 작산정(鵲山亭)이 있으니, 이백(李白)과 두보(杜甫)가 함께 시를 남겼다. 금선천(金線泉)은 성의 서쪽 돌담으로 쌓은 네모진 못에 있으니, 샘이 그 아래에서부터 솟아나와 동쪽으로 흘러 성의 해자에 모이는데, 물결 가운데 금빛으로 반짝이는 파장이 은은히 일어난다. 순천(舜泉)은 성안 순임금의 사당 아래에 있고, 두강천(杜康泉)은 사당의 서쪽 행랑채 아래에 있다. 세상에 전해지기를 두강(杜康)이 술을 빚은 샘이라고 하며, 강심수(江心水)와 혜산천(惠山泉)과 비교해 저울에 달아보면 눈금 하나 정도의 차이라고 한다.

제왕부(諸王府)가 모두 성안에 있고, 민자건(閔子騫)*의 서원은 제남부의 동쪽 5리에 있다. 민자건의 묘 앞에 사당이 있는데, 소철(蘇轍)이 비문을 짓고 그의 형 소식(蘇軾)이 글씨를 썼다. 죽계의 육일당(六逸堂)은 조래산(徂徠山)에 있는데, 당나라 시대의 공소보(孔巢父)와 이백(李白)의 은거지였다. 역산당(歷山堂)과 낙원당(濼源堂)은 모두 역산의 북쪽에 있으니, 송나라 증공(曾鞏)이 지주(知州)로 있을 때 건립하였다. 비문에는 '제주표돌천이당기(濟州趵突泉二堂記)'라 하였다. 역하정(歷下亭)은 포정사(布政司) 관청 곁에 있으며, 수향정(水香亭)과 환파정(環波亭)도 함께 있다. 백화대(百花臺)는 제남부의 성 남쪽에 있으니 증공(曾鞏)이 노닐던 곳으로, 그의 호를 따서 '남풍대(南豊臺)'라고도 한다. 응향정(凝香亭)은 포정사 관청 안에 있으니, 증공이 위응물(韋應物)의 시구에서 따온 이름이다.

좌구명(左丘明) · 동방삭(東方朔) · 손복(孫復) · 석개(石介) 등의 묘가 모두 경내에 있고, 질도(郅都) · 소망지(蕭望之) · 유총(劉寵), 범단(范丹) · 이고(李固) · 황보규(皇甫規) · 사필(史弼) · 한소(韓韶) · 이옹(李邕) · 안진경(顔眞卿) · 여이간(呂夷簡) · 왕암수(王嚴叟) · 한기(韓琦) · 당개(唐介) · 범순인(范純仁) · 소식(蘇軾) · 증공(曾鞏) · 조보지(晁補之) · 이상(李常) · 조맹부(趙孟頫)가 모두 이곳에서 관직 생활을 했고,

---

* 이름은 민손(閔損, BC 536~487), 자는 자건(子騫)으로, 춘추 말기 노나라의 학자이다. 공자의 제자이며, 72현의 한 사람이다.

그 외에도 이름난 자가 매우 많다. 공석애(公晳哀)·모초(茅焦)·복승(伏勝)·종군(終軍)·동방삭(東方朔)·고후(高詡)·양속(羊續)·예형(禰衡)·고당륭(高堂隆)·관로(管輅)·양호(羊祜)·맹간(孟簡)이 모두 이곳 인물이다.

그 지형이 빼어나 바다와 산의 두 요충지를 배후로 하여 지금의 성(城)이 되었으니, 그 주위가 15리이다. 제하(濟河)가 성곽을 에워싸서 해자가 되었고, 연뿌리와 마름·순채와 붕어 등이 그 가운데 꽉 찼으니, 성 안팎 사람과 물자의 풍부함은 청주(靑州)에서도 으뜸이다.

6 제남에서 대운하의 요충지 덕주(德州)에 이르다

1623년 7월 10일 ~ 7월 14일

안성점 → 우성현 → 평원현 → 덕주

사신 일행은 7월 10일 제남을 떠나 대운하의 요충지인 덕주(德州)로 향하였다. 그날은 안성점(晏城店)에 도착하여 유숙하였고, 7월 11일 우성현(禹城縣)을 지나면서 찰원(察院) 담장 밖에 있는 우(禹)임금의 사당을 들러 소상(塑像)을 참배하였다. 또 평원(平原) 경계에서 10리 되는 곳에 있는 한나라 때의 대사농(大司農) 고후(高詡)의 고향 마을을 지났다. 저녁에는 평원현에 도착하여 유숙하였는데, 평원 동문 안에는 안노공(顔魯公)의 사당이 있었고, 동방삭의 고향 마을도 역시 평원현에 있었다.

7월 12일에는 도원(桃園) 옛 터를 지나가게 되었는데, 이곳은 한나라 소열제(昭烈帝) 유비(劉備)가 관우(關羽), 장비(張飛)와 함께 의형제를 결의한 곳이라고 하였다. 또 한나라 때의 청백리 소망지(蕭望之)의 유애비(遺愛碑 : 고을 사람들이 세운 선정비)를 지나갔다. 40리를 더 가서 제(齊)나라와 노(魯)나라의 경계였던 황화역(黃花驛)에서 쉬고 저녁에는 덕주(德州)에 도착하였다. 덕주는 중국의 대운하가 황하(黃河)와 만나는 요충지로서, 여기서부터 선박들은 황하를 따라 천진으로 가게 된다. 17세기 당시에는 황하가 오늘날과 달리 제남을 지나지 않고 덕주를 거쳐 천진으로 흘러갔다.

7월 13일에는 덕주(德州)에 머물면서 천진으로 가는 선박을 준비하였다. 제남의 병비도(兵備道)가 배 6척에 대한 통행증을 발급하여 주었으므로, 덕주 관아에서 상선(商船)을 징발하여 표(標)를 붙여 두고 대기하도록 하였다. 7월 14일 아침에 역관들이 관아에 호소하여 선원들의 양식을 조달한 후 배에 올랐으나 반송사(伴送使 : 호송인) 허선(許選)이 선원들과 짜고 선가(船價)를 담합하여 멋대로 올렸으므로 곧바로 출발하지 못하고, 결국 덕주의 부두에서 유숙하게 되었다.

1623년 7월 10일 무술(戊戌), 안성점(晏城店)에 도착하였다.

아침에 역성(歷城)을 출발하여 15리를 지나니 평야에 바위산이 있었는데, 한 줄기 초목도 없으며, 이름을 '규산(奎山)'이라 했다. 산 위에는 신사(神祠)가 있었으니, 비를 빌면 반드시 응답한다고 한다. 약산 또한 서북쪽에 있는데, 약재로 쓰이는 양석(陽石)*이 생산되므로 붙여진 이름이다. 50리를 걸어 배를 타고 제하(濟河)를 건넜다. 대청교(大淸橋)를 지났는데, 길이가 100여 보나 되었고, 제수(濟水)에 가로로 걸쳐 있었다. 제하현(濟河縣) 동문을 들어서니 안에 안공(晏公)의 사당이 있었다. 찰원(察院)의 관아에서 쉬었다. 정오경에 소나기가 내리다가 곧 그치자 출발하여 20리 길을 가서 안성점(晏城店)의 이씨 집에 도착했다.

안성(晏城)은 옛날 역(驛)의 이름인데, 역은 지금 현(縣)의 치소(治所)로 옮겼다고 한다. 이날 60리를 갔다. 태산(泰山)은 태안주(泰安州)의 북쪽 5리에 있는데, 길에서 바라볼 수 있지만 마침 구름이 (태산을) 가려서 볼 수 없었다.

1623년 7월 11일 기해(己亥), 평원현(平原縣)에 도착하였다.

아침에 안성(晏城)을 출발하여 40리를 갔다. 우성현(禹城縣)에 이르러 찰원(察院) 관아에서 쉬었다. 서쪽 담장 밖에 우(禹)임금의 사당이 있는데, 소상(塑像)을 설치해 두고 있었다. 평원(平原)의 경계에서 10리 되는 곳을 지나왔는데, 한나라 사농(司農) 고후(高詡)의 고향 마을이다. 고후는 청렴하고 절조가 있는 것으로 저명하여 왕망(王莽)에게 벼슬을 하지 않으니, (후한) 광무제(光武帝)가 불러서 대사농(大司農)을 제수하였다. 이날 110리를 갔다.

안노공(顔魯公)의 사당이 동문 안에 있고, 또 능현(陵縣)의 남문에도

---

* '웅황(雄黃)'이라고도 하는데, 종유석과 같은 유황으로 성질이 뜨거운 광물 약재이다.

있다고 한다. 살펴보니, 능현은 옛날에는 평원군(平原郡)에 속하였으니, 동방삭의 고향 마을이 또 평원에 있었고, 묘는 능현에 있다. 지현(知縣) 가사달(賈師達)이 노자를 보내오고, 그 휘하의 방자 세 사람을 보내 시중을 들고, 좌우에서 요리하는 사람들이 매우 부지런하였다.

1623년 7월 12일 경자(庚子), 덕주(德州)에 도착하였다.

아침에 인사장을 보내 지현에게 사례하였다. 듣건대, 영천(潁川) 경내에 큰 새들이 대외산(大隗山)으로 모여들었는데, 높이는 7척이고 다섯 색채가 몸에 두루 퍼져 있어 여러 새들이 그들을 따르다가 7일 만에 사라졌다. 하남성(河南省) 순무가 황제에게 사유를 갖추어 아뢰기를 의봉(儀鳳)이 나타났다고 하였다 한다.

주사(主事) 장국주(張國柱)의 집이 성안에 있었는데, 통역관 만나기를 요청하여 이응(李膺) 등이 가서 뵈었다. 주사가 방물장(方物狀)을 보여 주기를 요구하였지만 대답하기를, "상자 속에 싼 방물은 마땅히 본사(本司 : 예부의 주객사)가 검사하는 날에 펴보아야 하는 것이라 함부로 펼쳐 보일 수 없습니다. 바라건대 모름지기 헤아려 살펴 주십시오." 하였다. 장국주는 제독주사(提督主事)로서 출장을 나왔다가 자기 집을 지나면서 우리 통역관이 알현하게 하여 자못 고향 마을에서 뻐기려 하였다고 한다.

정오 무렵에 출발하여 도원(桃園) 옛 터를 지나왔는데 서로들 전하기를, 이곳이 한나라 소열제(昭烈帝)가 관우, 장비와 더불어 결의한 곳이라고 하나 과연 그러한지 모르겠다. 또 소망지(蕭望之 : 전한(前漢))의 유애비(遺愛碑)를 지나왔는데, 소망지가 평원태수(平原太守)가 되자 황제가 소부(少府)로 불러들였다고 한다. 40리를 가서 황화역(黃花驛)에서 쉬었다. 비석이 있어 그 표면에 새겨져 있기를, "제(齊)나라와 노(魯)나라가 만나는 곳이다[齊魯之交]." 하였다. 흠차행인(欽差行人) 사지행(司之行)을 길에서 만났는데, 가마를 멈춘 후 우리나라 사정에 대해 물었다. 이에 사실대로 대답하니, 행인이 "잘 알았다."라고 했다. 행인은 "번부(藩府)를 책봉하는 일로 제남에 간다."고 했다. 저녁에 덕주성(德州城) 밖의 장씨(張氏) 집에 도착했다. 평원으로부터 이곳까지 80리이다.

물의 도시 덕주(德州)

1623년 7월 13일 신축(辛丑), 덕주에 머물렀다.

선박을 조달하여 장차 수로로 가려고 하였다. 아침에 하(夏)씨 집으로 옮겨 거처하여 정사와 함께 지냈다. 지주(知州) 안수선(安受善)이 인사장을 보내왔다. 병비도(兵備道) 조(曹) 아무개가 배 6척에 대한 통행증을 발급하여 주었으므로 관에서 상선을 징발하여 표(標)를 붙여 두고 명령을 기다리게 했다.

1623년 7월 14일 임인(壬寅), 비가 왔다. 덕주에 머물렀다.

사시(巳時 : 오전 9~11시)에 배에 올랐다. 역관 신응융(申應瀜) 등이 선원들의 양식을 조달하여 지급하는 일로 지부(知府)에게 호소하였다. 반송사 허선(許選)이 선원들과 짜고 선가(船價)를 함부로 올려서 곧바로 출발하지 못하고 부두에서 유숙했다.

7 덕주에서 배를 타고 천진(天津)에 이르다

1623년 7월 15일 ~ 7월 22일

노군당 → 상원 → 화원장 → 창주 → 소자구 → 천진위

사신 일행은 7월 15일 아침에 선원들이 오기를 기다렸으나 그들은 날이 저물도록 그림자도 보이지 않았다. 결국 역관들을 덕주에 파견 나와 있던 호부낭중(戶部郞中)에게 보내어 호소한 결과, 날이 저물녘에야 선원들이 모여 출항하게 되었다. 여기서부터는 황하를 따라 바다로 나가 천진으로 향하게 되는 것이다. 덕주는 중국 동남 지역의 조운선(漕運船)과 상선들 및 외국의 조공선들이 모두 이곳에 모여 천진을 경유해 북경으로 가게 되는 것이다.

황하의 선상에서 보는 덕주의 성곽은 높고 장대하며 시장에는 각종 상품이 산적하여 등주와 내주(萊州)에 비교해 보아도 더 번화하였다. 선원들이 모일 때까지 부사 윤훤과 서장관 이민성은 거룻배를 타고 반대편 강안에 있는 은와사(銀瓦寺)의 천불각(千佛閣)을 관람하고 돌아왔다. 그들은 배를 타고 40리를 가서 한밤중에 노군당(老君堂) 강가에 정박하였다.

7월 16일에는 배로 상원(桑園)에 도착하여 점심을 먹고 밤에 화원(花園)에 도착하여 십리포(十里浦)에서 유숙하였다. 이날은 160리를 갔다. 이튿날 그들은 다시 배를 타고 직류장(直柳莊), 신교역(新橋驛), 설가요(薛家凹), 전하역(磚河驛)을 지났다. 그리고 창주(滄州)에 도착하여 유한림(劉翰林)의 별장인 완화주(浣花洲)를 관람하였다. 이곳은 기화요초(琪花瑤草)가 우거지고 그윽하며, 언덕에서 가까운 거리에 점포가 즐비하고, 높은 누각과 장엄한 건물들이 즐비하며, 선박들이 안개 사이에서 출몰하는 명승지였다. 이날은 170리를 갔다.

7월 18일에는 25리 거리의 소자구(弰子口)에 정박하였는데, 비가 퍼부어 더 가지 못하고 옷이 다 젖은 체 배 안에서 도롱이를 입고 밤을 새웠다.

그들은 7월 19일 아침에 천진위(天津衛)에 도착하였다. 천진은 중국 남부 지역의 조운선들과 상선들이 운하나 바다를 통하여 집결하는 곳으로, 항구에 정박해 있는 배만 해도 일만 척에 가까웠다.

7월 20일은 북경으로 가는 선박, 짐꾼, 말 등을 조달하기 위해 역관들이 천진 통판(通判)을 만나러 갔으나 그가 공무로 출장 가고 없어서 못하였고, 천진군문(軍門)의 분부에 의해 일행의 명단을 작성하여 보고하였다.

21일은 선박, 짐꾼, 말 등의 조달을 군문에 가서 호소하였다. 반송사(伴送使) 허선(許選)이 또 노새 주인들을 부추겨서 고용 계약이 어렵게 되었다. 결국 군문에서 징발 영장을 발급하여 선박 3척과 말 20필 및 인부 30명을 동원하게 되어 준비를 마쳤다.

7월 22일에 역관 우계현(禹啓賢)과 황박(黃珀) 및 군관 정창운(鄭昌雲) 등이 선박에 짐을 싣고 먼저 북경으로 출발하였다. 노새와 말이 넉넉지 않았기 때문에 선박을 이용한 것이다.

1623년 7월 15일 계묘(癸卯), 배를 출발하여 노군당(老君堂)에 도착하였다.

선원들이 날이 저물도록 그림자도 보이지 않았다. 이응(李膺)과 신응융이 호부낭중(戶部郎中)에게 호소하였다.

"사신들이 이곳에 사흘을 머물렀는데도 출발을 하지 못하고 있어 누차 지주(知州) 어른에게 호소했지만, 조치해 주시는 허락을 얻지 못했습니다. 비록 노야(老爺 : 어르신)께서 주관하시는 일은 아니지만, 곧 중앙의 고관이시므로 이 일을 지휘해 주시기를 간절히 애원합니다."

낭중이 곧 부하를 보내어 와서 독려하였다. 앵무새를 잘 다루는 사람이 왔는데, 앵무새는 집비둘기보다 작고 부리는 갈고리 모양으로 휘었는데 검었다. 몸에 녹색 털이 퍼져 있고, 그 성품이 지혜롭고 잘 길들여져 있었다.

신시(申時)에 선원들이 와서 대령하였으므로 안덕항〔安德水駅〕에서 배를 출발시켰다. 강의 흐름이 성을 싸고 돌았는데, 벽돌로 긴 방죽을 쌓았다. 사람들이 그 좁은 강 언덕에 거주하였으므로 닭과 개 우는 소리가 들렸다. 이 강은 곧 위하(衛河)인데, 덕주성 서쪽에 있었다.

본래 위하(衛河)·장하(漳河)·황하(黃河)의 여러 강들이 합류하여 무성현(武城縣) 경계로부터 덕주의 경내로 들어와서 북쪽으로 하간부(河間府)를 가로질러 바다로 들어간다. 중국 동남 지역의 조운선(漕運船)과 상선들 및 외국의 조공이 모두 이곳을 통하여 이루어진다. 진하관(振河關)이 서성(西城)에 있었다. 황하는 비록 혼탁하지만, 그 흐름이 매우 빨라서 관선(官船)과 상선들이 서로 뱃머리와 꼬리를 이어서 왕래가 끊어지지 않는다.

덕주의 성곽은 높고 장대하며 시장에 진열된 재화가 산적하여 등주와 내주(萊州)에 비해 더 나은 것 같았다. 언덕 너머에는 은와사(銀瓦寺)가 있는데, 일명 '자씨사(慈氏寺)'라고 한다. 부사와 함께 물결을 거슬러 건너서 천불각(千佛閣)에 올랐다. 관람을 마치고 배로 돌아와서 곧 출발하였다. 한밤중에 노군당 강가에 정박하였다. 정박한 중국 선박들은 40여 척(隻)이나 되었다. 덕주 성곽에서 이곳까지는 수로로 40리이다.

1623년 7월 16일 갑진(甲辰), 화원장(花園莊)에 도착하여 정박하였다.

새벽에 배를 출발시켰다. 상원(桑園)에 도착하여 점심을 먹었다. 양점역(良店驛)과 안녕진(安寧鎭)을 지났는데, 모두 오교현(吳橋縣) 땅이다. 현의 치소와의 거리가 80리이다. 또 동와진(東窪鎭)과 오교현(吳橋縣)을 지나니 강물의 혼탁함이 진흙탕과 같아서 물을 마실 수가 없었다. 무릇 차와 밥을 만들 때에는 작은 살구씨〔杏仁〕를 갈아 물에 넣으면 곧 맑아진다. 밤에 화원에 도착하여 십리포(十里浦)에서 유숙하였다. 160리를 갔다. '오교'는 곧 하간부(河間府) 경주(景州)의 속현(屬縣)이다. 본래 평원군(平原郡)에 속하였으나 금나라가 처음 오천(吳川)에 현을 설치하여 '오교(吳橋)'라고 하니, 경주 동쪽 50리에 있다.

1623년 7월 17일 을사(乙巳), 화원 20리 땅에 도착하여 정박하였다.

새벽에 배를 출발시켰다. 사신들의 배가 모두 뒤떨어졌다. 직류장(直柳莊)과 신교역(新橋驛)을 지났다. 역은 교하현(交河縣)에 속하고, 현 치소와의 거리는 70리이다. 교하현 역시 하간부에 속하는데, 하간부 남쪽 80리에 있다. 또 설가요(薛家凹)와 전하역(磚河驛)을 지났다. 역은 창주(滄州)에 속하는데, 주 치소와의 거리는 70리이다. 또 창주를 지났는데, 창주도 하간부에 속하고 동쪽 150리에 있다. 주의 치소는 황하 동쪽 둔덕과의 거리가 겨우 3리이다. 둔덕 위에는 하해존신묘(河海尊神廟)가 있다.

유한림(劉翰林)의 별장을 지났는데, 그 문에 현판이 달려 있기를 '완화주(浣花洲)'라고 하였다. 그곳에 이르러 배를 정지시키고 걸어서 구경하였다. 가운데에는 화원이 있고, 별장과 연못 정자가 풀이 더부룩한 가운데에 서로 마주보고 있었다. 물총새가 푸른 잔물결에 떠 있고, 기화요초가 깨끗하고 그윽하며 고요해서 근처의 도시들과는 비교가 되지 않는다. 언덕에서 가까운 거리에 점포가 즐비하고 높은 누각과 굉

장한 건물들이 좌우로 서로 바라보고 있으며, 크고 작은 배와 큰 선박들이 연기 같은 구름과 아득한 안개 사이에서 출몰하여 빼어난 경치가 되었다. 장로(長蘆)의 순검사(巡檢司)를 지나고 또 홍제현(興濟縣)의 건녕역(乾寧驛)을 지났다. 이 역은 역시 하간부에 속하는데, 하간부 동쪽 180리에 있다. 여기서부터의 거리는 60리이다. 지나온 길에 화원(花園)으로 부르는 곳이 셋이나 되었다. 이곳에는 상원(上園)과 하원(下園)이 있는데, 곧 하간부의 청현(靑縣) 땅으로 부의 동쪽 150리에 있다. 화원 20리쯤 떨어진 곳에 정박하였다. 이날은 170리를 갔다.

1623년 7월 18일 병오(丙午), 소자구(哨子口)에 도착하였다.

새벽에 출발하여 유하역(流河驛)을 지났는데, 곧 청현 땅이다. 또 봉신역(奉新驛)을 지났으니, 곧 정해현(靜海縣) 땅이다. 또 정해현을 지났는데, 현의 치소는 황하의 서안(西岸)에 근거해 있고, 여염이 조밀한 것은 창주(滄洲)에 버금간다. 다만 지세가 낮다. 이현(爾縣) 역시 하간부의 속현(屬縣)으로 부의 동쪽 180리에 있다. 독류진(獨流鎭)을 지났는데 역시 정해현 땅으로, 관청과 가옥들은 현 치소와 다름이 없다. 사찰은 널려 있고, 단청은 화려하였다. 양류청(楊柳靑)을 지나니, 곧 무청현(武淸縣) 땅이다. 현의 치소는 여기서 60리 거리에 있다. 이 현은 순천부(順天府) 통주(通州)에 속한다. 밤에 소자구(哨子口)에 도착하여 정박하였다.

이날은 25리를 갔다. 이경에 큰비가 내렸는데, 물을 쏟아붓는 듯해서 옷·이불·짐이 모두 흠뻑 젖었다. 도롱이를 입고 앉아서 밤을 새웠다.

1623년 7월 19일 정미(丁未), 아침에 천진위(天津衛)에 도착하였다.

이른 아침에 배를 출발시켜 위성(衛城)의 북문 밖에 정박하니 소자구 (筲子口)와의 거리가 10리였다. 해가 뜨자 짐을 가지고 나와 햇볕에 쬐었다. 배 위에서 사공 왕계충(王季忠) 등이 인사하고 떠났다. 왕계충은 바로 임청(臨淸) 사람이다. 천진위(天津衛)에는 좌위(左衛)와 우위(右衛)가 있는데, 모두 정해현(靜海縣) 소직고(小直沽)에 있다. 영락(永樂) 2년 (1404)에 성을 축조하였다. 남경(南京)·호광(湖廣)·강서(江西)·절강 (浙江) 네 성(省)의 조운선들이 황하가 휘어져 질편하게 항구를 이룬 곳으로 폭주해 들어온다. 배가 정박해 있는 것만 해도 일만 척에 가깝고, 오고 가고 올라가고 내려가는 것은 여기에 포함되지 않는다. 성곽과 해자의 규모가 크고 인구가 많은 것이 덕주보다 낫다. 강물의 흐름이 굴곡져 있어서 물가에 경작하는 곳이 모두 수해를 면하니, 물길을 잘 만든 것을 알 수 있다. 저녁에 정사가 옥황묘(玉皇廟) 앞으로 가서 정박해 도교 사원에서 유숙하려고 하였으나, 마침 큰바람이 불어 선원들이 완강하게 고집해 출발하지 못하였다. 다른 배가 부딪쳐서 파손될까 염려한 것이다. 저녁에 비가 와서 정사·부사와 함께 서문 밖 후씨(侯氏) 집에서 유숙하였다.

1623년 7월 20일 무신(戊申), 천진위에서 머물렀다.

아침에 신응융(申應瀜)과 견후증(堅後曾)이 선박, 짐꾼, 말 등을 조달하는 일 때문에 통판(通判)에게 공문을 전하기 위하여 갔으나 통판이 공무로 외출하고 없어서 전하지 못하였다. 군문의 분부에 의해 일행의 명단을 작성하여 바쳤다.

1623년 7월 21일 기유(己酉), 천진위에서 머물렀다.

아침에 이순(李恂)이 낙유신(駱惟信)과 함께 선박·짐꾼·말 등을 조달하는 일로 군문에 가서 호소하고, 신문(申文)의 공란에 이름을 채워 군문에 바쳤다. 군문은 천진순무(天津巡撫) 이방화(李邦華)였다. 손 각로(孫閣老 : 손승종(孫承宗))의 논의에 의하여 천진에 군문을 신설하게 되었다고 한다. 호부시랑(戶部侍郞) 필자엄(畢自嚴)이 모문룡 군의 군량미 조달을 독려하는 일 때문에 여기에 파견 나와 있었는데, 추관(推官) 맹양지(孟養志)란 자가 그 부하라고 하였다.

반송(伴送) 허선(許選)이 노새 주인들을 부추겨서 즉시 고용 계약을 마치지 못하였다. 이 때문에 그가 이순(李恂)의 배척을 받자 군문에 호소하여 역마 10필을 더 지급해 주기를 청하였다. 이는 자신의 계략을 감추고 겉으로 우리 일행에 힘을 다하는 척하려는 것이었다. 군문(軍門)이 말하기를, "조선의 통관(通官)들에게 이미 20필을 지급하였는데, 너는 무엇 때문에 10필을 더 지급해 달라고 하는가?" 하고 쫓아버리도록 명령하였다.

대개 덕주로부터 천진에 이르기까지는 황하의 흐름을 따라 내려왔으나, 여기서부터 곽현(漷縣)까지는 물길을 거슬러가면서 선박을 끌면서 가야 하고, 열흘이나 갖은 고생을 해야 한다. 때문에 노새와 말을 세내어 육로로 가는 것이 편하다. 군문에서 헌표(憲票)를 발급하여 순포청(巡捕廳)으로 하여금 선박 3척을 동원하고, 양촌역(楊村驛)에서는 말 20필과 인부 30명을 동원하도록 하되 지체되거나 잘못됨이 없도록 하였다. 군문이 이순에게 말하기를, "내가 사신들을 위해 연회를 베풀고자 하였는데, 뜻하지 않게 행차를 서두르게 되었습니다." 하고, 인사장과 함께 노자를 보내왔다. 그래서 인편으로 감사장을 보내 사례하였다.

1623년 7월 22일 경술(庚戌)

우계현(禹啓賢)과 황박(黃珀) 등이 배를 타고 (북경으로) 출발하였다. 정창운(鄭昌雲) 역시 뱃길로 갔는데, 노새와 말이 넉넉지 않았기 때문이다.

8 천진에서 육로로 북경에 이르다

1623년 7월 23일 ~ 7월 28일

한구리 → 양촌 → 하서역 → 곽현 → 통주 → 북경

전날 짐을 선박으로 먼저 보낸 사신 일행은 7월 23일 아침 늦게 북경으로 가는 육로에 올랐다. 그들은 가마를 타고 위성(衛城)까지 갔다가 선박 2척을 구하여 수로로 7~8리를 간 후에 다시 육로에 올라 석창리(席廠里)에 도착하여 점심을 지어 먹었다. 그 사이에 정사(正使)의 가마꾼 3명이 도망을 가 버려서 지나가던 사람들을 고용하여 가마를 메게 하였다. 그들은 밤이 되어 한구리(漢口里)에 도착해 민가에 투숙하였다. 안내인 낙유신(駱惟信)으로부터 중국 조정에서 사람들을 차출하여 상인으로 변장시켜 몰래 우리나라에 보내어 사정(事情)을 정탐하였다는 말을 듣고 매우 놀라게 되었다.

7월 24일은 양촌(楊村)의 강가에 도착하였으나, 말을 조달해 주어야 할 역승(驛丞)이 도피해 버려서 부득이 거기서 유숙하게 되었다. 역관 신응융(申應融) 등을 무청현(武淸縣)에 보내어 말을 조달해 오게 하였다.

사신 일행은 7월 25일 아침 일찍 양촌을 출발해 돈구(頓丘)를 지나고 의촌(義村) 백의암(白衣庵)에 다달아 조반을 먹고, 하서역(河西驛)을 지나 강가의 여관에 투숙하였다. 여기서 그들은 참장(參將) 한종공(韓宗功)을 만났는데, 그는 영원백(寧遠伯) 이성량(李成梁)의 데릴사위였다. 요양(遼陽)이 함락되자 전 가족이 조선으로 피난을 왔다가 조정에서 등주로 호송해 주었기 때문에 사신들에게 사례를 하고 주연을 베풀었다. 그는 모문룡이 중국 조정을 우롱하는 처사에 울분을 토로하였다. 그는 모문룡의 군대가 결국 중국과 조정의 우환이 될 것이라고 한탄하였다.

7월 26일에 사신 일행은 곽현(漷縣)을 지나 북경의 관문인 통주(通州)에 도착했다. 통주는 중국 동남부 지역의 조운선과 상선들의 종착지로서 그곳의 대통하(大通河)에는 언제나 수천여 척이 정박해 있다. 이곳에 집결하여 하역된 화물은 통주의 서창(西倉)에 보관되고, 다시 수레에 실려 북경까지 운송된다. 사신 일행은 통주성(通州城)의 동쪽 문으로 들어가 호부분무아문(戶部分務衙門)을 지나고 서쪽 성문을 나와 서관일(西館馹)에 투숙하였다.

7월 26일 일기의 뒷부분에는 통주의 역사와 지리에 대한 내용이 한 토막 부기되어 있다. 원래는 상당한 분량이었을 것이지만 문집을 편찬하는 과정에서 본문 한 장 정도가 낙장되어 후반부가 유실되었다. 그리고 7월 27일자 일기의 앞부분도 함께 유실되었다. 이 때문에 27일자 일기의 나머지 부분이 26일자 일기의 뒤에 연철되어 있고, 다음 날부터 8월 30일까지 일기의 날짜가 하루씩 앞당겨 표기되어 있다. 그래서 8월 30일자 일기가 두 부분으로 된 것을 국역본에서는 합쳐 놓았다.

　사신 일행은 7월 27일 아침에 통주를 출발하여 동악묘(東嶽廟)를 지나 조양문(朝陽門 : 북경의 동대문)을 통해 북경에 입성하여 사신들 숙소인 관소(옥하관(玉河館))의 동조(東照 : 동관)에 거처하였다. 명나라 조정은 7일과 8일로 끝나는 날짜에는 문서를 접수하지 않으므로, 사신들은 7월 27일과 28일은 숙소에서 휴식을 취하였다.

1623년 7월 23일 신해(辛亥), 한구리(漢口里)에 도착하였다.

사시(巳時 : 오전 9~11시)에 출발하여 위성(衛城)의 동문 밖에 다다라 강가에 가마를 세우고 먼저 출발한 선박들을 기다렸다. 신응융이 야불수(夜不收 : 경호원)와 함께 선박 2척을 구하여 와서 부사와 함께 같은 배를 타고, 인부들은 다른 배에 타게 하여 7~8리 떨어진 강 언덕에 도착하여 육로로 길을 갔다. 석창리(席廠里)에 도착하여 밥을 지어 먹었다. 부사는 먼저 출발하였는데, 정사(正使)의 가마꾼 3명이 도망을 가 버리고 없어 지나가던 사람들에게 노임을 주고 가마를 메게 하였다.

길에서 공부상서(工部尙書) 행차를 만나 가마를 세우고 길을 피해 주었다. 상서는 고향인 청주로 돌아간다고 하였다. 이날 밤, 홀로 낙후되어 밤을 무릅쓰고 이순과 함께 길을 갔다. 초경에 한구리에 도착하여 왕씨 성의 민가에 투숙하였다. 이날은 40리를 갔다. 낙유신에게서 들으니 과관(科官)의 부하들이 우리나라에 가서 상인으로 변장하여 몰래 우리나라의 사정을 정탐하였다가 근간에 돌아올 것이라고 하였다. 이러한 일이 정말로 있었다면 놀랄 만하다.

1623년 7월 24일 임자(壬子), 양촌(楊村)의 강가에 도착하였다.

점포들이 10여 리나 연이어 있었다. 역승(驛丞)이 도피해 버려 짐 싣는 말과 가마꾼들을 교대할 수가 없어 신응융(申應融) 등을 무청현(武淸縣)에 보내어 조달해 오도록 하였기 때문에 여기서 머물렀다.

1623년 7월 25일 계축(癸丑), 하서역(河西驛)에 도착하였다.

아침에 양촌을 출발하니 남북촌(南北村)이 있었는데, 인가가 조밀하였다. 또 돈구(頓丘) 땅을 지났는데, 이곳은 무청(武淸)과 40리 떨어져 있다. 의촌(義村)의 백의암(白衣庵)에 다다라 조반을 먹는데, 주지승 해량(海量)이 차를 올렸다. 낮에 하서역(河西驛)에 도착하였다. 성곽과 시전이 있어 현치(縣治)와 다를 바 없었다. 호부낭중(戶部郎中) 한 사람이

하서의 무초관(務鈔關)을 감독하고 있었다. 저녁에 천둥을 동반한 비가 내리다가 곧 개었다. 가마꾼을 고용하여 배를 띄워 강을 건너고 길가의 여관에 투숙하니, 이곳이 바로 참장(參將) 한종공(韓宗功)이 우거하는 곳이었다. 참장은 바로 요동 사람으로, 영원백(寧遠伯) 이성량(李成梁)의 데릴사위라고 한다. 요양(遼陽)이 함락되자 전 가족이 우리나라로 피난을 왔는데, 조정에서 등주로 잘 호송해 주었기 때문에 사례를 하고 주연을 베풀었다. 다만 모문룡이 중국 조정을 속이고 우롱하는 데 대하여 말하기를, "요동의 병력이 어찌 4만이나 되겠는가? 이는 비단 중국 조정의 우환이 될 뿐만 아니라 귀국에게도 또한 뱃속의 근심이 될 것이다." 하였다. 그의 말을 살펴보면 자못 원한의 마음을 가진 듯하였다.

1623년 7월 26일 갑인(甲寅), 통주(通州)에 도착하다.

아침에 하서(河西)를 출발하여 낮에 곽현(漷縣)에 도착했다. 곽현은 잔약하고 누추해서 하서에 미치지 못했다. 이순(李恂)이 하서에서 먼저 이곳에 도착하여 미리 인부와 말을 정돈해 놓았으므로 곧 출발할 수 있었다. 장가만(張家灣)을 지나니 강의 구비에 돛대가 빽빽이 늘어선 것이 거의 수천여 척이나 되어 보였다. 양촌(楊村)에서부터 육로에 올라 강 연안을 따르듯이 가니, 다만 지름길로 가느냐 둘러 가느냐의 차이가 있을 뿐이었다. 장가만은 통주에 속하니 원나라 때 장만호(張萬戶)의 집이 여기에 있어서 그렇게 명명한 것이다. 성곽이 있고, 성안에는 점포들이 매우 많았고, 총진(摠鎭)이 신설되어 장사현(張士顯)이 총병(摠兵)으로 왔다고 한다. 호부상서(戶部尚書) 이삼재(李三才)의 집이 성안에 있는데, 삼재는 만력(萬曆) 계묘년에 봉양(鳳陽)순무가 되었을 때 사직 상소를 올렸다. 그 대략은 다음과 같다.

"지금 천하가 어지러워지니 사람마다 어지러운 마음을 품고 있습니다. 아홉 변방의 소란 중에 요동(遼東)이 가장 두려우니, 요동은 실로 서

울(북경)의 왼쪽 팔뚝과 같아서 가장 요긴한 곳이기 때문입니다. 오랑캐가 이미 침범하지 않은 날이 없고, 그리하여 전쟁을 치르지 않는 날이 없을 정도입니다. 가만히 생각하옵건대, 얼마 안 가서 요동이 우리의 소유가 되지 못할까 두렵습니다. 만약 요동을 걱정하지 않으면 북경이 진동할 것이니, 비록 황금이 땅에 깔리고 주옥(珠玉)이 하늘에 닿더라도 어찌 한 사람이 능히 지킬 수 있으며, 능히 관리할 수 있겠습니까? 이러고서 또 크고 작은 급하지 않은 연못과 누대를 만들고, 작은 돈이든 큰돈이든 이미 말라 버린 고혈을 짜내고 있습니다. 중히 여길 것을 가볍게 여기고 가벼운 것을 중히 여긴다면, 비록 뛰어난 자가 있더라도 어찌할 수가 없을 것입니다. 엎드려 바라건대, 황상께서는 그 경중을 살피시고 완급을 헤아리시어, 더러운 흙 속의 주옥을 보배로 삼지 말고 백성을 편안하게 구제할 어진 인재를 보배로 삼으시며, 귀와 눈에 즐거운 것을 도모하지 말고 심신에 편안하고 태평할 것을 도모하소서."

이삼재는 강을 다스리고 조운(漕運)을 잘해서 직무 수행이 유능하다고 평판이 난 인물인데, 이 소(疏)를 올리자 곧다는 명성이 조정을 진동

동악묘 태산신(泰山神)을 제사하는 도교 사원

시켰다.

통주성 동쪽 문으로 들어가서 호부분무아문(戶部分務衙門)을 지나 서
쪽 성문을 나와 서관일(西館馹)에 머물렀다.

통주는 북경 순천부(順天府)의 직속인데, 순천부와의 거리가 40리이다.
본래 한나라의 노현(潞縣)이었는데 금(金)나라 때 통주로 승격되었으니,
조운을 통하는 곳이라는 의미였다. 평야에 있고 높은 산이 없으나 성의
동쪽 40리에 언덕 같은 민둥산이 있으니, '고산(孤山)'이라고 불렀다. 그곳
에 서창(西倉)이 있으니, 동쪽과 남쪽의 조운선이 모두 대통하(大通河)에
모여 정박하고 성 안팎에 모두 창고를 설치했다. (원문 일부 유실됨.)

1623년 7월 27일 을묘(乙卯, 원문에는 날짜 없음.)

팔리교(八里橋)를 지나니 대흥현(大興縣)과는 10리 떨어진 경계였다.
동악묘(東嶽廟)에 다다르니 사원의 동서(東西) 행랑과 뒤편에 소상(塑
像) 수천여 구(軀)를 설치하여 사찰과 도관(道觀)이 번쩍번쩍하게 새로

현재의 조양문 터

북경의 동대문인 조양문 옛 사진

워져 있었다. 조맹부(趙孟頫)가 지은 비문이 법당의 뒤편 동쪽 뜰에 세워져 있었다. 도사가 차를 내왔다. 점심 식사 후에 용모를 가다듬고 조양문(朝陽門)에 들어갔다. 흥인가(興仁街)·장안가(長安街) 등과 옥하제(玉河堤)·첨사부(詹事府)를 지나 관소[玉河館]에 도착하여 동조(東照)에 거처하였다. 통주로부터 북경까지는 40리인데, 그 사이 20리 땅에는 여염집이 길가에 즐비하고 성 밖까지 연이어 있다. 길가에는 고관들의 묘지가 많은데, 그들의 묘역이 민가와 서로 섞여 있었다.

1623년 7월 28일(원문에는 27일) 병진(丙辰), 관소에 있었다.

중국 조정에서는 7과 8로 끝나는 날짜에는 문서를 접수하지 않으므로 보단(報單 : 입국 신고서)을 올리지 못했다. 낮에 비가 오다가 곧 그쳤다.

9 북경 각 아문을 찾아 피 말리는 외교전을 벌이다

1623년 7월 29일 ~ 8월 29일

흥려시에 주본(奏本) 올림. → 현조례 → 예부에서 현당례 → 정문(呈文)을 내각에 올림. → 예부에 신문(申文) 올림. → 예부와 병부에 정문 올림. → 섭 각로에게 정문 올림. → 예부에 정문 올림.

관소에서 이틀을 쉰 조선의 사신들은 7월 29일에 홍려시(鴻臚寺)에 가 본국에서 가지고 온 인목대비(仁穆大妃) 명의의 주본(奏本)과 보단(報單 : 사신 일행의 입국 신고서)을 올렸다. 8월 1일에는 예부(禮部)에서 당상관들에게 인사를 마치고 사신들을 직접 담당하는 주객사(主客司)에 들러 주사(主事)에게 인사하였다. 주사는 사신들에게 인조반정의 부당성을 지적하면서 책봉이 어렵다는 뜻으로 훈계하자, 사신들은 사실이 그렇지 않음을 극력 변명하였다.

8월 3일에 사신들은 내각(內閣)의 각로(閣老 : 대학사)들을 만나기 위해 황궁으로 들어가는 입구인 서장안문(西長安門)에서 각로들의 출근을 기다렸다. 그들은 여기서 무릎을 꿇고 기다리다가 수상 격인 섭향고(葉向高) 등을 만나 인조반정의 정당성을 해명하고 조선의 어려운 사정을 호소하였다. 수석 각로인 섭향고는 길에서 사신들과 대화를 한 후에 조사관을 보내 인조반정에 대해 조사한 후 책봉을 승인하겠다고 하였다. 이민성 등은 조사관을 파견하면 시일이 한없이 지체되는 사정을 말하였으나, 섭향고는 예부 관원들과 의논해 처리하겠다고만 말하였다.

사신들은 8월 4일 또 예부를 찾아가 반정을 해명한 신문(申文)을 바쳤다. 그리고 서장안문으로 가서 출근하는 6과(六科) 급사중(給事中 : 조선의 삼사와 같이 언론과 감찰을 담당하는 명의 요직 관료)들을 만나고자 하였으나 문을 지키는 환관들의 저지로 들어가지 못하였다. 마침 급사중 성명추(成明樞)와 곽흥언(郭興言)이 퇴근하는 것을 붙잡고 길에서 글을 올렸으나, 급사중들은 "이곳은 정무를 이야기하는 곳이 아니다."라고 핀잔을 주고 가 버렸다.

그들은 8월 10일, 다시 예부를 찾아가 상서 임요유(林堯兪)와 우시랑(右侍郎) 전상곤(錢象坤)에게 반정에 대한 조사를 면제해 달라고 호소하였으나, 그들은 병부와 의논해 처리하겠다고 미루었다. 이러한 수모를 겪으며 사신들은 북경에서 피 말리는 외교전을 벌이고 있었다.

사신들은 8월 11일에 또 조선에 우호적이었던 섭향고를 만나 조사관을 보내지 말고 모문룡의 총진에서 간략히 조사하게 해 달라고 호소하였다. 이에 섭 각로는 사신들의 말이 일리가 있다고 하여 모문룡으로 하여금 간략히 조사하도록 하겠다고 약속하였다. 결국 예부와 병부가 오랫동안 협상한 끝에 모문룡의 부하인 왕숭효(汪崇孝)를 차출해 가도로 보내어 총진에서 조사하도록 하고, 또 한편으로는 등래순무 원가립에게 조사관을 차출해 조선으로 보내도록 하였다.

이경전, 윤훤, 이민성 등의 사신은 8월 27일 비밀 장계를 작성하여 서울로 보냈다. 그들은 북경의 긴박한 동정을 보고하고 조사관 파견에 대비하여 신속하게 문서를 준비하도록 요청하였다.

1623년 7월 29일 정사(丁巳, 원문에는 28일), 관소에 있었다.

주본(奏本)을 홍려시(鴻臚寺)[*]에 올렸다. 역관 견후증(堅後曾)이 보단을 올리는 일로 표(票 : 출입증·통행증)를 내어 줄 것을 아뢰니, 제독주사(提督主事)가 회답하기를, "그대 나라 사람이 모두 도착하면 배알하게 할 것이다." 하니, 뒤처진 일행이 모두 도착하지 않았기에 이런 말을 한 것이다. 역관들이 말을 잘 만들어 주선한 후에야 배알하는 것이 승인되었다. 이는 아마 예부 외랑배(外郞輩 : 아전급 실무 관리)들의 농간인 것 같다고 하였다. 제독주사 필자숙(畢自肅)은 치천(淄川) 사람이니 천진위의 필시랑(畢侍郞)과는 형제간이다.

1623년 7월 30일 무오(戊午, 원문에는 29일), 큰비가 내렸다. 현조례(見朝禮)를 행하였다.

어제 초저녁부터 오늘 새벽에 이르기까지 비가 그치지 않았다. 동이 틀 무렵에 비옷을 갖추어 입고 대궐에 나아갔다. 동장안문(東長安門) 밖에 도착하니 황성문이 이미 열려 있었다. 동정(東庭)의 외문으로 들어가 비를 무릅쓰고 승천교(承天橋)를 지나고 승천문(承天門)으로 들어갔다. 또 단문(端門)으로 들어가서 오문(午門) 밖의 동장랑(東長廊)에서 멈추었다. 여섯 마리의 코끼리가 끌려 나와 있었고, 좌우의 상참관(常參官)들이 문 앞에 두 줄로 서 있었다. 어로(御路) 위에는 붉은 도포를 입고 머리에 두건을 쓴 사람이 맨 앞에 있었는데, 이부시랑(吏部侍郞)이 산릉(山陵)에서 돌아와서 복명(復命)하는 중이라고 하였다. 서반(序班)^{**}이 우리 반열을 이끌고 나아가서 다섯 번 절하고, 세 번 머리 조아리는

---

[*] 중국의 중앙 관부인 9시(九寺)의 하나. 조회(朝會), 빈객(賓客), 길흉(吉凶) 의례(儀禮) 등을 담당하였다. 나라의 큰 전례인 종묘사직의 제사, 조회(朝會), 연향(宴饗), 경연(經筵), 책봉(冊封), 외국 사신들의 조공(朝貢) 등을 모두 관장하였다.

^{**} 조선 사신들의 숙소인 북경 관소 옥하관(玉河館)에서 일하는 하급 관리들. 관소의 행정 사무와 사신들의 안내를 담당하였다.

명나라 때의 승천문(承天門)
청나라 때 '천안문(天安門)'으로 고쳤다. 앞 좌우에 동·서장안문(長安門)이 있었다.

오문(午門) 자금성의 남대문이다.

예식을 마친 후에 나왔다. 동액문(東掖門)으로 들어가 광록시에 도착하여 황제가 내리는 술과 밥을 받았다. 우리가 겨우 문에 들어가 멀리서 탁자 위에 배열해 놓은 음식을 바라보고 있는데, 하인들이 다투어 음식을 움켜쥐고 달아나 버렸다. 오문 밖으로 다시 나와서 머리를 조아려 감사를 드린 후에 황성을 나왔다.

(원문에 7월 30일로 표기된 부분) 무오(戊午), 맑음. 관소에 있었다.

　서반(序班) 조유신(曹維信)·고종원(高鍾元)·진윤중(陳允中)·한공린(韓孔麟)이 관소에 도착하여 인사장을 보내왔으므로 사례했다. 주객사가 방물장(方物狀)을 보자고 요청하여 자못 수량이 적다는 뜻을 말에 비치기까지 하였으므로 이응(李膺) 등이 대답하기를, "방물은 곧 왕대비께서 옛 관례에 따라 봉진(封進)한 것이니 감히 더하거나 덜 수 없습니다. 만약 사은 방물이라면 국왕이 봉진하는 것이니, 수량을 넉넉히 했을 것입니다."라고 말했는데, 주사가 여전히 의심을 풀지 않았다.

조선 사신들의 관소 옥하관(玉河館) 터
현재의 동교민항(東郊民巷) 최고인민법원과 경찰박물관 일대이다.

1623년 8월 1일 기미(己未), 예부(禮部)에서 현당례(見堂禮)를 행하다.

아침에 예부에 가니 상서와 우시랑(右侍郎)이 대청에 나와 있었고, 낭관(郎官)이 예를 행하기 위해서 밖으로 나왔다. 즉시 동쪽 계단으로 들어가서 무릎을 꿇고 읍하고, 네 번 절한 후 물러나와 서쪽 계단에 섰다. 그리고 읍례를 행한 후에 밖으로 나왔다.

곧이어 주객사에 가니, 주사가 자리에 있었으므로 사신이 두 번 절하자 주사가 답례로 절했다. 내가 두 번 절하니 답례로 읍을 했다. 모두 물러나와 서쪽 계단에 섰다. 주사가 의정(議政 : 좌의정 이경전)을 불러 들어오라고 하여 정사가 앞으로 나아가 서니, 주사가 서서 이응 등에게 말하기를, "너희 나라는 옛 임금을 죄 줄 것을 요청한 후에 (새 임금) 책봉을 요청하는 것이 옳다. 일의 체모가 중대하니 예부에서 함부로 편의에 따라 처리할 수 없고, 황제의 뜻이 어떠한가에 달려 있을 따름이다."고 했다. 그 문답한 내용은 비밀 장계에 자세히 기록되어 있다. 예단을 올리니 "조용히 하라."고 하였다. 그 하인이 역관에게 말하기를, "모름지기 본가로 보내는 것이 좋겠습니다."라고 했다.

의제사(儀制司)에서도 예단을 받지 않았는데, 그 하인이 또한 본가로 보내 줄 것을 요청했다고 한다. 제독이 북관(北館)으로 출근하였다는 말을 듣고 즉시 그곳으로 가서 인사를 한 후 관소로 돌아왔다. 상서 겸 한림학사(尙書兼翰林學士) 임요유(林堯兪)는 복건성 보전(莆田) 사람이고, 시랑 겸 시독학사(侍郎兼侍讀學士) 전상곤(錢象坤)은 절강성 회계(會稽) 사람이며, 주객사(主客司) 주사(主事) 주장(周鏘)은 절강의 해령(海寧) 사람이고, 의제사(儀制司) 낭중(郎中) 주이발(周爾發)은 복건성 동안(同安) 사람이다. 정오 무렵에 황제의 성지(聖旨)가 내려왔는데, "속국에서 임금을 폐하고 새 임금을 세운 것은 관계되는 것이 심히 중대하므로 해당 부서에서 의논하여 보고하라."고 했다. 오후에 우계현(禹啓賢), 정창운(鄭昌雲) 등이 왔다. 이경(二更 : 밤 9~11시)에 큰비가 내렸다.

1623년 8월 2일 경신(庚申), 관소에 있었다.

예과급사중(禮科給事中) 성명추(成明樞)의 제본(題本)을 보니, "속국에서 임금을 폐위시켰으니 마땅히 빨리 죄를 물어야 할 것입니다. 간청하건대, 황제께서는 속히 조처를 취하서서 천하의 일에 대의를 바르게 하소서." 하였다. 이에 대해 황제의 성지(聖旨)가 내렸는데, "해당 부서에서 함께 의논하여 보고하라." 하였다. 그 제본의 전문은 사신의 장계에 모두 기록해 놓았다.

또 섭 각로(葉閣老)가 올린 사직서를 보았는데, "도량과 기력이 감당할 수 없고 떠도는 말이 더욱 부끄러우니, 저를 파직해 물리쳐서 정사의 기틀을 중히 하소서." 하였다. 어사 조수훈(曹守勳)이 조선에 대해 잘못 처리한 것과 산해관 지휘관을 교체할 일을 함께 각 부에 내려 의논토록 하였으나 (섭 각로가) 그 일을 담당하지 않고 어물쩍 넘기고 있다는 것으로써 탄핵하였으므로 사직서에 그렇게 말한 것이다.

1623년 8월 3일 신유(辛酉), 비가 오다. 정문(呈文)을 내각(內閣)에 올렸다.

문덕방(文德坊), 대명문(大明門), 무공방(武功坊)을 지나서 서장안문(西長安門)에 도착하여 한림조방(翰林朝房)의 기미를 살폈다. 마침 한 각로(韓閣老)가 대궐로 입궐하려고 하던 참이었기에 문 밖 말 타는 곳에서 늘어섰더니, 각로가 가마에서 내려 무릎을 꿇지 말라고 하고 정문을 받아 가지고 갔다. 조금 있다가 주 각로(周閣老)가 나아왔는데, 또한 무릎을 꿇지 말라 하고 정문만을 받았다. 고 각로(顧閣老)도 나아와서 또한 그와 같이 하였다.

다만 위 각로(魏閣老) 앞으로 바칠 문서는 미처 완전히 베껴 쓰지 못하여 올리지 못했다. 최후에 섭 각로(葉閣老)가 나오자 사신 이하가 길가에서 꿇어앉아 있으니, 각로가 서서 물었다.

"무슨 일 때문에 왔는가?"

우리는 역관 이응(李膺) 등에게 명하여 대답하였다.

"책봉(册封)을 위한 일입니다."

"옛 임금을 폐위하고 스스로 선 것은 일이 명백하지 않은데, 왜 와서 청하는가?"

이에 통렬히 변명하기를 주객사(主客司)에서 한 것과 같이 하였으나, 더욱 상세히 하였다. 각로가 물었다.

"무슨 이유로 중국 조정에 보고도 하지 않고 자기 마음대로 (광해군을) 폐위하고 (인조를) 세웠는가?"

우리가 대답하였다.

문덕방(文德坊)과 무공방(武功坊) 이것은 심양(선양) 고궁 앞에 있는 것이다.

"옛 임금이 재위하고 있는데, 누가 감히 (광해군이) 실덕(失德)하였다고 중국 조정에 보고해서 알리겠습니까? 이미 폐위하였으면 하루라도 임금이 없을 수가 없으니, 이것은 이치의 형세로 보아 자연스러운 것입니다. 안으로 왕대비의 교지를 받들고, 밖으로 신민의 추대에 강박되어 그렇게 한 것입니다. 이런 곡절을 헤아려 살펴 주시기를 바랍니다."

그러자 각로가 얼굴을 온화하게 하며 "알겠다." 하였다. 그리고 읍하는 예를 청하여 마침내 몸을 굽혀서 읍을 행하자, 각로도 읍으로 답례하고 떠났다. 하(何)와 주(朱) 두 명의 각로는 먼저 내각에 입궐해서 미처 올리지 못해 그들이 나오기를 기다렸다. 신시(申時 : 오후 3~5시)에 여섯 명의 각로가 소매를 나란히 하고 나오자 궐 밖에서 꿇어앉으니, 여러 각로들이 멈추었다.

섭 각로가 물었다.

"너희 나라에서 거사할 때 왜병 3000명을 들어 쓴 것은 웬일인가?"

이에 우리는 맹 추관(孟推官)이 원망을 품고 거짓을 꾸민 정상을 힘써 말하였다. 이를 듣고 나서 각로가 말하였다.

"만약 다른 외국의 일이라면 다만 그 요청을 따르면 그뿐이지만, 너희 나라는 중국과 한 나라 같으니 신중히 조사를 시행한 후에야 비로소 승인할 수 있겠다."

우리가 조사할 만한 일이 없음을 극도로 말하자, 각로가 말하였다.

"조사를 시행하는 것은 중국의 일 처리상 당연할 뿐만 아니라 너희 나라에 있어서도 또한 순조로울 것이다. 문무신민(文武臣民)의 글 내용을 두루 조사한 연후에야 일국의 사정을 알 수 있다."

우리가 대답하였다.

"본국의 의정(議政)은 나라의 문무백관을 통솔하는데, 그 신문(申文)이 여기에 있으니 조사를 기다리지 않아도 알 수가 있습니다. 또 우리

북경의 자금성

나라는 남으로 왜(倭)를 이웃하고 북으로는 요동과 접해 있어서 아침저녁으로 군사가 대치하고 있습니다. 무릇 군대를 동원하는 등에 관한 일은 하루가 급하니, 인준받기 전에는 나라에 호령을 발동할 수가 없습니다. 이 때문에 우리나라 신민들이 공경히 책봉 전례를 기다려 일각이 위급한데, 조사를 시행하느라고 가고 오자면 저절로 시일이 지체될 것이니 민망하고 답답함을 견딜 수 없습니다."

이에 각로가 말하였다.

"비록 그러하나 중국의 사체(事體)로 보면 간단한 조사라도 하지 않을 수 없다. 그대들은 오히려 이해가 되지 않는가?"

우리는 또 사리가 반드시 조사할 필요가 없을 뿐만 아니라, 조사해서도 안 된다고 극도로 말하였다. 각로가 말하기를 "마땅히 예부의 관원들과 더불어 논의하겠다." 하였다. 마침내 머리를 조아려서 사례하고 물러났다.

산해관(山海關)의 관문(關門)

섭 각로는 이름이 '향고(向高)'이고, 복건성 복청(福淸) 사람이다. 한 각로는 이름이 '광(爌)'이고, 산서성 포주(蒲州) 사람이다. 하종언(何宗彦)은 강서(江西) 금계(金谿) 사람이고, 주국정(朱國禎)은 절강 오정(烏程) 사람인데, 바로 아침에 신문을 올렸던 사람이다. 고병겸(顧秉謙)은 남경 곤산(崑山) 사람이고, 주연희(朱延禧)는 산동 요성(聊城) 사람이며, 위광미(魏廣微)는 북경 남악(南樂) 사람이다. 손승종(孫承宗)은 본적이 북경 고양(高陽)인데, 지위는 하종언(何宗彦)의 아래에 있고, 산해관과 영원성(寧遠城)의 군무를 총괄하느라 유관(楡關)에 주둔하고 있다.

1623년 8월 4일 임술(壬戌), 맑음. 예부에 신문(申文)을 올렸다.

아침에 서장안문에 이르러서 과랑(科廊 : 6과 급사중의 청사)에 (신문을) 올리려 했는데, 문을 지키는 내관(內官)이 막고 저지해서 들어갈 수가 없었다. 마침 성(成)과 곽(郭) 두 명의 과관(科官 : 6과 급사중)이 공무를 마치고 나오자 길에서 글을 올렸다. 과관이 "이곳은 정무를 이야기하는 곳이 아니다." 하고는 돌아보지 않고 가 버렸다. 성(成)은 바로 '성

영원성(寧遠城) 남문 현재의 하북성(河北省) 흥성시(興城市)에 있다.

명추(成明樞)'이고, 곽(郭)은 곧 '곽흥언(郭興言)'이다. 역관 태덕립(太德立)이 병부에 〈해송표류인자(解送漂流人咨 : 표류인을 풀어 보내 주는 자문)〉를 올렸다.

어사 호사기(胡士奇)의 제본을 보았다.

"오늘날의 형세는 동쪽으로 오랑캐를 막고, 서쪽으로 검(黔)의 반란을 진압하는 것보다 급한 것이 없습니다. 모문룡은 급조한 군대로 외로운 해상에서 조금이나마 견제를 하고 있습니다. 그 보고서에 의거하면, 요양·광녕·개원·철령의 귀순한 백성들은 태반이 남쪽으로 돌아왔고, 장수들을 오랑캐로 위장하여 몰래 들여보내 공작을 하고 있습니다. 그들 조정을 엎어버리고 소굴을 소탕하는 일은 비록 가볍게 말할 것이 아니지만, 요동 사람들을 불러 모아서 몇 년간 훈련시키고 아울러 조선의 지원병 8만을 엄격하게 관리한다면 우리가 공격할 수도 있고 지킬 수도 있습니다. 무릇 군자금과 군량 및 무기는 빨리 조달해야 하며, 지체하고 의심해서는 안 됩니다.

신이 또 조선에 대해서 의심스러운 것이 있습니다. 중국 조정의 명을 받들지 않고 자기 마음대로 국왕을 폐위하고 새로 세웠으니, 비록 원조하는 군사가 분발하고 순종하더라도 어찌 우리에 대해서 두 마음을 품지 않을지 알겠습니까? 또 8만의 군대는 오합지졸이므로 유사시에 믿을 수가 없을 것입니다. 의당 모문룡에게 신칙하여 그 허와 실을 정탐하여 과연 진실로 우리에게 목숨을 바치고 귀순하여 죄를 지은 체로 적을 토벌하여 공로와 허물이 서로 비등한 연후에야 외교 관계를 맺어서 끊지 말도록 하십시오."

1623년 8월 5일 계해(癸亥), 관소에 있었다.

들으니, 검(黔) 지방의 오랑캐 추장 안방언(安邦彦)과 사인(奢寅) 등이 반란을 일으켰는데, 귀양(貴陽)의 토착 관원 묘중하(苗仲何)와 중울(仲

蔚) 등이 여기에 호응하여 성곽을 불질러 파괴하고 사람들을 대부분 몰아 죽이니, 초(楚)·촉(蜀)·전(滇)과 귀주 지역에 대소동이 일어났다고 하였다.

1623년 8월 6일 갑자(甲子), 관소에 있었다.

제독이 관소에 내려왔길래 예단을 바치니, 그가 즉시 답장과 함께 여비를 보내왔다. 조금 있다가 우리가 보낸 예단을 되돌려주었다. 계미년에 관소에 왔을 때 관부(館夫)였던 장응작(張應爵)과 유례(劉禮) 등은 모두 죽었고, 단지 죽서(鬻書)와 왕아자(王俹子)만이 생존해 있어 나의 얼굴을 기억하였다.

들으니, 산동해방총병(山東海防總兵) 심유용(沈有容)이 바다로 나가 적당한 섬을 택하여 주둔하려고, 여러 장수들을 인솔하고 4개의 위(衛: 부대)를 지휘하면서 모문룡과 협력해 큰 전략을 도모한다고 하였다. 3월 12일 아침 일찍, 군문이 봉래각에서 술을 가져와 심유용을 위한 송별연을 열고 절하며 보내었다.

1623년 8월 7일 을축(乙丑), 관소에 있었다.

예부에서 황제의 지시에 답하여 올린 제본을 보았다. 그 내용을 요약하면 아래와 같다.

"(황제께서) 저희 예부에 신칙하신 대로 병부와 함께 다시 곧고 믿음직한 신하를 보내어 모문룡과 함께 (조선의) 온 나라 신민들을 모아 두 번 세 번 자세히 물어보게 하고, 조사한 내용을 명백히 보고하기를 기다려 마땅히 다시 의논하여 황제의 결단을 받도록 하겠다고 하였는데, 황제께서 그렇게 하라고 하셨습니다. 속국에서 마음대로 국왕을 폐하고 새 임금을 세운 것은 관계되는 바가 매우 중대하기 때문에 예부에서 의논하여 처리 방안을 보고하는 일은 감히 마음대로 할 수 없으니, 감히 제본을 올려 지시를 청합니다."

또 원 군문(袁軍門 : 원가립(袁可立))에서 전후에 올린 3본의 제본을 보았다. 산동순안어사(山東巡按御史) 유사임(游士任), 예과급사중(禮科給事中) 성명추(成明樞), 어사(御史) 번상경(樊尙璟)·왕윤성(王允成)·전유가(田惟嘉), 천진독향(天津督餉) 호부시랑(戶部侍郞) 필자엄(畢自嚴) 등의 제본도 구해 보았다. 그 전문은 모두 사신이 올린 장계에 구비되어 있다.

1623년 8월 8일 병인(丙寅), 관소에 있었다.

예부에서 석전(釋奠 : 공자를 모신 문묘(文廟)의 제사 의식) 때문에 재계(齋戒)하였기에 관리들이 출근하지 않았다.

1623년 8월 9일 정묘(丁卯), 아침에 비가 왔다. 관소에 있었다.

예부의 제본에 대한 황제의 지시를 보았다. 그 내용은 대개 "너희 예부에서는 병부와 함께 의논하여 (조선에) 차관을 보내 명확히 조사한 후에 결정토록 하라." 하였는데, 자세한 내용은 장계에 있다.

북경 공묘 북경 문묘(文廟)의 대성전(大成殿)

1623년 8월 10일 무진, 예부와 병부(兵部)에 정문을 올렸다.

아침에 먼저 예부를 찾아가니, 상서 임요유(林堯兪)와 우시랑(右侍郎) 전상곤(錢象坤)이 집무하고 있었다. 인사를 한 후에 이응(李膺) 등을 시켜 무릎을 꿇고 아뢰었다.

"배신(陪臣)들이 우리나라의 사정을 가지고 섭 노야(葉老爺) 각하께 정문을 올리니, '너희 나라에 책봉하는 일은 간략히 조사한 후에 의논할 수 있지만, 예부가 황제에게 올리는 보고가 어떠하냐에 달려 있다.'고 하였습니다. 그래서 오로지 상서 노야만 믿고 있으니, 속히 처분을 내려 주십시오. 중국 조정에서 반드시 조사를 하려고 한다면 오늘날의 형편이 평상시와는 다르고, 우리나라의 안위가 이 하나의 거조에 달려 있습니다. 엎드려 청하옵건대, 다만 전령 편으로 모문룡 군영에 공문을 보낸다면 아마도 갔다 오는 데 지체될 염려가 없을 것입니다. 이것은 중국 조정으로서는 조사를 시행했다는 명분이 있게 되고, 우리나라로서는 곡전한 은혜를 입은 것이 될 것입니다."

상서가 답하였다.

"너희 나라 일은 내가 이미 잘 알고 있다. 다만 조사를 행하는 것은 중국 조정의 업무 체통에 있어서 부득이 그렇게 하는 것이지만, 이것은 너희 나라에도 역시 좋은 일이다. 그러나 마땅히 병부와 의논하여 잘 강구하여 처리하겠다."

예부에서 나와 병부를 찾아가니, 상서 동한유(董漢儒)는 부친상을 당해 없고, 좌시랑 이근(李瑾)과 고제(高第) 그리고 우시랑 여무형(余懋衡)이 근무하고 있었다. 우리가 올린 글을 요약하면 아래와 같다.

"만약 조사관을 정규 관원으로 차임하게 되면 행장을 꾸리고 바람을 기다리는 데 반드시 여러 날을 허비하게 되어 형편상 겨울이 되기 전에는 돌아오기 어려울 것입니다. 바라옵건대, 역참에서 사람을 차출하여 등주의 순무 군문에 공문을 보내 모문룡의 총진에 전달하고, 기한을 정해 일을 완수하여 보고하게 해 주십시오."

이근(李瑾)이 장황하게 응대하자, 그가 말하였다.

"이미 잘 알았다. 마땅히 의논해 처리하겠다."

그러나 우시랑 여무형(余懋衡)은 불쾌한 태도를 감추지 않았고, 하는 말이 매우 엄하고 사나웠다.

1623년 8월 11일 기사(己巳), 섭 각로(葉閣老)에게 정문(呈文)을 올렸다.

이순(李恂) 등으로 하여금 아뢰게 하였다.

"노야께서 이미 우리나라 사정을 통촉하셔서 반드시 간략히 조사하여 조정의 체통을 세우신 후에야 비로소 책봉을 윤허하시고자 하니, 우리나라를 염려하시는 은혜가 지극하고 극진합니다. 지금 우리나라는 군사를 조련하고 군량을 운반하는 일로 군사 업무가 매우 바쁠 때인데, 조사관이 직접 서울에 간다면 대소 신민이 반드시 놀라고 당황할 것입니다. 청컨대, 모 총진에 문서를 보내 날짜를 정하여 조사해 오도록 하는 것이 아마 편하고 마땅할 것입니다."

각로가 답변하였다.

"그대의 말이 이치가 있다. 그러면 조사관을 보내지 않고 단지 모문룡에게 문서를 보내어 그로 하여금 제본을 올리게 할 것이니, 그대들은 안심하라. 내가 이미 잘 알아들었다."

대궐에 들어갈 때 역관 이순 등을 불러 면전에서 말하였다.

"성지(聖旨)가 이미 좋게 내려왔다고 하니, 배신들과 더불어 안심하고 관소로 돌아가라."

1623년 8월 12일 경오(庚午), 관소에 있었다.

들건대, 홍이(紅夷 : 포르투갈 사람들)가 동남해의 섬을 점령하고 있으니, 복건성과는 서로 가깝다. 팽호도(彭湖島)에 의거하여 성을 쌓고 양식을 비축하며 노략질이 그치지 않았다. 팽호는 흥화부(興化府)와의 거리가 하룻길이요, 장군(漳郡)·천군(泉郡) 두 군과의 거리가 단지 40~50리이다. 복건성·광동성·강소성·절강성[閩廣吳越]이 모두 그 환난을 입었지만 복건성의 남쪽이 가장 심하다고 하였다.

반정을 조사하는 일에 대해 (서울에) 보고하기 위해 역관 신응융을 내보내어 제독에게 정문(呈文)을 올려 말하였다.

"중국 조정에서 조사하는 일로 사신들이 겨울을 지내게 되니, 등주에 있는 수백 명의 선원들이 반드시 추위와 굶주림을 겪을 것이므로 장차 의복과 양식을 장만하는 일로 통관을 서울에 보내고자 합니다."

제독이 허가장을 발부하여 지나가는 관문과 나루에 제출케 하여 가로막지 못하게 하였다고 한다.

1623년 8월 13일 신미(辛未), 관소에 있었다.

섭 각로의 사직서를 보았다. 그 내용은 대략 이와 같았다.

"황제께서 칙유(勅諭)를 내리셔서, '산동성의 요사한 도적들을 소탕함에 있어서 보필하는 신하가 작전을 잘 하여 공적이 현저하였다. 짐의 마음이 기뻐 특별히 상주국(上柱國)에 승진시키고 은과 비단을 하사하노라.' 하시니, 신은 황송함을 이기지 못하겠습니다. 각신은 변방의 전공에 포상치 아니함이 오래인데, 신이 무슨 작전을 계획했으며 공적은 무엇이 있기에 이렇게 중대한 포상을 내리십니까? 이 사실이 천하에 전해지면, 어찌 웃음거리가 되지 않겠습니까? 바라옵건대, 내리신 명(命)을 거두어 주십시오."

산동성의 요사한 도적이라는 것은, 작년에 서홍유(徐鴻儒)가 요사한 술법으로 추(鄒)와 등(滕) 지역에서 무리를 불러 모아 연(兗)과 운(鄆) 지역을 연이어 함락하였다가 곧바로 체포되어 처형된 사건을 말한다.

1623년 8월 14일 임신(壬申), 관소에 있었다.

섭 각로가 두 번째로 사직서를 올리니, 황제의 성지가 내렸다.

"포상을 면해 달라는 요청을 인준하여 경의 겸손하고 신중한 미덕에 부응하노라. 전례를 거행하는 내각의 임무가 중대하니, 즉시 출근하여 국가 정치를 보좌해 짐이 간절히 기다리는 지극한 마음을 위로해 달라."

1623년 8월 15일 계유(癸酉), 관소에 있었다.

들건대, 남경의 감생(監生) 진정상(陳鼎相)이 천문의 변괴로 인해 반역을 꾀하여 황족의 서자인 예람(睿爁)을 추대하려다가 일이 발각되어 체포되었다고 한다.

1623년 8월 16일 갑술(甲戌), 큰 우레와 비가 왔다. 관소에 있었다.

1623년 8월 17일 을해(乙亥), 맑음. 관소에 있었다.

1623년 8월 18일 병자(丙子), 관소에 있었다.

1623년 8월 19일 정축(丁丑), 관소에 있었다.

병부에서 예부로 보내는 자문(咨文)을 보았다. 그 내용은 대개 이러하였다.

"소국(小國)의 일로 황제의 위엄을 가볍게 움직여 자질구레하게 그 자취를 세밀히 조사한다면 체통의 손상을 어찌 다 말하겠습니까? 오로지 모 장군에게 일임하는 것이 좋을 것입니다. 지금 모문룡에게 보낼 차관(差官)을 찾아보니, 가함참장(加衔參將)인 왕숭효(汪崇孝)가 있습니다. 곧 서찰 한 통을 보내어 모문룡에게 교부하되, 공정하게 조사하여 실제에 근거해 회보(回報)하게 한다면 상도(常道)와 권도(權道)에 어긋나지 않을 것입니다. 최종적으로 일을 잘 처리하는 것은 당연히 귀 예부의 소관이며, 군사 업무 담당 부서가 그 사안에 개입할 일이 아닙니다."

1623년 8월 20일 무인(戊寅), 관소에 있었다.

들건대, 조사관은 병부에서 왕숭효(汪崇孝)를 차출해 보낸다고 하였다. 제독주사 필자숙(畢自肅)이 우리에게 보낸 공문을 보았다.

"사정을 잘 살펴서 빨리 책봉 전례를 완수해 주실 일로 배신(陪臣) 이경전(李慶全) 등이 저번에 올린 정문에 대하여 예부상서의 회답을 받은바, '즉시 회동관(會同館)에 가서 상세히 조사해 보고하라.'는 지시를 접수하였습니다. 아뢰옵건대, 조선관 서반(朝鮮館序班) 고종원(高鍾元) 등으로 하여금 곧바로 원래의 정문(呈文)과 대조하여 이경전 등이 올린 정문을 일일이 물어보게 하였으니, 사실의 유무가 정확한지 그 결과를 구비하여 회보해 주시면 공문을 시행하는 데 근거가 되겠습니다."

즉시 사실에 근거하여 제독(提督) 앞으로 정문을 작성하고, 아울러 서반(序班) 고종원 등에게도 같은 내용을 이첩하였다. 제독이 고종원(高鍾元) 등의 주객사(主客司)에 보고한 수본(手本)에 대하여 "보고서를 접수하여 처리하였다."고 답하였다.

1623년 8월 21일 기묘(己卯), 관소에 있었다.

예부가 황제에게 올린 응답 제본[覆題]을 보았다.

"저희 예부에서 관리를 보내어 조사하고자 하는 것은 중국의 체통을 보여 주려는 것이며, 병부가 모문룡 장군에게 공문을 보내어 조사하고자 하는 것은 저 나라의 민폐를 들어주고자 하는 것입니다. 병부의 건의를 수용하여 거행하면 위로 중국 조정의 큰 체모를 잃지 않으면서도 아래로는 저 나라의 민폐를 들어주는 것이 될 것이니, 아마도 논의가 귀일되어 책봉 전례를 그르치지 않을 것입니다."

이는 곧 예부가 병부의 회신으로 인하여 이와 같은 보고가 있게 된 것이다. 병부의 자문(咨文) 중에 "관리를 파견하여 조사를 맡기는 것을 바라지 않는다."고 한 것은 지나치게 노골적인 면이 있었기 때문에 예부의 제본 내용이 이러하였던 것이다.

1623년 8월 22일 경진(庚辰), 관소에 있었다.

예부가 황제에게 올린 제본을 보았다.

"저희 예부에서 지난번에 내외 여러 신하들의 논의를 절충하고 황제의 뜻을 받들어 병부에 자문을 보내 어떤 관리를 파견할 것인지를 의논한 것은 본래 시간을 지체할 뜻이 없었습니다. 그러나 병부가 회신하는 자문〔回咨〕을 보내어 곧 모문룡에게 조사를 확정하여 보고하도록 명령한 것은 대개 일이 많은 나라에 그 접대의 번거로움을 덜고자 한 것입니다. 이는 중국에서 소국을 키워 주고 덮어 주는 은혜가 황제의 뜻에서 나온 것이니, 예부와 병부의 말이 서로 다르지 않고 마음이 본래 같았던 것입니다.

다만 모문룡 장군이 올린 이전의 상소에서 그 내용이 대개 갖추어져 있지만 속국의 왕을 책봉하는 것은 중대한 법이니, 일을 소략하게 처리해서는 안 될 것입니다. 곧 황실의 종친을 책봉할 때도 오히려 오종(五宗)의 친족들에게 물어보는 것이므로, 순무(巡撫)의 상주(上奏)를 참작하고자 한 것은 해외에 멀리 떨어진 사정을 혹시라도 모문룡의 한마디 말로 결정할 수 없기 때문입니다.

등래순무는 해상의 군무를 총 지휘하고 있으므로 체통이 엄중하고 정보를 쉽게 얻을 수 있습니다. 한편으로는 순무 원가립(袁可立)에게 자문(咨文)을 보내고, 한편으로는 모문룡에게 공문을 보내어 그가 적당한 관원을 참작해 보내 저 나라에 가서 상세하게 정보를 수집하고 그 나라 신하들과 백성들의 공식 문서를 가져다 보고하도록 하십시오. 아울러 순무로 하여금 사유를 갖추어 상주한 후에 공손히 황제의 재가를 받도록 하십시오. 자문이나 공문을 보내는 것은 병부의 건의에 따라 다시 황제의 재가를 받아 반드시 기한을 정하도록 하십시오. 그러면 아마도 가고 돌아오는 데에 지체됨이 없어서 책봉 여부를 조기에 결정할 수 있을 것입니다."

이에 대해 아래와 같은 황제의 성지가 내렸다.

"의논한 대로 시행하라. 그리고 시한을 명기토록 하여 속히 돌아와 보고하게 하라."

1623년 8월 23일 신사(辛巳), 관소에 있었다.

예과급사중(禮科給事中) 주조서(周朝瑞)의 아래와 같은 제본을 보았다.

"해외에 조사관을 보내는 일을 이미 경솔하게 결정했으니, 또다시 경솔하게 처리해서는 안 됩니다. 바라건대, 담당자에게 신칙하여 그 선발을 신중하게 하여 중국의 체통을 온전히 하시고, 사방 오랑캐들에게 가벼이 여김을 받지 않도록 하십시오."

이에 대해 황제의 성지가 내렸는데, "해당 부서에서 함께 의논하여 보고하라." 하였다. 또 병과급사중(兵科給事中) 주지강(周之綱)의 제본에서 속국에 조사관을 파견하는 일을 마땅히 신중히 해야 한다고 하였는데, 황제가 성지를 내려 해당 부서에 알리도록 하였다. 두 급사중 주조서와 주지강이 올린 제본의 뜻은 모두 조사관을 신중하게 선발하라는 것이었는데, 관소의 부주사 곽충보(郭忠報)가 조사를 면하게 되었다고 한 것은 망발이었다.

1623년 8월 24일 임오(壬午), 관소에 있었다.

밤에 큰비가 내렸다.

1623년 8월 25일 계미(癸未), 아침에 구름이 끼었다가 저녁에 맑아졌다.
예부에 정문을 바쳤다.

임 상서와 전 시랑이 청사에 출근하였다. 인사를 한 후에 앞으로 나아가서 조사하는 일과 방물 바치는 일을 품의하니 대답하기를, "조사에 관한 건의 보고는 황제의 지시에 따라서 의논할 일이니, 오늘내일 중에 황제의 성지가 내려오면 즉시 기한을 정하여 출발시킬 것이다. 방물은 곧 의논하여 조처를 취할 것이다." 하였다. 그러고 나서 물러나왔다.

저녁에 의제사(儀制司)에서 통역관을 불러서 나아가니, "북경에서 등주까지는 며칠에 도착하며, 등주로부터 바다를 건너는 데는 며칠이 걸리고, 육지에 내려 서울까지 또 며칠이 걸리는가?"라고 물었다. 이응(李膺) 등이 대답하기를, "파발을 띄우면 등주까지 7일쯤 걸리고, 바람이 순조로우면 바다를 건너는 데 6~7일에 불과하며, 육지에 내려 서울까지 가는 데는 4일이면 도착할 수 있습니다." 하였다. 낭중(郎中)이 말하기를, "그렇다면 40일이면 갔다가 돌아올 수 있겠다."고 하였다.

1623년 8월 26일 갑신(甲申), 관소에 있었다.

저녁에 크게 천둥 번개가 치고 우박이 내렸다.

1623년 8월 27일 을유(乙酉), 맑음. 관소에 있었다.

역관 신응융과 군관 강집(姜潗) 등이 장계를 가지고 (서울로) 출발하였다.

1623년 8월 28일 병술(丙戌), 관소에 있었다.

1623년 8월 29일 정해(丁亥), 관소에 있었다.

10 외교전이 교착 상태에 빠지다

1623년 9월 1일 ~ 11월 14일

맹양지 사건 해명서 예부상서 임요유와 각로에게 올림. →
낙유신 편에 서울로 비밀 장계 보냄. → 황자 탄생 조서 반포
의식 참석 → 예부에 책봉 완결 탄원 → 동지하례 참석 →
성절하례 참석(두 달 동안 조선에 간 조사관 오길 기다림.)

조선의 사신들은 중국에서 조선의 반정을 조사하는 것을 막아 보려고 진력하였지만 성공하지 못하였다. 그러나 차선책으로 조사관들을 북경에서 파견하지 않고 모문룡의 총진과 원가립의 등래무원에서 차출해 보내도록 타협되었다. 조사관들이 파견되고 그 사실을 비밀 장계로 서울에 보고한 사신들은 북경에서 당분간 더 할 일이 없었다. 그래서 그들은 추관(推官) 맹양지(孟養志)가 본국의 일을 거짓으로 꾸미고 험담한 일을 각로들과 고관들에게 변명하는 일로 소일하였다.

그들은 9월 4일 해명서를 지어 예부상서 임요유에게 올려 변명하였고, 9월 8일에는 각로들에게 해명서를 올렸다. 그들의 반응은 비교적 우호적이었다. 9월 10일에는 왕숭효(汪崇孝)가 9월 8일 가도로 출발하였고, 원가립이 보내는 진희순(陳希順)도 곧 서울로 출발할 것이라는 소식을 들었다. 그들은 이날 반송관 낙유신(駱惟信)이 등주로 가는 편에 또 비밀 장계를 서울로 보내었다. 그리고 모문룡에게도 선처해 달라는 뜻으로 품첩(稟帖)을 작성해 보냈다.

그런데 무슨 영문인지 모문룡에게 가던 왕숭효는 등주에서 출발하지 않고 미적거리고 있었다. 이 때문에 병부에서는 9월 18일 등래순무 원가립에게 그를 독촉하도록 공문을 보내기도 하였다.

10월 22일에는 후궁 범씨(范氏)가 황자를 탄생하였다는 소식을 들었다. 그리고 산동순무였던 조언(趙彦)이 새로 병부상서로 부임하였다는 소식도 들었다. 윤 10월 4일에는 각로 섭향고가 다시 출사하였다는 말을 듣고 예부에 정문(呈文)을 올려 황자 탄생의 큰 경사를 만나 속히 황제의 조서(詔書)를 조선에 반포하고, 빨리 책봉을 완결토록 해 달라고 요청하였다. 그리고 서장안문으로 가서 각로(閣老)들에게 같은 뜻으로 글을 올렸다. 섭 각로는 병으로 나오지 않아 그에게는 윤 10월 5일에 글을 올렸다. 섭 각로는 조사관이 돌아오면 책봉하는 일과 조선에 칙사를 파견하는 것을 결정할 것이라고 하였다.

윤 10월 7일에는 예부상서가 황자 탄생의 경사를 조선에 반포하는 것은 책봉을 윤허한 후에 아울러 같이 거행할 것이며, 조선 사신들도 경하 예식에 참석하게 하였다고 통지해 왔다. 그런데 윤 10월 8일에 사신들은 모문룡에게 간다던 왕숭효가 등주군문에서 구속되고 수비(守備) 이유동(李惟棟)이 10월 6일에 대신 갔다는 말을 들었다.

윤 10월 14일에는 조선 사신들이 전례와는 다르게 길복(吉服)을 착용하고 축하 반열에 참석토록 한다는 예부의 방침을 들었다. 그에 따라 사신들은 윤 10월 16일의 황자 탄생의 조서 반포 의식에 참석하였다. 19일에는 본국의 종친과 문무백관의 보결(保結 : 보증서) 12장이 예부에 도착했다는 소식을 들었다. 그래서 21일 오후에 예부에 정문을 올려 책봉을 완결시켜 주도록 탄원하였다. 이에 대해 예부상서는 조선의 보단(保單)은 사문서일 뿐이고, 등래순무의 공문이 올 때까지 기다리라고 말할 뿐이었다.

11월 1일은 동짓날이어서 황제가 천단에서 제사를 지냈고, 11월 2일에 사신들은 오문(午門) 밖에서 행해진 동지하례에 참석하였다. 11월 12일 그들은 역관 견후증(堅後曾)을 등주에 보내 원가립에게 빨리 공문을 보내 주도록 하는 방안을 강구하였다. 11월 14일에는 성절하례(聖節賀禮)에 참석하였다. 이러한 사소한 행사에 참석하면서 사신들은 두 달 동안이나 조선에 간 조사관들이 빨리 돌아오기만을 하염없이 기다리고 있었다.

1623년 9월 1일 무자(戊子), 관소에 있었다.

어사 여운붕(呂雲鵬)의 제본을 보았다. 그 내용을 요약하면 아래와 같다.

"들건대, 오랑캐가 내년에 서쪽 오랑캐(몽고족)와 함께 크게 군사를 일으키기로 약속하였고, 백련교도(白蓮敎徒)의 잔당들이 그들을 위하여 길잡이를 하기로 했다고 합니다. 이 말이 혹 간첩들에게서 나왔는지 모르지만, 만약 뜻밖의 변이 생긴다면 과연 이를 담당해 대응할 사람이 있겠습니까?"

1623년 9월 2일 기축(己丑), 관소에 있었다.

병부(兵部)에서 원 군문(袁軍門)에게 보내는 자문(咨文)과 모문룡에게 보내는 공문을 보았다. 모문룡에게 보내는 공문은 총진 소속의 왕숭효(汪崇孝)에게 부쳐서 등주순무에게 나아가게 하였다가 모 총진(毛摠鎭)에 전달하게 하였다.

1623년 9월 3일 경인(庚寅), 관소에 있었다.

1623년 9월 4일 신묘(辛卯)

추관(推官) 맹양지(孟養志)가 본국의 일을 거짓으로 꾸미고 험담한 것을 가지고 글을 올려 예부에 변명하려고 하였다. 상서가 온돌방(火房)으로 출근하였으므로, 당리(堂吏)*를 시켜서 그것을 올리게 했다. 상서가 회답을 내렸다.

"조사를 행하는 것은 중국 조정의 체통 때문이다. 근래 이미 등래순무(登萊巡撫)에게 자문(咨文)을 보냈고, 모 총병(毛摠兵)에게도 공문을 보내어 적당한 관원을 선발해 조선에 보내게 했으니, 말썽이 나는 일은 없을 것이다. 또 황제가 성지를 내려 마감 기한을 정해 회보하게 하였

---

* 중국의 당·송시대 이래 3성(三省)이나 6부(六部) 등에서 일하던 실무를 보던 하급 관리. 우리나라의 아전과 같다.

으니, 책봉 전례가 오래 지체되지는 않을 것이다. 방물 역시 우선 받아 두었다가 책봉이 윤허된 후에 즉시 황제에게 바칠 것이다."

1623년 9월 5일 임진(壬辰), 관소에 있었다.

1623년 9월 6일 계사(癸巳), 관소에 있었다.

1623년 9월 7일 갑오(甲午), 관소에 있었다.

1623년 9월 8일 을미(乙未), 내각(內閣)에 글을 올렸다.

아침에 서장안문에 도착하여 변무정문(辨誣呈文)을 올렸다. 한 각로(韓閣老)가 받아 훑어보고 나서 우리나라의 사정을 물었다. 이응(李膺) 등에게 명하여 말을 만들어서 대답하게 하였다. 각로가 말하였다. "잘 알았다. 책봉 전례는 조사관이 돌아오기를 기다려 인준될 것이다. 인준이 끝나면 자연히 변무될 것이니, 이 일은 조만간에 이루어질 것이다."

이어서 예과급사중(禮科給事中) 팽여남(彭汝柟)이 입궐하자 정문(呈文)을 올리고, 또 모함당한 정황을 진술하였다. 급사중은 서서 경청하다가 정문을 받아 가면서 말하기를 "응당 조용히 읽어 보겠다." 하였다.

1623년 9월 9일 병신(丙申), 관소에 있었다.

1623년 9월 10일 정유(丁酉), 관소에 있었다.

들건대, 왕숭효(汪崇孝)는 초 8일에 출발하였고, 진희순(陳希順) 역시 이어서 출발할 것이라고 한다. 사신이 장계를 작성하여 낙유신(駱惟信)에게 주고, 그로 하여금 진 도사(陳都司)에게 전달하여 모문룡의 접반사(接伴使 : 이상길)에게 전해 주도록 하였다. 또 모문룡에게 품첩(稟帖)을 작성해 보냈는데, 낙유신의 말을 따른 것이다.

1623년 9월 11일 무술(戊戌), 관소에 있었다.

주객사(主客司) 주사 주장(周鏘)이 예단 중에서 인삼, 종이, 붓, 먹을 거두어 갔다. 말하기를, "이 네 가지만 받겠다." 하고, 나머지는 물리쳤다고 한다.

1623년 9월 12일 기해(己亥), 관소에 있었다.

1623년 9월 13일 경자(庚子), 관소에 있었다.

1623년 9월 14일 신축(辛丑), 관소에 있었다.

1623년 9월 15일 임인(壬寅), 관소에 있었다.

술시(戌時 : 오후 7~9시)에 월식(月蝕)이 있었다.

1623년 9월 16일 계묘(癸卯), 관소에 있었다.

1623년 9월 17일 갑진(甲辰), 관소에 있었다.

1623년 9월 18일 을사(乙巳), 관소에 있었다.

병부(兵部)에서 등주순무에게 왕숭효(汪崇孝)를 독촉하도록 한 자문(咨文)을 보았다.

"자문 2통과 공문 1장은 9월 초 2일까지 모 총진의 장교인 왕숭효를 시켜 전달하게 하였습니다. 본월 15일까지 기한을 정하여 저기에 도달해야 할 것입니다. 그가 간 후에 지금 본부(本部)에 도착한 조선국 사신들의 정문에 의거하면 '이 일을 맡은 차원(差員)이 어제 비로소 느릿느릿 출발하였으나 해상에 얼음이 얼면 회보가 기약이 없을 것이니, 엎드려 바라건대 파발로 사람을 달려 보내 본관(本官)을 재촉하여 화급하게 앞으로 가게 하여 10월 안으로 명확히 조사하고 돌아와 보고하도록 하십시오.' 하는 내용이 병부에 도착하였습니다. 그래서 이 자문을 보내니, 만약 왕숭효가 기일을 지체하여 일을 그르치게 된다면 즉시 엄하게 붙잡아 징벌하도록 하고, 그 결과를 회신하여 죄를 추궁할 수 있도록 시행하기 바랍니다."

1623년 9월 19일 병오(丙午), 관소에 있었다.

1623년 9월 20일 정미(丁未), 관소에 있었다.

1623년 9월 21일 무신(戊申), 관소에 있었다.

1623년 9월 22일 기유(己酉), 관소에 있었다.

이순(李恂) 등이 방물을 검수해 달라는 일로 제독주사(提督主事)에게 호소하였더니, 그가 답하였다. "어제 주 주사(周主事)를 만나 보았는데, '반정에 대한 조사가 끝나면 마땅히 받아들이겠다.'고 하였으니, 그대들은 모름지기 번거롭게 호소하지 말라."

모 총병의 군사정보 보고서〔塘報〕를 보았다. 그 내용은 이러하였다.

"7월 초 5일에 정탐을 맡은 파총(把摠) 가우상(賈于祥)의 보고를 받으니 말하기를, '오랑캐(누르하치)가 7월 초 6일과 19일 양일에 변경을 침범할 것이라 하였습니다. 저는 마응괴(馬應魁) 등을 파견하여 군사를 이끌고 만포(滿浦)에서부터 진격하고, 역승은(易承恩) 등은 창성(昌城)에서부터 진격하고, 왕보(王輔) 등은 천가장(千家莊)에서부터 진격하고, 왕승란(王承鸞)은 별동(別東)에서부터 진격하고, 두귀(杜貴)는 수구(水口)에서부터 진격하여 소탕할 것을 파발을 나누어 보내 전략을 확정하였습니다. 저는 녹도(鹿島)에서 서명태(徐鳴泰) 등을 통솔하여 기마병과 보병 6000명을 이끌고 탕참(湯站) 등지에서 진을 치고 있다가 다섯 방면의 진격에 호응할 것입니다. 각기 방략을 하달하여 군사들이 떠나간 빈 진영에는 지뢰를 묻어 두게 하였습니다. 오랑캐 4, 5만 명이 13일에 일제히 만포에 도달하였는데, 비어 있는 진영을 지나갈 때 지뢰가 폭발하여 서로 밟고 죽은 자들이 2만여 명이고, 말이 넘어져 죽은 것이 3만여 필이었습니다. 다만 여진족 오랑캐 2만 1000명은 살아남았습니다.'"

대개 전(滇)과 검(黔) 지역에서 현재 반란이 일어나고, 서량(西涼)에는 또 강(羌)족의 소요가 있으며, 산이나 늪지대에서 활동하는 작은 도적들은 도처에 있었기에 혹시나 과장하는 보고서를 꾸며 먼 변방 지대를 안정시키려고 한 것이 아닌가 싶기도 하였다.

1623년 9월 24일 신해(辛亥), 관소에 있었다.

1623년 9월 25일 임자(壬子), 관소에 있었다.

1623년 9월 26일 계축(癸丑), 관소에 있었다.

1623년 9월 27일 갑인(甲寅), 관소에 있었다.

1623년 9월 28일 을묘(乙卯), 관소에 있었다.

1623년 9월 29일 병진(丙辰), 관소에 있었다.

모 총병의 보고서를 보았다. 그 요지는 아래와 같다.

"5월에 모문준(毛文俊)이 배를 타고 마양도(蔴羊島)에 가서 유애탑(劉愛塔)*을 접선하였는데, 그가 우리에게 내응하여 남위(南衛)를 빼앗을 계책을 약속하였습니다. 그런데 마총(馬驄) 등이 민간의 움집에서 은화를 파내려고 하다가 그 군졸 4명이 생포되어 요양으로 잡혀가게 되었고, 누르하치가 직접 유애탑이 내응한 정황을 심문하게 되었다고 합니다. 6월 13일, 금주(金州)·복주(復州) 두 지역과 영녕현(永寧監) 등지의 백성들 수만 명이 모두 참살되어 텅 비게 되었다고 합니다."

유애탑은 요동 사람으로, 복주(復州)에서 누르하치에게 거짓 항복한 장수이다.** 마총은 심 총병(沈摠兵)의 부하라고 한다.

1623년 9월 30일 정사(丁巳), 관소에 있었다.

공과급사중의 아래와 같은 탄핵 문서를 구해 보았다.

"모문룡이 접때는 군사가 없어 고생을 하였으나, 이제는 요동인 4만 명을 수용하여 군사로 양성하였고, 조선이 또 8만 명을 원조하기로 하여

---

* 중국인 유흥조(劉興祚)의 만주식 이름. 실록 등 조선 측 자료에는 '유해(劉海)'로 기록하였다. 요동 개원 출신의 한족으로, 1605년 여진족에게 납치되었다가 뛰어난 자질로 누르하치의 총애를 받아 중용되었다. 1621년 후금의 심양, 요양 공략에 참가하여 전공을 세우고 부장(副將 : 부사령관)으로 승진하였다. 후에 명나라 장수 원가립(袁可立)·모문룡(毛文龍) 등과 내통하기도 하였고, 1627년 정묘호란 때는 강홍립과 조선에 와서 강화조약을 성립시켰다. 1628년 청나라를 탈출하여 명나라에 귀순하였으나 2년 후 영평(永平)전투에서 청군에 잡혀 살해되었다.

** 유애탑(劉愛塔)은 원래 요동 개원 출신의 한족 유흥조(劉興祚)로서, 1605년 여진족에게 납치되었다가 누르하치에게 발탁되어 후금의 군사 지휘관으로 승진하였던 사람이다. 그가 복주(復州)에서 거짓 항복했다는 것은 이민성이 잘못 들은 것이다.

군대의 형편이 더욱 강성하게 되었습니다. 하물며 오랑캐 속에는 아군이 공작을 하여 유애탑(劉愛塔)과 이영방(李永芳)의 장자가 있는데도 그의 아우인 유흥인(劉興仁)을 죽이고, 남위(南衛) 사람들을 모두 몰아내었습니다. 400리의 옥토를 하루아침에 버리고 떠났으나 화살 한 개도 쏘지 않았으니, 오늘날의 형세가 어떠하겠습니까? 각 방면의 군사와 장수들을 격려하여 사면에서 협공하게 하였는데, 모문룡이 뽑아서 훈련시킨 군사들을 지휘해서 거기서 출몰하여 가을철에 대거 일어났더라면 북 소리 한 번에 적장을 사로잡을 것입니다. 이러한 기회를 얻고도 잃어버렸으니, 우국지사들이 낙심하고 변방 신하들이 비통해하니 무엇으로 천하에 사죄할 수 있겠습니까?"

이를 초출하여 참작하였다.

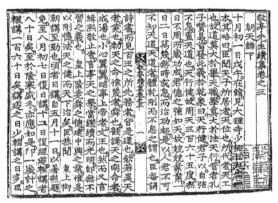

『경정 선생 속집(敬亭先生續集)』 제3권 「조천록(朝天錄)」 하권으로, 1623년 10월 1일 ~ 1624년 4월 21일까지의 기록이다.

1623년 10월 1일 무오(戊午), 관소에 있었다.

대리시(大理寺) 소경(少卿) 거대륜(巨大倫)의 상소문을 보았다. 요약하면 아래와 같다.

"신이 듣기로 천자가 거처하는 곳은 하늘의 자리요, 대신하는 것은 하늘의 일입니다. 그러므로 도(道)는 천직(天職)을 거행하는 것보다 큰 것이 없고, 배움은 천행(天行)을 법으로 삼는 것보다 큰 것이 없습니다. 옛날 공자께서 『주역』을 편찬할 때에 맨 먼저 건괘(乾卦)의 상전(象傳)에서 이 뜻을 밝혀, '천행이 굳세니, 군자는 그것을 보고서 스스로 노력하고 쉬지 않는다[自强不息].' 하였습니다.

대개 천도(天道)는 천행이 굳세어 하늘 둘레 365도에 하루도 돌지 않는 날이 없어야 한 해의 업적을 이룹니다. 임금의 덕이 강한 것은 하늘과 같으므로 전전긍긍하여 1일, 2일에 만 가지 정사를 잠시라도 쉬지 않고 다스려서 공적을 일으키니, 이 때문에 임금은 천도를 알지 못하여서는 안 됩니다. 천도는 하늘의 굳셈을 체득하여 쉬지 않는 것을 말합니다. 신이 항상 『시경』과 『서경』을 읽으면서 여러 어진 왕들이 먼저 힘쓰신 것을 보면 모두 이 도(道)입니다.

공경하기를 하늘과 같이 한 분은 요(堯)임금이며, 하늘의 명을 삼가 지키는 자는 순(舜)임금입니다. 하늘의 밝은 명(命)을 돌아본 분은 성탕(成湯)이고, 조심하고 삼가며 밝게 상제(上帝)를 섬긴 분은 문왕(文王)입니다. 그러나 또 '밝게 공경한다[緝熙敬止].'고 한 것은 하늘을 섬기는 학문이니, 마땅히 계속하여 밝히면 곧 익히지 못할 것이 없습니다. 황상께서 요순의 덕을 일으키고, 중흥의 대업을 세우시려면 오직 이 강직한 덕(德)으로 하늘의 강건함을 본받는다면 천하가 잘 다스려질 것입니다.

신이 공손히 듣건대, 황상께서 조강(朝講)에 임하심이 지극히 근면하시지만 지난번 일강(日講)은 5월 11일부터 더위로 중지하게 하였고, 8월 초 7일에서야 다시 일강을 시작하였으며, 12일에야 경연을 다시 했으니, 강론을 정지한 것이 80일입니다. 겨울의 추위가 오면 또 이와 같이 하실 것이니, 한 해로 계산하면 경연을 정지하는 날이 160일이 될 것입니다. 강연하는 날짜는 적고 정지하는 날짜가 많으면, 황상의 학문에 멈춤이 있을까 두렵습니다. 신이 또 황상을 뵙건대, 조회에 임하실 때 장엄하고 엄숙하시며, 예법에 허물이 없으시며, 경연에서도 또한 이와 같이 하신다 하니, 가히 제왕이 자신을 삼가는 법도라 하겠습니다. 깊은 궁중에서는 어떠한지 모르겠습니다만, 조강(朝講)을 대충하여 백관들과 접하는 시간이 적고, 깊은 궁중에서 후궁들을 접하는 시간이 많으면 황상께서 마음을 다스리고 학문을 닦으시는 데 또 어떨지 모르겠습니다.

신이 또 두려워하는 바는 황상의 학문이 중지되는 것입니다. 기호나 욕망으로 인하여 학문이 중지된다면 건강을 지키고 보전할 것을 마땅히 생각하실 것이며, 편안히 쉬는 것으로 인해 학문이 중지된다면 크게 즐기며 노는 것을 경계해야 할 것입니다. 심지어 정자나 화원에 행차하시는 것도 잠시는 무방하지만 항상 그렇게 하는 것은 불가합니다. 신은 원컨대, 황상께서는 하늘의 강건함을 본받아 그것을 두려워하십시오. 하늘의 굳셈을 법으로 삼는 것은 안일과 탐욕을 버림에 있으니, 예로부터 성인이 가무와 여색을 염두에 두지 않음을 말한 것입니다.

신이 또 오늘날의 나라 형편과 사람들의 행태를 보건대, 날마다 경박함에 빠지고 고혹(蠱惑)에 묻혀 일어나지 못하는 근심이 있습니다. 사대부들이 국가는 생각지 않고 사심을 품고 정의를 능멸하여 염치를 회복하지 못하니, 이는 조정의 법을 두려워하지 않기 때문입니다. 만약 성천자(聖天子)께서 홀로 굳센 덕을 위에서 늠름히 행하신다면, 어찌 백관들이 뜻을 모아 지시에 구속되지 않겠습니까? 신이 엎드려 바라옵건대, 공자의 밝은 교훈을 받들어 천행(天行)의 굳셈을 본받으시며, 요순의 부지런하심을 살피시며, 성탕(成湯)의 반성함을 따르시며, 문왕의 빛

냄을 칭송하고, 고제(高帝 : 명나라 태조 주원장(朱元璋))의 성대한 의지를 고양하여 만년토록 나라의 복을 이어 가신다면, 이는 황상의 학문을 빛내는 것이고, 소신의 지극한 소원입니다."

1623년 10월 2일 기미(己未), 관소에 있었다.

1623년 10월 3일 경신(庚申), 관소에 있었다.

1623년 10월 4일 신유(辛酉), 관소에 있었다.

1623년 10월 5일 임술(壬戌), 관소에 있었다.

1623년 10월 6일 계해(癸亥), 관소에 있었다.

1623년 10월 7일 갑자(甲子), 관소에 있었다.

등래순무(登萊巡撫)의 보고서[報揭]를 보았다.

"9월 24일 진수총병(鎭守摠兵) 심유용(沈有容)의 보고에 이르기를, '오문기(吳文岐) 등이 금주성(金州城) 밖의 각첩(各堞)에 도착하여 울타리에 불을 지르고, 오랑캐 군대가 병영(兵營)에 쳐들어왔다고 하면서 화기(火器)를 일제히 발사하니, 부상을 당한 자가 많았으나 모두 데리고 가 버렸기에 수급(首級)을 자르지는 못했다.'고 합니다."

1623년 10월 8일 을축(乙丑), 관소에 있었다.

1623년 10월 9일 병인(丙寅), 관소에 있었다.

1623년 10월 10일 정묘(丁卯), 관소에 있었다.

공과급사중(工科給事中) 방유도(方有度)의 제본(題本)을 보았다.

"지금에 이르러서야 화살 한 개도 쏘지 않고 앉아서 오랑캐의 군사 수만 명을 섬멸했다고 하니, 실로 천고에 없었던 전과입니다. 원가립(袁可立)은 마땅히 특별히 보고하여야 하는데, 어찌하여 심유용이 보고한 금주의 한 가지 사건은 상세히 보고하면서도 모문룡이 만포(滿浦)에서 오랑캐를 섬멸한 일은 한 마디 언급도 없는 것입니까? 만약 만포의 일이 거짓이라고 한다면 모문룡의 이 거동은 천고에 없던 거짓이므로 마땅히 명백하게 보고하고 즉시 드러내어 성토하여 변방 신하들의 기만에 대한 경계를 삼아야 했을 것입니다. 그것이 만약 사실이라면, 곧바로 신속히 조정에 보고하고, 사람을 시켜 잔치 비용을 보내어 고군분투한 군사들의 사기를 북돋워 주어야 했을 것인데, 원가립은 그것을 보지도 듣지도 못한 일로 치부해 버리는 것입니까? 이는 용렬한 신하이니 파직시켜야 옳을 것입니다. 그러니 산동순무(山東巡撫)에게 신칙하여 사실에 의거해 조사하고 힐문하여 조정의 처분에 따르도록 하소서."

1623년 10월 11일 무진(戊辰), 관소에 있었다.

1623년 10월 12일 기사(己巳), 관소에 있었다.

미시(未時 : 오후 1~3시)에 중전(中殿 : 황후)이 황자(皇子)를 낳았으나 곧바로 죽었다는 말을 들었다. 공과급사중(工科給事中)의 아래와 같은 조사 문서를 보았다.

"모문룡이 대군을 이끌고 해도에 출몰하여 오랑캐의 추장을 견제하니, 이는 냉정한 전략이요, 기발한 전략입니다. 안으로는 조정을 믿었으나 식량 보급이 계속되지 않고, 밖으로는 조선을 믿었지만 나쁜 소문이 날로 들려왔습니다. 부득이 왕숭효(汪崇孝)의 세 가지 계책을 취하여 위로 천자께 고하였으니, 그 또한 고육지책입니다. 염전을 개척하는 일은 사례를 인용하였으니, 호부(戶部)에서 처리할 의견이 있을 것입니다. 화폐를 주조하는 일은 공부(工部)가 담당하는 일입니다. 본과(本科 : 공과급사중)에서 들은 바로는 조선국에서 동(銅)을 조달하게 되면 가격이 낮아 이익이 많을 것이고, 그것을 중국 조정에서 통제하게 되면 법이 준행되고 명분이 존중될 것입니다. 그것을 섬에서부터 중국으로 시행하면 백성들이 편리하게 될 것이며, 섬에서부터 밖으로 시행하면 오랑캐를 변화시킬 수 있습니다. 곡식이 없다가 곡식이 있게 되어 군사들은 배부르고 말은 살이 찌게 될 것이므로, 요동을 회복시킬 전략에 있어서 가장 현실성이 있고 정밀하며 실속이 있을 것입니다. 인사 문제와 둔전(屯田)에 관한 논의도 아울러 의논하여 거행하게 하면서 (모문룡이) 편의대로 하게 하고 조정에서 간섭하지 않았는데, 하물며 화폐를 주조하는 것을 어찌 의심하겠습니까? 그 건의서의 사본을 관할 부서에 보내 속히 의논하게 하소서."

1623년 10월 13일 경오(庚午), 관소에 있었다.

1623년 10월 14일 신미(辛未), 관소에 있었다.

들으니, 예과급사중 주조서(周朝瑞)가 태복시(太僕寺) 소경(少卿)에 승진했다고 하였다.

1623년 10월 15일 임신(壬申), 관소에 있었다.

요동순무(遼東巡撫) 장봉익(張鳳翼)의 제본(題本)을 보았다.

"7월 초열흘에 지원병(支援兵)이 진을 편성하여 둘로 갈라져 후퇴하였습니다. 밤중에 북관(北關)에서 고함을 지르기에 가정(家丁 : 지휘관의 심복)이 오랑캐의 가운데로 숨어 들어가서 물어보니, 관외(關外)에 두 달 동안 양식이 없었다고 합니다."

1623년 10월 16일 계유(癸酉), 관소에 있었다.

1623년 10월 17일 갑술(甲戌), 관소에 있었다.

1623년 10월 18일 을해(乙亥), 관소에 있었다.

어사(御史) 황공보(黃公輔)의 제본(題本)을 보았다. 그가 제기한 핵심 문제로서 마땅히 잘 살펴보아야 할 것이 세 가지였는데, 첫째는 검주(黔州)*의 반란 사건이며, 셋째는 누르하치의 요동 침략이었고, 그 둘째

---

* 중국 6세기의 북주(北周) 이래 지금의 중경시(重慶市) 팽수현(彭水縣) 일대에 설치하였던 도회지. 현재의 호남성 원수(沅水)와 예수(澧水) 유역 및 호북성 청강(淸江) 유역, 중경의 검강(黔江) 유역 및 귀주(貴州)의 동북 일대에 있었다. 후대에는 귀주성(貴州省)을 검(黔)으로 칭하였다.

가 곧 우리나라의 일이었다. 그 대략은 아래와 같다.

"조선은 약소국이라 오랑캐와 통하여 조선으로 하여금 수군을 중국 해안에 오르게 한다 해도 오랑캐를 돕는 것은 불가능합니다. 또 오랑캐와 통하지 않아서 그들로 하여금 군대를 거느리고 해상으로 나가 중국을 돕게 해도 역시 불가능할 것입니다. 그러나 끝내 조선이 오랑캐와 통하지 않는 것이 오랑캐와 통하는 것보다 낫다고 감히 말할 수 있습니다. 저들의 일 사정이 드러나기 전에 장황하게 그것을 격발시킬 필요가 없습니다. 혹은 몰래 등래순무로 하여금 그 거취를 살펴서 조종하게 하면 될 것이고, 반드시 천자가 조서를 내려 행동하게 할 필요는 없습니다."

이어서 (환관 위충현 등의 엄당(閹黨)*을 공격했던) 양련(楊漣)** 등의 일을 붙여 놓았다. 결국 쟁점은 이 한 문제에 달려 있었으니, 위에서 논한 바는 모두 허투였다. 근래에 대성(臺省 : 내각 · 6부와 도찰원의 총칭)의 주문(奏文)이나 상소는 모두 검주(黔州)와 요동 및 우리나라의 일을 빌려서

---

* 명나라 후기에 큰 권력을 가지고 있었던 고위 환관들과 그들에게 결착한 관료들의 붕당. 영종(英宗) 때는 환관 왕진(王振)이 중심이 되었고, 헌종(憲宗) 때는 환관 왕직(汪直)이 그 중심이 되었다. 특히 희종(熹宗) 때는 환관 위충현(魏忠賢)이 전권을 휘둘렀는데, 자금성의 고위 환관 30여 명과 대학사(大學士) 고병겸(顧秉謙), 위광미(魏廣微) 등 내각과 6부(六部) 및 전국의 총독(總督), 순무(巡撫) 등 300여 명이 가세하였다. 그들은 동림당(東林黨) 관료들과 잔혹한 당쟁을 벌여 고반룡(高攀龍), 양련(楊漣), 주순창(周順昌), 위대중(魏大中) 등을 살해하고 일망타진을 기도하였다. 숭정(崇禎) 초기에 위충현(魏忠賢)이 처형되고, 260명이 역적죄로 처벌되었다.

** 양련(楊漣, 1572 ~ 1625) : 명나라 말기 동림당 소속 관료. 호광(湖廣) 응산(應山) 사람으로, 만력(萬曆) 35년(1607) 진사에 급제하여 상숙 지현(常熟知縣)에 올랐는데, 청렴한 관리로 칭송을 받았다. 만력 말에 병과우급사중(兵科右給事中)이 되었다. 후에 병과도급사중(兵科都給事中) · 부도어사(副都御史)에 올랐고, 환관 위충현(魏忠賢) 일파의 엄당과 투쟁하였다. 천계(天啓) 4년(1624) 조남성(趙南星), 좌광두, 위대중(魏大中) 등과 함께 상소를 올려 위충현의 24가지 죄를 폭로했다. 다음 해 위충현의 무고를 받아 투옥되어 혹형을 당하다가 옥사했다. 숭정(崇禎) 때 복권되어 '충렬(忠烈)'이란 시호가 내려졌다. 저서에 『양대홍집(楊大洪集)』이 있다.

논지를 세우지만, 그 인용하여 말하는 것이 상대 당(엄당(閹黨))은 배격하고 자기 당(동림당(東林黨))*은 구원하여 각자의 사리사욕을 부린 것이 누적되어 폐습이 되었는데, 이것도 그 하나이다.

이 일은 8월의 통보(通報 : 중국 조정 소식지) 가운데에 있으므로 대강의 내용을 요약한 것이다.

1623년 10월 19일 병자(丙子), 관소에 있었다.

1623년 10월 20일 정축(丁丑), 관소에 있었다.

1623년 10월 21일 무인(戊寅), 관소에 있었다.

1623년 10월 22일 기묘(己卯), 관소에 있었다.

들건대, 궁인 범씨(范氏)가 황자를 탄생하였다고 한다. 사례감(司禮監)에서 아래와 같이 성지(聖旨)를 전달하였다.

"천계(天啓) 3년(1623년) 10월 22일 오시에 짐의 제2자가 태어났으니, 예부는 그리 알라."

새로 부임한 병부상서 조언(趙彦)이 산동무원(山東撫院)에서 들어왔다.

1623년 10월 23일 경진(庚辰), 눈이 내렸다. 관소에 있었다.

모문룡의 건의에 대해 공부(工部)에서 황제에게 올린 대책을 보았다. 그 내용은 아래와 같다.

"한 작은 군대가 절도(絶島)에 웅거하여 그 군중이 날마다 더 귀순해 오고, 근근이 속국에서 군량미를 얻어 지탱하고 있습니다. 거기서 건의한 동전 주전(鑄錢)은 원래 천연 자원을 이용하는 것이고 조선에는 또 구

---

* 중국 명나라 말기에 양명학 계열의 동림학파(東林學派)가 중심이 되었던 관리들의 붕당. 유교적 명분과 의리를 중시하고 원리 원칙을 강조하였다. 1620년 이후 많은 동림학자들이 중앙 관료에 진출하면서 큰 세력을 가진 붕당이 되었다. 그들은 도덕을 무기로 엄당 일파를 비판하여 많은 정적(政敵)을 만들었다. 1624년 동림당의 지도자인 양련(楊漣)이 환관 위충현(魏忠賢)을 공격하자, 위충현은 엄당을 결집시키고 동림당 관료 수백 명을 처형하거나 숙청하였다.

리가 나는 곳이 있으니, 한번 주조하면 멀리 통행(通行)할 수 있고 이익을 몇 배로 거둘 수 있으므로, 삼군(三軍)을 먹일 수 있고 요동 백성들에게 나누어 줄 수도 있습니다. 이것은 진실로 재정을 넉넉히 할 수 있는 좋은 계책이고, 적을 제압할 수 있는 요긴한 정책이 될 것입니다. 담당 급사중(給事中)이 원 문서의 사본을 당해 부서에 보내어 신속히 거행하고 현지에 공문을 보내도록 하여 주전하는 일을 허락해 주도록 하십시오."

1623년 10월 24일 신사(辛巳), 눈이 내렸다. 관소에 있었다.

1623년 10월 25일 임오(壬午), 관소에 있었다.

군관 유경지(柳敬地)·모천수(牟天壽) 등이 돌아왔다. 5월 이후의 (서울) 소식을 비로소 들었다.

1623년 10월 26일 계미(癸未), 관소에 있었다.

1623년 10월 27일 갑신(甲申), 새벽에 비가 오고 저녁에 바람이 불었다.

낙유신(駱惟信)이 와서 인사하고 은밀히 말하였다.

"어사 오상묵(吳尙黙)은 제가 친하게 지내는 사람입니다. 그가 말한 것을 보면 '근래 한 부류의 조정 의논이 있는데, 웅정필(熊廷弼)은 요동 군사의 마음을 얻고 있으므로 마땅히 산해관(山海關)으로 보내고, 왕화정(王化貞)이 서쪽 오랑캐(몽고족)의 마음을 얻고 있으니 희봉구(喜峯口) 등에 보내어 그들로 하여금 공을 세워 스스로 속죄토록 하고자 한다. 조선 역시 빨리 책봉을 인가하여 그들로 하여금 함께 오랑캐를 치도록 해야 한다.'고 하였습니다."

1623년 10월 28일 을유(乙酉), 관소에 있었다.

1623년 10월 29일 병술(丙戌), 관소에 있었다.

1623년 윤 10월 1일 정해(丁亥), 관소에 있었다.

1623년 윤 10월 2일 무자(戊子), 관소에 있었다.

1623년 윤 10월 3일 기축(己丑), 관소에 있었다.

1623년 윤 10월 4일 경인(庚寅), 관소에 있었다.

들자하니, 섭 각로(葉閣老)가 출사하였다고 한다. 큰 경사를 만나 속히 황제의 조유(詔諭)를 (조선에) 반포하고, 겸하여 우리나라의 모함 받은 일을 해명하여 빨리 책봉을 완결토록 해 달라는 내용으로 하도록 예부(禮部)에 정문을 올렸다. 이에 상서가 대답하였다.

"당초에 즉시 책봉을 인준토록 했어야 하는데, 말이 많을 것을 걱정하여 반정(反正)에 대해 조사하기를 건의하였던 것이나, 이제 후회해도 어쩔 수 없게 되었다."

마침내 물러나와 서장안문 밖에 이르러 고(顧)·위(魏) 두 각로(閣老)에게 글을 올렸다. 섭 각로(葉閣老)가 병으로 나오지 않아 그에게는 글을 올리지 못하고 물러났다. 저녁에 제독청(提督廳)을 나오니, 관소의 실무자인 한종기(韓宗琦)와 진붕(陳鵬) 등이 관부(館夫)들을 거느리고 와서 술과 안주를 공급해 주었다.

1623년 윤 10월 5일 신묘(辛卯), 섭 각로에게 정문을 올렸다.

각로가 회답하였다.

"아침에 예부의 관원을 만났는데, 무릇 경사의 하례를 할 때는 배신들의 동참을 허락한다는 말을 이미 유시하였다. 책봉 전례는 조사관이 돌아오기를 기다려서 인준을 완결할 것이다. 황제의 조서(詔書)를 반포하는 사신은 모두 차출하지 않았으나, 역시 조사관이 돌아오기를 기다려 함께 시행할 것이다."

감사의 인사를 하고 물러나왔다.

1623년 윤 10월 6일 임진(壬辰), 관소에 있었다.

1623년 윤 10월 7일 계사(癸巳), 관소에 있었다.

예부의 당리(堂吏)가 상서의 회답을 가지고 와서 보여 주었다.

"조사관이 황제의 명을 받들었으니, 곧 회보가 있을 것이다. 책봉을 내리는 것은 큰 의전이니, 본 예부에서 어떻게 감히 구차하게 처리할 수 있겠는가! 걱정스러운 말은 비록 다 믿을 수 없지만, 다만 그대 나라에서 국왕을 폐하고 새로 세운 것은 정상적으로 계승한 것과 같지 않으므로 조사를 행한 후에 책봉하는 것은 광명정대한 일이니, 어찌 좋은 일이 아니겠는가! (황자 탄생의) 경사를 조선에 반포하는 것은 책봉을 윤허한 후에 아울러 같이 거행할 것이다. 이 역시 너희 나라의 접대하는 수고를 덜어주려는 것이지 홀로 뒤지게 하려는 것이 아니다. 조공하는 배신을 경하 행렬에 참석하게 하였으니, 조서를 반포하는 날을 기다려 반열 뒤를 따라 예를 거행하는 것이 좋겠다."

1623년 윤 10월 8일 갑오(甲午), 관소에 있었다.

들건대, 왕숭효(汪崇孝)가 등주의 원 군문(袁軍門)에 구금당하고, 수비(守備) 이유동(李惟棟)이 대신 조사 문서(사문(查文))를 가지고 10월 초 6일에 피도(皮島)로 출발하였다고 한다. 낙유신(駱惟信)이 일러준 것이다.

1623년 윤 10월 9일 을미(乙未), 관소에 있었다.

1623년 윤 10월 10일 병신(丙申), 관소에 있었다.

1623년 윤 10월 11일 정유(丁酉), 관소에 있었다.

1623년 윤 10월 12일 무술(戊戌), 예부에 정문을 올려 법복(法服 : 조복(朝服))을 착용하여 축하 반열에 나아가도록 편의를 보아 달라고 요청하였다.

1623년 윤 10월 13일 기해(己亥), 관소에 있었다.

1623년 윤 10월 14일 경자(庚子), 관소에 있었다.

예부(禮部)의 고시(告示)를 보았다.

"예부에서 의례에 관한 일로 조선 사신들의 요청을 접수하여 전례를 조사한 바, 조복(朝服)을 착용하고 축하 반열에 참가한 일이 없다. 지금 간절한 요청에 의해 각기 길복(吉服)을 착용하고 이달 16일 승천문(承天

門 : 현재의 천안문(天安門)) 밖에서 중국 백관의 반열 뒤를 따라 조서를 반포하는 의식을 행한다. 단지 사신 3명과 통역관 4명만 와서 조회하고, 그 나머지는 함부로 들어갈 수 없다. 당해 관소의 통역관과 관원들은 다른 사람들에게 선유하라. 어기는 자는 조사하여 용서하지 않을 것이다. 특별히 고시한다."

1623년 윤 10월 15일 신축(辛丑), 관소에 있었다.

1623년 윤 10월 16일 임인(壬寅), 미시(未時)에 승천문 밖에서 행한 황자 탄생의 조서 반포 의식에 참석하였다.

황제께서 곤룡포를 입고 황극문(皇極門)의 내전에 임어하시자, 문무 백관이 반열을 지어 4배례를 행하였다. 의례가 끝나자 황제께서는 환궁하시고, 백관은 승천문 밖으로 나왔다. 대령한 예부의 관원(사후예부관(伺候禮部官))이 조서를 가지고 승천문에 이르자, 백관이 자리에 나아가 네 번 절하고(四拜) 일어나(興) 몸을 펴고(平身) 꿇어앉았다. 조서를 선포하는 관원이 꿇어앉아 선포를 마치자, 백관은 엎드렸다가(俯伏) 일어나 몸을 펴고 나갔다.

조서의 내용은 이러하였다.

"짐(朕)은 생각건대, 옛 제왕들이 국가를 장구히 이어가기를 도모함에 모두 장자를 높여 종묘사직을 중히 하였다. 짐은 자질이 부족한 사람으

태화문(太和門)
명나라 때는 '황극문(皇極門)'이었으나 청나라 때 '태화문(太和門)'으로 개칭하였다.

로서 나라의 대통을 이어 받아 밤낮으로 공경히 생각한 바, 황조(皇祖) 황고(皇考)께서 태자에게 복을 내려 자손들에게 복을 내리고자 하신 바, 나의 소망은 일찍 후사를 세워서 하늘에 계신 혼령을 위로하고자 한 지가 이제 3년이 되었다. 이에 하늘의 살핌과 도움을 입고 아홉 조상이 진념하셔서 금년 10월 22일에 황자가 탄생하게 되었으니, 황귀비 범씨(范氏)가 낳았다. 아름다운 경사가 국가에 모여 환희가 억조 백성들에게 넘치니, 이에 (대사면의) 은전을 내릴 것이고, 여러 외방에도 미치게 될 것이다. 내리는 은전의 조목은 뒤에 열거한다. 아아! 놀랍게도 아들을 얻어 간구함에 부응하니, 그에 의지해 영원한 길상(吉祥)을 열 것이로다. 공경히 천명을 대행하여 은택을 내리니, 그것으로써 유신(維新)의 정사를 돕게 하라. 이를 중앙과 지방에 포고하여 모두가 알게 하노라.”

1623년 윤 10월 17일 계묘(癸卯), 관소에 있었다.

1623년 윤 10월 18일 갑진(甲辰), 관소에 있었다.

1623년 윤 10월 19일 을사(乙巳), 관소에 있었다.

모문룡 총진(摠鎭)에서 본국의 종친과 문무백관의 보결(保結 : 보증서) 12장을 첨부하여 예부상서에게 올렸다는 소식을 들었다. 원가립의 등주군문에서 예부에 올린 자문(咨文)도 또한 도착하였다고 한다.

1623년 윤 10월 20일 병오(丙午), 관소에 있었다.

저녁에 동지사(冬至使)인 참판 조즙(趙濈)과 서장관인 감찰 임뇌지(任賚之)가 (북경에) 들어와 우리 관소에 들렀다. 서울의 안부를 물으니, 주상께서 평안하시며 조야에도 근심이 없다고 하여 일행이 서로 경하하였다.

1623년 윤 10월 21일 정미(丁未), 관소에 있었다.

식후에 관소 서조(西照)에 갔더니, 동지사와 서장관 역시 뒤따라 동조(東照)로 와서 다정하게 대화하고 갔다. 오후에 예부에 정문을 올렸다.

옥하관 동조(東照) 자리
'동관(東館)'이라고도 하
였다. 현재의 수도대주점
(首都大酒店) 자리이다.

"우리나라 신민의 공본(公本)이 이미 도착했고, 등래순무의 자문도 함께 도착했다고 합니다. 간절히 청하건대, 속히 책봉의 일을 완결하여 온 나라의 간절한 소망을 위로해 주소서."

이에 대해 예부상서가 회답하였다.

"어제 접수된 보단(保單) 12봉(封)은 그대 나라 각도에서 모 총병(毛 摠兵)에게 보낸 것으로서 공본이라고 할 수 없다. 공본이 도착하면 등주순무가 제본을 올릴 것이고, 본 예부에서 그것을 근거로 책봉을 주청할 것이니, 조금만 더 기다리라."

1623년 윤 10월 22일 무신(戊申), 조천궁(朝天宮)에 가서 동지(冬至)하례(賀禮)의 첫 번째 예행연습에 참가했다.

1623년 윤 10월 23일 을유(乙酉), 두 번째 예행연습에 참가했다.

1623년 윤 10월 24일 경술(庚戌), 관소에 있었다.

1623년 윤 10월 25일 신해(辛亥), 관소에 있었다.

1623년 윤 10월 26일 임자(壬子), 관소에 있었다.

동지사 조화천(趙花川 : 조즙(趙濈))이 와서 큰 술잔으로 다섯 잔을 마시고 갔다.

1623년 윤 10월 27일 계축(癸丑), 예부에 정문(呈文)을 올렸다.

동지사와 서장관 또한 참석했다. 예부상서와 시랑은 천단(天壇)의 성생소(省牲所)에 가고, 다만 주객사(主客司)의 서낭중(署郎中) 주장(周鏘)이 근무하고 있었다. 정문을 건네주니 답하기를, "초이틀이 지나면 마땅히 제본을 논의하게 될 것이다." 하였다. 또 방물을 검수하여 받아 달라고 하소연하니, "조금 더 있다가 받겠다."고 하였다. 의제사(儀制司) 낭중 주이발(周爾發)은 "조사를 기다린 후에 마땅히 인준할 것이다."라고 답했다.

1623년 윤 10월 28일 갑인(甲寅), 관소에 있었다.

저녁에 화천(花川)이 와서 큰 술잔에 술을 마시고 밤이 되어 파했다.

1623년 윤 10월 29일 을묘(乙卯), 관소에 있었다.

1623년 윤 10월 30일 병진(丙辰), 관소에 있었다.

예부에서 올린 '동지 천단(天壇) 제사의 의례'에 관한 제본을 보았다. 그 내용은 다음과 같다.

"상고하건대, 11월 초 1일 동지 절기에 원구(圜丘)에서 하늘에 지내는 제사는 일체의 예식 절차를 기일에 앞서 상세히 정하여 큰 의전을 중하게 하고자 합니다. 삼가 제본을 올려 (황제의) 지시를 청합니다."

동지 천단(天壇) 제사의 의례(儀禮)

6일 전   아침에 황제께서 평상복[常服]으로 남쪽 교외에 나아가 희생(犧牲)을 살피고 태묘(太廟)에 고한다. 황제가 배위(拜位 : 절하는 자리)에 나아가면 찬관(贊官)이 인도하여 여러 조상의 향 탁자[香案] 앞에 이르러 향을 올린다. 다시 배위로 돌아와 꿇어앉아 고유문을 읽고 마치면 네 번 절하고 예식을 마친다.

5일 전   새벽녘에 황제께서 평상복으로 황극문(皇極門) 내전에 임어하면 태상시(太常寺)에서 희생을 살피기를 청한다. 백관은 길복(吉服)으로 조회에 참석하는데, 명편(鳴鞭 : 채찍을 땅에 내리쳐서 소리를 냄.)을 기다렸다가 끝나면 먼저 오문(午門) 밖으로 나가 동서로 나란히 서서 황제의 수레가 나오면 공손히 환송한다. 황제가 대명문(大明門), 정양문(正陽門), 서천문(西天門)을 거쳐 희생소에 이른다. 수레에서 내리면, 예부 상서와 시랑(侍郎), 태상경(太常卿)과 소경(少卿)이 황제를 인도하여 막사에 이르면 예부 관원이 꿇어앉아 희생을 보기를 청한다. 이어서 태상시 관원으로 하여금 황제를 인도하여 각 희생의 방 앞에 이르면 태상경이 꿇어앉아 대사(大祀)의 희생 보기를 아뢴다. 하나하나 보기를 마치면 이어 인도하여 악차(幄次)에 이르고 잠시 쉬었다가 나온다. 예부와 태상관이 인도하여 황제가 수레를 타고 돌아오면 백관들이 모두 승천문(承天門) 밖에서 기다렸다가 영접한다. 황제가 이에 태묘에 나아가 전과 같이 참배한다.

4일 전 황제가 황극문 내전에 임어하면, 태상시가 전처럼 제사하기를 아뢴다.

3일 전 질명(質明 : 여명)에 황제가 평상복으로 태묘 서쪽 문에 나아가 수레에서 내려 묘문(廟門)의 천막에 이른다. 제복을 입고 태묘에 나아가면 집례하는 자가 태조(太祖)와 배향된 신위(神位)에 술 한 잔을 올리기를 청한다. 예가 끝나면 황제가 천막으로 나와 피변복(皮弁服)으로 갈아입고 황극문 내전으로 돌아간다. 태상시(太常寺)와 광록시(光祿寺) 관원들이 희생 살피기를 마쳤다고 아뢴다. 황제가 명을 전하면 백관은 조복을 입고 서계(誓戒 : 제관들이 경건하게 할 것을 맹세함.)를 받는다.

2일 전 아침 일찍 황제는 평상복을 입고, 천단에 가서 대사를 지내는 일에 대해 미리 태묘에 고한다. 황제가 배위에 나아가면 찬관(贊官)이

원구단(圜丘壇) '천단(天壇)'이라고도 한다. 동지 때 하늘에 제사지내는 제단이다.

황궁우(皇穹宇) 천단의 신패(神牌)를 봉안하는 곳이다.

인도하여 열조(列祖 : 여러 조상)의 향안(香案) 앞에서 향을 피워 올린다. 다시 배위로 돌아가서 무릎을 꿇고 고사문(告祀文)를 읽기를 마치면 네 번 절하고 예를 마친다. 오후에 태상관(太常官)이 화옥갑(花玉匣), 백갑(帛匣), 향합(香盒)을 받들고 신여(神輿)와 신정(神亭)과 함께 황극문 안으로 간다. 사례감(司禮監)이 비단을 받들고 어상(御牀)의 북쪽에 함께 안치(安置)한다.

1일 전 여명에 황제는 문화전(文華殿)으로 나와서 회극문(會極門) 내전의 안전(案前)에 임어한다. 태상경(太常卿)이 축판(祝板)을 받들고 중문을 통하여 어안(御案)에 올려 두면, (황제가 그 축판에) 이름을 써넣고 마치면 태상경(太常卿)이 신여(神輿) 가운데에 봉안한다. 사례감(司禮監)이 폐백을 황제에게 올리면 황제는 백갑 안에 그것을 넣고 아울러 화옥도 안치한다. 이를 마치면 태상경이 (백갑과 화옥갑 등을) 신여 안에 봉안하고, 이어서 향합도 향정의 오른쪽에 봉안하고 무릎을 꿇는다. 황제가 세 번 향을 올리는데, 한 번 절할 때마다 세 번씩 머리를 조아린다[叩頭]. 예가 끝나면 돌아서 서쪽을 향하여 선다. 금의위(錦衣衛) 관기인(官旗人)이 신여를 들고 중문으로부터 밖으로 나간다. 태상경이 수행하여 천단의 신고(神庫)에 나아가 봉안한다. 해당 위(衛)는 법가(法駕)를 준비하여 내시관이 무릎을 꿇고 (황제께) 가마에 오르실 것을 청한다. 황제가 중문으로부터 나가서 법가에 올라 천단으로 나아간다.

소향문(昭享門)의 서쪽에 이르러 상서, 시랑, 태상경이 어가를 향하여 차례로 서서 고두례를 행하고 마친 후에는 나누어 곁에 서서 기다린다. 황제가 어가에서 내리면 상서 등의 관리가 황제를 인도하여 소향좌문(昭享左門)을 통하여 들어가서 내유좌문(內壝左門)에 이른다. 태상경이 무릎을 꿇고 맞이하여 함께 황제를 인도하여 서쪽 계단에 이르면 상서 등의 관리가 모두 멈추어 선다. 태상경은 황제를 인도하여 원구(圜丘)

에 이르러 단위(壇位)를 둘러본다. 상서 등의 관원이 먼저 동쪽 계단 앞에 나아가서 기다린다. 황제가 둘러보는 것을 마치면 태상경이 황제를 인도하여 동쪽 계단 아래로 내려간다. 상서 등의 관리가 함께 황제를 인도하여 신고(神庫)에 이르러서 제기를 둘러보고 신주(神廚)에 이르러 희생을 담는 그릇을 둘러본다. 마치면 태상경이 황제를 인도하여 이어서 소향좌문(昭享左門)을 통하여 나간다.

문의 서쪽에 이르러 황제가 가마에 올라 재궁에 이른다. 분헌배사관(分獻陪祀官)이 조회에 참례하면 황지(皇旨)를 전하여 아침밥을 하사한다. 오시에 이르면 점심밥을 하사한다. 각 관리는 모두 고두례로 사례한다. 오후에 태상시가 진설(陳設)을 규정대로 한다. 일경(一更 : 오후 7~9시)에 이르면 분상서 등의 관리가 황궁우(皇穹宇)로 나아가서 상서가 향을 올리고 신관의 이동을 고한다. 시랑 두 사람은 태상관을 인도하여 차례로 정위 신판(正位神板)과 종위 신패(從位神牌)를 받들어서 원구단에 나아가 봉안한다. 마치면 시각을 알리고, 황제는 평상복 차림으로 가마에 올라 서단문(西壇門)을 통하여 나가서 외유문(外壝門) 밖 신로(神路)의 서쪽에 이르러 가마에서 내린다. 도가관(導駕官)이 황제를 인도하여 신로의 동쪽 큰 막차(임시 휴게소)에 이른다. 상향관(上香官)이 도인관(導引官) 및 신판관(神板官), 신패관(神牌官)과 함께 (황제께) 복명한다. 마치면, 황제가 일어나 제복을 입고 나간다. 도가관이 황제를 인도하여 내유(內壝)의 좌영성문(左欞星門)을 통하여 들어가 대사례(大祀禮)를 규정에 따라 시행한다. 제사가 끝나면 황제는 대차에 와서 평상복으로 갈아입고 재궁에 이르러 잠시 쉬었다가 돌아간다. 태묘에 이르면 참알례(參謁禮)를 행한다. 마치면 황제는 곤면복(袞冕服)을 갖추어 입고 황극문 내전으로 임어하여 경성례(慶成禮)를 행한다.

1623년 11월 1일 정사(丁巳), 동짓날이다.

황제가 천단에서 하늘에 제사를 지냈다. 예가 끝나자 환궁하여 황극문에 임어하여 경성례(慶成禮)를 받았다.

1623년 11월 2일 무오(戊午), 오문 밖에서 동지하례에 참석하였다.

의장과 코끼리·가마가 오문 밖에 진열되어 있었고, 3홍문(三虹門)이 활짝 열려서 황극문의 용상이 바라보였다. 하례를 마치고 광록시(光祿寺)로 나아가서 황제가 하사하는 술을 받고 물러나왔다. 외국인으로서 동지하례에 참례하는 배신은 다만 우리나라뿐이었고, 그 밖에 온 사람은 없었다.

1623년 11월 3일 기미(己未), 관소에 있었다.

중자(曾子)의 62대 종손인 박사 증승업(曾承業)이 조회에 참석하였다. 호과(戶科 : 호과급사중(戶科給事中)) 육문헌(陸文獻)의 제본을 보았다.

"모문룡이 외로운 군대를 지휘하여 국경 밖에 군영을 창설하였습니다. 근일에 전해진 보고에 의하면 전과가 역력히 기록할 만하니, 그가 장차 이역 땅에서 개자(介子)가 누란(樓蘭)*의 추장을 베고, 중승(仲升)이 선선(鄯善 : 고대 서역의 소국)**의 추장을 사로잡은 것과 같은 전공을 세우지 않을지 어찌 알겠습니까? 모문룡이 주둔하고 있는 곳은 바로 피도(皮島)일 뿐입니다. 그 밖에 타기도, 황성도의 여러 섬에는 무예가 뛰어난 1~2명의 장수로 하여금 나누어 주둔시킨다면, 모문룡과 더불어 서로 삼각 편대가 될 것입니다. 초나라의 병법(절강병법)을 사용한다면 과연 오랑캐의 명줄을 제압하고 그 소굴을 소탕할 수 있습니다. 황상(皇

---

* 고대 '누란(樓蘭)'은 서역(西域 : 중앙아시아)에 있었던 작은 나라의 이름이다. 실크로드의 중심에 있었으나 현재는 폐허만 남아 있다.
** 고대 중앙아시아에 있었던 작은 나라의 이름이다. 오늘날 신강성(新疆省) 약강(若羌) 부근에 있었다. 동으로 돈황(敦煌)에 연결되고, 서로 차말(且末)·정절(精絶) 등으로 이어지며, 실크로드의 요충지였다.

上)께서 곧바로 조서를 내려 원훈의 철권(鐵券 : 공신에게 하사한 공적 장부)을 주고 삼한(三韓)의 토지를 갈라 주어서 자손 대대로 그 부귀를 누리게 한다면 이 역시 해상의 군사를 격려하는 한 가지 요긴한 정책이 될 것입니다.

이것은 신이 계주(薊州 : 여순 일대)를 보호하는 완벽한 계책이라고 생각합니다. 그러나 동일한 모문룡의 승전 보고이고 동일한 등래순무의 정보 보고인데, 처음에는 오랑캐 병사 2만을 죽였음에도 보고하지 않았고, 뒤에는 오랑캐 머리 130개를 베었음에도 보고하지 않았습니다. 모문룡의 공이 진실이면 모두 진실이고, 거짓이면 모두 거짓이며, 믿을 만한 것이면 모두 믿을 만한 것이고, 의심스러운 것이면 모두 의심스러울 것입니다. 만일 그것이 진실이라면 심유용(沈有容)이 공을 시기하여 성과를 해친 것이 되고, 만일 그것이 거짓이라면 모문룡이 황제를 속이고 공을 탐한 것이 됩니다. 이것이 얼마나 중요한 일인데 쓰고 쓰지 않은 것으로써 심유용을 처벌하고, 믿고 믿지 않는 것으로써 모문룡을 처벌하겠습니까?

병부로 하여금 관원을 급히 선발하여 즉시 그곳에 보내 하나하나 조사하게 해야 합니다. 또 군사정보 보고[塘報]에 의하면, 요동 백성들을 모집한 수가 10여 만 명인데 어떻게 하면 편안히 안주시킬까 헤아리고, 민병(民兵) 3만 6000을 선발하여 어떻게 하면 잘 훈련시킬 수 있을까 헤아릴 것입니다. 그 동정을 살펴 돌아와 보고한다면 모문룡 군의 실상을 모두 정확히 파악할 수 있을 것입니다."

1623년 11월 4일 경신(庚申), 관소에 있었다.

1623년 11월 5일 신유(辛酉), 관소에 있었다.

본국에서 올린 주본(奏本 : 조선국왕이 황제에게 올리는 문서)에는 모문룡의 충정(忠貞)을 갖추어 진술하였다. 이에 대해 아래와 같은 성시(聖

旨)가 내렸다.

"모문룡에게 이미 칙유하였으니, 당해 병부는 알고 있으라."

1623년 11월 6일 임술(壬戌), 관소에 있었다.

산해관(山海關)에서 올린 당보(塘報 : 군사정보 보고서)를 보았다.

"윤 10월 30일에 우소참장(右所參將) 왕영(王盈)이 병사를 거느리고 선령사(仙靈寺)에 가서 성을 보수할 땔감을 채취하였습니다. 미시(未時)에 서달(西㺚 : 몽고족)이 땔감 채취하는 병정들을 잡아가자 참장이 구조하러 갔다가 매복한 적이 사방에서 일어나서 전사하였습니다. 낭소(朗素) 지역의 여러 추장들이 바야흐로 부상(扶賞)에 있으니, 만약 다시 군사를 일으켜서 죄를 묻는다면 아마도 적을 많이 만들게 될 것입니다. 그 경중(輕重)과 완급(緩急)에 따라 처리할 전략은 병부와 일선 지휘관들이 협의하여 결정하게 하십시오."

낭소(朗素)는 바로 희봉구(喜峯口) 밖에 붙어 있고, 이 동쪽 오랑캐는 중국 조정에 고분고분하던 부족이다.

1623년 11월 7일 계해(癸亥), 관소에 있었다.

1623년 11월 8일 갑자(甲子), 성절하례(聖節賀禮)의 첫 번째 예행연습에 참석하였다.

정사는 병으로 참석하지 않았다. 저녁에 정사와 부사가 오늘이 내 생일이어서 화천(花川 : 동지정사 조즙(趙濈))을 초청하였다가 밤이 되어 연회를 파하였다.

1623년 11월 9일 을축(乙丑), 두 번째 예행연습에 참석하였다.

관부(館夫) 진붕(陳鵬)이 술과 밥을 준비하여 백탑사(白塔寺)를 방문하였는데, 일명 '묘응선림(妙應禪林)'이라고 한다. 칠불보전(七佛寶殿)이 있는데, 전각의 북쪽에는 부도(浮圖 : 탑)가 우뚝 솟아 있어서 황성을 내려다보고 있다. 마침 센 바람을 만나 올라갈 수 없었다. 동지사·서장관과 함께 모두 선방에 들어가 술을 마셨다. 조금 취하여 돌아왔다.

1623년 11월 10일 병인(丙寅), 관소에 있었다.

태령위(泰寧衛)에서 조공을 바치는 오랑캐(몽고족) 50명이 왔는데, 서관에 머물렀다.

1623년 11월 11일 정묘(丁卯), 관소에 있었다.

1623년 11월 12일 무진(戊辰), 관소에 있었다.

필 주사(畢主事)가 받은 인삼 5근을 돌려주고 패자(牌子 : 하인) 한종기(韓宗琦)를 시켜 쪽지를 보내왔다.

"그 나라에서 상례적으로 보내 주는 예물도 본래 적지 않으니, 이를 받는 것도 이미 마음이 편치 않았다. 하물며 상례 외에 다시 더 후하게 받는다면 무슨 명분이 있겠는가! 곧 전에 보내온 인삼 5근을 다시 통역관에게 보내니, 내 뜻을 잘 타이르도록 하라."

역관 견후증(堅後曾)이 (등주에서 대기하고 있는) 선박의 사공들이 춥고 배고픈 사정을 동지사 사신들이 올 때 공문을 갖추어 온 바, 그 정상이 극히 불쌍하므로 사신들이 통역관을 보내어 식량을 조금 바꾸어 등주로 가게 하였으니, 인문(引文 : 통행증)을 발급해 달라는 내용으로 제독주사(提督主事)에게 글을 올렸다.

1623년 11월 13일 기사(己巳), 관소에 있었다.

원 군문(袁軍門)의 제본을 보았다.

"모문룡 군영에 관한 첩보는 비록 차이가 있지만, 진장(鎭將)의 공적은 고루 기록할 만합니다. 한 번의 전투도 치르지 않고 적군의 병졸 2만 명과 말 3만 필을 죽게 하였으니, 비록 그 수를 끝내 확인할 수는 없지만 군대를 나누어 보내 불을 질러 오랑캐로 하여금 동쪽으로 도망가고 서쪽으로 달아나게 하였으니, 그들을 뒤흔들어 어지럽힌 공은 어찌 보문룡의 신묘한 작전이 아니겠습니까! 하물며 지금 이후로는 또 동쪽 진영에서 양마전(涼馬佃)의 전공*과 우모채(牛毛寨)**의 승리와 같은 큰 승리가 있을 것이고, 등주의 진영에서도 또한 복주(復州)에서 군량미를 태우고 적의 목을 베어 올 것이므로, 전후의 승전보가 서로 이어 도착할 것입니다. 이 2년 사이에 오랑캐가 감히 발을 서쪽으로 내밀지 못한 것은 진실로 중앙 정부의 전략 때문이기는 하지만 모문룡이 해상에서 견제한 힘도 또한 적지 않았습니다. 바라옵건대, 병부에 칙유하셔서 그의 전과를 조사하여 우대하여 서용하신다면, 아마도 해상에서 수고한 신하가 감격하여 떨쳐 일어나게 되고, 전진하여 적을 소탕할 공적도 점차 도모할 수 있게 될 것입니다."

1623년 11월 14일 경오(庚午), 큰눈이 내렸다. 성절하례에 참석하였다.

새벽에 동장안문 밖으로 가자, 조하(朝賀)가 면제되었다는 말을 들었다. 문무백관을 따라 오문(午門) 밖에서 하례를 행하였는데, 단지 5배 3고두만 하고 나왔다. 장안문 밖의 각두(角頭)에 들어가 술을 마셨는데, 진붕(陳鵬) 등이 술과 안주를 풍성하게 준비해 왔다. 동지사는 광록시(光祿寺)에서 베푸는 술과 밥을 받은 후 뒤따라 도착하여 함께 몇 차례 마시고 돌아갔다.

---

* 1619년 2월, 명나라가 후금의 수도 허투알라를 치기 위하여 벌인 살러허 전투의 일환으로, 도독(都督) 유정(劉廷)이 지휘하였던 동로군(東路軍)이 양마전(涼馬佃 : 현재의 요녕(요령)성 관전(寬甸)의 우모오(牛毛塢))에서 소수의 후금 군대를 소탕한 전공이다.

** 1619년 2월, 명나라가 후금을 치기 위해 벌인 살러허 전투의 일환으로 도독(都督) 유정(劉廷)이 지휘하였던 동로군(東路軍)이 우모채(牛毛寨 : 현재의 요녕성 환인현(桓因縣) 대전자(大甸子)마을)에서 소수의 후금 군대를 소탕한 전공이다.

11 최후의 외교 투쟁을 벌이다

1623년 11월 15일 ~ 12월 17일

등래군문에 제본 올려 줄 것 요청 → 주본을 예부에 제출 → '권서국사' 논란에 설득 나섬. → 예부에서 조선국왕 책봉 주본 올림. → 조선국왕 책봉 결정

모문룡의 총진〔毛撮鎭〕에서 보낸 조사서와 조선의 문무백관들이 올린 보결(保結)은 윤 10월에 중국 예부에 도착하였으나, 등주의 군문(軍門)에서 제본을 올리지 않았기 때문에 내각과 예부에서는 그것을 핑계로 책봉 문제를 계속 지연시키고 있었다. 이 때문에 사신들은 11월 15일 역관들을 등주에 보내어 등래군문에 소장(訴狀)을 올려 속히 제본을 올려 줄 것을 요청하였다.

　　11월 24일 사신들은 등주군문에서 조사관으로 파견했던 조연령(趙延齡)이 풍랑을 만나 바다에서 익사하였다는 말을 들었다. 등주군문의 조사 보고서를 기다리고 있던 조선 사신들은 낙담할 수밖에 없었다. 그러자 예부 주객사(主客司)의 관료들은 조선 사신들의 딱한 처지를 동정하여 상서에게 책봉의 추진을 건의하였다. 상서 임요유는 등래순무의 제본(題本)이 없으면 책봉 주청을 올리기 어려우나 조선 사신들이 책봉을 청하는 주본을 올리면 그것을 근거로 황제에게 제본(題本)을 올리겠다고 약속하였다.

　　이에 사신들은 황제에게 올리는 주본(奏本)을 작성하여 11월 29일 예부에 제출하였다. 그 요지는 "속국 사정이 매우 긴급하여 황상께 간절히 청하오니, 빨리 봉전(封典)을 내리시어 번방을 공고하게 해 주십시오." 하는 것이었다. 그러나 임요유는 또 급사중(給事中)들의 눈치를 살피면서 주저하고 있었다. 그러는 사이에 병부에서는 인조를 조선의 권서국사(權署國事)로 임명하자는 건의를 하여 11월 29일 황제가 그 문제를 예부와 협의하도록 하였다. 병부에서는 아직도 인조를 믿을 수 없으니, 우선 임시 국정 대리자로 임명하고 천천히 조선의 충성도를 보아 정식 국왕으로 임명하자는 논리였다. 이 소식을 들은 사신들은 초긴장 상태에 빠지게 되었다. 한번 '권서국사'에 임명되면 국왕 책봉은 당분간 어려워지기 때문이었다.

　　인조의 책봉을 가장 반대하던 사람은 예과급사중 위대중(魏大中)이었는데, 마침 주객사 주사 주장(周鏘)과 동향 출신이었으므로 상서 임요유가 주장을 보내어 그를 설득하도록 하였다. 그래서 위대중이 강경론을 완화시켰으므로 일이 풀리기 시작하였다. 이 기회를 이용하여 사신들은 다시 예부와 내각 및 병부를 찾아가 맹렬한 외교를 시작하였다. 예부와 각로들은 매우 우호적인 태도를 보였으나, 병부상서 조언(趙彦)은 조선의 비협조적인 태도를 심하게 힐난하면서 내각과 6부에 미룰 뿐이었다.

　12월 13일에 명나라 조정은 각로(閣老), 6부(六部), 9경(九卿) 급사중(給事中)을 비롯한 백관들이 모여 조선의 책봉 문제를 난상 토론한 끝에 마침내 허가하기로 귀결되었다. 이에 17일 예부에서는 조선국왕의 책봉을 청하는 주본(奏本)을 올렸고, 희종(熹宗) 황제는 그 다음 날(18일) 즉시 이를 재가하게 된다.

1623년 11월 15일 신미(辛未), 관소에 있었다.

역관 이순(李恂)과 태덕립(太德立)이 등주를 향하여 출발하였다. 모문룡의 총진[毛摠鎭]에서 보내온 우리나라의 보결(保結)이 예부에 도착하였으나 등주의 군문에서 제본을 올리지 않았기 때문에 내각과 예부에서 고집하여 지연시키는 핑계로 삼았다. 그래서 역관들로 하여금 군문에 소장(訴狀)을 올려, 속히 제본을 올려 책봉 전례를 완료케 하려고 정문(呈文)을 지어 보냈다.

1623년 11월 16일 임신(壬申), 관소에 있었다.

예부에서 경하(慶賀)에 관한 일로 올린 제본의 내용이다.

"의제청리사(儀制淸吏司)*에서 올린 정문의 내용을 예부의 담당관이 살펴본 바, 조선은 반드시 책봉을 윤허받은 후에 하례를 하는 것이 예법의 정도이지만, 감히 편안히 있지 않고 관례에 따라 직분을 다한 것은 또한 일념으로 공경을 다하는 성의입니다. 이에 저 멀고 험한 길을 마다하지 않고 이미 사신이 왔으니, 산을 넘고 바다를 건넌 노고는 진실로 염두에 두어야 할 것입니다. 멀리서 천자를 사모하여 해바라기가 해를 따르듯이 하는 정성은 역시 가상한 일입니다. 그러나 감히 단정할 수 없는 것은 이종(李倧 : 인조의 본명)을 조선의 왕으로 책립하지 않았기 때문입니다. 지금 그 성의를 보아서 책봉을 허가하기를 기다린 후에 하례를 올리도록 해야 할 것이나 황상(皇上)의 법에 천지와 같은 은혜를 베풀어 사신들로 하여금 축하하는 반열에 참석토록 할 수 있게 한다면, 그들은 황상의 은혜에 감복할 것입니다. 엎드려 재가해 주시기를 기다리며, 삼가 제본을 올려 지시를 청합니다."

예부에서 경하에 관한 일로 제본을 올렸다.

---

* 명나라, 청나라 때 예부(禮部)에 두었던 관서이다. 조정의 제반 예의식(禮儀式)과 종친의 책봉, 과거, 학교 등의 사무를 관장하였다.

"조선에서 경하하는 일로써 천계(天啓) 3년 11월 11일에 태자소부(太子少傅) 예부상서 겸 한림원 학사 임요유(林堯兪) 등은 제본을 올립니다. 14일 성지(聖旨)를 받들었는데, '경하를 인준한다. 삼가 이를 준수하여 시행토록 하라.' 하셨습니다. 본부에서는 10월 ○일에 이 일과 관련해 조선에서 올린 표문에 근거하여, 수본(手本)을 갖추어 당해 아전 공유충(龔惟忠)을 시켜 내부(內府) 사례감(司禮監)에 전달하여 삼가 준수토록 하였습니다."

또 하나의 예부 제본이다.

"진하(進賀)하는 일로써 주객청리사가 예부에 올린 문서의 내용을 예부의 담당 신하가 살펴보았습니다. 속국인 조선은 본래 예의의 나라라고 칭하여졌는데, 이제 만수성절(萬壽聖節)과 동지명절을 맞아 공손하게 진하하는 정성을 갖추어 올렸습니다. 비록 책봉 전례가 아직 인가를 받지는 못하였지만 그 직분을 더욱 게을리하지 않아 뜻이 공경하고 삼가는 데 있으니, 매우 가상한 일입니다. 표문에 근거하여 바쳐온 방물은 이미 담당 관서에서 협의를 거쳐 곧 제본을 올려 받아들이기를 청할 것입니다. 그가 왕위를 정상적으로 계승한 것인지는 모르지만, 이미 조정의 체통을 어기지 않았고, 또 번방의 신하가 국운을 함께 받드는 충성을 위로할 수 있을 것입니다. 이 내용과 관련하여 삼가 제본을 올려 지시를 청합니다."

1623년 11월 17일 계유(癸酉), 관소에 있었다.

1623년 11월 18일 갑술(甲戌), 관소에 있었다.

정사와 부사 및 동지사와 함께 제독청(提督廳)을 관람하였다. 청사를 새로 단장하였는데, 화려하고 널찍하여 가히 완상할 만하였다.

1623년 11월 19일 을해(乙亥), 관소에 있었다.

1623년 11월 20일 병자(丙子), 관소에 있었다.

1623년 11월 21일 정축(丁丑), 관소에 있었다.

1623년 11월 22일 무인(戊寅), 관소에 있었다.

1623년 11월 23일 기묘(己卯), 새벽에 눈이 내렸다. 관소에 있었다.

1623년 11월 24일 경진(庚辰), 관소에 있었다.

낙유신에게서 들으니, 군문에서 조사관으로 선발했던 지휘(指揮) 조연령(趙延齡)이 풍랑을 만나 바다에서 익사하였다고 하니, 놀라움을 금치 못하였다. 다만 전에 듣기로는 이유동(李惟棟)이 차출되어 갔다는데 지금은 조연령이라고 하니, 그 까닭을 알지 못하겠다. 낙유신의 말로는 이유동은 바람을 만나 되돌아왔고, 다시 조연령을 차출하여 윤 10월 초 9일에 떠났다고 한다.

1623년 11월 25일 신사(辛巳), 각부(閣府)에 정문(呈文)을 올렸다.

조사관이 바람을 만나 회보는 기약이 없고 본국의 보결(保結)이 이미 도착했으니 빨리 책봉을 요청해 달라는 뜻으로, 먼저 주객사에 들렀다. 필 주사(畢主事)와 주장(周鏹)이 서로 말하기를, "조사관의 회보는 기약이 없고, 사신들이 고달프게 체류하고 있으니, 그 정리(情理)가 매우 민망하다. 하물며 본국의 보결이 이미 도착했으니, 비록 등래무원(撫院)의 제본이 없으나 변통할 수 있을 것 같다. 우리 예부의 체통이 등래순무보다 못할 것이 있는가? 함께 상서(尚書)에게 나아가 극진히 그 뜻을 말씀드려 보자."고 하였다.

당시에 시랑 전상곤(錢象坤)은 천단의 제사 때 공이 많았다고 하여 특별히 가함상서(加衔尚書)로 승진되어 떠났고, 단지 상서 임요유(林堯俞)만 출근해 있었다. 동지사와 함께 각각 정문(呈文)을 올리니 상서가 말하기를, "그대 나라의 보결(保結)이 비록 도달했으나 (등래순무의) 제본이 없으면 책봉 주청을 올리기 어렵다. 만약 주본을 올린다면 가능할 것이다." 하였다. 통역관이 그 뜻을 이해하지 못하자 당리(堂吏)가 역관 이응에게 말하기를, "사신들이 주본을 올리면 상서 또한 제본을 올릴 것이다. 모름지기 모레 올린다면 홍려시(鴻臚寺)를 거치지 않고 본부에 올리는 것이 좋을 것이다." 하였다. 당리에게 들으니, 상서가 필(畢)·주(周) 두 낭관에게 말하기를, "만약 오랑캐의 세력이 박두했을 때 책봉을 허락한다면 조선에서 영광스럽게 여기지 않을 것이다." 하였다고 한다. 이어서 의제사(儀制司) 낭관 주이발(周爾發)에게 필(畢)·주(周) 두 낭중을 대동하여 당해 예과급사중에게 가서 의논하여 처리하도록 말했다고 한다.

다시 서장안문 밖으로 나아가니, 마침 섭(葉)·한(韓)·주(朱)·위(魏)의 네 각로가 함께 나오고 있었다. 섭 각로가 정문을 펼쳐보고 또 하소연하는 말을 듣고서, "공본(公本)이 있느냐?"고 물었다. "있습니다." 하고 대답하였다. "그러면 가히 책봉을 인준할 수 있겠다. 마땅히 예부에 물어 처리하겠다." 하였다. 이어서 6과(六科)에 가니, 마침 급사중(給事中) 웅분위(熊奮渭)가 동쪽 장안문에 나왔다. 이응(李膺)으로 하여금 꿇어앉아서 정문을 올리게 하니, 급사중이 서서 한참 동안 대화를 하고 나서 "정문을 자세히 읽어 보고, 의논하여 처리하겠다."고 하였다. 그러고 나서 물러나왔다.

1623년 11월 26일 임오(壬午), 눈이 내렸다.

동지사가 와서 이야기를 나누다가 어두워져서야 돌아갔다.

1623년 27일 계미(癸未), 눈이 내렸다.

서장안문 밖으로 가서 담당 과관(科官)인 위대중(魏大中)에게 정문을 올리려 하였으나, 위대중이 이날 출근하지 않아 물러나왔다.

1623년 11월 28일 갑신(甲申), 흐림. 관소에 있었다.

1623년 11월 29일 을유(乙酉), 눈이 내렸다. 예부에 주본(奏本)을 올렸다.

상서의 가르침대로 주본(奏本)을 지었다. 그 요지는 "조선국 주문배신(奏聞陪臣) 이경전(李慶全)·윤훤(尹暄)·이민성 등은 삼가 속국 사정이 매우 긴급하여 황상께 간절히 청하오니 빨리 봉전(封典)을 내리시어 번방(藩邦)을 공고하게 하는 일로 삼가 아룁니다."라는 것이었다.

주본을 가지고 예부에 가서 먼저 주객사에 올리고, 주본을 올릴 뜻을 품의하였다. 주장(周鏘)이 친히 받들어 가지고 상서에게 대신 아뢰니, 상서가 사신들에게 후당(后堂)에서 만나자고 청하였다. 인사를 마치고 꿇어앉아 아뢰기를, "조사관이 풍랑을 만나 회보는 기약이 없고, 우리나라 신민(臣民)의 보결(保結)은 이미 도착했습니다. 엎드려 바라건대, 노야께서는 배신들의 주문을 가지고 황상께 대신 아뢰어 주셔서 책봉을 완수하게 해 주십시오. 오로지 노야께서 처음부터 끝까지 은덕을 베풀어 주시기를 바랍니다." 하였다. 상서가 대답하였다. "등래순무의 제본이 아직 도착하지 않아 본 예부에서 황제께 청하기가 어려우니, 어떻게 하겠는가!"

다시 품의하였다. "배신의 주본을 상서께 올리니, 바라건대 노야께서 대신 상주하실 때 이 글에 의거하여 청해 주시면 매우 다행하겠습니다." 상서가 말하였다. "배신이 주본을 올리는 일은 전례가 없으니, 마땅히 그대들의 주본 내용을 예부의 제본에 모두 반영하여 황제의 재가를 청하는 것이 좋을 것이다. 다만 과도관(科道官 : 6과 급사중과 13도 감찰어사의 합칭) 두 아문*이 현재 의사가 타결되지 못하고 있다. 그러나 과도관들의 의논과 상관없이 본 예부에서 책봉을 주청하는 제본을 올릴 것이다."

마침내 머리를 조아려 사례하고 물러나와 의제사(儀制司)로 가서 배신들이 감사드리겠다고 청하니, 낭중(郎中)이 바야흐로 책봉을 청하는

* 科道官 : 明·淸六科給事中與都察院十三道監察禦史總稱, 俗稱爲兩衙門.

초안을 올렸으니 우선 잠시 기다리라고 하였다. 마침 당리(堂吏)가 문서를 가지고 예부에서 의제사에 온 것을 보고 보여 줄 것을 요청하였다. 거기에는 병부가 전쟁과 수비하는 방략을 조목별로 개진하였는데, 그 중 한 항목은 우리나라의 일이었다. 황제의 성지가 내렸는데, "(인조를) 권서국사(權署國事)로 임명하는 문제는 당해 부서에서 의논해 결정하라." 하였다. 또 그 상주한 원본(原本)은 병부에서 예부로 이송했다고 한다. 날이 저물자 낭중이 사무실에 나와 사신들을 보기를 청하였다. 인사를 마친 후에 낭중이 말하기를, "대당(大堂 : 상서)께서 나로 하여금 제본을 기초(起草)하라고 하셨으니, 배신들은 안심하고 기다리셔도 되겠습니다." 하였다.

1623년 12월 1일 병술(丙戌), 관소에 있었다.

1623년 12월 2일 정해(丁亥), 관소에 있었다.

1623년 12월 3일 무자(戊子), 관소에 있었다.

1623년 12월 4일 기축(己丑)

예부로 가서 속히 제본을 올려 주기를 청하였다. 상서가 알현을 면제하였다. 주객사 주사인 주장(周鏘)이 본사의 온돌방에 있다가 불러서 보고 선 채로 말하기를, "제가 책봉 주청하는 일을 누차 상서께 말씀드렸고, 예과급사중에게 가서 변론하여 힘을 다해 주장하였습니다. 그리고 동지 축하 방물을 먼저 받아들이자고 제본을 올려 청한 것도 모두 책봉을 청하기 위한 기초였습니다."라고 하였다. 또 말하기를, "중국 조정의 많은 관리들의 논의가 매우 무성하여 책봉은 쉽게 완성되기 어려울 것입니다." 하였다. 마침내 사례를 하고 밖으로 나왔다.

전에 들으니, 주장(周鏘)과 예과급사중 위대중(魏大中)은 모두 항주 사람이고 또 연분(年分)도 있으므로, 상서가 주장을 위대중에게 보내어 만나 보게 하고 그 의향을 살펴보게 하였다. 주장이 날마다 그의 집에 가서 책봉의 불가피성을 힘써 말했는데, 이 일이 천하의 큰 판세와 관련되어 있다는 논리를 위주로 하였다. 위대중이 답례로 그의 집에 찾아가 사례하였는데, 전일의 의견을 조금 누그러뜨렸다고 한다. 주장이 친한 관소 서반(序班)을 시켜 그것을 사신들에게 전달하였는데, 자못 자신의 공을 과시하려는 뜻이 있었다.

1623년 12월 5일 경인(庚寅), 관소에 있었다.

1623년 12월 6일 신묘(辛卯), 관소에 있었다.

1623년 12월 7일 임진(壬辰), 관소에 있었다.

1623년 12월 8일 계사(癸巳), 관소에 있었다.

1623년 12월 9일 갑오(甲午), 관소에 있었다.

들으니, 황제가 말을 달리다가 떨어져 다친 까닭에 조회를 면제하였다고 한다.

1623년 12월 10일 을미(乙未), 관소에 있었다.

1623년 12월 11일 병신(丙申), 관소에 있었다.

1623년 12월 12일 정유(丁酉), 예부와 병부에 정문(呈文)을 올렸다.

먼저 예부로 갔더니, 상서가 출근해 있었다. 사신들이 올린 정문(呈文)을 읽어 보고 곧 말하기를, "예부에서 배신이 작성한 주본(奏本)에 근거하여 제본을 올려 책봉을 요청하였으나, 조정의 논의가 타결되지 못하였다. 배신들은 장차 이 정문을 가지고 내각에 가서 호소하고, 또한 병부에도 품신해 보라. 마땅히 논의가 타결되면 즉시 제본을 올려 주청할 것이다."라고 하였다. 드디어 사례하고 물러났다.

1623년 12월 13일 무술(戊戌), 지진이 있었다.

다시 예부로 가니, 상서의 장반(長班 : 비서) 등이 와서 말하였다.

"상서가 금일 아침 조회에 나가 모문룡이 적의 머리를 벤 공로를 언급하면서 책봉하는 일을 제기하자, 6명의 각로(閣老)가 모두 마땅히 인준해야 한다고 말하였고, 병부상서도 역시 수긍하였습니다. 그래서 임상서(林尙書 : 임요유(林堯兪))가 말하기를, '그렇다면 마땅히 제본을 올려 책봉을 요청하겠다.'고 합니다."

서장안문 밖으로 나아가 각로들이 나오기를 기다리니, 섭(葉)·한(韓)·고(顧) 각로와 두 명의 주(朱) 각로가 한꺼번에 일을 마치고 나왔다. "정문을 받들어 올리라."고 명하고 함께 둘러서서 상세히 열람하였다. 이응(李膺) 등에게 말을 시켜 품신하였다.

"당초에 노야께서 허락하시기를, '본국의 공식 문서가 도착하면 즉시 책봉을 완수하겠다.'고 하셨습니다. 이제 본국의 보결(保結)이 이미 도착하였으니, 노야께서는 전에 분부하신 대로 속히 의논해 처리하여 주시기를 간청합니다."

섭 각로(葉閣老)가 대답하기를, "이미 당해 예부와 상의하여 결정하였으나, 다만 과관(科官)들이 허락하지 않을까 걱정된다." 하고, 읍하고 일어나서 나갔다.

섬라(暹羅 : 태국) 사신들이 주객사(主客司)에서 방물을 검수하는 것을 보았는데, 와서 보고 머리를 조아리고는 가 버렸다. 듣건대, 그 나라의 왕자가 조공을 바치러 와서 회동관(會同館)에 머물고 있다고 하였다. 섬라는 점성(占城)의 남쪽 끝에 있고 본래 섬곡(暹斛)과 나곡(羅斛) 두 나라의 땅이었다. 섬(暹)은 바로 한나라 적미족(赤眉族)의 후예였는데, 나곡(羅斛)에 내려가 합하여 하나가 되었다.

묘시에 땅이 건(乾 : 북서) 방향에서부터 남쪽으로 이어져 두 번을 흔들렸는데, 영대(靈臺 : 관상대)에서 점을 치기를, "연나라 땅에서 전쟁이 일어날 것이니, 응당 내년 5월에 있을 것이다. 또 형혹(熒惑 : 별의 이름)이 남두(南斗)로 들어가고, 태백(太白 : 금성)이 낮에 나타났다."고

하였다.

1623년 12월 14일 기해(己亥), 병부(兵部)에 정문을 올렸다.

아침에 먼저 예부(禮部)에 갔으나 상서가 출근하지 않았다. 역관 이응(李膺) 등을 불러 말하게 하기를, "수일 안으로 마땅히 제본(題本)을 올려 책봉을 청하려 한다."고 하였다. 물러나와 병부(兵部)에 갔는데, 상서 조언(趙彦)과 좌시랑 이근래(李瑾來)가 출근했으나 날이 추워 근무하지 않았다. 사무청(司務廳)을 시켜 문서를 받았으므로 드디어 정문을 올리고 물러났다. 저녁에 역관 신응융(申應瀜)이 도착하여 고국의 근황을 상세히 들었다.

1623년 12월 15일 경자(庚子)

역관 장세굉(張世宏)과 이응(李膺) 및 견후증(堅後曾) 등이 병부(兵部)에 가서 품의하기를, "어제 배신들이 사무청(司務廳)에 정문을 올렸으나 결정이 내렸는지를 알지 못하여 삼가 이곳에 와서 여쭙니다." 하였다. 상서가 말하기를, "본부에서 과연 제본(題本)을 올려서 이미 권서(權署 : 임시 국정 책임자)를 인준하였다. 어제 배신들이 올린 문서의 내용을 보니, 말에 이치가 있다." 하였다. 상서와 시랑이 곧바로 의자에서 일어나 나가다가 앞 기둥에 서서 반복하여 타일러서 말하였다. "너희 나라는 평소 예의로 칭송받았고, 중국[明]과는 한집안이나 마찬가지다. 임진왜란 때 우리가 10만의 병마(兵馬)를 출동하고 백만 냥의 군사비를 소비하여 왜적을 몰아내어 번방(藩邦)을 다시 세워 주었다. 근래에 들으니 너희 나라가 전투를 돕지 않고 또 쌀 무역을 금지하니, 이것이 무슨 뜻인가? 원병 8만 명은 비록 그 수를 다 채울 수 없지만, 반을 감해서라도 징발해 모문룡과 더불어 합세하는 것이 옳을 것이다. 그런데 8명의 군사도 또한 돕지 않았으니, 중국을 대접하는 것이 어찌 그렇게 야박한가? 배신들은 이 뜻을 가지고 국왕에게 회보하여 착실히 거행해야 할 것이다. 너희 나라의 책봉하는 일은 우리 조정에서 내각과 6부의 여러 원로들이 머리를 맞대고 상의하여 결정할 것이다."

전에 요동 군량미 보급 책임자였던 호부시랑(戶部侍郎) 필자엄(畢自嚴)의 제본을 보았는데, 평요총병관(平遼摠兵官) 모문룡의 정문을 아래와 같이 인용하였다.

"제가 수백 명의 잔약한 병졸로 조선의 국경 지대를 어렵게 지켜 왔는데, 이제 정병 4만 이상, 전마 6000여 필을 얻었습니다. 5~6월 사이에 굶주린 군사와 백성들이 죽어 산골짜기를 메운 자들이 열 명에 두 명이나 되었습니다. 제가 비통한 참상을 보았으나, 계책을 낼 방도가 없어서 객화(客貨 : 상인들의 자금)를 빌려 조선에서 쌀을 무역하려고 하였는데, 새 임금이 쌀 무역을 막아 앉아서 죽기를 기다리게 되었습니다. 뜻밖에도 조운(漕運) 부원(部院)*에서 군량미를 운송해 왔으니, 굶주린 병사들을 구제하고 진격하여 적군을 토벌하는 것을 기약할 수 있게 되었습니다."

조 상서가 들어서 힐책한 것은 아마도 여기에서 나온 것 같았다.

1623년 12월 16일 신축(辛丑), 예부(禮部)를 방문하였다.

상서(尙書)가 당(堂)에 직무를 보고 있는데 들어가 예를 행하고 간절히 바라기를, 속히 제본을 행하기를 청하였다. 상서(尙書)가 대답하기를 "조정의 의논이 비로소 타결되었으니 즉시 제본을 올리겠다." 하였다. 빨리 공본을 베끼게 하고, 두세 번 감사의 인사를 하고 나왔다.

---

* 명나라 때 조운(漕運)을 감독하기 위하여 대운하 지역에 파견하였던 기관이다. 기구가 방대하여 문무관을 합쳐 70여 명의 관원과 창고, 선창 등을 담당하는 하급 관리 2만여 명이 종사하였다.

1623년 12월 17일 임인(壬寅), 관소에 있었다.

예부(禮部)에서 제본을 올렸다는 말을 들었다.

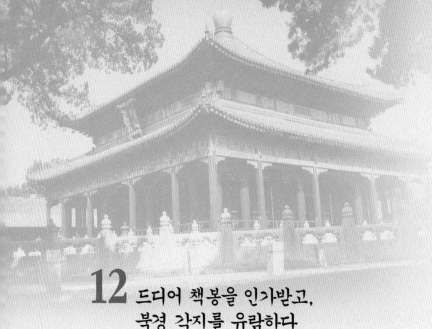

12 드디어 책봉을 인가받고, 북경 각지를 유람하다

1623년 12월 18일 ~ 1624년 3월 2일

예부 방문 → 역관 신응융 사망 → 정조하례 참석 → 왕비 책봉과 조사 파견을 정문 예부에 올림. → 내각에 정문 올림. → 국자감 성현 참배 → 방물 제본 인가 → 사신들 천단 관광 → 하마연 받음. → 길복 입고 책봉 칙서 받음. → 유구의 사신들과 담소 → 중국 표류인 호송하여 황제의 상 하사 → 상마연 받음.

1623년 12월 18일 희종(熹宗) 황제는 예부의 주본을 재가하여 조선국왕의 책봉을 승인하였다. 이로써 인조의 책봉이 결정된 것이다. 인조의 책봉이 결정되자 북경 각 관서의 하급 관리들이 사행의 관소에 몰려와 희전(喜錢 : 성공 사례비)을 요구하는 바람에 시달리기도 하였다. 이는 비단 하급 관리들에 그치지 않고 관소 담당관인 예부 주객사(主客司) 주사 주장(周鏘)과 같은 중견 관료들도 토색(討索)을 마다하지 않았다. 사실 조선의 역관들은 북경 각 관서의 하급 관리들을 정보원으로 활용하여 공문서 유출 등 정보 수집에 이용하였던 것이다.

그해 12월 18일, 책봉이 결정된 후에도 복건도어사(福建道御史) 이응승(李應昇) 등이 제본을 올려 책봉을 저지하는 등 명 조정에서 반대가 없지 않았다. 다음 해 1월에 이경전 등 사신들은 왕비를 동시에 책봉하는 문제로 예부와 다투었지만, 그것은 곧 수용되었다. 1624년 1월 28일에 황제는 예부의 건의를 수용하여 조선에 별도로 칙사(勅使)를 보내는 것을 생략하고 조선 사신들이 직접 칙서(勅書)를 가지고 돌아가는 것을 허가하였다. 2월 13일에는 정식으로 "이종(李倧)을 조선국왕으로, 한씨(韓氏)를 왕비로 책봉한다."는 황제의 칙서를 내렸고, 17일에 조선 사신들에게 교부되었다. 그 칙서의 내용은 그 날짜의 본문에 수록되어 있다.

칙서의 내용을 보면 12월 18일에 인조가 완전한 책봉을 받은 것으로 이해할 수 있다. 그러나 칙서에는 "요동의 일이 조금 평정되기를 기다려 옛 전례를 살펴 훈척(勳戚) 중신(重臣)을 보내어 절책(節冊)을 가지고 가서 이 봉전(封典)을 완결하도록 하겠다."는 말이 포함되어 있어 상당한 여운을 가지고 있다. 보기에 따라서는 인조에게 '잠정적 책봉'이나 '조건부 책봉'을 내렸다고도 할 수 있다. 그러나 인조나 조선 정부에서는 이를, 조사(詔使)를 보내어 고명(誥命 : 임명장)과 면복(冕服)을 전하는 의례를 시행하겠다는 뜻으로 이해하였다. 그렇지만 명 조정의 일각에서는 이를 조선과의 합동 작전으로 요동을 수복한 후에 정식 고명을 주겠다는 뜻으로 사용하였던 것 같다. 여기에는 당시 조선의 협조가 절대적으로 필요했던 명나라 군부의 입장이 반영되어 있었다. 이 때문에 조선에서는 다음 해(1624년) 4월에 황제의 책봉에 사례하고 고명과 면복을 청하기 위하여 사은 겸 주청사(謝恩兼奏請使)를 보내게 된다.

사명을 완수한 조선 사신들은 느긋한 마음으로 북경 여러 곳을 유람하고, 3월 3일 귀로에 오르게 된다. 그들은 조선에서 온 동지사(冬至使) 일행과 함께 정월 초하루에 정조하례(正朝賀禮)에 참석하였고, 1월 12일에는 지체되어 왔던 방물 수납이 끝났다. 그들은 1월 25일에 국자감을 유람하였고, 공자의 소상에 참배하였다. 2월 3일에는 천단(天壇)을 관광하였다.

사신들은 2월 6일, 역관 이순(李恂) 등을 병부에 보내어 염초(焰硝 : 화약 재료)를 무역하기를 요청하였으나 핀잔만 듣고 물러나왔다. 그들은 2월 11일 하마연(下馬宴)을 받았고, 2월 17일에는 고대하던 책봉 칙서(勅書)의 원본을 하사받았다. 2월 23일에는 유구의 사신들을 만나 담소를 나누었다. 26일에는 사신들이 중국 표류인들을 호송한 일로 황제가 하사하는 상(賞)을 받았다. 2월 29일에는 황제가 상을 하사한 데 대하여 사례하였고, 또 예부에서 작별 환송연이라고 할 수 있는 상마연(上馬宴)을 받았다. 그리고 그들은 3월 2일 관소를 비우고 옥하교(玉河橋) 남쪽에 있는 삼관묘(三官廟)에서 유숙하였다.

1623년 12월 18일 계묘(癸卯), 예부를 방문하였다.

상서(尙書)가 근무를 마치고 화방(火房)에 들어갔다. 당리(堂吏)는 우리로 하여금 황제의 비답[票紅]*을 기다리라고 하였다. 예부의 제본 내용은 "속국의 책봉을 충분히 의논하여 황상께서 결단[宸斷]을 내리셔서 대의를 밝히고 변강을 굳건히 하소서." 하였다. 여기에 대해 다음과 같은 황제의 성지가 내렸다.

"이종(李倧)은 이미 그 나라의 신하와 백성들이 공동으로 보증하였고, 윤리와 차례가 계승에 상응하며 또 황제 받들기를 공순히 하여 군량을 운반하여 도왔으니, 조선국왕에 책봉할 것을 인준한다. 먼저 칙유(勅諭)를 내리고 등래순무로 하여금 관원을 차출해 배신과 함께 가져가서 내려 주라. 책봉 칙사는 일이 평정되기를 기다려서 옛 사례를 조사하여 시행하라."

예부는 병부의 '임시 국정 책임자[權署]'로 정할 것을 청한 제본에 모두 의거하였으므로, 말단의 말을 만든 것은 병부의 뜻을 어기지 않기 위해서였다. 듣건대, 임 상서가 제본의 초고를 소매에 넣어 섭 각로의 집을 왕래하면서 서로 상의하여 결정하였다고 한다. 각 아문의 하인들이 와서 축하 사례비[喜錢]를 요구하는 자가 어지럽게 가득하니, 그 소란스러움을 견딜 수 없었다.

1623년 12월 19일 갑진(甲辰), 새해 하례[正朝賀禮]의 첫 예행연습에 참여하였다.

1623년 12월 20일 을사(乙巳), 두 번째 예행연습에 참여하였다.

역대 제왕들의 사당[歷代帝王廟]을 참배하였다. 사당은 경덕가(景德街)에 있었는데, 신농(神農)·복희(伏羲)·소호(少皞)·고양(高陽)·황

---

* 명나라, 청나라 때 내각(內閣)의 대학사들이 공문을 올리면 황제가 결재하고 붉은 먹으로 비답을 적어 내렸다. 이를 '표홍(票紅)'이라고 하였다.

제(黃帝)·요(堯)·순(舜)·탕(湯)·무(武)의 신위는 정전에 모셨고, 한 고제(漢高帝)와 광무제(光武帝)는 동전에 배향하였으며, 당 태종(唐太宗)·송 태조(宋太祖)는 서전에 배향하였다. 명신(名臣)으로는 동무(東廡)에 풍후(風后)로부터 악비(岳飛)까지를 배향하였고, 서무(西廡)에는 역목(力牧)으로부터 장준(張浚)까지를 배향하였다. 그 사이에 모시고 모시지 않은 인물들 중에는 이해할 수 없는 것이 많았다. 저녁에 반송(伴送) 허선(許選)이 사퇴하고 돌아갔다.

1623년 12월 21일 병오(丙午), 관소에 있었다.

역관 신응융(申應瀜)이 갑자기 죽었다.

1623년 12월 22일 정미(丁未), 관소에 있었다.

제독(提督)이 관소에 내려와 역관 견후증(堅後曾)에게 "황제의 성지(聖旨)가 이미 내렸는데, 너희들은 알고 있느냐?" 하기에, "들어서 알고 있습니다." 하였다. 주사가 말하기를, "이미 책봉을 인가하였으니, 돌아가 사신들에게 안심하라고 말하라. 각 아문의 하인들이 지나치게 축하 사례금을 요구할 터이나, 너희들은 망령되이 함부로 돈을 주지 말라." 하였다.

1623년 12월 23일 무신(戊申), 관소에 있었다.

1623년 12월 24일 기유(己酉), 관소에 있었다.

1623년 12월 25일 경술(庚戌), 관소에 있었다.

이순과 태덕립 등이 등주에서 돌아왔다. 이순 등이 군문에 호소하니 군문이 드디어 책봉을 청하는 제본을 올렸고, 그 제본을 가져오는 차관과 함께 서로 잇달아 북경에 도착하였다. 그 제본에 대하여 황제의 성지(聖旨)가 내렸는데, "이종(李倧)은 이미 책봉을 인가하기로 지시하였으니, 예부에서는 그리 알라." 하였다.

이순 등이 또 총병 모문룡의 책봉을 청하는 제본 초고를 구하여 왔다. 그 제본을 가져온 차관 서명태(徐鳴泰)는 전선에 나가 있던 손 각로 (孫閣老)의 진영에서 전공을 조사받았다. 듣건대, 등주에 남아 있던 군 관 김천경(金天慶)과 단련사(團練使) 김희경(金希京) 등이 왕숭효(汪崇 孝)에게 부탁하여 일행의 선박에 구매한 화물을 싣고 가서 묘도(廟島)에 정박하였는데, 이순이 군문에 호소하고 군문이 야불수(夜不收 : 수색대) 를 파견하여 그 선박들을 추격하여 돌아오게 하였다고 한다.

1623년 12월 26일 신해(辛亥), 관소에 있었다.

1623년 12월 27일 임자(壬子), 관소에 있었다.

1623년 12월 28일 계축(癸丑), 관소에 있었다.

1623년 12월 29일 갑인(甲寅), 관소에 있었다.

1623년 12월 30일 을묘(乙卯), 관소에 있었다.

1624년 갑자년(甲子年)

1624년 1월 1일 병진(丙辰), 정조하례(正朝賀禮)에 참석하였다.

이날 황제가 황극문(皇極門)에 나오고, 우리는 중국 백관을 뒤따라 하례를 행하였다. 이날의 행사와 의장(儀仗)은 동짓날보다 더욱 성대 하였다.

1624년 1월 2일 정사(丁巳), 관소에 있었다.

1624년 1월 3일 무오(戊午), 관소에 있었다.

1624년 1월 4일 기미(己未), 관소에 있었다.

1624년 1월 5일 경신(庚申), 관소에 있었다.

1624년 1월 6일 신유(辛酉), 관소에 있었다.

1624년 1월 7일 임술(壬戌), 흐림.

희봉구(喜峯口)의 오랑캐 90명이 와서 서관(西館)에 투숙하였다.

1624년 1월 8일 계해(癸亥), 예부에 정문을 올렸다.

새해 초에는 각 관아에서 봉인(封印)을 하고 출근하지 않는데, 이날 비로소 예부에서 업무를 보기 시작하였다. 왕비를 책봉하고 조사(詔使)를 파견하는 두 건에 대하여 각기 정문을 올리고 또 구두로 품의하였다.

"국왕을 책봉하면 왕비를 책봉하는 것은 열성조(列聖朝)의 규례입니다. 옛 관례를 참고하여 시행해 주시기를 바랍니다." 하니, 상서가 답하였다. "내가 어찌 그것을 모르겠는가? 이번에 너희 나라 일은 보통 때의 경우와 같지 않다. 조정의 의논이 한결같지 않아 단지 국왕의 책봉만을 청하여 이미 인준되었다. 어찌 국왕을 책봉하고 왕비를 책봉하지 않겠는가? 제본을 올려 청하는 것은 어려울 것 같다. 마땅히 여러 각로들과 의논하여 처리하겠다." 또 품의하기를 "황자(皇子)가 탄생한 데 대하여 전해 들은 황제의 성지에는 책봉을 윤허한 후에 조사(詔使)를 파견하겠다."고 하였다. 이어서 예부상서의 답변을 받았는데, "경축 조서(詔書)의 반포는 반드시 책봉을 허락한 후에 책봉 칙서와 함께 가지고 갈 것이라고 하였습니다. 지금 노야의 은전을 입어 책봉을 이미 허락받았으나 칙사를 차출하지 않으셔서 우리나라가 실망하오니 노야께서는 속히 처분해 주십시오." 하였다. 상서가 대답하기를, "경조(慶詔)와 봉전(封典)을 겸하여 반포하기로 조정의 의논이 이미 정해졌다. 마땅히 요동의 일이 안정되기를 기다려 칙사를 보내게 될 것이다. 지금은 다시 건의하기 어려우니 배신은 나를 괴롭히지 않는 것이 좋겠다." 하였다.

물러나와 주객사(主客司)로 가서 방물을 받아 줄 것을 요청하니, 주장(周鏘)이 안색을 바꾸면서 말하였다.

"그대 나라가 비록 이미 책봉을 인준받았으나 방물을 점검하고 받아들이는 일은 나의 소관이다. 그대가 상서에게 말하여 처리하든지, 그렇지 않으면 도로 싣고 가든지 하라."

그의 말에 심히 경우가 없으니, 그 속내를 알 만하였다.

1624년 1월 9일 갑자(甲子), 내각에 정문(呈文)을 올렸다.

아침에 서장안문(西長安門) 밖으로 갔다. 이 날은 곧 조강(朝講)이 있는 날이다. 모든 각로들이 입시하였으나 하종언(何宗彦)만이 빠졌다. 각로들이 조강을 마치면 곧 예부와 병부의 모임에 간다고 하여 마침내 조방(朝房)에서 기다리기로 했다. 오후에 섭(葉)·한(韓)·주(朱)·고(顧)의 네 각로가 일시에 나오기에, 앞에 엎드려 품의하였다.

"왕을 책봉하면 동시에 왕비를 책봉하는 것이 본래 한 건의 일인데도 예부의 제본에 이 조목이 빠졌습니다. 저희 배신들이 이 때문에 실망하여 임 노야(林老爺 : 예부상서 임요유(林堯兪))께 하소연하니 '마땅히 내각에 품하여 결정하도록 하겠다.'고 훈시하셨습니다. 옛 사례를 참고하여 시행해 주시기를 간절히 바랍니다."

섭 각로가 말하기를, "담당 부서에서 과연 상의를 요구해 오면 마땅히 선처하겠다."고 하였다. 또 경축 칙사의 차출에 대해서 아뢰니, 각로가 말하기를, "요동의 일이 안정된 후에 차출하여 보내는 것으로 이미 성지(聖旨)를 받았으니, 어찌 감히 다시 청하겠는가? 배신들은 본국에 돌아가 안심하고 기다리라." 하였다. 우리가 다시 간청하기를 계속하자, "반경(頒慶)과 책봉(册封) 칙서를 한꺼번에 가져가는 것은 일의 체통이 중대하니 한림(翰林)이나 과관(科官)을 마땅히 전례에 따라 차출해 보내야 하지만, 바다 건너기를 꺼려서 모두 가고자 하지 않는다. 부득이 무관(武官)을 차출해 보낸다면 또한 일의 체면에 방해될 것이다. 이 때문에 조정의 의논이 아직 정해지지 않았으니, 마땅히 일의 형편을 보아서 처리할 것이다." 하고는 읍하고 가 버렸다.

강관(講官) 전상곤(錢象坤)·정이위(鄭以偉)·조병충(趙秉忠)·강봉원(姜逢元)·왕조원(王祚遠) 등이 한림원 조방에 와서 가마에서 내렸다. 친히 명단을 관소 하인에게 주어 그로 하여금 여러 각로들에게 전달하게 하였다.

1624년 1월 10일 을축(乙丑), 병부에 정문(呈文)을 올렸다.

아침에 병부에 가서 화패(火牌 : 마패와 같음.)와 쾌속선을 청하였다. 먼저 수행원들을 보내어 지난번에 병부상서가 분부한 뜻을 국왕께 보고토록 하겠다고 하자, 병부상서 조언(趙彦)이 즉시 인가했다. 이 날은 변방에서 문서를 갖고 아뢰는 자가 떼 지어 모여들었는데, 상서가 읽어 가다가 마음에 차지 않는 것은 곧장 찢어서 던져 버리니, 그의 성미가 급함이 이와 같았다.

1624년 1월 11일 병인(丙寅), 눈이 내렸다. 관소에 있었다.

화천(花川 : 동지사 조즙(趙濈))의 생일잔치에 참석했다.

1624년 1월 12일 정묘(丁卯), 맑음. 주장(周鏘)이 표를 내어 주고, 방물을 검수하여 받아들였다.

어제 주장(周鏘)에게 예물을 보내자, 주장이 예물 단자 말미에 편지를 써서 보내왔다.

"책봉의 일이 종결되지 않으면 어찌 여러 배신들의 귀국에만 불편하겠습니까? 그렇다고 조선에서 명호(名號)를 자칭한다면 이 또한 편안하고 무사하겠습니까? 제가 속국(屬國)의 일을 담당하여 주선하면서 먼 나라를 회유하는 것이 직분이니, 어찌 다른 뜻이 있겠습니까? 일에는 차례가 있으니, 선물 한두 가지를 헤아려 받아서 멀리서 오신 분들의 성의를 보고자 했을 뿐입니다. 이만 그칩니다."

1624년 1월 13일 무진(戊辰), 관소에 있었다.

예부에서 한림원에 이첩하여 지은 조칙(詔勅)의 수본(手本)과 어사 이응승(李應昇)의 제본을 보다. "천하에 세 가지 걱정이 있는데, 첫째는 오랑캐가 목과 등에 있는 걱정이고, 둘째는 도적이 팔꿈치와 겨드랑이에 있는 걱정이며, 셋째는 소인배의 뱃속에 있는 우환입니다."라고

하면서 우리나라의 일을 언급하였다. 이에 대한 성지(聖旨)에는, "여기서 아뢴 것은 쓸데없는 말이 많고, 또 조선 임금을 책봉하는 사안은 결정된 명이 이미 반포되었으니, 다시 이의를 제기할 수 없다. 해당 아문은 알고 있으라." 하였다.

1624년 1월 14일 기사(己巳), 관소에 있었다.

이응(李膺)으로 하여금 제독(提督)에게 아뢰어 정월 대보름 저녁에 거리로 나가 연등 행사를 관람하기를 청하였다. 주사(主事)가 "몽고 오랑캐가 관소에 있는데, 만약 조선의 예를 끌어들여 청한다면 무슨 말로 사양하겠는가?" 하였다. 뒤에 인사장과 함께 구슬 등과 비단 등 각 1쌍씩을 보내왔다.

1624년 1월 15일 경오(庚午), 관소에 있었다.

듣건대, 14일에 강도(强盜) 30여 명이 가마를 메고 길가에서 큰 소리로 호령하면서 공부원외랑(工部員外郎) 마명서(馬明瑞)의 집을 습격하여 약탈했다고 한다.

1624년 1월 16일 신미(辛未), 관소에 있었다.

1624년 1월 17일 임신(壬申), 관소에 있었다.

1624년 1월 18일 계유(癸酉), 관소에 있었다.

1624년 1월 19일 갑술(甲戌), 관소에 있었다.

호부상서(戶部尚書) 이연종(李延宗)의 제본을 보았다.

"모문룡이 요동 지방 백성 37만 명을 끌어모아 놓고 내탕고(內帑庫)의 은을 풀어서 진휼(賑恤)하여 구제할 것을 청하면서, 요동의 옛 방위비가 백만이라고 한 것은 그가 요동 방위비의 실제 수(數)를 알지 못한 것입니다. 모문룡이 스스로 말하기를, '내년 봄에는 결단코 오랑캐를 평정하겠다.'고 하였으므로, 저희 호부가 백만의 군사비를 진실로 아까워할 수 없지만, 혹시라도 시간만 끌면서 관망하다가 마침내 성공하지 못하는 지경에 이른다면, 곧 의논할 40만도 또한 계속해서 공급하기가 어려울 듯합니다."

1624년 1월 20일 을해(乙亥), 관소에 있었다.

이날은 백사(白沙 : 부사 윤훤)의 생일이다. 득화(得和) 어른이 연회에 참석했다.

1624년 1월 21일 병자(丙子), 관소에 있었다.

어사 최기관(崔奇觀)이 한종공(韓宗功)을 탄핵하였는데, 도망한 장수(將帥)로서 마음에 다른 음모를 품고 북경에 몰래 들어와 살면서 오랑캐를 대신하여 길을 탐색한다고 하였다. 이순(李恂)이 병부에 나아가서 화패(火牌 : 공무 여행 증명서)를 내어 줄 것을 요청하니, 길을 가면서 먹을 양식과 역참에서 갈아탈 말 5필(匹)과 바다를 건널 쾌속선 1척을 내어 주도록 문서를 떼어 주었다.

1624년 1월 22일 정축(丁丑), 관소에 있었다.

예부의 제본을 보았다. 황자(皇子)의 이름을 '자육(慈燏)'이라고 명명하였다.

1624년 1월 23일 무인(戊寅), 관소에 있었다.

황제가 성지(聖旨)를 내려서 남사중(南師中)을 예부좌시랑에, 온체인(溫體仁)을 예부우시랑 겸 한림학사에 임명하여 예부의 일을 맡아보게 하였다.

1624년 1월 24일 기묘(己卯), 관소에 있었다.

1624년 1월 25일 경진(庚辰), 국자감에 가서 성현을 참배하였다.

아침에 정사, 부사, 동지사 및 내가 관소를 나와서 옥하교(玉河橋)를 거쳐 태시가(太市街)를 지나고 성현가(成賢街)를 지나 국자감에 이르렀다. 바깥 대문의 행마소(行馬所) 밖에서 하마하여 이륜당(彝倫堂)에 나아갔다. 이륜당은 문묘의 서쪽 담 밖에 있었는데, 재사(齋舍)가 그 좌우에 나열해 있었다. 동쪽의 재사는 승건청(繩愆廳)·성심당(誠心堂)·솔성당(率性堂)·숭지당(崇志堂)이었고, 서쪽의 재사는 박사청(博士廳)·수도당(修道堂)·정의당(正義堂)·광업당(廣業堂)이었다.

이륜당은 곧 본관 건물이었는데, 당상(堂上)에는 금으로 쓴 황제의 칙서가 걸려 있었다. 그 칙서의 내용은 다음과 같다.

"황제가 국자감의 교수와 학생들에게 효유(曉諭)하노라. 짐이 생각하건대, 임금이 백성을 교화하고 아름다운 풍속을 이루고자 하면 학교를 최우선으로 삼는 것이다. 우리 조종조의 열성(列聖)께서 이룩한 지치(至治 : 지극한 정치)의 융성함은 이 길을 따른 것이다. 짐이 어리고 몽매하나 천하의 대업을 계승한 지 이제 4년이 되었다. 남쪽과 북쪽 교외(郊外)에서 하늘에 제사를 지내 크고 융성한 예법이 모두 갖추어졌다. 이에 옛 전통에 따라 공손히 선성(先聖)을 참배하고 석전(釋奠)의 예절

성현가(成賢街) 북경 국자감 앞길이다.

국자감 이륜당(彛倫堂) 성균관의 명륜당(明倫堂) 격이다.

국자감 박사청(博士廳) 교무실 격이다.

을 거행하였다. 너희 교수와 학생들에게 나아가 다스리는 이치를 강론하여 그 예법이 잘 이루어졌다.

무릇 큰일을 할 때는 힘써 노력하는 데 귀함이 있고, 가르침을 세우는 방도는 그것을 도(道)에서 힘써 구해야 한다. 짐은 바야흐로 실질을 추구하여, 솔선하여 노력함으로써 성공할 것을 생각한다. 오직 너희 교수와 학생들은 모두 수기치인(修己治人)의 책임을 다하여 더욱 엄숙히 힘써 공부하고, 풍속과 교화의 근원을 펼치는 데 협조하여 문명의 정치를 도우라. 공경할지어다. 이런 까닭으로 효유(曉諭)한다. 만력(萬曆 : 1576, 선조 9) 4년 8월 초 1일"

경일정(敬一亭)은 이륜당(彝倫堂)의 뒤에 있는데, 비석이 있고 거기에 황제가 지은 '경일잠(敬一箴)'이 기록되어 있다. 그 서문은 다음과 같다.

"무릇 공경[敬]이란 것은 마음에 두고 소홀히 여기지 않는 것을 말한다. 제왕이 공경스러우면 즉 천하를 잃지 않으며, 제후가 공경스러우면 그 나라를 잃지 않으며, 경대부가 공경스러우면 그 가문을 잃지 않고, 사서인(士庶人)이 공경스러우면 그 목숨을 잃지 않을 것이다. 우(禹)임금이 말하기를, '임금은 그 임금 됨을 어렵게 여기고, 신하는 그 신하 됨을 어렵게 여긴다.'고 하였고, 오자(五子)의 노래에 이르기를, '내가 뭇 백성들에게 임하기를 썩은 줄로 여섯 마리의 말을 부리는 것과 같이 하니, 남의 윗사람이 되어서 어찌 불경(不敬)할 수 있겠는가?' 하였으니, 공경의 뜻을 미루어 넓힌 말씀이 가히 밝다고 할 것이다.

'한결같음[一]'이라는 것은 이치를 순하게 해서 섞이지 않음을 말함이다. 이윤(伊尹)이 말하기를, '덕(德)이 오직 한결같다면 행동할 때마다 길(吉)하지 않음이 없고, 덕이 이랬다저랬다 하면 행동할 때마다 흉(凶)하지 않음이 없다.'고 하였다. 한결같이 하는 것을 미루어 넓혀 볼 수 있다면 '밝다'고 할 수 있다. 아마도 지위가 제왕이 되어 하늘의 부탁을 받고 하늘의 명을 받아야 만방(萬邦)의 임금이 되는 것이고, 한 가지 말·한 가지 행동[一言一動]과 한 가지 정치·한 가지 명령[一政一令]은 실로 치란(治亂)과 안위(安危)가 결부되어 있는 것이다. 만약 이 마음이 한번 소홀해져 공경하지 않는다면 이 덕이 어찌 순수하고 혼잡되지 않겠는가?

반드시 천지에 제사할 때 전전긍긍하고 삼가하여 두려워하며 신명(神明)이 감동하여 흠향하도록 조심할 것이며, 징치를 행하고 백성을 다스릴 때는 단정 장엄하게 하고 경계하고 근신하여 인정에 어긋날까 두려워할 것이다. 홀로 있을 때에는 나의 허물이 어떤 것인가를 생각하여 고치는 데에 인색하지 않아야 하며, 나의 덕이 어떤 것인가를 생각해 노력하고 게으르지 않아야 한다. 무릇 여러 어려운 일이 닥치더라도 지극한 이치를 궁구하여 오직 공경을 지키고 오직 한결같이 하여 천자(天子)가 된 직분을 다한다면 아마도 조상과 어버이를 더럽히지 않게 될 것이다. 구족(九族)을 친히 하고 백성을 품는다면 어진 은택이 온 세상에 미칠 것이다.

짐이 못난 사람으로서 큰 대통을 이었으니, 나의 덕이 부족하고 어둡다는 것을 생각하여 힘써 그것을 행하여서 공경을 지키는 노력을 다한다면, 한결같은 덕성에 점차로 변화될 것이다. 마땅히 먼저 해야 할 일은 또 마음을 비우고 욕심을 적게 하여 사악하고 안일한 것을 제거하는 것이다. 노숙하고 덕 있는 자를 임용하여 그들을 대신으로 삼으며, 착한 사람을 널리 구하여 문무백관의 벼슬자리에 포진시킨다면, 순수한 왕도정치의 도리를 행할 수 있어서 앉아서 태평하고 빛나는 지극한 다스림에 이를 것이다. 짐이 독서하여 터득한 것이 있기에, 이 글을 지어 스스로 힘쓰고자 한다. 아래와 같이 잠(箴)을 짓는다.

사람은 이 마음이 있으면 만 가지 이치가 다 갖추어지는 것이며, 본받아서 그것을 이행할 때는 오직 덕(德)에 근거해야 한다. 공경하고 한결같아야 함이 마땅히 먼저 해야 할 일이고, 하나라도 불순함이 없으면 매사에 공경하게 될 것이다. 제왕은 하늘을 받들고 만민을 기른다. 정치를 시행하고 인정을 베풀어서 원대한 포부를 보존하기를 기약한다. 공경한가, 나태한가, 순수한가, 혼잡한가에 따라 그 결과가 현저히 달라지는 것이니, 그것을 귀신과 사람에게 징험해 볼 수 있는 것이 북채로 북을 치는 것과 같다. 짐이 하늘의 가호를 입어 백성의 주인이 되었는데, 덕이 혹시나 부족할까 큰 걱정으로 여긴다. 오직 공경하고 오직 '순일(純一)'하여 지키는 것이 심히 단단하며, 하늘을 두려워하고 백성을 다스림에 근면하여 편안히 쉴 겨를이 없다. 공경〔敬〕이라는 것은 어떤 것인가? 제멋대로 하고 나태한 것을 반드시 제거하는 것이다. 하늘 제사에는 공경하고 성실하며, 종묘 제사에는 근엄하고 효성을 다한다. 조정에서는 엄숙하고, 한가할 때에는 조심하며, 몸을 살피고 허물을 살피며 조심하되, 허물이 없어야 한다.

'순일'이라는 것은 어떤 것인가? 천리(天理)에 순종하여 이랬다저랬다 하지 않는다. 행동할 때는 그 말을 돌아보고, 마칠 때는 그 시작할 때와 같이하며, 마음을 고요히 하고 욕심이 없어서 날마다 새롭게 하기를 그치지 않는다. 성현의 좋은 말씀이 여러 경전에 수록되어 있으니, 내가 그것을 연구하여 선(善)을 가리기를 반드시 정밀하게 한다. 임금의 좌우에서 보필하는 자는 충정(忠貞)을 귀히 여기니, 내가 그들에게 맡기고 살피기를 반드시 밝게 한다. 이것을 '순일하다'고 말하고 이것을 '공경한다'고 말하는 것이니, 임금의 덕이 이미 닦여지면 만방(萬邦)은 바르게 잡힌다. 하늘을 친히 하고 백성을 사랑하여 그 경사를 계속 이어지게 하고, 선조를 빛내고 후손에 드리워져서 면연(縣衍)히 번성할 것이다.

아! 너희 제후(諸侯)와 경대부(卿大夫)에서부터 사서인(士庶人)에 이르기까지 한결같이 이 가르침을 따라서 공경에 주력하고 순일에 협찬하여 혹시라도 소홀하지 않게 되면, 작록과 지위를 보존하고 그 생명을 온전히 하게 될 것이다. 짐이 이 잠(箴)을 지어서 부지런히 성인이 되기를 바라니, 탕(湯)의 자손이 나의 당대에 미치게 될 것이다. 가정(嘉靖 : 1526, 중종 21) 5년 6월 ○일"

이륜당의 정동에는 문묘(대성전)가 있고, 동무(東廡)와 서무(西廡)가 날개를 이루고 있으며, 정면에는 극문(戟門)이 있고, 밖에는 영성문(欞星門)이 있다. 대학비문(大學碑文)을 새로 건설하여 문묘 앞에 세우고 그 위에 정자를 세워 비호하였는데, 정통(正統 : 명 영종(英宗)의 연호, 1427~1464) 중에 세운 것이다. 문묘를 공경히 참배하고 동·서무에 차례로 들어갔는데, 성인의 호칭이 우리나라와 같지 않았다. 당나라 현종 개원(開元) 27년(739)에는 '문선왕(文宣王)'이란 시호를 내렸고, 원나라 성종(成宗) 대덕(大德) 11년(1307)에는 '대성지성 문선왕(大成至聖文宣王)'을 더하여 시호가 되었다. 공자가 "나는 경산(瓊山)으로 인해 크게 이루었다[大成]."고 말하였는데, 이는 가설적으로 하신 말씀이다. 이를 성인의 시호에 붙이는 것은 미안한 일이다. 가정(嘉靖) 9년(1530)에 왕호(王號)를 제거하고 '지성선사(至聖先師)'라고만 칭하였다.

석고(石鼓)는 극문(戟門) 안 좌우에 있다. 세상에서 전하기를 주선왕(周宣王)의 석고문(石鼓文)이 모두 10개였는데, 사(詞)는 『시경』의 풍아(風雅)와 비슷하였고, 자획은 주문(籀文 : 주나라 선왕 때의 태사(太史) 주(籀)가 창작한 문자로, 보통 '대전(大篆)'이라고 함. 소전(小篆)의 전신이 됨.)으로 했다. 처음에는 진창(陳倉)에 있었는데, 당나라 정여경(鄭餘慶)이 봉익현(鳳翔縣) 공자 사당에 옮겼으나 2개를 잃어버렸다. 송나라 황우(皇祐 : 송 인종(仁宗)의 연호, 1049~1053) 연간에 향전사(向傳師)가 그것을 다시 찾게 되어 10개의 석고가 충족되었다. 후에 개봉부(開封府) 벽

국자감의 석고
북경고궁박물원(北京故宮博
物院) 진보관(珍寶館) 소장

옹(辟雍 : 국자감)으로 옮겼다가 정강(靖康 : 송 흠종(欽宗)의 연호, 1126)
말에 금나라 사람이 탈취하여 북경으로 가지고 갔다가 원(元)나라 때
지금의 장소에 두었다.

1624년 1월 26일 신사(辛巳), 관소에 있었다. 어제 올린 방물 제본이 인
가되었다는 말을 들었다.

아침에 예부에 정문을 올렸는데, 칙서를 가지고 가는 일에 관한 것이
었다. 상서가 전례를 조사하여 오라고 하였다. 그래서 중국의 여러 황
제들이 칙서를 사신들 편에 보낸 사례들을 기록하여 바치니, 상서가 그
것을 즉시 의제사(儀制司)에 내려 보냈다.

1624년 1월 27일 임오(壬午), 관소에 있었다.

유경지(柳敬地)와 황박(黃珀)은 등주에서 귀국 선박들을 정비하는 일
로, 태덕립(太德立)·윤연지(尹衍之)·김건방(金健邦)·김천길(金天吉)
등은 서울 가는 선발대로 삼아 함께 출발케 하였다.

1624년 1월 28일 계미(癸未), 관소에 있었다.

1624년 1월 29일 갑신(甲申), 관소에 있었다.

1624년 2월 1일 을유(乙酉), 관소에 있었다.

1624년 2월 2일 병술(丙戌), 관소에 있었다.

유덕(諭德) 강봉원(姜逢元)이 지은 칙서의 초고를 보았다.

"황제는 이렇게 말한다. 황제는 조선국왕 이종(李倧)에게 칙유한다. 중국 조정에서 번국(藩國)을 책봉하여 번성하게 하는 것은 그로써 중국의 강역을 지키고자 함이다. 근래에 건주(建州)의 오랑캐를 평정하지 못하고 있으니, 너희 나라에서도 의당 같은 원수로 여기고 관계를 단절해야 할 것이다. 이렇게 일이 많은 때를 당하여 마땅히 나라를 다스릴 군주를 정하고 명호(名號)를 바르게 하여야 호령이 시행될 것이다. 이에 그 나라 소경왕비(昭敬王妃 : 인목대비(仁穆大妃))와 신민이 아뢴 바에 의하면, 그대는 왕위 계승 차례가 합당하고 인심이 귀속되었으며, 또한 중국 받들기를 공손히 하여 군량을 운반하여 도왔고 힘을 다하여 성공을 도모하였으니, 마땅히 포상해야 한다. 이에 특별히 그대를 조선국왕에 봉하여 국사를 통령(統領)하게 한다. 무기와 군사를 정돈하여 평요총병관(平遼摠兵官 : 모문룡(毛文龍))과 함께 병력을 연합하여 작전을 강구하고, 적정(賊情)을 정탐하며, 기묘한 계책을 세워서 승리를 거두어 우리 변방을 튼튼하게 하고, 또한 그대의 국내를 안정시켜라. 우선 이 칙유(勅諭)를 본국의 배신 편에 보내니, 그대는 이를 받으라. 그리고 정비 한씨(韓氏)를 왕비로 봉한다. 요동의 일이 조금 평정되기를 기다려 전례를 참고하여 훈척(勳戚) 중신(重臣)을 보내어 부절(符節)과 책명(冊命)을 가지고 가서 이 책봉 전례를 완성하도록 하겠다. 그대는 선조(先祖)의 충성과 노고를 잇고 신하의 절개를 더욱 굳게 지키라. 기어이 역적을 섬멸하고 강역을 보전함으로써 제후의 직무를 잘 수행하여 짐의 뜻에 부응할 것이니, 공경할지어다. 이에 유시한다."

1624년 2월 3일 정해(丁亥)

제독주사가 여행증을 발급해 주어 사신들이 천단(天壇)을 관광하는
것을 허가하였다. 정사·부사·동지사와 함께 말고삐를 나란히 하여
정양문(正陽門)을 나가 정양교(正陽橋)를 지나갔다. 천단은 정양문 밖의
남쪽 왼쪽에 있었는데, 주위 10여 리에 걸쳐 담장을 둘렀다. 넓은 정원
에는 잡목 하나 없이 측백나무를 심어 숲을 이루었는데, 줄지어 늘어선
것이 한결같았다.

문지기가 자물쇠를 열어 주어 일행이 나란히 들어갔다. 그 안에 전각

기년전(祈年殿) 명나라 때는 '대향전(大享殿)'이라 하였으나 청나라 때 '기년전(祈年殿)'으
로 개칭, 여기서 풍년을 기원하는 제사를 올렸다. 본문에서 말한 북단(北壇)이다.

이 있었는데, 현판에 '대향전(大享殿)'이라고 한 것이 북단(北壇)이다. 위에는 건물을 세웠고, 아래는 단으로 되어 있었다. 단은 3층으로 되어 있고, 층마다 돌난간을 둘렀다. 단 위에는 둥글게 좁아지며 처마가 3중으로 된 건물을 지었는데, 감색 기와를 덮었다. 지붕 꼭대기는 황금색 뚜껑을 얹어 마치 우산 덮개와 같았다. 전각 안에는 푸른색 전석(甎石)을 깔아 벽돌을 대신하였다. 처마 안에는 그물〔罘罳〕로 창을 가려 새들이 날아들지 못하게 하였다. 48개의 창이 있었는데, 구슬발로 장막을 쳤다. 북동 편에 각기 신위를 배설하였는데, 하늘을 제사하고 왕조의 조상을 배향한 곳이다. 동무(東廡)와 서무(西廡)에는 일월성신(日月星辰)과 풍운뇌우(風雲雷雨)의 신을 모셨다. 북쪽에는 황건궁(皇乾宮)이 있는데, 황제가 옷을 갖추어 입는 곳이고, 그 남쪽 수백 보의 거리에는 재실(齋室)이 있었다. 그 바깥쪽에는 해자를 파고 벽돌로 축대를 쌓았는데, 깊이와 너비가 한 길쯤 되었다. 그 위로 돌다리〔石橋〕를 만들었는데, 자물쇠를 잠근 것이 매우 엄중하였다.

패자(牌子) 진붕(陳鵬)이 천단을 지키는 파총(把摠 : 장교)에게 간청하여 문을 열었다. 그 안쪽에는 재실과 주방이 있었고 우물이 있었는데, 물이 매우 깨끗하고 차가웠다. 그 남쪽에는 욕실이 있고 그 왼쪽에 내재실(內齋室)이 있었는데, 누른 비단으로 벽을 발랐다. 동쪽 좌측에 황제의 정전(正殿)이 있는데, 어탑(御榻)을 설치하였다. 계단의 섬돌은 문양 있는 돌로 장식하여 밝게 윤이 나는 것이 마치 옥과 같았고, 난간과 계단의 조각에는 구름·용·사자 등속이 많았다. 호위대가 당직하는 곳이 좌우에 늘어서 있었다. 관람을 마치고 바깥 대문으로 돌아나와 말을 타고 서쪽으로 돌아서 굽은 골목 어귀로 들어가 도사(道士)의 집을 찾아 곡루(曲樓)에서 밥을 먹었다.

매우 피곤하여 각기 의자에 기대어 졸았다. 모두 곧바로 돌아가고자 하였으나 석루(石樓 : 이경전)가 끌어당겨서 남단(南壇)에 갔다. 남단은 대향전(大享殿) 남쪽에 있는데, 지붕 없이 단(壇)으로만 되어 있고, 벽돌 계단과 난간이 모두 푸른 벽돌이다. 네 모퉁이에 문이 있어 돌기둥으로 걸쳤는데, 역시 지붕은 없다. 그 남쪽에는 희생을 살피고 불에 태우는 곳이 있었다. 단의 북쪽에 '황궁우(皇穹宇)'라는 전각이 있으니, 대향전 과 동일한 규모이나 엄숙한 것은 그보다 더했다. 전각 안에는 옥패(玉 牌) 둘을 설치했는데, 황색 비단으로 휘장을 둘렀다. 북쪽에는 옥황상 제의 신위가 있고, 동쪽에는 고황제(高皇帝)의 위패가 모셔져 있었다.

지단(地壇)은 천단의 서쪽에 있으니, 담으로 둘러쌌다. 열두 단을 배 열하여 산과 바다와 태세(太歲)와 풍운(風雲)과 우레와 비, 그리고 역대 제왕과 천하의 신(神)들을 제사지내고 있다. 산천단(山川壇)은 천지단 의 서쪽에 있으니 또한 담으로 둘러쌌으며, 둘레가 6리나 되었다. 그 가 운데 전각이 있어서 산천과 성황신에게 제사를 모셨다. 왼쪽에는 기독 묘(旗纛廟 : 전승 깃발을 모시는 사당)가 있고, 서남쪽에는 선농단(先農壇) 이 있으며, 그 아래는 모두 황실에서 직접 관리하는 적전(耤田)이 있다.

신악관(神樂館)은 서남쪽에 있으니, 교외 사당에서 무악(舞樂)을 연주 하는 곳은 모두 '천지단(天地壇)'이라고 했다. 살피건대, 『서경(書經)』에 서 "공경히 호천(昊天)을 따른다."고 하였고, 『시경(詩經)』에서는 "호천 (昊天)이 무왕(武王)을 자식처럼 사랑한다."고 하였다. 하늘에 예를 올 릴 때는 당연히 '호천(昊天)'이라고 하여야 하겠지만 '옥황(玉皇)'이라고 한 것은, 이곳이 초제사(도교(道敎)의 제사)를 모시는 곳이었기 때문이 다. 옛날 하늘에 제사지내는 곳을 단(壇)으로 하여 지붕을 덮지 아니하 고, 그릇은 도자기나 표주박을 쓰며, 좌석은 볏짚 등을 깔아서 질박함 을 숭상하고 문채 나는 것을 숭상하지 않는 것은 단지 교제사(郊祭祀)뿐 만이 아니었다.

경사(京師 : 북경)

'경사'는 우(禹)임금 때의 기주(冀州) 지역이니, 순(舜)임금 때 분할하여 '유주(幽州)'가 되었던 곳이다. 진(秦)나라 때는 '상곡(上谷)'과 '어양(漁陽)'의 두 군(郡)이 되었고, 한대(漢代)에는 또 나누어 '탁군(涿郡)'을 설치하였고, 당(唐)은 '유주총관(幽州摠官)'으로 고쳤다가 후에 '범양군(范陽郡)'으로 하였고, 요(遼)나라에서는 '유도부(幽都府)'라고 하였다가 또 '석진부(析津府)'로 고쳤다. 송나라 선화(宣和) 때에 '연산부(燕山府)'로 고쳤으며, 금(金)은 '대흥부(大興府)'로 하고, 원(元)은 '연경로(燕京路)'라고 하였다가 뒤에 '대도로(大都路)'라 하였다. 홍무(洪武) 초에 '북평부(北平府)'라고 했다가 영락(永樂) 초에 '순천부(順天府)'로 고쳤다.

북경은 왼쪽(동쪽)에 푸른 바다로 둘러싸였고, 오른쪽은 태행산(太行山)과 접해 있으며, 북쪽은 거용관(居庸關)에 웅거하고, 남쪽은 황하(黃河)와 하제(河濟 : 하수(河水)와 제수(濟水))에 합치니, 형세가 빼어난 곳이다. 후위(後魏) 이래로 관습이 오랑캐 풍속으로 되었으니, 당(唐)나라의 안사(安史 : 안록산과 사사명)가 웅거하고 반란을 일으켜 시종일관하였다. 요나라 때는 '남경(南京)'으로, 금나라 때는 '중도(中都)'로, 원나라 때는 '대도(大都)'라고 불렀으니, 오랑캐의 지배를 받은 지가 400여 년이나 되었다. 우리 명나라가 과거의 오염됨을 한꺼번에 씻고, 이곳에 도읍하여 풍(豊)·호(鎬)·겹욕(郟鄏 : 주의 수도)과 더불어 함께 천하에 이름을 드러내니, 천지가 개벽한 이래로 없었던 일이다.

경성(京城)은 원(元)의 대도(大都)이니, 홍무 초에 북평포정사(北平布政司)를 설치하고 영락(永樂) 7년에 북경(北京)으로 삼고, 19년에 궁전을 건설하였다. 이어서 그 성을 축조하니 둘레가 40리요, 성문이 아홉이다. 정남(正南)은 정양문(正陽門), 남쪽 좌측은 숭문문(崇文門), 남쪽 우측은 선무문(宣武門), 북동쪽은 안정문(安定門), 서쪽은 덕승문(德勝門), 동북쪽은 동직문(東直門), 그 남쪽〔東門〕은 조양문(朝陽門), 서북쪽은 서직문(西直門), 그 남쪽〔西門〕은 부성문(阜成門)이다. 성 가운데에 또 황성(皇城)이 있으니 둘레가 20리이고, 그 안에 건청전(乾淸殿)과 곤령전(坤寧殿)의 두 궁전이 있으며, 또 봉천전(奉天殿)과 황극전(皇極殿) 등이 있다. 북쪽에는 중극문(中極門)이 있으며, 전각 앞의 동쪽과 서쪽에는 (각각) 귀극문(歸極門)과 회극문(會極門)이 있고, 가운데에 황극문(皇極門)이 있다. 문 밖에 금수교(金水橋)가 있고, 오봉루(五鳳樓)는 그 남쪽에 있다. 누각 아래에 벽정 좌문(闢正左門)과 벽정 우문(闢正右門)이 있으니, 함께 '오문(午門)'이라 통칭(通稱)한다. 문 밖 좌우에는 조랑(朝廊)이 있고, 그 남쪽이 단문(端門)이 된다. 단문 밖 왼쪽에는 태묘(太廟), 오른쪽에는 사직(社稷)이 있다. 그 남쪽에 있는 것을 가리켜 '승천문(承天門 : 천안문)'이라고 하고, 문 안팎에는 석주(石柱)가 각각 한 쌍이 있는데, 이름하여 '경천주(擎天柱)' 혹은 '백옥주(白玉柱)'라고 한다. 남쪽에는 오룡교(五龍橋)가 있고, 다리 아래에는 무지개문〔虹門〕이 있는데, (그 아래로) 선박이 지날 수 있다. 그 남쪽에 있는 것을 '대명문(大明門)'이라고 한다.

성내(城內)에는 태액지(太液池) · 경화도(瓊華島) · 광한전(廣寒殿)이 있고, 정원 동북쪽에는 만세산(萬歲山)이 있다. 황성문(皇城門)을 '장안문(長安門)'이라고 한다. 장안문 좌문(左門 : 동장안문)의 남쪽으로 종인부(宗人府), 이 · 호 · 예 · 병 · 공부(吏戶禮兵工部), 홍려시(鴻臚寺), 흠천감(欽天監), 태의원(太醫院)이 차례로 남쪽으로 늘어서 있다. 장안문 우문(右門 : 서장안문)의 남쪽으로는 오군도독부(五軍都督府), 행인사(行人司), 통정사(通政司), 금의위(錦衣衛)가 또한 남쪽으로 늘어서 있다.

형부, 도찰원(都察院), 대리시(大理寺)는 모두 관성방(貫城坊)에 있다.

한림원은 옥하(玉河)의 서쪽에 있다. 첨사부(詹事府)는 그 동쪽에 있고, 국자감은 안정문(安定門) 안쪽에 있다. (도찰원의) 육과랑(六科廊)은 오문 밖의 좌우에 있고, 광록시(光祿寺)는 동안문(東安門)의 안쪽에 있고, 태복시(太僕寺)은 만보방(萬寶坊)에 있다. 회동관(會同館), 순천부(順天府), 대흥현(大興縣), 완평현(宛平縣)의 치소(治所)는 모두 도성 안에 있다. 문천상(文天祥)의 사당은 순천부(順天府)의 부학(府學) 곁에 있고, 천수산(天壽山)은 북쪽 100리에 있는데, 황도의 진산(鎭山)이 된다. 산 아래에 영안성(永安城)이 있고, 황릉이 있다. 서산, 향산(香山), 각산(覺山), 앙산(仰山), 천산(泉山), 금산(金山), 오화산(五華山) 등 여러 산이 모두 황성의 동북쪽 30여 리에 있다. 옥하의 근원은 옥천산(玉泉山)에서 흘러 나와서 황궁을 가로지르고 도성의 동남쪽으로 나가서 대통하(大通河)가 되고, 상건하(桑乾河)와 합쳐 백하(白河)로 들어간다. (북경에서) 경치가 좋은 곳을 이른다면, '경도(瓊島)의 봄 구름〔瓊島春雲〕·태액지(太液池)의 가을 물결〔太液秋波〕·옥천산(玉泉山)에 드리운 무지개〔玉泉垂虹〕·거용관(居庸關)의 푸른 보루〔居庸疊翠〕·노구교(蘆溝橋)의 새벽 달〔蘆溝曉月〕·계문(薊門)의 연기 안개낀 숲〔薊門煙樹〕·금대(金臺)의 저녁 노을〔金臺夕照〕·서산(西山)에 눈 내린 풍경〔西山霽雪〕' 등인데, 북경의 팔경(八景)으로 삼는다.

순천부는 5주(州)와 22현(縣)을 거느리고 있다. 대흥현(大興縣)과 완평현(宛平縣)은 모두 성곽에 붙어 있는데, 옛 계현(薊縣)의 땅이다. 양향현(良鄕縣)은 순천부의 서남쪽 70리에 있고, 고안현(固安縣)은 순천부의 서남쪽 120리에 있다. 영청현(永淸縣)은 순천부의 남쪽 150리에 있고, 동안현(東安縣)은 순천부의 남쪽 150리에 있는데, 모두가 옛날 탁군(涿郡)의 땅이다. 향하현(香河縣)은 순천부의 동남쪽 120리에 있는데, 본래

무청(武淸) 땅이다. 통주(通州)는 앞에서 나왔다. 삼하현(三河縣)은 통주의 동쪽 70리에 있고, 무청현(武淸縣)은 통주의 남쪽 50리에 있는데, 한나라 때 옹노현(雍奴縣)이다. 곽현(漷縣)은 앞에서 나왔다. 보저현(寶坻縣)은 주의 동남쪽 120리에 있는데, 소금이 나므로 이렇게 이름을 붙였다. 모두 통주에 속한다. 창평주(昌平州)는 순천부의 북쪽 90리에 있는데, 한나라 때 상곡(上谷)의 땅이다. 순의현(順義縣)은 창평주의 동북쪽 60리에 있는데, 진나라 때의 상곡(上谷) 땅이다. 밀운현(密雲縣)은 창평주의 동북쪽 120리에 있는데, 수나라 때의 단주(檀州) 땅이다. 회유현(懷柔縣)은 창평주의 동북쪽 100리에 있는데, 당나라 탁군(涿郡) 땅이다. 탁주(涿州)는 아래에 나온다. 방산현(房山縣)은 탁주의 서북쪽 40리에 있다. 기주(羈州)는 순천부에서 210리에 있는데, 진나라 때의 상곡 땅이다. 문안현(文安縣)은 기주의 남쪽 70리에 있고, 보정현(保定縣)은 기주의 남쪽 40리에 있다. 계주(薊州)는 순천부의 동쪽 200리에 있는데, 한나라 때의 어양군(漁陽郡)이다. 옥전현(玉田縣)은 계주의 동쪽 80리에 있는데, 춘추시대의 무종국(無終國)이다. 풍윤현(豊潤縣)은 계주의 동남쪽 190리에 있고, 준화현(遵化縣)은 계주의 동쪽 120리에 있는데, 또한 무종국이다. 평곡현(平谷縣)은 계주의 서북쪽 80리에 있다.

연산(燕山)은 옥전현의 서쪽 25리에 있는데, 서산의 한 갈래로서 완만하게 동쪽으로 치달려 해안에 다다른다. 거용관은 순천부의 북쪽 120리에 있으며, 양쪽 산 사이에 난 골짜기 길[夾峙]로 관문이 남북으로 40리에 걸쳐 있는데, 초벽(峭壁)은 가장 중요하고 험난한 곳이다. 희봉구(喜峯口)는 준화현(遵化縣)의 북쪽에 있는데, 모두 70구가 있다. 고북구(古北口)는 밀운현의 동북쪽 120리에 있으며, 양쪽 절벽 가운데로 도로가 있는데 겨우 수레 한 대가 지날 만하니, 이곳은 북경의 요새이다.

1624년 2월 4일 무자(戊子), 관소에 있었다.

1624년 2월 5일 기축(己丑), 관소에 있었다.

1624년 2월 6일 경인(庚寅), 관소에 있었다.

이순(李恂)과 견후증(堅後曾)이 염초(焰硝) 무역을 요청하는 일로 병부에 나아가 품의하였다. 상서가 꾸짖으며 말하기를, "너희 나라는 (명나라) 군대를 돕지도 않으면서 염초를 무역해서 무엇에 쓰려고 하느냐? 연례적으로 주는 것 외에는 결단코 무역할 수 없다."고 하였다. 말투와 안색이 모두 거칠어, 감히 더 말하지 못하고 물러났다.

1624년 2월 7일 신묘(辛卯), 관소에 있었다.

1624년 2월 8일 임진(壬辰), 관소에 있었다.

1624년 2월 9일 계사(癸巳), 관소에 있었다.

서달(西㺚 : 서부 지역 몽골인) 210명이 서관에 와서 머물렀다. 흉악하기가 비할 데 없어서 사람들이 모두 두려워 피했다.

1624년 2월 10일 갑오(甲午), 관소에 있었다.

주객사(主客司)가 쓴 '상(賞) 주는 것에 대한 제본(題本)' 초고를 보았다.

1624년 2월 11일 을미(乙未), 하마연(下馬宴)을 받았다.

아침에 길복(吉服)을 입고 회동관(會同館)으로 갔다. 상서 임요유(林堯兪)가 하마연을 주관하였는데, 역시 길복을 입고 궐패(闕牌 : 황제를 상징하는 목패) 앞에 나아가서 서쪽으로 향해 섰다. 정사와 부사가 그 뒤에 서고, 나는 사신 뒤에 서고, 역관 등이 또 그 뒤에 섰다. 함께 5번 절하고 3번 조아렸다. 상서가 본관 가운데로 와서 남쪽으로 서자, 사신들이 앞에 나아갔다. 상서가 절하기를 면제하고 단지 한 번 읍을 하였다. 각각 좌석에 앉았는데 상서는 북쪽이고, 정사와 부사는 동쪽이며, 나는 서쪽, 역관들은 동쪽이다. 계단 위에는 요리와 꽃이 차려져 있고, 춤과 음악 연회(要戲 : 서커스 등의 연회)의 공연이 있었다. 상서가 요리를 보라고 하면서 대우가 돈독함을 보였다. 7잔을 마시고 파하였다.

1624년 2월 12일 병신(丙申), 하마연에 대해 사례하였다.

황제가 내려 준 여행 물품을 받았다. 양 11마리, 거위 24마리, 닭 38마리, 쌀과 국수 각 1섬, 호도 1섬이다. 한 번 절하고 3고두(三叩頭)하여 사례하였다.

1624년 2월 13일 정유(丁酉), 관소에 있었다.

칙서(勅書)가 인준되어 내려왔다. 섭 각로(葉閣老)가 사직서를 올렸다.

1624년 2월 14일 무술(戊戌), 관소에 있었다.

1624년 2월 15일 기해(己亥), 자시(子時 : 밤 11시~익일 1시)에 월식이 있었다.

유구국(琉球國) 사신 마승연(馬勝連)과 임국용(林國用) 등이 와서 서관에 머물렀다. 유구는 복건성(福建省) 천주부(泉州府) 동남쪽 해도 가운데에 있는데, 홍무 초에 비로소 중국과 외교를 통하였다. 그 나라에는 중산국(中山國)·산북국(山北國)·산남국(山南國)이 있는데, 중산국이 지금까지 조공을 하고 있고, 산남과 산북은 병합되었다고 한다.

1624년 2월 16일 경자(庚子), 흐림. 관소에 있었다.

1624년 2월 17일 신축(辛丑), 칙서(勅書)를 받았다.

수리성(守里城) 전경 유구 중산국(中山國)의 왕궁이다.

수리성(守里城) 내부

아침에 대궐에 갔다. 오문의 우액문(右掖門)으로 들어갔다. 이날은 조강(朝講)을 하는 날이라 문화전(文華殿)에서 경연을 열었기 때문에 회극문(會極門)에서 칙서를 받았다. 황극문과 금수교(金水橋)를 지나서 동극문(東極門)의 월랑(月廊)에 올라 북쪽을 향해 꿇어앉고 4고두(四叩頭)를 하였다. 태감(太監)이 칙서를 받들어 한림에게 주고, 한림이 사신에게 주었다. 사신 이하가 또 4고두를 하고 칙서를 받들고 나왔다. 한림은 곧 칙서찬문(勅書撰文) 맹소우(孟紹虞)인데, 우찬선(右贊善)과 일강관(日講官)을 겸한 사람이다. 태감은 문서를 담당하는 서방(書房)의 가씨 성〔姓〕인데, 1품 중에서 고관이라고 한다. 이날은 길복을 입고 칙서를 받았는데, 한림과 태감도 역시 길복으로 바꾸어 착용하고서 일을 보았다. 이전에 없던 일이라고 한다.

1624년 2월 18일 임인(壬寅), 관소에 있었다.

낮부터 밤까지 크게 바람이 불어 땅을 휩쓸었고, 날린 먼지가 하늘에 가득 차고 날마다 흙비가 내려서 일광이 보이지 않았다.

1624년 2월 19일 계묘(癸卯), 관소에 있었다.

어제부터 오늘 저녁까지 음산하게 흙비가 내리고 크게 바람이 불어 지척을 분별하지 못했다.

1624년 2월 20일 갑진(甲辰), 관소에 있었다.

1624년 2월 21일 을사(乙巳), 관소에 있었다.

들건대, 섭 각로(葉閣老)가 세 번 사직 상소를 올리고 사퇴하였는데, 황제가 광록시경(光祿寺卿)을 보내어 위로하고 만류하였다.

1624년 2월 22일 병오(丙午), 관소에 있었다.

남태상경(南太常卿) 신용무(申用懋)의 제본을 보았다.

"모문룡 부서(部署)의 업무 처리가 아직도 초보 단계에 있으므로 담력과 지략이 있는 문신 한 명을 고문으로 삼아 도와주게 한다면 반드시 고무(鼓舞)되는 것이 많을 것이고, 조선과 연합하여 공동 작전을 펴야 할 것입니다."

이에 대해 병부에서 복제(覆題)하였다.

"대개 군사 재정을 조사하고 공과 죄를 감찰하는 데는 반드시 유능한 사람이 그것을 주관해야 중앙 조정에서 신임을 얻게 될 것입니다. 문신을 보내는 것은 그 업무가 이부(吏部)의 소관이므로 저희 병부는 단지 소(疏)에 의거하여 이와 같이 판단할 뿐입니다."

1624년 2월 23일 정미(丁未), 관소에 있었다.

유구의 마(馬)와 임(林) 두 사신이 와서 (우리를) 보고 갔다. 마(馬)는 곧 국구(國舅)이고, 임(林)은 수상으로, 책봉을 청하기 위해 왔다. 모두 단아하여 보기 좋았지만 다만 문장이 서툴렀다.

1624년 2월 24일 무신(戊申), 관소에 있었다.

어사(御史) 유박(劉璞)의 상소를 보았다. 중국의 재앙과 혼란 이유를 서술하고, 싸워서 지키는 방략을 진술하였다. 우리나라의 일에 대하여는 한 사람을 택하여 직함을 주어 파견하여 책봉하는 일을 감찰하도록 하면 이미 천조(天朝)의 체통을 보존할 수 있다. 바로 그 사람으로 모문룡을 보좌하게 한다면 두 가지 일이 다 편리할 것이라고 하였다. 이에 대하여 병부(兵部)에서 복제(覆題)하였다.

"모문룡이 일하는 것이 아무리 현명하다고 해도 어찌 한편으로 군사를 지휘하면서 또 한편으로 군량을 조달하겠으며, 스스로 군공을 세우고 스스로 그것을 심사하겠습니까? 믿을 만한 신하를 보내어 그를 보좌하게 하고, 그렇게 하여 조선 땅(기봉(箕封) : 기자의 봉토)을 보존하는 것이 대신(臺臣 : 도찰원 신하)이 국사를 중히 하고 모문룡을 중시하자는 방안입니다. 분명한 성지를 받아 조정의 사자를 보내지 않는 것은 군사 기밀에 저촉될까 염려해서입니다. 조선의 책봉 문제에 대해서는 저희 병부에서 임시 국왕으로 임명하여 그가 분발하기를 청하였으나, 성지를 내리셔서 특별히 그 책봉을 윤허하셨습니다. 저희 병부에서 또 감히 고집하여 반대하지 못한 것은 바로 죽은 자를 추존하고 산 자를 견고히 하는 일이 황제의 특별한 은혜에서 나온 것이고, 같은 원수에 대하여 적개심을 분발시켜 더욱 신하의 직분을 다하게 하자는 것이므로, 폐하의 결정을 함부로 억측하기 어렵기 때문이었습니다."

1624년 2월 25일 기유(己酉), 관소에 있었다.

들건대, 귀주순무(貴州巡撫) 왕삼선(王三善)이 검주(黔州)에 정벌을 나갔다가 포로로 잡혔다고 한다. 이에 앞서 귀주순무였던 이운(李枟)이 탐욕스럽고 포악하여 묘족(苗族) 군사를 풀어 노략질을 하였으므로, 토착인 두목이었던 안방언(安邦彦)과 사사휘(奢社輝)가 현지인 관원이었던 하중울(何仲蔚) 등과 함께 반란을 일으켰다. 여러 군현을 함락시키고 귀양(貴陽)*에서 황제를 참칭하다가 포위된 지 1년이 지났는데, 안찰사 사영안(史永安)이 성을 둘러싸고 굳게 지키고 있었다. 순무 왕삼선이 군사를 동원하여 포위 풀기를 조정에 청하여 대거 소

---

* 중국 귀주성의 성도. 귀산(貴山)의 남쪽에 있어 그렇게 명명된 것이다.

탕작전을 벌였다. 그것을 섭 각로(葉閣老)가 주관하여 다섯 방향에서 군사를 진격시켜 수서(水西)에서 대첩을 거두었다. 안방언과 사사휘는 동정(洞箐)으로 도망해 들어갔다. 관군의 여러 장수들이 모두 회군하기를 바랐으나, 왕삼선이 잔당을 뿌리째 토벌할 것을 주장하여 깊이 추격하면서 경계하지 않았다. 안방언과 사사휘는 거짓으로 항복하는 체하고 군사를 늦추었다가 정월 초 5일에 대군이 대방(大方)에서부터 성(省)으로 돌아오는데, 여러 골짜기에서 적병들이 일제히 나와 퇴로를 차단하고 살육을 자행하였다. 드디어 대군이 무너져 군문(巡撫)은 말에서 떨어져 포로가 되었고, 총병과 감군(監軍)은 모두 죽었다. 이 전투에서 왕삼선은 나태한 군사를 가지고 궁지에 몰린 도적들을 대적하였다가 패배하자, 운남(滇)* · 귀주(貴州) · 사천(四川) · 검주(黔州) 지역이 진동하게 되었다. 운양(鄖陽) 순무 채복일(蔡復一)을 전임시켜 귀주군문으로 삼았다.

1624년 2월 26일 경술(庚戌), 관소에 있었다.

예부에서 황제가 하사하는 상(賞)을 받았다. 표류인들을 풀어 호송한 일로 황제의 상으로 받은 은이 200냥, 비단 60필이었다.

손승종(孫承宗)의 제본을 보았다.

"지금 천하의 큰 의논은 관문 안쪽을 지키는 일이라고 합니다. 또 국가에서는 하투(河套)는 잃었지만 대녕(大寧)은 잃지 않고 온전히 번성합니다. 대저 요동을 수복하지 않으면 천하가 불안해질 것이고, 요동을 수복하려고 하면 산해관(山海關) 밖을 지키지 않을 수 없으니, 영원(寧遠)과 각화도(覺華島)를 방어하는 일은 가벼이 포기할 수 없습니다. 천하의 재력을 다하여 놀고먹는 사람 10만 명을 군사로 양성하였는데, 군

---

* 고대의 소수민족 명칭. 현재의 중국 운남성(雲南省) 동부 전지(滇池) 부근에 살았다. '운남성'의 약칭으로 사용되고 있다.

사는 늙어버리고 재력은 고갈될 것입니다. 일이 오래되면 변란이 일어날 것이니, 천하의 안위가 어찌 오랑캐가 오고 오지 않음에 달렸겠습니까! 신이 세상 여론을 따라 뇌화부동하면 여러 사람들의 의혹을 풀 수 있고, 자신이 후환을 벗어날 수 있다는 것을 어찌 모르겠습니까! 그러나 신이 이미 천하의 안위를 무릅쓰기로 하였으니, 남이 꺼리는 것을 피하고 말하지 않는다면, 누가 황상(皇上)을 위해 말해 줄 사람이 있겠습니까? 신은 이미 소신을 굽혀 세상에 아부할 수 없으니, 지금이 바로 신을 제거하여 천하의 대계를 정할 때입니다."

고찰해 보니, 대녕은 요나라 땅으로서 영락(永樂) 초에 타안(朶顔)의 여러 위(衛)와 함께 오랑캐에게 떼어 주었다. 하투는 본래 한나라 정양(定襄) 땅인데, 조원호(趙元昊)에게 점령되었던 곳이다. 삼 면이 황하로 막혀 있어 가장 험난한 요새였는데, 정통(正統) 연간에 오랑캐가 그 가운데를 점령하여 결국 우환이 되었다. 들건대, 손 각로가 산해관 밖의 방어를 맡았으나 조정의 의논과 서로 어긋났으므로 그 말이 이와 같았다.

1624년 2월 27일 신해(辛亥), 바람이 불었다. 관소에 있었다.

1624년 2월 28일 임자(壬子), 상을 받았다.

서번국(西番國)의 사람들도 와서 상을 받았다.

1624년 2월 29일 계축(癸丑), 상을 하사한 데 대하여 사례하였다.

정오 중에 회동관에서 베푼 상마연(上馬宴)을 받았는데, 상서가 주관하였다. 외랑(外郞)들로 하여금 술잔을 채우게 하였는데, 잔 수는 전과 같았다. 연회를 파하고 나오니, 제독이 당상에 앉아 있기에 3월 초이튿날 출발할 사유를 아뢰었더니, 내일 일행의 짐을 조사하겠다고 하였다. 사례하고 나오니, 제독이 역관 이응 등에게 말하였다.

"책봉하는 일이 오래 지체되었으나 그대들은 유감으로 생각하지 말라. 조정의 의논이 다양하여 병력 원조, 군량미 지원, 합동 토벌 등에 대해 다른 주장들을 주저앉힌 후에야 비로소 인가를 받을 수 있었던 것이다. 중국은 너희 나라와 한 집안이나 마찬가지이니, 이 오랑캐를 토벌한 후에라야 두 집안이 모두 편안하게 될 것이다. 그대들은 이러한 뜻을 사신들에게 알리는 것이 좋겠다."

1624년 2월 30일 갑인(甲寅)

사시(巳時 : 오전 10시 전후)에 북경에서 땅이 흔들리고 집의 벽이 흔들리더니, 한참 오래돼서야 안정되었다.

1624년 3월 1일 을묘(乙卯), 관소에 있었다.

1624년 3월 2일 병진(丙辰), 관소 밖에 나와서 잤다.

아침에 동극문(東極門)에서 '해송표류인정칙서(解送漂流人丁勅書)'를 받았다. 궐패(闕牌) 앞에 나아가서 전처럼 예를 행했다. 좌유덕(左諭德) 강봉원(姜逢元)이 칙서를 주는데, 부사에게 잘못 주었으므로 부사가 정사에게 미루어 주었다. 마침내 머리를 조아리고 받아 나왔다. 홍려시에 '중국 조정을 하직하는 인원 명단'을 올렸다. 마침 공주 탄생 진하(陳賀)가 진행되어서 하직 인사를 하지 못했다. 내일은 예부가 근무하지 않으므로 예부에 하직 인사를 할 수가 없어서 주장(周鏘)에게 품의하니, 오늘 먼저 예부에 인사할 수 있다고 하였다. 마침내 예부에 가니 상서가 알현하는 인사를 면제하고, 위로와 격려의 말을 많이 했다.

저녁에 동지사가 출발할 때에 이순(李恂)으로 하여금 제독에게 품의하여 관소에서 나와 자고, 내일 아침 일찍 출발하기를 청하니, 주사(主事 : 제독주사)가 허락했다. 관소를 나와 옥하교(玉河橋) 남쪽에 있는 삼관묘(三官廟)에 투숙하였다. 모문룡 도독부의 차관(差官) 서명태(徐鳴泰)·한문익(韓文翼) 등이 찾아왔다. 책봉을 청하는 주본에 대해 물으니 답하기를, "이곳에 도착하니 책봉의 일이 이미 준허되었다고 하므로 주본을 올리지 않았다."고 하였다. 이날 필 주사(畢主事)는 밤새도록 관소에 머물면서 오랑캐들을 엄히 단속하여 소동을 일으키지 않게 하고, 우리 일행을 보내었다.

13 북경을 출발하여 귀국길에 오르다

1624년 3월 3일 ~ 3월 24일

홍려시에 하직 인사 → 탁주 → 백구하점 → 임구현 → 신중진
→ 부장일 → 경주 → 토교포 → 왕가방 → 장가점 → 추평현
→ 치하점 → 창락현 → 왕로점 → 사하점 → 주교일 → 황현
→ 등주

1624년 3월 3일 조선 책봉주청사 일행은 홍려시(鴻臚寺)에 들러 하직 인사를 하고, 드디어 서울로 출발하였다. 3월 4일 탁주(涿州), 5일 백구하점(白溝河店), 6일 임구현(任丘縣)을 지나 3월 7일에는 하간부(河間府) 북관일(北館馹)에서 유숙했다. 이 날짜 일기에는 하간부의 역사와 지리, 명승고적에 대하여 자세히 기록해 놓았다. 3월 8일 부장일(富莊馹), 9일 경주(景州), 10일 토교포(土橋舖), 11일 왕가방(王家坊), 12일 장가점(章家店), 13일 추평현(鄒平縣), 14일 치하점(淄河店), 16일 왕로점(王老店), 17일은 사하점(沙河店)에서 묵었다.

3월 18일 사신들은 내주부(萊州府)에 도착하여 성내에 있는 문묘(文廟)를 참배하였다. 또 내주부 관아 옆에 있는 동래서원(東萊書院)의 심원당(深遠堂)에서 여조겸(呂祖謙)의 소상에 참배하였다. 그들은 주교일(朱橋馹)에서 유숙하고, 3월 19일 황현(黃縣)을 거쳐 20일 등주부(登州府)에 도착하였다. 먼저 출발한 동지사 일행은 수성(水城) 옆에 천막을 치고 주둔하고 있어 그들도 함께 여기에 천막을 쳤다.

이경전 등의 주청사와 조즙(趙濈) 등의 동지사 일행은 3월 24일까지 등주에 머물면서 귀국을 위한 항해를 준비하였다. 등주에서는 전임 순무 원가립(袁可立)이 도찰원(都察院)의 탄핵을 받아 사직하였고, 총병(摠兵) 심유용(沈有容)도 역시 직위 해제되어 양국동(楊國棟)으로 교체되어 있었다. 그런데 순무 대리 무지망(武之望)이 또 발목을 잡았다. 칙서(勅書)는 원래 황제의 차관(差官)이 받들어 조선에서 선포하는 것이므로, 조선 사신들이 칙서를 직접 가지고 가는 것은 불가하다는 것이었다. 그래서 자신이 다시 황제에게 보고하여 결정토록 하겠다는 것이었다. 이렇게 되면 또 귀국이 늦어지게 되는 것이므로 그들은 다방면으로 말을 꾸며 이를 모면할 수 있었다.

3월 23일에 등주순무 대리는 수행원 일동에게 은자(銀子)를 나누어 주고 통행증을 발급하였다. 24일 저녁에는 군문에서 베푸는 환송 연회에 참석하고, 오랫동안 생사고락을 같이했던 반행관(伴行官) 낙유신과 작별하고 다음 날 새벽에 항해에 오른다.

1624년 3월 3일 정사(丁巳)

홍려시에 하직 인사를 하고 출발하였다. 옥하의 대문을 나와서 20리를 걸어 연수사(延壽寺)에서 쉬었다. 노구교(蘆溝橋)를 지나니 다리의 길이가 수백 보나 되었다. 돌난간에는 사자의 형태를 조각했고 아래에는 10개의 무지개 수문이 있었다. 노구(蘆溝)는 곧 역수(易水)의 하류로, 본래 이름은 '상건하(桑乾河)'이다. 그 근원이 대동부(大同府) 상건산(桑乾山)이기 때문에 지어진 이름이며, 이곳은 곧 북경 팔경의 하나이다. 상건하의 동남쪽 물가에는 긴 둑을 쌓아 범람하는 우환을 없앴고, 북안에는 점포들이 매우 많다.

길을 가면서 다듬은 돌이 지면에 버려져 있는 것이 보였는데, 너비가 몇 길이나 되며, 길이는 배나 되었다. 탁주(涿州) 땅에서 캐어 왔으니 북경까지의 거리가 200여 리인데, 하루의 운송 비용이 1000여 냥이라고 한다. 요동의 전쟁으로 운송이 정지되었다. 먼저 운송된 것은 대부분 대명문(大明門) 안과 정양문(正陽門) 밖에 있었는데, 장차 황극전(皇極殿 : 전각이 만력 정유년에 화재를 당했다.)을 중건할 때 이것을 섬돌과 주춧돌로 쓴다고 하였다. 저녁에 신점(新店)의 묘씨 집〔苗家〕에서 유숙하였다. 이날은 40리를 갔다.

노구교(蘆溝橋) 북경에서 중국 남부 지방으로 가는 관문이다. 노구교에서 보는 새벽달은 북경 8경의 하나로 꼽힌다.

1624년 3월 4일 무오(戊午), 탁주(涿州)에 도착하였다.

여명에 신점에서 출발하여 북리교(北里橋)와 장양교(長陽橋)의 두 돌 다리를 지났다. 두 다리는 그 갈고 닦은 것이 매우 정교했다. 양향현의 동쪽 성 밖에서 아침밥을 해 먹고 유리교(琉璃橋)를 지났는데, '유리하(琉璃河)'라는 강 때문에 붙여진 이름이었다. 다듬은 돌을 사용하여 2~3리의 길을 포장했다. 탁주로부터 10리 앞의 땅에 도착하니 또한 돌다리가 있는데, 유리교에 버금갈 만하며 이름은 '부교(扶橋)'라고 하였다. 주의 성 북쪽 3리쯤에 새로 돌다리를 만드는데, 모래사장에 모인 인부들이 수천 명이었다. 위 태감(魏太監)이 주관하는 공사인데, 비용이 셀 수 없을 정도라고 하였다. 다리의 이름은 '거마(拒馬)'이니 또한 '거마하(拒馬河)'에서 따온 것으로, 유리하와 함께 상건하의 지류이다. 진(晉)의 유곤(劉琨)이 이곳에서 석륵(石勒)에게 항거했기 때문에 생긴 이름이다. 저녁에 성 밖 북관일(北館馹)에 도착하여 부사와 함께 유숙하였다. 초이튿날부터 큰바람이 불어 모래와 먼지가 하늘에 가득 차 눈을 뜰 수 없을 정도였다.

1624년 3월 5일 기미(己未), 백구하점(白溝河店)에 도착하였다.

일찍 탁주를 출발해 성 북문으로 들어가 남문으로 나왔다. 성 중에는 저자 거리에 가게가 융성하여 순천부 지역에서는 최고라 할 만했다. 탁주의 치소는 순천부와의 거리가 동북으로 140리이고, 본래 진(秦)의 상곡(上谷) 땅이다. 한나라에서 탁군(涿郡)을 설치했고, 위(魏)에서 '범양(范陽)'으로 고쳤는데, 전국시대의 중산국(中山國)이다.

아침에 삼갑점(三匣店)에서 밥을 해 먹고 정사가 먼저 출발했다. 우연히 길에서 유덕(諭德) 유홍훈(劉弘訓)의 행차를 만나서 서로 대화를 나누고 헤어졌다. 오시에 신성현(新城縣)에서 쉬었다. 신성현은 보정부(保定府)에 속하는데, 보정부의 동북쪽 150리에 있다. 당나라 때 옛 독항(督亢) 땅에 신성현(新城縣)을 설치하였다. 성의 남쪽에 독항피(督亢陂)가 있고 정자가 있으니, '독항정(督亢亭)'이라고 하였다. 푸른 버드나무가 제방에 둘러서 있고, 좁은 길이 30리나 끊이지 않고 백구하(白溝河)까지 이어졌다. 저녁에는 백구하점(白溝河店)에서 유숙했는데, 부사와 함께 묵었다. 이날 90리를 갔다.

1624년 3월 6일 경신(庚申), 임구현(任丘縣)에 도착하다.

아침에 백구점을 출발하여 남쪽으로 5리쯤 가니, 한줄기 맑은 강이 있었다. 동쪽으로 비스듬히 흐르다가 남쪽으로 휘어지고, 신성의 남쪽 30리에 이르면 곧 거마하(拒馬河)의 하류가 되니, 송나라와 요나라가 경계를 이룬 곳이었다. 웅현(雄縣) 교계방(交界坊)의 전가(田家)와 가가(賈家) 등의 농장(農莊)을 지났다. 웅현에서 아침밥을 지어 먹었다. 웅현은 보정부에 속하는데, 보정부에서 서남쪽으로 120리 떨어져 있다. 본래 한나라의 역현(易縣)인데, 웅현의 남문 밖 동쪽에는 소공(召公)의 교화를 새긴 패문(牌門)이 있다. 웅현 남쪽 10리를 지나서 하간부 경계로 들어서니, 조구포(棗丘浦)가 제방 언덕에 있었다. 물은 천진으로 통하는데, 넓게 퍼져 흘러서 끝이 없었다. 그 가운데 긴 제방을 쌓아 도로가 20여 리에 통했다. 오시에 계주(薊州)에서 쉬었다. 계주는 보정부에 속했는데, 지금은 폐지되었다고 한다. 저녁에 임구현의 서관일(西館馹)에 머물렀다. 90리를 갔다. 임구현은 하간부에 속하는데, 한나라 평제(平帝) 때 중랑장(中郎將) 임구(任丘)가 이곳에 성을 쌓았으므로 이런 이름이 생겼다.

1624년 3월 7일 신유(辛酉)

일찍 임구현을 출발하여 석문교(石門橋)와 도가돈(陶家墩)을 지나 30리를 가니, 신중진(新中鎭)에 이르렀다. 포화둔(蒲禾屯)을 지나니, 모장(毛萇)이 『시경(詩經)』을 강의한 곳이 보였다. 그 서원(書院)은 존복향(尊福鄕)에 있다. 길 위에서 비를 만났다. 동하교(東河橋)를 지나고 성 남문을 지나 북문 밖 북관일(北館馹)에 유숙했다. 70리를 갔다.

하간부(河間府)

하간부는 군명이 '영해(瀛海)'인데, 우공(禹貢) 때에 기주(冀州)의 영역에 속하였고, 전국시대에는 연(燕)·조(趙)·제(齊) 삼국의 접경이었다. 진나라는 거록(鉅鹿)과 상곡(上谷) 두 군의 땅이 되었고, 수나라는 영주(瀛州)를 두었다. 석진(石晉) 초에 요나라에 편입되었으나 후주(後周)가 다시 그곳을 탈취하였다. 송나라는 (그곳을) 승격하여 하간부(河間府)로 삼았고, 원나라가 (부(府)를) 고쳐서 노(路)로 삼았다. 명나라 때 다시 고쳐서 부(府)로 만들고 수도의 직할지로 삼았으며, 2개의 주와 16개의 현을 거느리게 했다.

하간부 성곽에 인접한 곳은 하간현(河間縣 : 본래 당숙(唐叔)의 봉읍(封邑))이고, 헌현(獻縣 : 하간부의 동남쪽 60리에 있으며, 한나라 헌왕(獻王)의 옛 봉토이다.), 부성현(阜城縣 : 하간부 남쪽 140리에 있다.), 임구현(任丘縣 : 하간부 북쪽 90리에 있고, 본래 막현(莫縣) 땅으로, 전욱성(顓頊城)이 있다.), 교하현(交河縣 : 하간부의 남쪽 80리에 있고, 호타(滹沱)와 고하(高河)가 교류하는 곳이므로 이런 이름을 붙였다.), 청현(靑縣 : 하간부의 동쪽 150리에 있다.), 홍제현(興濟縣 : 하간부 동쪽 180리에 있다.), 정해현(靜海縣 : 하간부 동쪽 180리에 있다.), 영진현(寧津縣 : 하간부 동남쪽 290리에 있다.), 경주(景州 : 하간부의 남쪽 200리에 있으며, 본래 한나라 때 경성후(景成候)의 나라였다.), 오교현(吳橋縣 : 경주의 동쪽 50리에 있다.), 동광현(東光縣 : 경주의 북쪽 70리에 있다.), 고성현(故城縣 : 경주의 남쪽 90리에 있다.), 창주(滄州 : 하간부의 동쪽 150리에 있는데, 본래 한나라 때 발해군(渤海郡)이다.), 남피현(南皮縣 : 창주의 남쪽 70리에 있다.), 염산현(塩山縣 : 창주의 동쪽 90리에 있고, 본래 춘추시대(春秋時代) 무체읍(無棣邑)인데, 손홍(孫弘)이 평진(平津)에 봉해지니 곧 이곳이다.), 경운현(慶雲縣 : 창주 남쪽 160리에 있고, 한나라 때 양신(陽信)의 땅이다.) 등이 있다.

하간부는 동쪽으로 창해와 접하고, 서쪽으로 태행(太行)산맥의 기슭에 닿고, 남쪽으로는 호타강(滹沱江)을 베개 삼고, 북쪽으로는 고하(高河)를 등지고 있다. 지세가 광활하고 수륙 교통의 요충지이며, 성곽이 웅장하고 인물이 번성하여 경기(순천부) 남쪽의 으뜸가는 진지이다. 살펴보건대, 9하(九河)의 옛 물길이 하간부에 있는데 도해(徒駭)는 창주(滄州)에, 태사(太史)는 남피(南皮)에, 마협(馬頰)은 동광(東光)에, 호소(胡蘇)는 경운(慶雲)에, 간결(簡潔)은 남피(南皮)에, 구반(鉤盤)은 헌현(獻縣)에, 격진(鬲津)은 경운(慶雲) 또는 낙릉(樂陵)에 있다. 두 줄기 황하가 가로질러 흐르는 곳은『서경』의「우공(禹貢)」편 9하의 소재와 합치하지 않는 곳이 많다. 역도원(酈道元)이 말하기를, "첨하(澹河)의 갈석(碣石)이 바다에 가라앉았는데, 갈석은 옛 여성현(驪城縣)에 있었다. 지금의 창려현(昌黎縣) 서북쪽 20리로, 하간(河間)에 있다."고 하였다. 아마도 후세(後世)의 새로운 하천인데, 옛 이름이 잘못 전하여져서 그렇게 된 것으로, 지금은 또한 분간하기 어렵다.

1624년 3월 8일 임술(壬戌), 비. 부장일(富莊馹)에 도착하였다.

동틀 무렵에 출발하여 하간부 북쪽 8리를 지나니 연화정(蓮花亭)이 있었는데, 영주(瀛洲)의 선경(仙境)이라고 부른다. 하천이 굽이쳐 흐르는데 제방을 둥글게 둘러쌓고, 섬 가운데에는 정자와 전각이 있다. 그림 같은 다리가 가로로 버드나무 언덕에 걸쳐 있어 한 군의 명승지가 되었다. 삼보요진(三輔要津)과 팔방(八方) 통제(通濟)의 두 패문(牌門)을 지나 둑을 따라가서 비를 무릅쓰고 임가촌(林家村)에 들어갔다. 30리를 더 지나가니 헌현(獻縣)에 이르렀다. 공북문(拱北門)으로 들어가 성 가운데를 관통하여 남문으로 나갔다. 호타강 위를 지나 하삭(河朔)과 여경(麗境) 두 패문(牌門)에서 쉬었다가 단가교(單家橋)에 이르렀다. 점심을 지어 먹은 후에 출발하였다. 팔성(八省)과 요진(要津) 패문(牌門)을 지나 부장일에 도착하였다. 일명 '요참(腰站)'이라고 하는데, 교하(交河) 땅에 속한다. 이날 100리를 갔다.

1624년 3월 9일 계해(癸亥), 경주(景州)에 도착하였다.

아침에 부장일을 출발하였다. 교하 남쪽 경계인 인하(麟河)의 옛 나루를 지났는데, 유예(劉豫)의 아들 유인(劉麟)의 이름 때문에 명명된 것이다. 인하는 지금 평지가 되었는데도 오히려 부서진 다리가 남아 있다. 부성현(阜城縣) 북점(北店)에서 아침밥을 지어 먹었다. 오시에 경주 북쪽 20리에 이르렀는데, 주아부(周亞夫)의 사당이 경주 서쪽 5리에 있고, 옆에는 묘가 있는데 높고 컸다. 만하점(漫河店)을 지나 신시(申時)에 경주성 밖의 남관일(南館馹)에 도착하였다. 80리를 갔다.

1624년 3월 10일 갑자(甲子), 토교포(土橋舖)에 도착하였다.

여명에 홀로 성의 동문으로 들어가 동자서원(董子書院)을 참배하였다. 서원은 동문 안 문묘(文廟)의 왼쪽에 있는데, 소상(塑像)이 있었다. 살펴보건대, 광천(廣川)과 수현(脩縣)은 한나라 때에 모두 신도(信都)에

속하였으나 후에 광천이 폐해지고 동광(東光)에 경주를 설치하였다. 원
나라 때 경주의 치소를 수현으로 옮겼다. 여사성(呂思誠)이 수현을 통
치하여 음사(淫祠)를 훼철하였으나 오직 동중서의 사당만을 남겨 두었
다. 왕사성(王思誠)이 하간의 총관(摠管)이 되어 서대(書臺)를 광천진에
옮겼는데, 고향 마을이 이곳에 있기 때문이다. 주의 동남쪽 10리 땅에
천막 친 곳이 있어서 이를 보고 남류점(南流店)으로 뒤따라가니, 일행이
아침 식사도 하기 전이었다. 저녁에 토교포(土橋鋪)에 이르렀는데, 덕주
(德州)와의 거리가 40리이다. 이날은 100리를 갔다.

1624년 3월 11일 을축(乙丑), 왕가방(王家坊)에 도착하였다.

아침에 토교포를 출발하였다. 20리를 가서 능현(陵縣)을 지나 봉황포
(鳳凰鋪)에서 아침밥을 지어 먹었다. 저녁에 왕가방에 도착했는데, 상현
(商縣) 땅이다. 115리를 갔다.

1624년 3월 12일 병인(丙寅), 장가점(章家店)에 도착하였다.

이른 아침에 출발하여 두가(杜家) 수구(水口)의 타석교(拖石橋)를 지
나서 일행이 제양현(濟陽縣) 북쪽에 도착하였다. 여러 산들이 동남 방
면에 모여 있는 것을 처음 보았다. 배를 띄워서 양하(楊河 : 일명 '동하(東
河)'라고 하고, 현의 동쪽 5리에 있다.)를 지났는데, 장가점에 다다랐다. 약
100리를 갔다.

1624년 3월 13일 정묘(丁卯), 추평현(鄒平縣)에 도착하였다.

아침에 장가점을 출발하여 단가교(段家橋)에서 점심을 지어 먹었는
데, 장구(章丘) 땅이다. 덕주에서부터 샛길을 따라왔으므로 제남(濟南),
평원(平原), 장구(章丘)는 모두 보지 못했다. 곧바로 추평(鄒平)의 서성
(西城) 밖 작은 냇가를 나와서 비로소 대로(大路)에 도달하였다. 낮에 복
생(伏生)이 『서경』을 가르치던 곳을 지났고, 또 범문정공(范文正公)의 옛
집을 지났으며, 오천(五川)과 주하(注河)를 지나 서편 성문으로 들어가

서 동편 성문으로 나왔다. 동관일(東館馹)에 묵었다. 약 90리를 갔다. 오릉(於陵) 중자(仲子)의 사당이 서성 안에 있다.

1624년 3월 14일 무진(戊辰), 비가 많이 내렸다. 치하점(淄河店)에 도착하였다.

아침에 추평을 출발하여 치천(淄川)의 장점(長店)에서 아침 식사를 지어 먹었다. 낮에 금령일(金嶺馹)에서 쉬고, 치수(淄水)를 지나 우산(牛山)을 거쳐 치하점(淄河店)에 다다랐다. 대략 130리를 갔다.

1624년 3월 15일 기사(己巳), 창락현(昌樂縣)에 도착하였다.

아침에 치하점을 출발하여 익도(益都)의 북관일(北館馹)에서 아침을 지어 먹었다. 이당(李堂), 정창운(鄭昌雲), 임춘무(林春茂)를 데리고 노새를 타고 점주(店主)의 아들을 고용하여 인도하게 하였다. 만년교(萬年橋)를 지나고 진청문(鎭靑門)에 들어갔는데(청주(靑州) 북성문이다.), 서성을 따라가니 군문(軍門) 형개(邢玠)의 집을 지나고 또 제왕부(諸王府)를 지났는데, 패루(牌樓)가 서로 바라보였다. 금색 패방이 휘황찬란하였는데, "대아불군(大雅不群 : 크게 바르고 다른 무리와 같지 않다.)"이라고 쓰여 있었다. 명 황실의 계통에 속하는 가문이 4~5곳이나 되었다. 왕부(王府)의 정문 밖 좌우에서 남쪽 거리 패루문(牌樓門)까지 모두 돌 난간 수백여 보가 설치되었다. 그 성의 남쪽 누각에는 "야우루(夜雨樓)"라고 쓰여 있는데, 항상 밤에 들으면 바람 소리와 비 소리가 들리지만 나가서 보면 별과 달이 밝았으므로 이런 이름을 붙였다.

남문을 나가 운문산(雲門山)을 바라보며 가다가 동쪽으로 돌아 성벽을 따라갔다. 정사는 성의 동쪽 여관에서 아직 출발하지 않고 있었다. 들어가서 뵙고 함께 술 한잔을 마신 후 먼저 출발하여 십리포(十里舖)에 도착하니, 가마꾼들이 길 옆에서 기다리고 있어 타고 갔다. 정오 무렵에 미하점(瀰河店)에 도착하여 조금 쉬었다가 창락현(昌樂縣)의 십오리포(十五里舖 : 옛 영구(營丘) 땅), 십리포(十里舖 : 옛 극남성(劇南城))를 지나 현성(縣城) 밖의 남관일(南館馹)에 도착하였다. 이날은 60여 리를 갔다. 반정 조사관 이유동(李惟棟)이 현에 도착하여 인사장을 보내왔다. 이괄(李适)이 변란을 일으킨 것을 비로소 들었는데, 며칠 지나지 않아 머리를 베었다고 한다.

1624년 3월 16일 경오(庚午), 왕로점(王老店)에 도착하였다.

아침에 창락을 출발하여 선산(仙山) 고적(고을 동쪽 10리에 있다.) 백이(伯夷)의 고향, 봉맹(逢萌)의 고향(현의 동쪽 15리에 있다.), 왕부(王裒)의 옛 마을(주류점(周流店)에 있다.), 평진(平津)의 별장(유현(濰縣) 서쪽 10리에 있다.)을 지나고, 유수(濰水)를 건너 유현(濰縣)의 북관일에 도착하였다. 아침을 지어 먹은 후 공문거(孔文擧)의 옛 치소(유현의 동쪽 10리에 있다.), 안평중(晏平仲)의 고향(유현 동쪽 20리에 있다.)을 지나 한정점(寒亭店)에서 쉬었다. 또 왕언방(王彦方)의 고향(고을 동쪽 30리에 있다.), 영구(營丘)의 옛 봉토(현의 동쪽 40리에 있다.)를 지나 왕로점(王老店 : 창읍(昌邑) 땅이다.)에 도착하였다. 약 110리를 갔다.

1624년 3월 17일 신미(辛未), 사하점(沙河店)에 도착하였다.

새벽에 왕로점을 출발하여 창읍현(昌邑縣)을 지나고 현의 동쪽 15리 지점에 다다라 배를 타고 회하(淮河)를 건넜다. 회하는 일명 '회섭수(淮涉水)'라고도 하는데, 그 근원이 즉묵현(卽墨縣)의 석성산(石城山)에서 나와 현치의 서쪽 1리쯤 되는 곳을 지나 북쪽으로 흐르다가 다시 서남쪽으로 흘러 바다로 들어간다고 한다. 복장점(卜莊店)에서 점심을 지어 먹고 신하(新河)를 지나 평도주(平度州)의 서쪽 경계에 들어가 회부일(灰埠馹 : 평도주의 서쪽 80리 땅이다.)에 도착하였다. 송나라 용도각(龍圖閣) 태학사(太學士) 채제(蔡齊)의 고향으로, 동구에 '장원 재상리(壯元宰相里)'라는 표석이 있었다. 저녁에 사하점(沙河店)에서 잤다.

1624년 3월 18일 임신(壬申), 주교일(朱橋馹)에 도착하였다.

새벽에 사하점을 출발하여 사시(巳時 : 오전 9~11시)에 내주부(萊州府)에 도착하였다. 서쪽 성문으로 들어가 문묘에서 말을 내리니, 전각을 지키는 자가 자물쇠를 열어 주었다. 공자 이하의 성현들은 모두 소상(塑像)에 면복(冕服) 차림을 하고 있었다. 드디어 문묘를 참배하고 출발하였다. 동래서원(東萊書院)이 문묘의 동쪽 부의 관아 옆에 있었는데, 그 중심 건물의 이름을 '심원당(深遠堂)'이라 하였고, 그 내부에는 역시 소상이 있었다. 성안에는 대학사 모기(毛紀)와 이부상서 조환(趙煥)의 패루가 있었다. 저녁에 야현(夜縣)의 주교일(朱橋馹)에서 잤다. 110리를 갔다.

1624년 3월 19일 계유(癸酉), 황현(黃縣)에 도착하였다.

새벽에 주교를 출발하여 황산일(黃山馹)에서 아침을 지어 먹었는데, 동지사 일행이 오늘 비로소 등주에 도착하였다는 말을 들었다. 오후에 황현의 동관일(東館馹)에 도착하였다. 120리를 갔다. 모천수(牟天壽)와 선원들이 항구에서부터 이곳으로 마중을 나왔다.

1624년 3월 20일 갑술(甲戌), 등주부(登州府)에 도착하였다.

아침에 황현을 출발하여 사시(巳時)에 동모(東牟 : 등주의 옛 군명)의 수성(水城)문 밖에 도착하였다. 동지사와 서장관이 임시 천막을 치고 거처하는 것을 보았다.

1624년 3월 21일 을해(乙亥), 등주에서 머물렀다.

듣건대, 군문(軍門 : 등래순무 원가립)이 도찰원의 탄핵을 받자 병을 핑계로 사직서를 올렸는데, 직위에서 해제하니 고향에서 조리하라는 명을 받았다고 한다. 대리시(大理寺) 소경(少卿) 무지망(武之望)으로 그 직무를 대리케 하였다고 한다. 심 총병(沈摠兵 : 산동해방총병 심유용) 역시 직위 해제되고, 양국동(楊國棟)으로 교체하였다고 한다. 선원 의남(義

男)과 중립(重立)이 도주하여 그들을 수색하는 일로 군문에 정문(呈文)을 올렸는데, 그것을 해방도(海防道)에 하달하였다. 군문이 칙서(勅書)를 보자고 요구하여 사본을 만들어 바쳤다. 사신이 조사관들이 가지고 간 제본의 사본을 보여 주기를 요청하니, 군문이 아전들에게 그것을 베껴서 주도록 하였다.

1624년 3월 22일 병자(丙子), 등주에서 머물렀다.

아침에 부사 및 동지사와 함께 군문에 나아가니, 군문이 출근해 있었다. 군문이 서서 말하기를, "칙서는 중국의 차관이 받들어 가서 선포하는 것이 마땅하고 사신들이 가지고 가는 것은 온당하지 않다. 내가 황제에게 제본을 올려 결정하고자 하니, 여기 머물러 기다리는 것이 좋겠다." 하였다. 우리가 말을 잘 만들어 응답하였더니, 군문이 "잘 알았다."고 하였다. 그리고 나서 차를 대접받고 사례한 후에 작별하기를 청하니, 군문이 "잔치를 받은 후에 출발하라." 하였다. 드디어 사례하고 나왔다. 중군(中軍) 허정국(許定國)이 편지를 보내어 연회에 초청하였다. 중군은 그때 마침 모친상을 당하였는데, 청첩장에 "고애자 허정국 계상재배(孤哀子許定國稽顙再拜)"라고 쓴 것을 보니, 해괴하기 짝이 없었다.

1624년 3월 23일 정축(丁丑), 등주에 머물렀다.

어제는 물이 얕아서 배들이 움직일 수 없었는데, 새벽에서야 비로소 출항(出港)을 보고했다. 군문(軍門)이 수행원 일동에게 은자(銀子)를 나누어 주고 통행증을 내리면서 말하기를, "국왕에게 보고하여 본부(本府 : 등주군문(登州軍門))의 우대하는 뜻을 알려 달라."고 했다. 저녁에는 낙유신(駱惟信)이 연회를 청하여 정사, 부사와 함께 참석했다.

1624년 3월 24일 무인(戊寅), 등주에 머물렀다.

저녁에 부사, 동지사와 함께 교장(敎場)에서 열리는 연회에 참석하였

등주군문 입구

다. 연회는 중군이 주관했는데, 자못 우대하는 성의를 보였다. 함께 간 하
인들과 선원들에게도 모두 음식을 내렸다. 연회를 파한 후 정식 인사는
생략하고 단지 읍(揖)을 하고 나왔다. 저녁에 낙유신과 그의 아들이 와서
작별 인사를 하면서 여지(荔枝)와 떡과 장(醬) 등을 선물하였다. 나는 차
고 있던 칼[佩刀]을 풀어 그의 아들에게 선물했다.

14 등주에서 배를 타고 선사포로 돌아오다

1624년 3월 25일 ~ 4월 8일

묘도 → 여순구 → 평도 → 삼산도 → 석성도 → 피도 → 선사포

이민성 일행은 1624년 3월 25일 자정(子正)에 정사, 부사와 함께 바다 신〔海神〕에게 제사를 지내고, 축시(丑時 : 새벽 1시~3시)에 등주항을 출발하였다. 동지사 일행의 배도 함께 출항하여 양쪽에서 띄운 배가 모두 10척이었다. 그들은 아침에 묘도(廟島)에 정박하여 쉬면서 다른 배들이 따라오기를 기다렸다. 26일에는 동틀 무렵 출발하여 오후에 황성도(皇城島)를 지나고, 풍세(風勢)를 따라 돛과 노를 번갈아 사용하며 여순구(旅順口) 앞바다에 이르러 해가 이미 저물었으나 그대로 밤을 새워 항해하였다. 27일 새벽까지 안개가 짙어서 지척을 분별할 수 없었지만, 그들은 나침반에 의지하여 동북방의 삼산도(三山島)로 지향하였으나 기상 악화로 평도(平島) 앞의 작은 섬에 닻을 내렸다. 28일은 안개와 역풍으로 배를 운항하지 못하고 바다 위에서 밤을 지냈다.

3월 29일에는 날씨가 맑아 삼산도까지 순항하여 정박하였다. 4월 1일에는 동틀 무렵에 출항하여 광록도(廣鹿島)까지 갔다가 30리 거리 밖의 바다에서 밤을 지냈다. 2일에는 풍랑이 심하여 도로 삼산도 쪽으로 가서 이름 모를 섬의 항구에서 피난하였다. 그들은 4월 3일 순풍을 타고 광록도(廣鹿島)와 장산도(長山島)를 지나 석성도(石城島) 앞 항구에 정박하였다. 다음 날은 석성도에서 하루를 쉬었다. 4월 5일에는 바람과 조수가 극히 순조로워 녹도(鹿島)와 거우도(車牛島)를 지나 초저녁에 피도(皮島 : 가도)에 도착하여 정박하였다. 이날은 석성도에서 피도까지 1200여 리를 항해하였다. 비로소 조선 땅에 도착한 것이다.

사신 일행은 4월 6일 아침에 모문룡이 주둔한 사포(蛇浦)에 사람을 보내어 문안 인사를 하고 출항하여 사시(巳時 : 오전 9~11시)에 선사포 포구에 도착하였다. 그들이 중국으로 갈 때는 선사포를 출발하여 24일 만에 등주에 도착하였으나, 돌아올 때는 약 3450리의 항로를 겨우 11일 만에 주파한 것이다. 그들은 여기서 4월 8일까지 머물며 휴식을 취하고, 다른 배들이 모두 도착하기를 기다렸다. 그러나 제4선은 8일까지도 도착하지 않았다. 평안도 관찰사 이상길(李尙吉) 등이 편지를 보내서 위문했다.

1624년 3월 25일 기묘(己卯), 배가 출발하였다.

자정(子正)에 정사·부사와 함께 해신(海神)에게 제사를 지내고, 축시(丑時)에 일행이 각기 배를 타고 큰 바다로 나오니, 동지사 일행의 배도 역시 뒤따랐다. 사시(巳時)에 부사의 배와 함께 묘도(廟島)에 정박하니, 양쪽에서 띄운 배가 모두 10척이었는데, 오직 제1선과 제4선이 바닥에 얹혀 출발하지 못했고, 나머지는 모두 뒤처졌다고 했다.

1624년 3월 26일 경진(庚辰), 밤새도록 바다 가운데서 배를 운행하였다.

동틀 무렵 부사와 함께 출발했다. 돛을 올릴 적에 돛대 끝의 도르레 뭉치가 떨어져서 수선한 후 출발하니, 부사의 배는 이미 멀리 가 버렸다. 오후에 황성도(皇城島)를 지나니 풍세(風勢)가 혹 순조롭기도 하고 비스듬히 불기도 하며, 세어졌다가 그쳤다가 하여 노젓기를 겸하여 나아갔다. 제6선의 사람에게 들으니, 오늘 아침 제1선이 묘도에 들르지 않고 곧장 황성도로 향했다고 했다. 이미 정사의 배는 놓쳤고, 동지사와 함께 서로 앞서거니 뒤서거니 하면서 여순구(旅順口) 앞바다에 이르기 전에 해가 이미 저물었다. 그대로 밤을 새워 나아갔다.

1624년 3월 27일 신사(辛巳), 평도(平島) 앞 섬에 도달하였다.

이날은 밤새도록 안개가 짙어서 지적을 분별할 수가 없었다. 정사와 부사의 배가 앞에 있으나 볼 수가 없었고, 나머지 선박도 뒤에 있으나 볼 수가 없어서 단지 정남침(定南針 : 나침반)에 의존할 뿐이었다. 동북간을 향하여 삼산도(三山島)로 지향하니 이미 새벽이 되었다. 겨우 평도(平島)를 지나는데, 짙은 안개 속에서 홀연히 어지럽게 섬들이 눈앞에 다가와서 당황하여 어찌할 바를 몰랐다. 마침내 돛을 풀고 닻을 내렸다가 해질 무렵에는 짙은 안개가 더욱 심하여 어쩔 수 없이 노를 저어 동쪽 해변으로 가서 평도 앞의 이름 모르는 작은 섬에 닻을 내렸다. 중국 배[唐船] 4척도 함께 정박하고 우리 배 1척도 달려왔는데, 동지사의 선박인 듯했으나 음성이 들리지 않아 멀찌감치 바라만 볼 뿐이었다.

1624년 3월 28일 임오(壬午), 평도(平島) 앞바다에 머물렀다.

이날은 짙은 안개와 역풍으로 배를 운행하지 못하고 끝내 바다 가운데서 밤을 지냈다. 제6선이 뒤쫓아와 함께 정박하니, 이파(李坡)와 이부윤(李富潤) 등이 찾아와 인사하였다.

1624년 3월 29일 계미(癸未), 삼산도(三山島)에 도착하다.

날씨가 맑았다. 삼산도에 도착하여 동지사와 서장관이 탄 제6선과 함께 정박했다. 섬에는 중국인들이 움막을 지었으며, 요동 사람들도 많이 모여 살았다. 해안에 내려 동지사와 함께 이야기하다가 곧장 배로 돌아왔다. 곧 노를 저어 항구의 서쪽으로 나와 바다에서 밤을 보냈다.

1624년 4월 1일 갑신(甲申), 삼산도(三山島) 앞 항구에 머물렀다.

동틀 무렵 노를 저어 삼산도를 나와서 신시(申時)에 광록도(廣鹿島)를 바라보니, 아직 1식정(息程 : 30리)의 거리 밖에 있어서 바다 가운데서 밤을 지냈다.

1624년 4월 2일 을유(乙酉), 삼산도(三山島)의 서쪽 항구에 머물렀다.

동틀 무렵 배를 띄워 광록도를 바라보니, 겨우 20리였다. 하늘에서 장차 비가 내리려고 하는데, 동풍이 몹시 심한데도 뱃사람들이 오히려 돛을 비스듬히 하여 동북쪽으로 나아갔다. 내가 묻기를 "장차 어디에서 정박(碇泊)하려고 하는가?" 하니, 뱃사람이 말하기를 "장차 광록도(廣鹿島)에 정박하려고 합니다." 하였다. 내가 그를 꾸짖으며 "바람의 형세가 이와 같으니 광록도는 결코 정박할 수 없는데, 장차 어디로 가려고 하는가?" 하니, 뱃사람이 대답이 궁한 나머지 말하기를 "우선 바다 가운데 서 있으면서 바람이 어떠할지 기다려 보려 합니다." 하였다.

내가 또다시 꾸짖어 말하기를 "만약 그렇게 하면, 반드시 바다에 빠져 죽을 것이 틀림없다. 바라보니, 서쪽 해변에 작은 섬이 하나 있으니 가히 바람을 피할 수 있을 것이다. 배를 돌려 그곳으로 가는 것이 어떠한가?" 하였는데, 모두가 말하기를 "(그 섬은) 육지에 연접해 있어 가달(假㺚 : 오랑캐에 투항한 한족)이 거주할 것이므로 결코 갈 수 없습니다." 했다. 정창운(鄭昌雲)이 홀로 말하기를, "이 안개 낀 틈을 타서 잠시 섬 앞에 정박했다가 바람이 잦기를 기다려서 노를 저어 나오면 근심 없이 온전할 수 있을 것이다. 만약 바다 한가운데에 정박하려고 한다면 오후에는 풍랑이 더욱 극심할 것이니, 장차 어느 곳에 정박할 수 있겠는가?" 하였다. 나도 그 말을 따랐다.

바람을 타고 서쪽으로 나아가니, 과연 한 바위섬이 빙 둘러서 있고 그 가운데 깊은 항구가 있어서 선박을 정박시킬 수 있었다. 서쪽으로 해안까지 거리가 아직도 수백여 보(步)나 떨어져 있어 뱃사람들이 모두 기뻐하였다. 저녁에 동지사가 우리 선박이 피난해 들어온 곳을 바라보고 돛을 반 정도 걸어둔 채로 바람과 물결을 무릅쓰고 쫓아와서 정박하고 밤을 지냈다.

1624년 4월 3일 병술(丙戌), 석성도(石城島)에 도착하였다.

해 뜰 무렵에 배가 출발하니, 바람이 순조롭고 조수가 빨라 광록도(廣鹿島)와 장산도(長山島)를 지났다. 달리는 고래가 대양(大洋) 가운데에서 물을 뿜는 것을 보았다. 미시(未時)에 바람이 거세지고 물결이 심해져서 석성도(石城島) 앞 항구에 정박하였다. 제1·2·5선이 일제히 항구의 서쪽에 정박하는 것을 보았다. 듣건대, 제2선은 어젯밤에 이곳에 도착하였으나 역풍(逆風)에 밀려나 장산도(長山島)로 돌아가서 정박하였다가 오늘 오후에 다시 석성도에 도착했다고 한다. 초저녁에 제6선과 동지사의 선박이 함께 와서 정박하였다.

1624년 4월 4일 정해(丁亥), 석성도(石城島)에 머물렀다.

아침에 동지사와 더불어 배를 나란히 하며 서로 대화를 나누었다. 우계현(禹啓賢)·견후증(堅後曾) 등이 와서 알현하였다. 늦은 아침에 비바람의 조짐이 있어 마침내 믿을 만한 곳으로 배를 옮겨 정박하였다. 정사와 부사의 배가 노를 저어 항구를 벗어나서 장차 출발하려고 하였는데, 마침 뇌성벽력이 치는 바람에 다시 노를 저어 항구 안에 들어왔다. 내가 중국 선박의 작은 거룻배를 빌려 타고 힘껏 노를 저어서 해안에 내리니, 정사가 그것을 바라보고 작은 거룻배를 보내 주기를 재촉했다. 장후순(張後巡)이 중국 사람과 함께 가서 정사를 맞아 해안 가까이로 왔으나, 바람이 거슬러 불어서 떠돌다가 제1·2선의 닻줄에 걸려 다행히 전복을 면했다.

1624년 4월 5일 무자(戊子), 피도(皮島)에 도착하여 정박하였다.

부사의 배는 꼭두새벽에 이미 출발하였으나, 정사의 배와 내 배는 모두 얕은 바닥에 걸려 있다가 사시(巳時)에 조수가 밀려들어 겨우 출발할 수 있었다. 오시에 녹도(鹿島)를 지나고, 신시(申時) 초에 거우도(車牛島)를 지나, 술시(戌時)에 피도(皮島)에 정박하였다. 석성도로부터 이곳(피도)에 도착하기까지 수로로 1200여 리인데, 배를 탄 이후로 바람과 조수의 순조롭기가 이날과 같은 때가 없었다.

1624년 4월 6일 기축(己丑), 선사포에 내려 정박하였다.

아침에 부사, 동지사와 함께 정사의 배에 모였다. 들건대, 모문룡의 도독부가 사포(蛇浦)에 주둔하고 있다고 하므로, 이순(李恂)을 보내 모도독의 아문에 현관례(見官禮)를 행하고 드디어 배를 출발시켰다. 사시(巳時)에 포구에 도착하여 정박하니, 첨사 이택(李澤)이 선소(船所)에 와서 기다리고 있었다.

1624년 4월 7일 경인(庚寅), 선사포에 머물렀다.

정주목사 정사추(丁士推)가 와서 만나 보고 갔다. 그때 비가 내렸는데, 기동했던 선박들이 모두 도착하여 정박했으나 제4선이 도착하지 않았다. 감사 이상길(李尙吉) 영공이 편지를 보내서 위문했다.

1624년 4월 8일 신묘(辛卯), 선사포에 머물렀다.

15 선사포를 출발하여 서울로 귀환하다

1624년 4월 9일 ~ 4월 21일

신안 → 가흥 → 순안 → 평양 → 용천 → 금교 → 벽제 →
서울 → 융정전

선사포에 도착하여 이틀을 쉰 사신 일행은 4월 9일에 칙서를 받들고 서울을 향해 길을 떠났다. 당일 저녁에는 신안(新安)에 도착하여 유숙하였다. 그들은 여기서 또 5일 동안 지체하였다. 그 동안 뒤처졌던 제4선이 12일에 비로소 도착하였다. 삼산도에서 바람을 만나 삿대가 두 번이나 부러지고 수리하느라고 늦었다는 것이다. 4월 14일 낮, 서울에서 국왕의 유지가 도착하였다. "칙서를 맞이하는 예〔勅禮〕를 20일 오시로 잡았으니, 사신들은 그날로 서울에 들어오라."는 것이었다. 사신들은 의례히 행하는 수검(搜檢 : 수행원들의 화물 검사)을 기다리지 않고 먼저 출발한다는 사유를 서울에 보고한 후에 바로 출발하였다. 그러나 이때 수검을 받지 않은 일은 후에 대간(臺諫)으로부터 탄핵을 받아 처벌되는 빌미가 되었다.

사신 일행은 4월 15일 순안(順安)에 도착하였고, 4월 16일 아침에 평양에 다다랐다. 그들은 비를 무릅쓰고 곧장 강을 건너 당일 생양(生陽)에서 유숙하였다. 이민성은 17일 황주의 초하(草河) 강변에서 수행하였던 군관 정창운(鄭昌雲)과 작별하였다. 정창운은 이민성의 부친이 황주부사로 재직할 때 향리의 아들로서 6년간이나 어린 이민성을 시종하였던 사람이었다. 그는 후에 무과시험에 급제하고 1619년 심하 출병 때 우영(右營)에 소속되었다가 적에게 패전하자 달아나 돌아왔다. 매우 날래고 씩씩하며 활을 잘 쏘았고, 처신이 신중하여 칭송을 받았다. 이날 그들은 봉산을 지나 저녁에 서흥에서 머물렀다.

그들은 4월 18일 금교(金郊)에 도착하여 황해감사의 환영연을 받았다. 4월 19일에는 송도를 지나 벽제관에서 유숙하였다. 4월 20일 그들은 드디어 서울에 들어갔다. 오전에 모화관에 도착하여 칙서를 모시고 영칙례(迎勅禮 : 배칙참례(陪勅參禮))를 행하였다. 좌의정과 예조판서 및 한성좌윤 등이 행사를 주관하였다. 이민성은 바로 그날, 성균관 사성(司成) 겸 사헌부 집의(執義)에 승진 임명되었다는 소식을 들었다.

다음 날인 1624년 4월 21일 주문사 겸 책봉주청사 이경전, 부사 윤훤, 서장관 이민성은 창덕궁 융정전(隆政殿)에서 인조의 인견(引見)에 나아갔다. 인조는 "무사히 갔다 돌아왔고 또 책봉을 성사하여 와서 내가 매우 기쁘다."고 치하하였다. 이어 사신들은 중국 조정의 일을 상세히 보고 드리고 나왔다.

이로써 책봉주청사의 공식적인 임무는 모두 끝났다. 만 14개월(윤달 포함)간의 대장정이 끝난 것이다. 이 긴 여행은 육로 3500여 리, 해로 3500여 리, 왕복 7000리의 여정을 14개월 만에 다녀온 것이며, 북경에서 피땀 흘리는 외교적 노력으로 인조의 책봉을 받아 온 역경의 과정이었다. 이 기간 중 역관 신응융(申應融)이 12월 21일에 급사한 것 외에는 350여 명 모두가 무사히 돌아올 수 있었다. 이 여행은 우리 역사에 기록될 만한 해외여행이며, 이민성의 「조천록(朝天錄)」도 우리 민족이 남긴 여행 문학의 금자탑이라고 할 수 있다.

1624년 4월 9일 임진(壬辰), 길을 떠나 신안(新安)에 도착하였다.

모문룡 총병(摠兵)의 부하인 우길(尤吉), 왕보(王輔)가 군사를 이끌고 관소에 도착했다. 정사가 칙서를 받들고 있었으므로 우길이 (관소의) 서헌(西軒)에 유숙했다. 동지사와 서장관이 왔다.

1624년 4월 10일 계사(癸巳), 신안에 머물렀다.

윤지중(尹止中) 영공이 편지를 보내 위문했다. 대동찰방 조정립(曹挺立), 철산부사 안경심(安景深)이 와서 만나 보았다.

1624년 4월 11일 갑오(甲午), 신안에 머물렀다.

정랑 이경헌(李景憲)을 뵈었는데, 신순부(申順夫) 영공의 부고를 들었다.

1624년 4월 12일 을미(乙未), 신안에 머물렀다.

아침에 영위사(迎慰使) 원경명(元景鳴) 영공을 뵈었다. 사시(巳時)에 제4선이 도착하였다. 이장배(李長培), 장응선(張應善) 등이 와서 알현하였다. 들으니, 배가 삼산도에 도착해 바람을 만나 삿대가 두 번이나 부러지고 두 번을 고쳐 오느라 도착하는 데에 지체되었다고 하였다. 저녁에 정랑 윤낙천(尹樂天)이 왔다.

1624년 4월 13일 병신(丙申), 신안에 머물렀다.

목사가 위로연을 베풀었다.

1624년 4월 14일 정유(丁酉), 행차가 출발하여 가흥(嘉興)에 도착하였다.

낮에 유지를 받았는데, "칙서를 맞이하는 예[勅禮]를 20일 오시로 잡았으니, 경은 그날로 서울에 들어오라." 하였다. 사신이 수검(搜檢)을 기다리지 않고 대략 약간의 수행원을 거느리고서 칙서를 받들어 먼저 출발하는 연유를 보고한 후에 즉시 출발하였다. 오후 늦게(포시(晡時) : 신시(申時)) 가산에 도착하였다. 변수삼(卞守三)이 고산정(高山亭)에다 술자리를 마련해 주었으나 피곤하여 마실 수 없었으므로 한두 잔 하고 마쳤다.

1624년 4월 15일 무술(戊戌), 순안(順安)에 도착하였다.

1624년 4월 16일 기해(己亥), 비가 내렸다.

아침에 평양에 다다랐다. 정랑 이경헌(李景憲), 한림 이경(李坰)이 술을 권했다. 마침내 먼저 일어나 비를 무릅쓰고 작은 배를 타고 곧장 강을 건너 생양(生陽)에 도착하였다. 노세언(盧世彦), 윤안인(尹安仁) 등이 와서 알현하였다. 아전과 기생 무리들이 모두 와서 알현하여 위로하고 축하해 주었다. 저녁에 정사와 부사가 도착하니, 부사(府使) 유대화(柳大華) 영공이 술자리를 마련해 주었다.

1624년 4월 17일 경자(庚子), 용천(龍泉)에 도착하였다.

아침에 황주에 이르렀는데, 병사 변흡(邊潝)이 와서 알현하였다. 군관 정창운(鄭昌雲)과 초하(草河) 강변에서 이별하였다. 창운은 생양 사람으로, 부친께서 황주부 부사로 재직할 때 이동(吏童 : 방자)으로서 나를 시종하여 좌우를 떠나지 않은 지 6년이었는데, 털끝만큼도 실수가 없었다. 후에 무과시험에 급제하고 기미년(1619)에 오랑캐를 정벌하러 갈 때(심하전투) 장관(將官)으로서 우영(右營)에 속하게 되었다가 적에게 함락되자 달아나 돌아왔다. 날래고 씩씩하며 활을 잘 쏘아 이름이 났다. 나를 따라 연산(燕山), 발해(渤海)에서 갖은 어려움을 겪었으나 근신함이 시종 한결같아서 일행의 칭송을 받았다. 봉산을 지나 검수(劍水)에서 점심을 지어 먹는데, 군수(郡守) 홍서(洪恕)가 알현하였다. 저녁에 서흥에 머물렀다.

1624년 4월 18일 신축(辛丑), 금교(金郊)에 도착하였다.

감사 임자신(林子愼) 영공이 와서 알현하였는데, 작은 술자리를 베풀었다. 배천[白川]의 지공(支供 : 음식물)이 오지 않아 일행이 주리고 피곤하였다.

1624년 4월 19일 임인(壬寅), 벽제에 도착하였다.

아침에 송도를 지나면서 도원수 장낙서(張洛西 : 장만(張晚))를 알현
하였다. 저녁에 벽제관에서 잤다.

1624년 4월 20일 계묘(癸卯), 서울에 들어갔다.

사시에 모화관에 도착하였다. 성균관 사성 겸 사헌부 집의에 제수되
었다고 들었다. 칙서를 모시고 영칙례(迎勅參禮)를 한 후에 사신과 함께
좌의정과 예조판서 및 좌윤을 배알하였다. 내일 사신과 서장관을 인견
하신다는 일로 전교를 들었다. 저녁에 교리 이무백(李茂伯)이 와서 알
현하였다.

모화관(慕華館) 터 독립관
모화관은 사신들을 맞이하고 전별했던 곳으로, 현재의 독립문 근처이다.

영은문(迎恩門) 터   영은문은 중국 명나라 사신을 맞이하는 모화관(慕華館) 앞에 세웠던 문으로, 현재의 독립문 앞 돌기둥 자리이다.

1624년 4월 21일 갑진(甲辰), 융정전(隆政殿)*에서 인견하였다.

아침에 내병조(內兵曹)에 들어갔는데, 참지 김정원(金淨元) 영공을 알현하였다. 정사와 부사도 도착하였고, 이어 황은(皇恩)에 사례하는 예식에 참석하였다. 사신과 함께 인견에 동참하였다. 동부승지 김덕함(金德諴), 주서 최유연(崔有淵), 사관 심지원(沈之源), 김설(金卨)이 입시하였다. 주상께서 말씀하시기를, "무사히 갔다 돌아왔고 또 책봉을 성사하여 와서 내가 매우 기쁘다." 하셨다. 이어 중국 조정의 일을 물으시자, 사신과 더불어 상세히 보고 드렸다. 인견을 마치고 나왔다.

---

* 광해군 때 축조된 경희궁의 정전 이름이었으나, 1625년(인조 3)에 '숭정전(崇政殿)'으로 개칭되었다. 개칭된 후에도 한동안 '융정전'으로 불리워 별칭처럼 되었다. 정면 5칸, 측면 4칸의 단층 기와 팔작지붕의 목조 건물로, 서울특별시 유형문화재 제20호이다. 1926년에 현 동국대 자리로 옮겨져 '정각원(正覺院)'이라는 법당으로 사용되고 있다.

융정전 정각원 경희궁의 정전이었던 융정전(隆政殿)은 인조 때 '숭정전(崇政殿)'으로 개칭,
1926년에 동국대학교 교정에 이건되어 '정각원(正覺院)'이라는 법당으로 사용되고 있다.

숭정전 오랫동안 폐허로 있다가 1994년 원래의 자리에 복원되었다.

사신(使臣)들의 보고 문서

이 책에 부록으로 붙인 사신들의 보고 문서 8편은 1623년 4월부터 익년 정월까지 사신들이 여행 중에 작성하여 중국 황제나 조선의 국왕(인조)에게 보고하였던 문서 및 평요총병관(平遼總兵官) 모문룡에게 보냈던 공문서들이다. 이 중 「등주(登州)에서 올린 장계」는 『인조실록』에 수록된 것을 채록한 것이고, 그 외 7편은 모두 이민성의 문집 『경정집(敬亭集)』 속집(續集) 제4권과 이경전(李慶全)의 「조천록」에 수록되어 있다. 각 자료에는 작성된 날짜가 표기되어 있지만, 이민성의 일기에 기록된 날짜와 다른 것이 많다. 이들은 이민성의 여행기인 「조천록」과는 별개의 자료지만, 연구자들과 독자들의 편의를 위해 이 책에 함께 붙인 것이다.

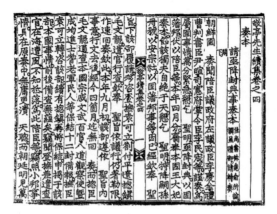

『경정 선생 속집(敬亭先生續集)』 제4권 − 주본(奏本)
사신들이 올린 문서들이 기록되어 있다.

책봉 전례를 빨리 시행해 주기를 청하는 주본(奏本)

이 주본은 사신들이 명나라 희종(熹宗) 황제에게 인조의 책봉을 속히 결정해 달라고 올린 글로, 1623년 11월 29일 예부에 제출하였던 것이다. 그 요지는 '속국 사정이 매우 긴급하여 황상께 간절히 청하오니, 빨리 봉전(封典)을 내리시어 번방(藩邦)을 공고하게 해 주십시오.' 하는 것이었다. 조선의 사신들은 황제에게 직접 주본을 올릴 수 없지만, 당시의 예부상서 임요유(林堯俞)가 예부의 제본에 근거로 삼기 위하여 지시한 것이었다. 이 주본은 결국 황제에게 올려지지 않았지만, 명 예부에서 조선국왕의 책봉을 추진하는 기초 자료로 활용되었다.

조선국 주문 배신(奏聞陪臣) 의정부 좌의정 이경전(李慶全)·예조판서 윤훤(尹暄)·사헌부 장령 이민성 등은 삼가 주문을 올립니다. 이는 속국의 사정이 대단히 긴급하기에 책봉 전례를 빨리 시행하여 번방을 확고히 안정시켜 주시기를 황상께 간절히 비는 일입니다.

엎드려 아뢰옵건대, 저희 배신들은 이해 4월에 본국 왕대비의 주본을 가져와 바쳤습니다. 그 내용은 일개 범부(凡夫 : 광해군을 지칭)가 왕위에 있으면서 스스로 하늘에 죄를 지었으므로 황상께 간절히 비오니,

왕위 계승자인 손자(인조를 지칭)에게 특별히 책봉을 내리셔서 종묘사직을 안정시키고 번방을 확고히 안정시켜 달라는 것입니다. 이미 황제의 성지(聖旨)를 받들어 당해 예부에서 의논하여 건의하기를, 등주순무 원가립(袁可立)에게 자문(咨文)을 보내고, 평요총병관(平遼摠兵官) 모문룡에게도 공문을 보내어 차관을 보내 조사를 시행토록 하시라 하였습니다. 이에 성지를 받들어 그대로 시행하게 하고, 마감 기한을 정하여 신속히 돌아와 보고하라고 하신 명을 받들었습니다.

이해 9월 초에 당해 예부에서 성지의 내용을 준수하여 공문을 시행하여 조사관이 출발한 후에 이제 4개월이 지났으나 아직까지도 돌아와 보고하지 않고 있습니다. 그러나 총병관 모문룡이 본국의 종친·문무백관·8도 관찰사 및 성균관 진사·원로·군인과 백성들의 보증서 12봉지를 두루 조사하였고, 그것을 순무 원가립이 당해 예부에 자문을 보내 통지하였습니다. 그리고 총병관이 다시 그 보증서를 예부로 보내었으니, 본국의 사정은 전후로 갖추고 조사하여 남김이 없습니다.

저으기 듣건대, 등주순무가 차출하여 보낸 조사관이 바다에서 풍랑을 만나 행방을 모른다고 합니다. 이 때문에 저희 배신들이 살피건대, 저희 나라의 사정은 왕대비의 주문 속에 모두 갖추어져 있으므로 다시 황상의 이목을 번거롭게 할 수 없고, 중국 조정에서 만리 밖을 내다보고 이미 모든 일을 통찰하고 있습니다. 그래도 오히려 일의 체통이 중대함을 생각하여, 온 나라 신민들이 올린 공식 문서를 상세히 조사하셔서 책봉하는 전례가 광명정대한 데서 결정되기만을 바라고 있습니다. 그러나 현재 해로가 극히 위험하여 수상 교통이 단절되었고, 황상께서 정하신 기한이 이미 지났으나 조사관의 회보는 기약할 수 없습니다.

본국의 보증서와 순무 원가립 및 총병관 모문룡의 보고서가 연이어 예부에 도착하였으니, 조사관의 회보를 기다리지 않아도 이미 조사를 행한 실상을 얻은 것입니다. 저희 나라는 적군과 대치하고 있어 불원간에 침입을 받는다면 비록 함께 원수를 갚으려는 마음이 간절하여 마음에 새겨 함께 소탕하고자 합니다. 그러나 아직도 책봉의 명이 지체되어 한 해가 가도록 임시로 국정을 주관하고 있으니, 호령을 발동하고 왕명을 시행하는 데 구차할 뿐입니다. 나라가 위급하고 존망이 걸려 있는데, 형세가 이미 어찌할 수 없게 되었습니다. 불에 타는 것을 구해 주고 물에 빠진 것을 건져 주는 일을 어찌 지체할 수 있겠습니까! 엎드려 바라옵건대, 천지 부모와 같은 아량으로 저희 나라에서 아뢰는 사정을 굽어 살펴 주시기 바랍니다. 아울러 순무와 총병관이 보고한 내용을 잘 살펴서서 신속히 밝은 성지(聖旨)를 내려 책봉 전례를 완수하여 동쪽 번방을 보전케 해 주시고, 온 나라 신민들의 소망에 부응해 주시기를 바랍니다. 배신들은 하늘 같은 황상을 쳐다보면서 격렬하고 간절히 기원하는 마음을 감당할 수 없습니다. 저희 나라의 사정은 지극히 긴급하오니, 성명(聖明)께서 신속히 책봉 전례를 내리셔서 번방을 확고히 안정시켜 주시라는 내용으로 이 주문을 올립니다. 삼가 갖추 아뢰옵니다.

황제에게 올리는 주문(奏文)의 초고 수정을 청하는 계본(啓本, 계해년 4월 14일)

이것은 사신들이 북경으로 출발하기 전에 인목대비의 이름으로 황제에게 올리는 주문(奏文)의 초고를 수정해 달라는 계본이다. 당시 인목대비는 광해군에 대한 원한 때문에 황제에게 그를 처형해 달라는 내용으로 주문을 작성토록 하였으나 사신 일행은 이것이 지나치게 과격한 것이라 하여 삭제해 주기를 청하였다. 또 초고에는 유구(琉球)에서 교체된 세자(世子)에게 황제가 고명(誥命)을 하사한 예를 들어 인조 책봉의 당위성을 들었으나 사신들은 이것이 사실인지 알기 어렵고, 또 이번 주청에서 중요한 일도 아니어서 거론할 필요가 없으므로 역시 삭제해 달라는 뜻을 담았다.

　황제에게 아뢰는 주문의 초고를 작성하기 위하여 엎드려 왕대비께서 내리신 전교(傳敎)를 보았습니다. 한 글자와 한 말씀도 모두 지극히 원통하신 마음에서 나왔으니, 신들은 두 번 세 번 봉독하면서 저도 모르게 감격하여 두렵고 목이 메었습니다. 다만 외국인 번방에서 중국 조정에 고하는 데는 문장에 일정한 규정이 있고, 조종 조에서도 또한 직접 책봉하기를 청하였다가 곧바로 폐하기를 청하는 때가 있었습니다. 폐위된 임금(광해군)은 왕위를 계승한 후에 도덕에 어긋난 일이 많아 스스로 천명을 끊었으니, 자전(慈殿 : 인목대비)께서 당초에 어찌 이 지경에 이를 줄을 아셨겠습니까? 그 폐위를 청한 것은 모두가 종묘사직을 위하고 생민들을 위한 것이므로 지극히 공정한 일이니, 무슨 대죄할 일이 있겠습니까?

　같은 부모에게서 난 형제(임해군)를 형장을 쳐서 죽이고, 젖먹이 아이를 학살(영창대군)한 일은 이미 주문 가운데 구비되어 있으나 대비를 별궁(別宮)에 유폐한 일은 그 연수를 쓰지 않았으니, 지금 마땅히 10여 년을 참고 지내왔다는 내용을 첨입해야 할 것입니다. 그 나머지 각 항목은 마땅히 전교하신 뜻으로 조금 수정 보완하였습니다.

　(광해군에게) 과감히 형장을 가해야 한다는 전교는 신들이 머리를 맞대어 놀라고 당황하여 아뢸 바를 알지 못하겠습니다. 예로부터 폐위를 당한 군주는 그 죄가 비록 무겁더라도 나라에서 잘 대접하였는데, 만약 끝내 목숨을 보전(保全)할 수 없게 되면 만세 후에 사람들의 비난을 면하기 어려울 것이니, 성덕(盛德)에 허물되는 것이 어찌 다만 대비께로만 돌아가겠습니까? 하물며 이러한 말은 극도로 중대한 것이니, 어찌 주문(奏文) 가운데 하나하나 열거할 수 있겠습니까? 그 내용이 중국

에 전파되고 천하에 알려지게 되면, 듣고 보는 사람들이 모두 반드시 놀라게 되어 책봉을 주청하는 큰일이 아마도 이 때문에 잘못될까 두렵습니다. 이는 결단코 할 수 없는 일입니다.

유구(琉球)에 관한 조목에 대해서는 그 세자(世子)인지 여부를 이 곳에서는 알기 어렵고, 또 이번 주청에서 중요한 일도 아니니, 반드시 거론할 필요가 없을 것입니다. 주문사(奏聞使)가 출발할 날짜가 박두하였으니, 주문(奏文)을 지어내는 일이 일각이 급하게 되었습니다. 그러므로 오늘이 국가 제사의 제계날이지만 신(이원익)과 예조판서 신(臣) 이정구(李廷龜), 대제학 신흠(申欽)이 한꺼번에 모여서 이러한 뜻으로 주상 전하께 앙달하고자 감히 와서 아뢰오니, 황공함을 견디지 못하면서 하명(下命)을 기다립니다.

계사(啓辭)

관소에서 올린 비밀 장계(8월 28일)

사신들이 1623년 8월 28일 북경 관소(옥하관(玉河館))에서 본국에 보고한 비밀 장계이다. 이민성의 「조천록」에는 8월 27일에 역관 신응융과 군관 강집(姜濈) 등을 시켜 장계를 보내었다고 기록하였다. 여기에는 사신들이 등주에서 북경에 오기까지의 과정과 인조반정에 대한 중국 조정의 부정적인 여론과 관부의 동향 및 자신들의 북경 외교 활동을 보고한 것이다. 특히 8월 말경에 중국에서 조선에 조사관을 파견한 사정을 통지하고 본국의 대책 마련을 요청한 내용이 주목된다.

지난 6월 21일, 신들이 등주(登州)에 있을 때 군관 유경지(柳敬地)가 장계를 가지고 이미 출발하였습니다. 등주에서부터 사람들을 만날 때마다 우리나라 일을 말하는 사람들이 많았는데, 놀랍고 경악스러운 것이 많아 듣는 대로 해명하였습니다. 24일 등주를 떠나 7월 7일에 제남부(濟南府)에 도착하여 제남순무 아문에 가서 신문(申文)을 바쳤습니다. 군문의 성명은 '조언(趙彦)'이라고 하였습니다.

12일에 덕주(德州)에 도착하였는데, 빗물이 심히 많아 육로로는 쉽게 가기 어려워 선박을 세내어 수로로 경유해 갔습니다. 19일에 천진위(天津衛)에 도착하니, 이곳에도 군문이 있었습니다. 연로에서 우리나라 일을 말하는 사람들이 많았지만, 천진군문도 또한 법을 맡은 신하였으므로 응당 우리나라 사정을 알고 있어야 할 것 같았기에 이름을 비워 둔 신문(申文)의 사본에 군문의 이름을 써넣어 바쳤습니다. 군문의 성명은 '이방화(李邦華)'라 하였습니다. 천진에서부터는 배를 버리고 육로로 갔습니다.

27일, 비로소 북경에 도착하였습니다. 중국 조정은 3·6·9일에만 공문을 출납하는 것이 규례여서, 28일은 홍려시(鴻臚寺)가 업무를 보지 않아 29일에 보단(報單 : 사신 일행의 명단)을 올리고 그와 동시에 주본(奏本)을 바쳤습니다. 30일에는 큰비가 오는 가운데 예궐하여 조회에 참석하였고, 관례에 따라 광록시(光祿寺)에서 술과 밥을 대접 받은 후에 다시 사은 배례를 하고 관소로 돌아왔습니다. 오랑캐에 관한 소식은 특별히 탐문한 것이 없으나, 각로 손승종(孫承宗)이 군무를 전적으로 관장하면서 바야흐로 산해관(山海關)에서 주둔하고 있다고 합니다.

8월 초 1일에 예부에서 당상관들을 알현하였는데, 상서 임요유(林堯兪)와 우시랑(右侍郞) 전상곤(錢象坤)이 출근해 있었습니다. 신들이 인사를 마친 후에 무릎을 꿇고 신문(申文)을 바쳤습니다. 물러나와 주객사(主客司) 주사인 주장(周鏘)을 보았는데, 우리나라의 일을 탐문하는 말이 많았습니다. 신들이 역관 이응(李膺) 등을 시켜 그 전말을 극력 진술하였습니다. 예부에서 관소로 돌아오니, 제독주사(提督主事) 필자숙(畢自肅)이 이미 관소에 내려와 있기에 신들이 나아가 뵙고 인사를 한 후에 물러나왔습니다. 관소에 자물쇠를 채운 후에 제독이 별도로 표문(票文)을 발급하여 문단속을 하는 것이 몇 배나 더 엄밀하여 예전과는 크게 달랐습니다. 신들은 이미 북경 관가의 기색이 보통 때와 다른 것을 알고 하인[牌子]들에게 수고비를 후하게 주면서 우리나라에 관한 일들을 알아보도록 하니 중국 조정의 논의가 극히 떠들썩하였는데, 우선 알아낸 것을 가지고 말씀드리겠습니다.

강서어사(江西御史) 전유가(田惟嘉), 절강어사(浙江御史) 조수훈(曹守勳), 등주순무 원가립(袁可立), 천진독향도어사(天津督餉都御史) 필자엄(畢自嚴), 호광어사(湖廣御史) 반운익(潘雲翼), 유도어사(留都御史) 왕윤성(王允成), 산서어사 번상경(樊尙燝)과 예과도급사 성명추(成明樞) 등의 제본은 미처 다 읽기도 전에 저도 모르게 분통하였습니다. 대개 신들이 아직 중국에 들어오기 전에 이미 황제의 성지를 받들어 조선의 일을 곧바로 의논하여 상주하였으니, 섭 각로(葉閣老)의 사직서를 살펴보면 우리나라가 임금을 폐하고 새로 세운 일을 아울러 언급하고 있으니, 여기에 근거하여 그 논의가 매우 준엄하였음을 알 수 있습니다. 신들이 이에 초 5일 비를 무릅쓰고 서장안문 밖으로 가서 각로들에게 정문(呈文)을 올렸습니다. 마침 그날, 각로 섭향고(葉向高)·한광(韓爌)·하종언(河宗彦)·주국정(周國禎)·고병겸(顧秉謙)·위광미(魏廣微) 등이 서로 이어서 대궐에 입궐하였습니다. 신들이 이미 써온 정문 각 건을 여러 각로에게 나아가 올리니, 섭 각로와 한 각로는 비가 오는 가운데 우산을 펴들고 길을 멈추고 섰습니다. 신들이 그 앞에 무릎을 꿇고 역관 이응(李膺) 등에게 명하여 우리나라의 사정을 자세히 진술하게 하였습니다. 그랬더니 각로가 답하여 이르기를, "너희 나라에서 임금을 폐하고 세우는 것은 사체가 중대함에도 불구하고 당초에 일이 명백하지 않다. 즉시 중국 조정에 품의하지 않았고, 궁실을 불태웠으며, 옛 임금을 죽였고, 왜병 3000명을 끌어들여 이용하는 등 여러 가지 의심할 만한 일이 있다. 또한 문무백관이 모두 믿을 만한 신표(信標 : 증빙 문서)를 올리지 않으면 결단코 쉽게 책봉을 인준할 수 없다."고 하였습니다.

신들이 역관으로 하여금 또 진언하게 하였습니다.

"폐군(광해군)이 임금으로 있을 때에 비록 극악무도했지만 어찌 곧바로 먼저 명나라 조정에 나아와 호소할 수 있겠습니까? 비록 왕대비가 그때 유폐되어 있었지만 그 진상을 위로 (천자께) 알릴 길이 없었습니다. 반정(反正)하는 날에 미쳐서는 즉시 모문룡 도독부에 급전(急傳)으로 보고하여, 천자께 상주(上奏)하기에 편하게 하였습니다. 배신 등이 잇달아 (왕대비의) 주본과 (의정부의) 신문(申文)을 받들어 가지고 왔으니, 일의 형편이 저절로 이렇게 된 것이지 어찌 중국에 품의하지 않을 리가 있겠습니까? 궁녀가 실수로 등잔불을 떨어뜨려서 잠시 화재가 일어났지만 곧바로 꺼버렸고, 따로 불지른 일은 없었습니다. 폐군(광해군)은 별도의 장소에 축출하여 안치(安置)하였는데, 지금 바야흐로 건강하게 있으니, 절대로 죽었을 이치가 없습니다. 왜병을 끌어들여 이용했다는 주장은 크게 사리에 맞지 않습니다. 왜적이 우리나라에 있어서는 백세토록 원수인데 그들을 끌어들여 스스로 망할 화를 초래한다고 하니, 어찌 이와 같이 할 리가 있겠습니까? 임금을 폐하고 세우는 거사는 종묘사직를 위한 큰 계책에서 나온 것이므로 명백하고 순정하며 털끝만큼도 의심스러운 곳이 없습니다. 왕대비의 주본과 의정부의 신문은 곧 한 나라의 위아래로부터 나온 공정하고 공통된 여론이니, 이밖에 어찌 별도로 신빙할 만한 것이 있겠습니까? 오직 바라건대, 노야(老爺)께서는 속히 책봉의 은전을 내리실 것을 의논하셔서 저희들이 조속히 임무를 완수하고 귀국하여 보고하게 해 주시기 바랍니다."

그렇게 하니 각로가 말하기를, "이미 잘 알아들었다." 하고는 소매를 들어 읍하여 신들을 일어나게 하고 대궐로 들어갔습니다.

신들이 물러나왔다가 또 대궐 문 밖에서 기다렸는데, 날이 저물자 여섯 명의 각로들이 한꺼번에 나왔습니다. 신들이 길 옆에 무릎을 꿇고 역관 이응(李膺) 등으로 하여금 다시 모함을 바로잡도록 진술하여 호소하였더니, 여러 각로가 빙 둘러서서 경청하였습니다.

섭 각로가 말하였습니다.

"너희들이 전후에 한 말은 이미 잘 알아들었다. 그러나 너희 나라는 다른 외국에 비할 바가 아니어서 중국 조정이 국내의 제후들과 똑같이 여기므로 이번의 일과 같은 거조는 쉽게 될 수 없다. 모름지기 간략하게라도 조사한 연후에야 책봉을 내리는 일을 의논할 수 있을 것이다. 이것이 너희 나라에도 순조롭고 편할 것이다. 이는 곧 조사(調査)한다는 명분이 있게 되면서도 일에는 해로운 바가 없을 것이다."

드디어 읍(揖)하여 신들을 일으켰습니다.

신들이 관소로 물러나와 예부의 복제(覆題 : 천자의 지시에 답하는 제본(題本))를 구하여 보았는데, 여러 가지 말을 하였지만 결론은 책봉을 준허할 뜻이 있었습니다. 또한 조사한 결과가 명백해진 후에 황제에게 들어가 보고한 후 마땅히 다시 그 일을 의논하여 황제의 결단(決斷)을 요청하자는 것이었습니다. 이로써 보건대, 책봉을 허락하는 일은 결국 조사한 후에라야 조정의 의논이 결정될 것이지만, 다만 조만간에 이루어질 것입니다. 대략 내각과 예부의 말투와 형색을 살펴보니, 비록 책봉을 허락하고자 하나 그 반대하는 주장이 일어날 것을 두려워하여, 명분은 조사를 행하자는 것이나 결론은 신중함을 보여 주자는 것입니다. 그런데 다만 조사관이 왕래하는 데 시간이 지체되고, 또 우리나라를 흔들고 해치는 자들이 몹시 많으니, 신들은 걱정하고 고민하지 않을 수 없습니다. 그래서 다시 정문을 작성하여 섭 각로에게 호소하니 각로가 말하기를, "너희들의 주장에 일리가 있으니 마땅히 예부와 의논하여, 단지 모 총병(毛摠兵)에게만 조사관을 보내어 기한을 정해 조사해 오도록 하겠다."고 하였습니다.

며칠 전, 신들이 궐문 밖에 가서 예과급사중(禮科給事中)에게 정문을 올렸는데, 도급사(都給事) 성명추(成明樞)·급사중(給事中) 곽홍언(郭興言) 두 사람이 동시에 나와서 길을 멈추어서 정문(呈文)을 받았습니다. 역관들이 발언하고 변명하고자 했는데 과관(科官)이 말하기를, "이곳은 이야기하는 곳이 아니다." 하고는 그대로 소매를 들고 나가 버렸습니다. 대개 과관의 체통에는 사사로이 서로 이야기하려고 하지 않기 때문입니다. 당초 예과(禮科)에서 올린 제본을 보면 지금 본국의 주본은 당해 예과에 내려왔습니다. 소규모 심의나 대규모 심의를 열지 않고 주본을 베껴서 예부에 보내어 복제를 하게 하였는데, 과관 역시 사정을 세밀히 살펴보아서 이미 전일의 준엄한 의논과는 다른 것을 대개 알 수 있습니다.

신들이 예부에 가서 두 번째 정문을 올렸고, 초 10일에는 상서 임요유(林堯兪), 우시랑 전상곤(錢象坤)이 집무하고 있기에 신들이 인사를 한 후에 무릎을 꿇고 정문을 올렸습니다. 역관 이응(李膺), 장세굉(張世宏), 이순(李恂), 신응융(申應瀜), 견후증(堅後曾) 등을 시켜 무릎을 꿇고 아뢰게 하였습니다.

"배신들이 우리나라의 사정을 가지고 섭 각로에게 정문을 올렸더니, '너희 나라에 책봉하는 일은 간략히 조사한 후에라야 곧 일을 의논할 수 있지만, 예부에서 의논해 황제께 보고하고 시행하기에 달려 있다.'고 하였습니다. 전적으로 노야께서 속히 처분을 내려 주시기를 믿고 있었으나, 뜻하지 않게 조정에서 즉시 책봉을 허락하지 않고 반드시 조사를 행하고자 하였습니다. 오늘날은 형편이 보통 때와 다른데,

오랑캐는 본래 첩보 수집에 능하여 강을 사이에 두고 진지를 대치하면서 우리나라 사정을 알지 못하는 것이 없습니다. 우리의 새 임금이 반정 초에 원수 장만(張晩)을 차출하여 모문룡 군영에서 작전 계획을 품의하였는데, 저 오랑캐가 반드시 이미 듣고서 알 것입니다.

지금 또 염탐하여 우리나라가 아직 책봉을 윤허받지 못한 것과 조사관이 왕래하는 기별을 알면 틈을 타서 침범하고 약탈할 우환이 없지 않습니다. 우리나라의 존망이 이 한 번에 달려 있는데, 모 도독이 이미 제본을 올려 책봉을 청하였고, 원 무원(袁撫院)이 또한 제본을 올려 설명하였으니, 이들 이외에 따로 사람을 보내 조사를 행하더라도 무엇을 더 알아낼 것이 있겠습니까? 조사하자는 의논이 이미 확정되어 중지할 수 없다면 엎드려 청하옵건대, 상서께서는 일의 형편을 자세히 헤아리셔서 다만 역참으로 모문룡 군영에 공문을 보낸다면 갔다가 돌아오는 데 지체될 염려가 없을 것입니다. 이것은 중국 조정으로서는 조사를 시행했다는 명분이 있게 되고, 우리나라로서는 곡진한 은혜를 입은 것이 될 것입니다."

상서(尙書)가 답하였습니다.

"너희 나라 일은 내가 이미 잘 알고 있다. 다만 조사를 행하는 일은 중국 조정의 체통상 부득불 그렇게 하는 것이지만, 이것은 너희 나라에도 역시 좋은 일이다. 그러나 내가 마땅히 병부와 의논하여 잘 강구하여 처리하겠다."

이날 예부에서 방향을 돌려 병부로 갔는데, 상서 동한유(董漢儒)는 부친상을 당해 떠났고, 좌시랑 이근(李瑾)과 고제(高第) 그리고 우시랑 여무형(余懋衡)이 근무하고 있었습니다. 신들이 들어가 보고 인사를 한 후에 정문을 올렸는데, 좌시랑 이근이 정문을 훑어보고 차례차례 돌려보았습니다. 그러고 나서 물었습니다.

"그대 나라에서 국왕을 폐하고 새로 세운 것은 관계되는 것이 매우 중대하다. 폐군이 무슨 죄악이 있느냐? 비록 죄악이 있더라도 반드시 중국 조정에 먼저 알려야 명분이 바르고 납득할 수 있는데, 너희 나라가 어찌 감히 마음대로 폐하고 세웠단 말인가?"

역관 이응 등을 시켜 대답하였습니다.

"폐군의 무도한 실상은 주문 및 신문(申文) 가운데에 상세히 갖추어 있습니다. 중국 조정에 한번 가고 올 때에는 반드시 국왕의 옥새를 찍은 문서가 있은 후에라야 북경에 올 수 있습니다. 폐군이 왕위에 있을 때는 정권이 그에게 있었는데, 누가 감히 북경에 와서 미리 먼저 품의하겠습니까? 일의 형편이 저절로 이렇게 된 것입니다."

그리고 나서 폐군이 무도한 일을 많이 하여 인심을 잃었음을 주문에 있는 것과 같이 설명하자, 시랑이 대답하기를 "너희들의 말이 모두 옳다."고 하였습니다.

또 아뢰었습니다.

"전일 궐문 밖에서 책봉을 청하는 일을 가지고서 각로 제위께 아뢰었는데 각로께서 대답하여 말하기를, '사정이 책봉을 인준할 수 있으나 반드시 간략하게 조사한 후에라야 바야흐로 시행할 수 있다.'고 하였습니다. 예부에서 황제의 지시에 응하여 올린 제본은 오늘내일 반드시 내릴 것입니다. 함께 조사관 파견을 의논할 때 청하옵건대, 우리나라의 형편을 굽어 살피셔서 차관(差官)을 별도로 보내지 말고 다만 역참으로 모문룡 군영에 공문을 보내게 해 주십시오. 이것은 중국 조정으로서는 조사를 행하는 일을 폐하지 않은 것이고, 우리나라는 작은 혜택을 입는 것이 될 것입니다."

시랑이 응답하기를, "사체가 매우 중대하니 차관(差官)을 보내지 않을 수 없다." 하였습니다.

통역관들이 또 품의하기를, "비록 차관을 보낸다고 해도 어찌 모문룡 도독부보다 중하겠습니까? 도독부가 지금 우리나라에 주둔하고 있어 본국의 사정을 통촉하지 않는 것이 없으니, 마땅히 사실대로 조사해 보고할 것이지, 어찌 우리나라를 두둔할 이치가 있겠습니까? 조사를 시행하는 일은 당해 예부에서 이미 제본을 올려 요청하였으므로 부득이 조사를 시행해야 하지만, 단지 모문룡 도독부에 공문을 보내어 그로 하여금 명확히 조사하여 회보하게 한다면 중국 조정에서도 조사를 면제해 주는 것은 아닙니다. 만약 차관을 보내 바다를 건너게 한다면 우리나라에서 군사를 징발하고 군량미를 운반하는 이 긴박한 시기에 관서·해서 지역에 소요가 일어날 것입니다. 우리나라에서 차관을 접대하는 것도 규례가 있으므로 초초히 할 수 없으니, 전국에서 소동이 일어나 일의 형세가 딱하고 궁색하게 될 것입니다." 하였습니다.

시랑이 답하기를, "이미 잘 알았다. 배신들은 잠시 관소로 물러가 있으라. 우리가 마땅히 의논하여 처리할 것이다." 하였습니다. 우리나라의 변무하는 일은 물음에 따라 즉시 응답하고 있지만, 허다한 이야기들을 모두 번거롭게 보고하기 어렵습니다. 우시랑 여무형(余懋衡)은 성질이 대단히 조급하여 우리를 힐문하고 비방하는 말을 많이 하였습니다.

11일에 또 서장안문 밖으로 가니, 마침 섭 각로가 예궐하는 중이어서 신들이 그 앞에 꿇어앉아 정문을 바치고 역관 이순 등을 시켜 품의하였습니다.

"노야께서는 본국의 사정에 대하여 이미 통촉하고 계시지만, 반드시 간략한 조사를 하여 중국 조정의 체면을 세운 후에 책봉을 허락하고자 하시니, 노야께서 우리나라를 진념해 주시는 은혜가 참으로 지극하십니다. 현재 우리나라는 군사를 징발하고 군량미를 운송하느라고 군사 업무가 폭증하고 있는데, 이러한 때에 조사관이 바로 서울로 가게 되면 대소의 신민들이 반드시 놀라고 당황할 것이니, 그 접대하는 비용은 계산할 겨를이 없습니다. 엎드려 바라옵건대, 노야께서는 단지 모문룡 도독부에 공문을 보내셔서 명확히 조사하여 보고하게 해 주십시오. 만약 차관을 보내지 않을 수 없다면, 단지 한 사람의 하급 관리를 차임하여 도독부에 보내고 기한을 정하여 조사해 오게 하십시오. 그렇게 되면 갔다가 돌아오는 것이 신속하게 될 것이고, 일의 체계가 편하고 온당하게 될 것입니다."

각로가 대답하기를, "그대의 말에 일리가 있다. 그러니 모문룡에게 공문을 보내 그에게 보고하게 할 것이므로 그대들은 안심하라. 내가 이미 잘 알았다." 하고 대궐 안으로 들어갔습니다. 그러고 나서 역관을 부르기에 이순(李恂)과 태덕립(太德立)이 함께 따라 들어가니, 각로가 돌아보면서 말하기를, "성지(聖旨)가 또 좋게 내려왔으니, 배신들에게 안심하고 관소로 돌아가라고 말하라."고 하였다고 합니다.

근래 10여 일 동안 가만히 들어보면, 조사관을 차출해 보내는 일에 대해 후(侯)·백(伯)과 같은 고위 관료들도 많이 다툰다고 하니, 우리나라에 방해되는 것이 적지 않아 극히 고민스럽습니다. 다방면으로 힘을 쓰고 특히 병부에 도모하여 모 도독의 차관으로서 공무로 북경에 와 있는 자에게 공문을 부쳐 도독부의 진영에서 간략하게 조사하도록 노력하고 있었는데, 얼마 후에 병부에서 이러한 내용을 예부에 통지하였습니다. 말이 극히 순조로우니 일이 매우 순탄하게 되었습니다. 그런데 불행하게도 예부에서 제본을 올려 여러 가지 말을 하면서 병부와 논의를 달리하게 되었습니다. 예부는 원가립(袁可立) 군문을 중시하여 그로 하여금 적당한 관원을 차출해 보내고자 하였습니다. 황제의 성지(聖旨)가 내려왔는데, "예부의 건의에 따라 시행하라."고 하였습니다. 조사관으로 어떤 사람을 차출해 보낼지 알 수 없으나 머지않아 우리나라로 나갈 것입니다. 종친과 백관의 정문(呈文)을 미리 준비해 두었다가 차관이 도착하는 날을 기다려 즉시 교부해 주어 돌려보낼 일을 조정에서 급히 강구하여 처리하십시오.

당초에 사신들이 어전에서 종친과 백관의 정문을 얻어 함께 가지고 오려고 하였던 것이 실로 우연이 아니었습니다. 뜻밖에도 중국 조정이 조사를 행하기를 고집하는 일이 있게 되니, 극히 괴이하게 되었습니다. 근래에 병과급사중 주지강(周之綱)과 예과급사중 주조서(周朝瑞)가 잇달아 제본을 올려 모두 우리나라의 일을 말하였는데, 말투가 매우 긴박하여 차마 눈 뜨고 볼 수가 없습니다. 주조서는 심지어 "명망 있는 사람을 신중히 뽑아 사신으로 보내 조사를 하자."고 하였는데, 이른바 명망 있는 사람이란 '한림'이나 '과도관(科道官 : 대간(臺諫))' 등을 지칭하는 것으로 보입니다. 황제가 성지를 내려 "당해 예부에서 함께 의논하여 보고하라."고 하였습니다. 예부에서 어떻게 의논하여 보고할지는 알 수 없으나 바야흐로 이를 걱정하면서 탐문하고 있습니다.

이와 같이 그릇된 언론들이 산 너머 산으로 갈수록 거듭 제기되니, 내각과 예부의 여러 고관들도 역시 머뭇거리면서 그 언론의 예봉을 건드리려 하지 않았습니다. 섭 각로는 수상으로서 천하의 일을 담당하면서 이미 우리나라의 사정을 다 알고 있어서 정성을 다해 응대하고 있으니, 이 일을 봉합하는 노력이 많았습니다. 또 간곡하게 말하기를, "다만 조사 회보가 오는 날이 곧 책봉을 완결하는 날이 될 것이니, 조금도 의심할 것이 없다."고 하니, 신들이 믿는 것은 오로지 여기에 있습니다. 다만 일이 풀려가는 형세가 알 수 없고 각종 논의는 무성한데, 섭 각로가 여러 번 사직서를 올리고 있으니, 조정에 얼마나 있을지 기약할 수가 없습니다.

조사관이 속히 돌아온 뒤에야 신들이 담당한 일이 결판날 것이니,

오직 조정에서 신속히 문서를 만들어 주어서 지체되지 않아야 할 것입니다. 예부의 응답 제본〔覆題〕에 대하여 황제의 성지(聖旨)가 이미 내려왔고, 또 기한을 정하여 속히 돌아와 보고하라고 하였으니, 조사관도 감히 기한을 넘겨 지체하지는 못할 것입니다.

지난번 예부에 갔을 때 주객사(主客司) 주사 주장(周鏘)이 방물장(方物狀 : 조공품 목록)을 요구해 보고는 통역관들에게 말하기를, "방물이 어찌 이렇게 심하게 적은가?" 하면서 불만스러운 뜻이 있었다고 합니다. 예부에는 단지 방물장만을 바쳤고, 방물은 지금까지 검수해 납부하지 못하고 있는데, 주사는 "너희 나라의 책봉이 완료되면 곧 받아들이겠다. 조정의 의논이 확정되지 않았으니 번거롭게 말하지 말라." 하였습니다. 이는 필시 필자엄(畢自嚴)의 제본에서 방물을 받지 말자고 한 뜻에서 나온 것으로, 신들이 관소에 도착한 지 지금 이미 한 달이 되었지만 아직도 방물을 바치지 못하고 있으니, 비록 극도로 보관해 지키고 있으나 바다를 건너면서 황사를 뒤집어썼으니 좀먹고 변색되지나 않을지 밤낮으로 걱정하고 있습니다.

26일에 신들이 예부에 가서 정문을 올리니, 상서 임요유(林堯兪)와 시랑 전상곤(錢象坤)이 집무하고 있었습니다. 인사를 마치고 앞으로 나아가 품의하기를, 조사를 시행해도 별 이익이 없고 방물을 납부하지 못하여 당황하고 고민이 된다는 뜻을 통역해 아뢰니, 상서가 말하기를, "조사를 시행하자는 논의에 대하여 오늘내일 중으로 성지(聖旨)가 내려올 것이니 즉시 기한을 정하여 출발시킬 것이고, 방물은 의논하여 처리하겠다." 하였습니다. 신들은 인사하고 물러나 관소로 돌아왔는데, 해가 늦어서 문서를 보내 역관 2~3명을 불렀습니다. 이응(李膺)·장세굉(張世宏)·이순(李恂) 세 사람을 보내었더니, 북경에서 등주까지 가는 데는 며칠이나 되며, 등주에서 바다를 건너는 데 며칠이나 되며,

육지에 내려 서울까지 가는 데는 며칠이 걸리는지 물었는데, 필시 조사관이 왕래하는 기한을 정하기 위한 것 같았습니다. 이응이 대답하기를, 역마를 이용하면 등주까지는 7일이 걸리고, 순풍을 만나 바다를 건너면 6~7일밖에 걸리지 않으며, 뭍에 내려 서울까지는 주야로 가면 4일 만에 도착할 수 있다고 하였습니다.

대개 반정(反正) 초기에 남이공(南以恭)이 자문(咨文)을 가지고 가서 도착하기도 전에 모문룡의 도독부에서 해상으로 등주에 급보를 보냈고, 극도로 사실에 틀린 헛소문인 것을 원 군문에서 조정에 지레 보고하였습니다. 이어 맹 추관(推官)이 우리나라에서 돌아가 우리나라를 거짓으로 모함하여 장황하게 사설을 늘어놓았습니다. 천진 찰원(天津察院)의 필자엄(畢自嚴)이 올린 제본을 보면 맹양지(孟養志)의 보고를 낱낱이 들었는데, 심지어는 차마 볼 수 없는 말까지도 있어 북경과 외방의 많은 관원들이 제본을 올려 온갖 논의가 일어나게 되었습니다.

신들이 중국에 들어온 후에 등주에서 원 군문(袁軍門)에 정문을 올려 해명하자, 원 군문이 단번에 잘못을 깨닫고 지휘(指揮) 벼슬에 있는 허선(許選)을 안내인으로 차출해 신들을 호송하여 북경으로 가도록 하였습니다. 허선이 원 군문의 제본을 가져와 올리면서 우리나라의 충성스럽고 공손한 모습을 칭찬하고 이전의 견해를 크게 뒤집으면서 마치 변명하는 것과 같이 하였습니다. 모 도독의 제본이 또한 동시에 함께 도착하였고, 우리나라의 주문(奏文)과 신문(申文) 및 신들이 전후로 여러 번 각 아문에 올린 정문의 해명으로, 내각과 예부의 여러 관원들이 이미 사실 그대로를 알게 되었습니다. 맹 추관이 거짓으로 모함한 정상이 밝게 드러나게 되었으나, 섭 각로가 반정(反正)에 대한 조사가 부득이한 형편에서 나온 것이란 말을 듣고 신들이 반복하여 정문을 올려 호소한 후에야 약식 조사를 한다는 말을 하게 되었습니다.

또 말하기를, "간략하게 조사하는 일은 너희 나라에 있어서도 또한 순조롭고 좋을 것이다. 반드시 간략하게라도 조사하고자 하는 것은 일의 체모를 중시하여 천하에 보이려는 것이니, 책봉을 내리는 일은 서두르지 말아야 할 것이다."라고 하였습니다. 그 순순(諄諄)히 타이르는 말이 정성(精誠)스럽고 간절(懇切)함에서 나온 듯하였습니다. 조사관을 북경에서 차출하여 보낸다면 일의 체모가 더욱 중해지지만, 접대하는 것이 매우 어려울 것이므로, 원 군문과 도독부에서 차출하여 보내는 것도 또한 잘 헤아려 준 뜻이 있습니다. 또 기한을 정하여 지키도록 재촉한 것도 모두 책봉(册封)해 주려는 일에 뜻이 있습니다. 조사관이 본국에 도착하여 조사하고 문의할 때 각별히 여러 사정을 상세히 참작하여 신들이 정문(呈文)을 올린 내용과 서로 크게 다르지 않아야 말꼬투리를 잡아서 사단을 일으킬 근심이 없을 것입니다.

황제에게 올린 허다한 제본 중에는 사실에 맞지도 않고 그 의도를 헤아릴 수 없어서 놀랍고 통탄스러운 말들을 다 기록할 수 없으니, 신하된 자로서 감히 똑바로 바라볼 수 없습니다. 마땅히 상심되고 통탄스러워 즉시 거짓된 것을 바로잡도록 진술하고자 하지만, 대궐 출입이 바야흐로 준엄하고 조정의 소식은 극히 비밀스러워서 대사(大事)가 완성되기 전에 지레 과신(科臣 : 6과 급사중)들과 적이 되어 정면으로 다투는 것과 같이 되어 시끄러운 사단(事端)을 만들어 낼까 심히 두려웠습니다. 중국 관아의 보안도 더욱 엄중하여 탐문할 길도 더욱 단절되었습니다. 부득이 내각과 6부에서 들은 바에 따라 정문(呈文)을 올려 해명하고, 혹은 면전에서 곡절을 설명하여 자연스럽게 원한과 잘못 알려진 사실들을 밝게 씻었습니다.

한편으로는 형세를 관찰하다가 다시 직접 일을 거론하여 하나하나 해명을 올려서 기어코 통쾌하게 밝히고 의혹을 씻었지만, 금번의 일은 관계되는 바가 심히 중대하므로 상통사(上通事) 신응융(申應瀜)이 분주하게 주선하여 일을 처음부터 끝까지 상세하게 알고 있으므로 군관인 전 선전관 강집(姜㵐)과 같이 함께 보냅니다. 바닷길 만리에 왕래하기가 몹시 어려우나 신응융은 곧장 (중국으로) 돌려보내 주십시오.

진신편람합부(縉紳便覽合部) 1권, 융정편람(戎政便覽) 2권, 통보(通報) 13권, 원 군문(袁軍門)이 전후에 보낸 제본(題本) 3통, 성명추(成明樞)의 제본 1통, 번상경(樊尙璟)의 제본 1통, 유사임(游士任)의 제본 1통, 전유가(田惟嘉)의 제본 1통, 왕윤성(王允成)의 제본 1통, 필자엄(畢自嚴)의 제본 1통, 주지강(周之綱)의 제본 1통, 주조서(周朝瑞)의 제본 1통, 섭향고(葉向高)의 제본 1통, 예부(禮部)의 복제(覆題)를 등서(謄書)한 것 2통, 정문제서(呈文題書) 7통 등을 감봉(監封)하여 올려 보냅니다. 이상과 같이 보고 드립니다.

또 관소에서 올린 비밀 장계
(옥하관 비밀 장계(玉河館祕密狀啓), 9월 29일)

이민성의 「조천록」에는 9월 10일에 발송한 것으로 기록되어 있다. 이는 당일 등주로 귀향하는 반송관 낙유신(駱惟信) 편에 모문룡의 총진(摠鎭)을 경유하여 서울로 보낸 비밀 장계이다. 그 내용은 1623년 8월 말부터 9월 중순까지의 북경 정가의 동향과 책봉 외교의 진척 상황을 보고한 것이다. 또한 중국 조사관들의 도착에 대비하여 문무백관의 보결(保結 : 보증서)을 미리 준비해 둘 것을 당부하기도 하였다.

지난 8월 28일 역관 신응융, 군관 강집이 장계(狀啓)를 가지고 간 후에 9월 5일 모 도독(都督)의 차관(差官) 진 도사(陳都司)가 북경을 출발하여 가도(椵島)로 돌아가므로 수고비를 후하게 주고, 장계 1통과 무고당한 것을 해명하기 위해 올린 정문(辨誣呈文) 사본 1통을 도중에 신응융에게 전달해 줄 것을 약속하였습니다. 만약 전달해 주지 못할 경우에는 모 도독의 군영에 도착하는 즉시 접반사 이상길(李尙吉)에게 전달하여 곧장 파발을 띄워 조정에 보고하도록 하였습니다. 중간에 제대로 전달이 되지 못할까 밤낮으로 걱정합니다.

본월 초 8일 신들이 서장안문 밖으로 나아가 모함당한 것을 해명하는 정문을 올리니, 각로(閣老) 한광(韓爌)이 받아서 읽어 보고는 길을 멈추고 한참 동안 서 있다가 우리나라 사정에 대해 물었습니다. 역관 이응(李膺) 등을 시켜 말을 만들어 대답하니 각로가 말하기를, "이미 알아들었다. 책봉은 조사하여 회보(回報)가 오기를 기다려라. (중국) 조정에서 반드시 준허(准許)하여 완결하게 될 것이다. 책봉이 준허되어 완결되면 자연히 모함당한 것이 해명될 것이니, 단지 조만간의 일일 뿐이다."라고 했습니다.

계속해서 예과급사중(禮科給事中) 팽여남(彭汝楠)이 대궐에 들어가므로 신들이 이미 써 둔 정문 1통을 그의 앞에 나아가 올렸습니다. 또 우리나라가 모함을 당한 사정을 진술하니, 팽 급사중이 선 채로 경청하고 있다가 정문을 받아서 대궐로 들어가면서 "마땅히 조용히 읽어 보겠다."고 했습니다. 당초에 조사를 시행하자는 문서는 병부(兵部)가 제본으로 요청(題請)하여 모 도독의 차관인 가함참장(假銜參將) 왕숭효(汪崇孝) 편에 부쳤지만, 여러 날이 지난 후에야 천천히 출발하였으므로 신 등은 지극히 민망하고 답답하였습니다.

11일 병부에 가서 정문을 올렸는데, 병부에서 곧 파발로 원 무원(袁撫院)에게 문서를 보내어 왕숭효(汪崇孝)를 독촉해 가게 하였습니다. 시행한 문서를 보고 또 소식을 들으니, 조사관은 다만 모 총진(毛摠鎭)이 차출해 보내는 것만 허용하고, 원 무원은 단지 문서 보고하는 것만 관장한다고 합니다. 당초 섭 각로(葉閣老)가 말한 바, 단지 모문룡에게 문서를 보내어 조사한다고 한 것은 과연 헛말이 아니었습니다.

공문이 모 독부(毛督府)에 도착하여 조사해 가지고 돌아오면 비단 폐단을 제거할 뿐만 아니라 실로 조사한다는 명분이 생겨 그 일을 중대시하는 것이 됩니다. 모문룡은 우리나라의 사정을 가지고서 이미 제본을 올렸으니, 다시 조사할 바가 없어서 반드시 지체되지 않을 것입니다. 조사관의 문서는 급히 도독 앞으로 도모해야 하니, 10월 내로 밤낮없이 달려 보낸다면 아마도 기한 내에 다다를 수 있어 큰일을 완성할수 있습니다.

만일 조사관이 돌아오는 것이 지체되어 배가 바닷물 가운데에 얼어붙어서 금년 내에 회보할 수 없게 된다면 일의 기미가 점점 늦어지게될 것이니, 하루가 급하게 되었습니다. 매우 염려될 뿐만 아닙니다. 섭각로가 자못 우리나라의 일을 주관하고 있는데, 지난번 여러 차례 정문을 올릴 때 간곡한 말을 친히 들어주었습니다. 불행히도 근래에 물러갈 뜻을 굳게 정하고 누차 사직서를 올려 두문불출하고 있으니, 황상께서 그 사직서를 승인하지 않고 돈유하여 힘써 만류하고 있습니다. 조사한 회보가 만약 이때에 돌아온다면 이것은 바로 좋은 기회가 될것입니다.

이른바 조사한다는 것은 별 다른 일이 아니고, 다만 문무백관들의 영장(領狀 : 확인서)을 받아 오는 것이라 합니다. 오직 조정에서 화급히 완성해 주어서 빨리 북경으로 보낼 일을 조정에서 모 도독 앞으로 각별히 간청하여 이 기회를 잃지 않기를 기약해야 합니다.

모 도독 차관(差官)인 도사(都司) 낙유신(駱惟信)은 처음부터 도독이 특별히 차출하여 신 등을 호송하게 해서 같이 북경에 도착해 지금까지 머물러 있습니다. 우리나라를 위해 부지런히 일하고 고생한 것이 지극하였습니다. 그가 신 등에게 모 도독 앞으로 품첩(稟帖)을 만들어 주기를 청하여, 전후의 은혜를 사례하고 아울러 자신이 부지런히 노력한 점을 언급해 주면 좋겠다고 하는 까닭에, 신들이 그 말에 의거해 품첩을 작성해서 보냈습니다.

책봉이 완결된 일을 선발대 편에 보내는 장계(갑자 정월 28일)

1623년 10월부터 익년 정월까지 3개월간의 북경 정가의 동향 및 책봉 승인 과정에 대한 내용을 서울에 보고한 장계이다. 12월 18일 희종 황제가 인조의 책봉을 승인하고 익년 정월에 왕비의 책봉도 아울러 승인하기까지의 처절한 외교 노력이 담겨 있다. 이 장계는 사신들이 귀국하기 전에 선발대로 보내는 선래(先來) 편에 보고한 것이다. 그러나 이 장계 역시 날짜에 착오가 있다. 이민성의 「조천록」에 의하면 사신들은 정월 27일에 태덕립(太德立), 윤연지(尹衍之) 등의 역관과 군관들을 서울로 보냈으므로 장계는 그 이전에 작성되었을 것이다.

　지난 윤 10월 초 8일에 성첩(成貼)한 장계(狀啓)를 낙 도사(駱都司)에게 주어 피도(皮島)로 가는 믿을 만한 당인(唐人 : 중국인)에게 붙여 보내서, 그로 하여금 접반사(接伴使) 이상길(李尙吉)에게 전달하게 하여 곧 파발로 빨리 진달하게 하였습니다. 그런데 등주에 이르러 해로(海路)가 얼어 중간(中間)에 지체되었으나 뱃길이 통행하자 즉시 출발하였다고 합니다. 중국 조정에 대한 소식은 대체로 말이 통보(通報 : 조보)에 있고, 황상(皇上)께서는 매일 조회를 보고, 각신(閣臣)은 날마다 내각(內閣)에 가서 일을 처리하고 있습니다. 오랑캐 소식은 천조(天朝)에서 위촉한 오랑캐 두목 아목(阿木)이 보고해, 그에 의하면 누르하치가 장차 고려(조선)에 가서 원수를 갚고 후에 서쪽으로 천조를 침범한다고 하니, 자세한 내용은 통보에 있습니다.

　윤 10월 12일에 신들이 예부에 가서 정문(呈文)을 올리고 청하기를 조서를 반포하고 참석하는 때에 모두 조복(朝服) 입기를 허락하도록 청하였는데, 상서(尙書) 임요유(林堯兪)는 집무하고 있다가 주객사(主客司) 의제사(儀制司) 낭관(郞官)들과 함께 의논하는 것이 매우 상세하였고, 비로소 길복(吉服)을 입도록 허락하였으니, 자세한 내용은 정문 및 회답에 있습니다.

우리나라 사신이 황조(皇朝)에 들어와서 무릇 행사를 따라 참여할 때에 의례히 흑복(黑服)을 입고 길복(吉服)을 입을 수 없었는데, 지금부터 비로소 길복을 입고 입참하여 반행(班行)하였으니, 실로 다행스럽습니다. 16일에 대궐에서 거행된 황자(皇子) 탄생(誕生)의 반조례(頒詔禮)에 진참하였습니다. 조사하러 나간 이후부터 조사관이 돌아오는 때가 묘연하고 조정의 논의가 그치지 않으니, 신들은 주야로 궁리하면서 밥 먹고 쉴 겨를도 없습니다. 20일에 비로소 등래무원(登萊撫院)에서 예부에 보낸 자문과 모 총병(毛摠兵)이 보낸 본국 신민 보결 12봉을 구해 보았습니다.

신들은 이 기회를 타고 책봉의 완결을 청하려고 정문을 작성해 예부로 가서 호소하였습니다. 임 상서가 내린 회답에 "이것은 너희 나라에서 모 총병에게 제출한 것이지 공식 문서가 아니다. 등주순무의 제본이 오기를 기다려야 본 예부에서 복제(覆題)를 올려 책봉을 청할 수 있을 것이다." 하였습니다. 자세한 이야기는 정문과 회답 속에 있습니다. 대개 상서의 뜻을 보면 언사가 무덤덤하여 신들이 어떻게 해 볼 계책 없이 우울하게 물러나왔습니다. 이후에는 단지 조사관이 돌아오기만을 기다리고 있었습니다.

10월 22일에 조천궁(朝天宮)에 가서 동지하례식의 첫 번째 연습에 참석하고, 이튿날 또 조천궁에 가서 두 번째 연습에 참석하였습니다. 11월 초하룻날, 황제가 남쪽 교외에 나가 천단에 제사를 지냈습니다. 다음 날

신들이 궐내에 가서 동지하례에 참석하였습니다. 황제가 황극문(皇極門)에 나오고 문무백관이 예를 올리자, 신들도 그 뒤를 따라 예를 올리고 황제의 성대한 위의를 친히 바라보았습니다. 초 8일에 조천궁에 가서 성절(聖節 : 황제의 생신)하례식의 첫 번째 연습에 참석하고, 이튿날 또 조천궁에 가서 두 번째 연습에 참석하였습니다. 14일 성절 날에는 궐내에 갔는데, 마침 큰눈을 만나자 황제가 하례식을 면제하여 문무백관과 신들은 오문(午門) 밖에서 5배 3고두의 예만을 행하였습니다.

　겨울이 이미 깊어가는데, 조사관들은 돌아와 보고할 희망은 끊어졌기에 가만히 탐문을 해 보니, 그릇된 의논들이 백 가지로 쏟아져 나오고 있었습니다. 예과급사중 위대중(魏大中)은 호과급사중에서 새로 전임된 자인데, 지론이 심히 과격하여 조사를 시행하자는 주장을 크게 공격하였고, 책봉을 청하는 일을 준엄하게 중단시켰습니다. 신들은 이 말을 들은 후로 더욱 망극하여 생각다 못해 상통사 이순(李恂)과 태덕립(太德立) 두 사람을 뽑아 정문을 지어 주고 등주로 보내, 순무 원가립(袁可立)에게 본국의 보결(保結)이 이미 도착하였고 조사관들의 보고 기한도 지났으니, 이러한 내용으로 제본을 올려 책봉을 청할 수 있는 발판을 만들어 달라고 간청하였습니다. 자세한 내용은 정문 속에 있습니다. 이순 등이 출발한 후에 일이 돌아가는 기미는 무궁하게 되고 논의는 날마다 번성하게 되니, 신들은 더욱 속이 타고 답답하여 서로 백 가지 계책을 의논하였습니다. 또 내각과 예부의 일을 잘 아는 사람들에게서 들어보면 모두가 말하기를, "지금 귀국에서 책봉을 청하는 일은 부자간에 순서대로 계승하는 보통의 경우와 달라 6과 급사중들이 논의하는 것이 매우 다양하여 결단코 쉽게 성사되지 못할 것이다."라고 하였습니다. 신들은 서로 돌아보면서 경악하여 어찌할 바를 몰랐으니, 그간의 고민스러운 형상은 이루 다 말할 수가 없습니다.

11월 24일에 신들이 정문을 작성하여 서장안문 밖으로 가니, 각로 섭향고(葉向高)·한광(韓爌)·주국정(朱國禎)·고병겸(顧秉謙)·주연희(朱延禧)·위광미(魏廣微)가 한꺼번에 대궐에서 나왔습니다. 신들이 무릎을 꿇고 정문을 올리니 섭 각로가 읽어 보고 말하기를, "본국의 보결(保結)이 이미 도착하였으니 마땅히 예부에서 의논하여 처리할 것이다." 하였습니다. 이응(李膺)·장세굉(張世宏)·견후증(堅後曾) 등을 시켜 재삼 간절히 아뢰었더니 각로가 대답하기를, "이미 이해하고 있다." 하고 신들이 일어나도록 읍하고 나갔습니다. 방향을 바꾸어 예부에 가니, 임 상서가 출근해 있기에 신들이 들어가 보고 인사를 한 후에 꿇어앉아 정문을 올렸습니다. 상서가 받아서 자세히 살펴보았는데, 전일의 무덤덤한 모습과 같았습니다. 역관 이응·장세굉·견후증·우계현(禹啓賢) 등을 시켜, 다시 간절히 본국의 보결이 이미 도착하였고 조사관의 회보가 기약할 수 없으니 속히 제본을 올려 책봉을 청해 주기를 간청하였습니다.

상서가 말하기를, "아무 근거 없이 제본을 올려 청하기는 일의 체모에 있어 불편하니, 반드시 다른 문서가 있어야 그것을 근거로 청을 올릴 수 있다. 등래순무의 주문이 올 때까지 조금 기다려야 곧 시행할 수 있을 것이다." 하였습니다. 신들은 머리를 조아리고 사례하면서 거듭 청하기를, "먼 변방의 배신으로 일의 체모를 알지 못하기는 하지만, 사정이 절박하므로 직접 주본을 올리고 싶지만 황공하여 감히 하지 못합니다." 하니, 상서가 말하기를, "그대들이 주본을 작성하여 바치면 내가 이것을 근거로 하여 대신 상주하겠다."고 하여, 신들은 머리를 조아리고 사례하면서 물러나왔습니다. 자세한 이야기는 정문에 있습니다.

25일에 동안문 밖으로 가니 예과급사중 웅분위(熊奮渭)가 밖으로 나오기에, 신들이 그 앞에서 꿇어앉아 정문을 바치니, 멈추어 서서 읽어

본 후에 우리나라의 사정을 물었습니다. 역관 이응 등이 묻는 데 따라 답을 하며 곡절을 통렬하게 변론하였습니다. 웅 급사중이 "이미 잘 이해하였다." 하고 나갔습니다.

29일에 예부가 업무를 보고 있었기 때문에 신들은 주본(奏本)을 작성하여 잘 정서해 올렸습니다. 주객사 낭관인 주장(周鏘)이 먼저 그 주본을 보고 나서 직접 그것을 가지고 가서 상서 앞에 바쳤습니다. 아울러 제독(提督) 필자숙(畢自肅)과 의제사(儀制司) 낭관인 주이발(周爾發)에게 청하여 함께 상서에게 가서 반복하여 상의하였는데, 여러 낭관들이 한 목소리로 찬성하고 각자의 부서로 돌아갔습니다. 후에 황씨(黃氏) 성을 가진 당리(堂吏 : 상서 수행 아전)가 상서의 명으로 신들을 후당(後堂)으로 불렀습니다. 대개 이날은 극한의 추위로 상서가 본관에서 근무하지 않고 화방(火房 : 온돌방)에 있었는데, 신들을 안으로 불러서 본 것은 너그럽고 후한 뜻을 보인 것입니다. 신들은 그 앞에서 꿇어앉아 역관 이응(李膺)·장세굉(張世宏)·견후증(堅後曾)을 시켜 분명하게 간절한 마음을 진술하였더니, 상서가 비로소 터놓고 말하였습니다. "배신(陪臣)이 올린 주본을 황제께 올리고 싶지만 이러한 일은 규례가 없으니, 내가 여기에 근거하여 대신 상주하겠다." 그리하여 신들은 머리를 조아리고 사례하였습니다.

물러나 의제사의 문 앞에서 기다리고 있는데, 상서가 이미 의제사로 하여금 책봉을 주청하는 초안을 올리고 그 초고를 베껴 보여 주도록 하였습니다. 신들이 한참 동안 앉아서 기다리고 있으니 당리가 공문 초본 한 장을 가지고 왔는데, 상서가 의제사로 보낸 것이었습니다. 신들이 다행히 그것을 구하여 보니, 바로 병부에서 전쟁과 방어에 대한 방략(方略)을 올린 제본이었습니다. 그 중에서 한 조항은 우리나라의 일에 관한 것이었는데, 심지어 '찬탈(簒奪)'이란 용어를 사용하였고,

(인조를) 권서국사(權署國事)로 임명하기로 황제의 성지를 받고 해당 부서로 하여금 의논하여 보고하도록 한 것이었기 때문에 그 공문이 예부로 온 것이었습니다. 잠깐 사이에 일의 돌아가는 형편이 돌변하게 되었고, 임 상서도 우물쭈물하면서 나서지 못해 결말을 맺지 못하고 물러나왔습니다.

12월 초 1일에 신들이 서장안문 밖으로 가니, 예과급사중 위대중(魏大中)과 웅분위(熊奮渭)가 동시에 밖으로 나왔습니다. 신들이 그 앞에 꿇어앉아 정문을 올리니, 위대중이 두세 번 읽어 보고 나서 임금을 폐하고 새로 세운 사유를 물어보았는데, 미안한 말이 많아 일일이 문자로 표현할 수 없습니다. 역관 이응 등으로 하여금 사실이 그렇지 않음을 힘을 다해 설명하고, 선후의 일을 하나하나 변명하고 분석하기를 충분히 하였습니다. 또 모 총병이 이미 우리나라의 보결(保結)을 보내왔으니 더 조사할 일이 없고 속히 책봉을 시행해 달라는 뜻으로 말하였습니다. 위대중이 말하기를, "모 도독은 별로 중요한 것이 아니다. 다시 말하지 말라." 하였습니다. 웅분위가 옆에서 서 있다가 위대중에게 말하기를, "권서(權署)를 허락하였으니, 앞으로 효과가 있는지 봅시다."라고 하였습니다. 그들이 한참 동안이나 대화를 하는데, 말에 의심스러운 것이 많았습니다. 이응(李膺)·장세굉(張世宏)·견후증(堅後曾) 등이 다시 설명하여 극도로 명백하게 하였더니, 두 급사중이 "알았다. 형편을 보아서 의논해 처리하겠다." 하고는 읍을 하기에 신들도 일어나 나왔습니다. 위대중의 행동을 보면 성격이 강퍅하고 말씨가 매서웠는데, 그 말하는 것을 들어보니 과연 전에 들은 바와 같았습니다.

초 4일에 신들이 예부에 가서 속히 책봉 제본을 올려 달라고 요청을 하였더니, 상서가 만나 주지 않았습니다. 주객사의 낭관인 주장(周鏘)이 본사의 온돌방에 있다가 신들을 불러 보고는, 자기가 상서를 도와 예과(禮科)에 가서 조선을 변호하였으며, 책봉 청하는 일에 힘을 다해 주장하였고, 동지와 성절(聖節)을 축하하는 방물을 먼저 받아 두자고 제본을 올려 요청하였는데, 이것이 모두 앞으로 배신들이 장차 책봉을 청하는 발판을 만들기 위한 것이었다고 하였습니다. 그리고 말하기를, "중국 조정에는 관원들이 많아 논의가 매우 복잡하니, 그대 나라의 책봉하는 일은 쉽게 결말이 나지 않을 것이오." 하였습니다. 신들은 머리를 조아려 사례하고 나왔습니다.

며칠 전에 들으니, 예과급사중 위대중과 주장(周鏘)은 동향 친분이 있었기에 상서가 주장을 시켜 위대중에게 가 그의 논의를 듣고 의중을 살펴보도록 하였습니다. 주장이 연일 그 집에 왕래하여 책봉하지 않을 수 없다는 뜻을 힘써 말했더니, 위대중도 조금 그 뜻을 돌렸다고 합니다. 근래에 주장이 통역관들에게 말하기도 하고, 혹은 하인들에게 말하기도 하며, 혹은 관소에서 일하는 서반(序班)들에게 말하기를, "이 일을 사신들에게 말하라."고 하여 자기의 공로를 과장한 것이 한두 번이 아니었습니다. 그의 공이 과연 많기는 하나 그가 요구하는 것이 끝이 없었습니다. 신들이 전후에 선물을 후하게 보내서 사례했지만, 요구하는 것이 만족할 줄을 몰라 밑도 끝도 없었습니다.

12일에 신들이 예부로 나아가니, 상서가 출근하였으므로 들어가 뵙고 인사를 한 후에 무릎을 꿇고 정문을 올렸습니다. 상서가 정문을 읽고 난 후 말하기를, "예부가 배신들이 올린 주본(奏本)에 근거하여 책봉을 내리기를 요청하는 제본을 올리고자 하지만, 조정의 의론이 아직도 타결되지 못하고 있다. 배신 등은 이 정문을 가지고 가서 각로(閣老)들에게 호소하지 않을 수 없다. 또 병부(兵部)에도 가서 해명하는 정문을 올려야 할 것이다. 나는 마땅히 의논이 타결되기를 기다려서 즉시 제본을 올려 책봉을 요청할 것이다."라고 하였습니다. 그 말이 간곡하여 신 등은 머리를 조아려 사례하고 물러나왔습니다.

다음 날 예부에서부터 서장안문 밖으로 나아가니, 각로 섭향고(葉向高)·한광(韓爌)·주국정(朱國禎)·고병겸(顧秉謙)·주연희(朱延禧)가 일시에 나와서 정문(呈文)을 받아보고 멈춰 서서 한참 동안 있었습니다. 역관 이응(李膺)·장세굉(張世宏)·견후증(堅後曾)·황여중(黃汝中)·정인신(丁仁信) 등으로 하여금 이 말을 만들어 진술하여 고하기를, "당초 노야가 허락하시기를, '본국 신민의 공본(公本)이 도착하면 즉시 책봉을 완결할 것이다.'고 하였습니다. 본국의 보결(保結)이 이미 당해 예부에 도착했으니, 다만 여러 노야께서 속히 의논하여 책봉을 청하여 주시기만을 믿습니다."라고 하였습니다.

그러자 섭 각로가 답하여 말하기를, "예부와 상의하여 결정하기로 했으나 다만 6과 급사중이 수긍하지 않으니, 이것이 염려된다."고 하면서 곧 읍하여 신들이 일어나자, 여러 각로들은 차례로 가마를 타고 나갔습니다. 자세한 내용은 정문에 있습니다.

14일 무고(誣告)를 해명하는 정문(呈文)을 작성하여 병부(兵部)에 나아가니, 상서 조언(趙彦)과 좌시랑 이근(李瑾)이 출근해 있었지만 날씨가 너무 추워서 본관에서 집무하지 않고 사무청(司務廳)으로 하여금 공문을 받게 했습니다. 그래서 신들이 정문을 사무청에 제출하였습니다. 다음 날 또 병부에 나아가니 상서 조언, 시랑 고제(高第)가 정당에서 근무하고 있었습니다. 역관 이응(李膺) 등이 품의하여 아뢰기를, "어제 배신이 정문을 올린 후에 어떻게 처리되었는지 알지 못하여 이에 삼가 다시 와서 우러러 여쭙습니다."라고 하니, 상서가 말하기를, "본 병부가 과연 제본을 올려 이미 너희 나라 임금이 임시로 국정을 맡아보도록[權署] 준허하였다. 어제 배신이 올린 정문의 내용을 보니, 말한 것이 일리가 있고 뜻이 매우 좋았다."고 하였습니다.

상서와 시랑이 의자에서 일어나서 앞 기둥까지 나와 서서 배신들을 불렀습니다. 앞으로 나아가니 반복하여 말하기를, "너희 나라는 평소 예의로 칭송받았고, 우리 명나라와는 일이 한집안과 같았다. 임진왜란 때 신종(神宗) 황제께서 10만의 병마(兵馬)를 출동시키고 백만 냥의 군자금을 소비하여 왜적을 물리치고 나라를 다시 만들어 주었다. 그런데도 근래에 들건대, 너희 나라는 군사를 지원하지도 않고 또 군량미를 사들이는 것도 막았다고 하니, 어찌 이럴 수가 있는가? 모문룡 장군이 요구한 것은 지원군 8만 명이었는데, 비록 그 숫자대로 채우지는 못한다 하더라도 그 절반의 병력이라도 조달하여 출동시켜서 모문룡 장군과 합세했으면 오랑캐를 대적할 수 있었을 것이다. 너희 나라는 8명의 군인도 도와주지 않았으니, 이 무슨 의도이며 심사인가? 오랑캐 군사의 세력이 쇠약해 보였는데도 너희 나라는 무엇이 두렵고 무엇이 의심스러워 우리 명나라 대하기를 이와 같이 박대하게 하는가? 배신들은 모름지기 이러한 뜻을 국왕에게 회보하여 착실히 시행하고 함부로 간과해서는 안 될 것이다. 너희 나라 국왕을 책봉하는 일은 조정에서 내각의 여러 노야들과 더불어 대면하여 의논해 결정할 것이다."라고 말했습니다.

이응(李膺) 등이 고하여 이르기를, "배신 등이 4월경에 본국을 떠나서 그 이후의 곡절은 알지 못하지만, 우리나라 연변의 각처에 방어하는 군사를 모두 합치면 수만 명이니, 병력을 도와주지 않았다고는 말할 수 없습니다. 우리나라는 본래 산이 많고 평야가 적으며, 토지는 척박하고 백성은 빈곤하며 미곡이 많지 않고 물자가 쇠잔하고 빈약하므로 병참을 전적으로 감당할 수는 없습니다. 그러나 중국 군대가 본국 땅에 주둔하면서부터 군량미를 조달하지 않은 적이 없었으니, 이는 반드시 모문룡 장군이 군자금을 청할 때면 이 말을 차용하여 군량미를 관장하는 아문에 조달하여 주기를 재촉한 것으로 보입니다."라고 하였습니다. 병부상서는 횡설수설하며 신 등으로 하여금 임금님께 전달하여 계문(啓聞 : 보고)해 주기를 극단적으로 요청하였습니다.

아마도 독향찰원(督餉察院)의 필자엄(畢自嚴)이 군량미를 조달하여 보내 준 이후에 모 총병(摠兵)이 그에게 통보하여 말하기를, "새로 나라 일을 임시로 맡게 된 국군이 군량미 사들이는 것을 막는다."고 보고하였는데, 필자엄이 황제에게 올린 제본(題本) 중에 모 총병의 통보 내용을 함께 언급하면서 (이 일을) 황제께 상주(上奏)하게 되었습니다. 병부가 곧바로 권서(權署 : 임시 국정 책임자)로 할 것을 요청하자, 황제의 성지(聖旨)가 즉시 내려와 이 요청을 준허(准許)한 것도 실로 이 일에서 말미암은 것입니다. 자세한 내용은 통보(通報)에 있습니다.

또 군대를 파견해 돕지 않았다는 설은 역시 모문룡의 말에서 나왔는데, 그것을 구해 볼 수 없어 극히 우려(憂慮)됩니다. 병부에서 이미 권서(權署)하기로 건의하여 성지(聖旨)를 받든 후에는 책봉하는 문제가 갈수록 더 어려워졌습니다. 임 상서가 처음에는 신 등이 올린 주본을 근거로 하여 제본을 올려서 책봉을 행하자는 내용으로 초안을 만들게 하였는데, 병부의 문서전을 보고 나서는 갑자기 중지하여 전에 작성했던 초안을 봉해 놓고 다시 어렵게 여기고 있습니다.

다행히 13일 큰 조회가 열린 날에 각로(閣老), 6부(六部), 9경(九卿), 과도(科道 : 6과 급사중과 13도 어사) 및 많은 관원들이 상의하여 조정의 의논이 결정되었습니다. 이날 임 상서의 장반(長班 : 수행 비서)이 의논이 타결되었다는 것을 듣고 곧장 대궐에서 와 상세하게 전달하고 축하금[喜錢]을 요구하였습니다.

16일에 신들이 예부(禮部)에 가니 상서(尙書)가 출근해 있었습니다. 신들이 들어가 뵙고 인사를 하고는 속히 제본을 올려 책봉을 주청해 주기를 간청하였더니 상서가 답하기를, "조정의 의논이 비로소 타결되었으니 곧 제본을 올리겠다." 하였습니다. 인하여 정본(正本)을 필사하기를 독촉하였는데, 지난번 초안을 첨삭하고 다시 병부의 문서전에 근거하여 복제(覆題 : 응답 제본)를 작성하였습니다. 또 신 등이 올린 주본에 있는 말의 뜻을 언급하였으므로 신들은 머리를 조아려 사례하고 물러났습니다.

17일에 예부에서 책봉을 청하는 제본을 올렸고, 18일에 성지(聖旨)가 곧바로 인준되었습니다. 책봉을 청하는 제본의 말단에는 "요동을 회복하는 일이 점차 진전되면 비로소 훈척(勳戚)의 고관을 보내어 부절(符節)과 책명(册命)을 받들어 가지고 가서 이 책봉 전례를 완결하도록 하겠다."고 했는데, 대체로 병부에서 이미 성지를 받든 체면을 존중하기 위해서였고, 또 급사중들이 전후로 반대하는 논의(論議)를 감안한 것입니다. 책사(册使)의 규례(規例)는 본래 내관(內官)을 파견하는 것인데, 지금은 훈척(勳戚) 고관을 보낸다고 한 것은 거기에 또한 미묘한 뜻이 있습니다. 예부의 제본에 대한 성지(聖旨)의 비답에는 '요동을 회복한다.' 혹은 '요동이 안정된다.'는 말이 있으니, 고의로 이렇게 말하여 일부 인사들의 준론(峻論)을 가라앉히고자 한 것입니다. 앞으로 파견할 조사(詔使)는 자연스럽게 형세를 보아 차출할 것입니다.

25일에 이순(李恂)과 태덕립(太德立)이 등주에서 돌아왔는데, 여러 가지로 힘을 써서 비로소 원 무원(袁撫院)이 책봉을 청하는 제본을 얻었고, 그 제본을 가져오는 차관(差官)과 함께 서로 잇달아 북경에 도착하였습니다. 원 무원의 제본에 대하여 황제의 성지가 내렸는데, "이종(李倧)은 이미 책봉을 인가하였으니 병부에서는 그리 알라." 하였습니다. 상세한 내용은 제본에 있습니다. 이순과 태덕립 등이 등주에 있을 때 모 도독의 '책봉을 청하는 제본'의 사본을 구하여 왔는데, 그 제본을 가져온 차관 서명태(徐鳴泰)는 전선에 나가 있던 손 각로(孫閣老)의 처소에서 전공에 대한 감찰을 받느라고 지금까지 북경에 도착하지 못하고 있으니 극히 괴이합니다. 근일 내각과 예부 및 예과(禮科) 각 아문의 하인들이 날마다 모여들어 문을 메우고 뜰에 가득 차서 축하금〔喜錢〕을 요구하는 자가 헤아릴 수가 없으니, 신들이 가지고 온 금품은 이미 바닥이 나서 응수할 수가 없으므로 머리를 맞대어 궁리를 하지만 어찌할 바를 모르겠습니다.

19일과 20일에는 연이어 신들이 조천궁(朝天宮)에 가서 신년 하례의 첫 번째 예행연습과 두 번째 예행연습에 참가했습니다. 정월 초 1일에 신들이 대궐에 가자, 황제가 황극문(皇極門)에 거둥하여 신들은 중국 백관(百官)의 뒤를 따라 하례를 행하였고, 또 황제의 면모를 우러러 바라보았습니다. 이날의 의물과 행사는 동지 때의 하례보다 성대하였습니다. 신년에는 각 아문에서 의례 사무실을 봉인(封印)하고 출근하지 않습니다. 초 8일에 예부(禮部)의 관원들이 비로소 출근하였으므로, 신들은 왕비를 책봉하고 조사를 차출하여 파견하는 두 건의 일을 가지고 정문을 작성하여 예부에 갔습니다.

신들이 들어가 인사를 하고 무릎을 꿇고 정문을 올리니, 상서가 보기를 마치고 인하여 신들을 불러 앞으로 나오게 하여 말하기를, "왕비를 책봉하는 일은 조사를 파견하는 날 동시에 할 것이다."라고 하였습니다. 역관 이응(李膺) 등을 시켜 아뢰기를, "국왕을 책봉하였다면 왕비를 책봉하는 것은 명나라 열성조(列聖朝)의 규례입니다. 바라옵건대, 노야께서 옛 규례를 조사하고 참조하여 동시에 왕비를 책봉해 주십시오." 하였습니다. 상서가 대답하여 말하기를, "내가 어찌 규례를 알지 못하여 그렇게 했겠는가? 이번에 너희 나라 왕을 책봉하는 일은 보통 때의 경우와 같지 않아 조정의 의논이 한결같지 않았다. 그래서 먼저 국왕의 책봉만을 청하여 이미 책봉을 인준하였으니, 어찌 국왕을 책봉하고 왕비를 책봉하지 않겠는가? 이미 제본을 올려 인준되었는데 다시 번거롭게 청하는 것은 어려울 것 같다. 마땅히 여러 각로들과 의논하여 처리하겠다." 하였습니다.

이순(李恂) 등을 시켜 또 품의하기를, "지난번 황자(皇子)가 탄생하자 전해 받은 황제의 성지(聖旨) 가운데 '책봉을 허가한 후에 조사(詔使)를 차출해 보내겠다.'는 말씀이 있었습니다. 이어 배신들이 올린 정문에 근거하여 상서께서 회답하시기를, '경사의 조서(詔書)를 반포하는 것은 책봉 윤허를 기다려 책봉 칙서와 함께 가지고 가도록 하겠다.'고 하였습니다. 지금 다행히 노야의 은혜를 입어 책봉하는 일을 이미 윤허받았으나 조사가 파견되지 않으니, 노야께서 속히 처분해 주시기를 바랍니다." 하였더니 상서가 대답하기를, "황자 탄생의 경사 조서와 너희 나라에 책봉하는 일을 한 번에 겸하여 반포하기로 조정의 논의가 결정되었다. 일의 형편이 마땅히 요동이 안정되기를 기다려 차출해 보낼 것이고, 지금은 다시 건의하기가 어렵다. 배신들을 만나 볼 때마다 나를 괴롭히는 것이 많다. 이제부터는 사사건건 지나치게 번거롭게 하지 말라." 하였습니다.

신들이 물러나 주객사(主客司)에 가서 정문을 올려 방물(方物) 받아 주기를 요청하였더니, 주장(周鏘)이 도리어 화를 내면서 말하기를, "너희 나라가 이미 책봉을 윤허받기는 하였지만, 방물을 점검하여 받는 것은 내 손에 달려 있다. 마땅히 상서께 품의할 것이나, 만약 수납이 허용되지 않으면 응당 도로 가지고 가야 할 것이다." 하였습니다. 통역관이 또 품의하기를, "노야께서 전일에 분부하시기를, '책봉이 인준된 후에 즉시 점검하여 올리도록 하겠다.'고 하셨는데, 지금 책봉이 이미 인준되었습니다. 적지 않은 방물을 관소에 쌓아 두고 있는 바, 근래 조공 바치러 온 몽고인들이 관소 밖에 가득 차 있으니 훔쳐갈 염려가 없지 않습니다. 노야께서는 속히 검수를 허가하셔서 배신들이 곧 일을 마치고 귀국할 수 있게 노야의 은혜를 끝까지 베풀어 주시기를 바랍니다." 하니, 주장이 대답하기를, "마땅히 상서께 아뢰어 처리하도록 하겠다." 하였습니다.

대개 주장이 전후에 주선한 공로를 과시하면서 요구하는 것이 만 가지나 되므로 거기에 맞추어 줄 재물이 없었습니다. 부득이 수행원들이 가지고 온 것들을 수합하여 잇달아 예물로 보내 준 것이 적지 않았으나 오히려 부족하다는 말을 하였습니다. 또 서반(序班) 등을 시켜서 말을 전하기를, "너희 나라 주문 사신이 올 때 8도의 관찰사들이 각기 수만 냥의 은을 보내었다고 하니, 가령 적게 잡아 1만 냥씩 보내었다고 하더라도 합하여 계산해 보면 8만 냥이 될 것이다. 이러한 큰일을 당하여 어느 곳에 쓴다는 말인가?" 하였습니다. 신들이 이 말을 듣고 나서 참으로 무리하게 여겼으나, 어찌할 방도가 없었습니다.

초 9일에 서장안문 밖으로 가니, 이날은 황제가 경연에 나오고 여러 각로들이 입시하였습니다. 강서(講書)를 마친 후에 내각에 가서 일을 보고 해가 저물어서야 나왔습니다. 각로 섭향고(葉向高)·한광(韓爌)·주국정(朱國禎)·고병겸(顧秉謙)이 나오자, 신들이 그 앞에 꿇어앉아 정문을 올리니, 여러 각로들이 각기 그것을 읽어 보았습니다. 섭 각로가 말하기를, "국왕을 책봉하게 되면 왕비를 책봉하는 일은 자연히 하게 될 것이다. 마땅히 조사(詔使)가 가는 길에 한꺼번에 책봉하게 될 것이다." 하였습니다. 역관 이응·장세굉·이순·견후증·태덕립을 시켜 품의하여 아뢰기를, "왕과 왕비를 책봉하는 일은 본래 한가지 일이어서 한꺼번에 책봉을 시행하는 것이 예전부터의 관례입니다. 지난번 예부에서 올린 제본 가운데서 이 한 대목을 빼놓아 신들이 이 때문에 실망하고 있습니다. 어제 예부에 정문을 올려 호소하였는데, 임 노야께서 마땅히 내각의 노야들께 품의하여 결정하겠다고 말하였습니다. 바라옵건대, 노야께서는 옛 관례를 조사하셔서 왕비를 함께 책봉해 주시기를 간절히 기원합니다." 하자, 섭 각로가 대답하기를, "예부에서 과연 상의하기를 바란다면 마땅히 잘 처리하겠다." 하였습니다.

이응 등을 시켜 다시 품의하기를, "지난날에 전해 받은 황자 탄생에 대한 성지(聖旨) 속에 책봉을 허가한 후에 조사(詔使)를 보내겠다는 말씀이 있었습니다. 이제 책봉이 이미 준허되었으나 조사가 아직 차출되지 않았으니, 노야께서는 속히 의논해 처리해 주시기를 바랍니다." 하니 각로가 대답하기를, "요동 일이 안정되기를 기다려 차출해 보내기로 이미 성지가 내렸으니, 어찌 감히 다시 청할 수 있겠는가? 배신들은 우선 귀국하여 안심하고 기다리라." 하였습니다.

이응 등이 또 품의하기를, "국왕은 이미 책봉이 인준되었으나 조사를 파견하지 않으면 우리나라의 대소 신민들이 모두 실망하게 될 것입니다." 하니 각로가 대답하기를, "이미 성지가 내렸으니 다시 번거롭게 청하기가 어려울 것 같으나 경사를 반포하고 책봉하는 칙서를 한 번에 모두 가져가기로 조정의 의논이 이미 결정되었다. 일의 체모가 중대하니, 한림(翰林)·과관(科官)을 으레 보내야 하지만 바다를 항해하여 가기 때문에 모두가 가려 하지 않는다. 부득이 무관을 차출해 보내야 하는데 사체에 어떨지 방해가 되니, 이 때문에 조정의 의논이 결정되지 않았다. 일의 형편을 보아서 처리하겠다." 하였습니다. 그러고 나서 신 등에게 읍을 하고 나갔습니다. 위의 예부와 각로들에게 요청한 두 건의 일은 자세한 내용이 정문에 있습니다.

초 10일에 신들이 병부에 가서 정문을 올려 화패(火牌 : 일종의 마패)와 호선(唬船 : 쾌속선)을 구해 선발대로 보내는 수행원들의 편의를 도모하고, 상서가 분부한 내용을 국왕에게 보고하겠다고 하였더니, 상서 조언(趙彦)이 즉시 발급을 승인하였습니다. 주객사의 낭관인 주장(周璋)은 뇌물을 후하게 받은 후에야 문서를 내주어 방물(方物)을 검수하도록 하였습니다.

12일에 압물통사(押物通事) 정인신(丁仁信)과 이득실(李得實)이 역관 이응(李膺)·장세굉(張世宏)·이순(李恂)·견후증(堅後曾) 등과 함께 방물을 가지고 예부로 가서 인정(人情 : 뇌물)을 많이 쓴 후에 무사히 검수하였습니다.

13일에 소갑(小甲 : 하급 군관) 한종기(韓宗琦)가 예부에서 한림원으로 보내는 수본(手本 : 공문) 2통을 가지고 와서 보여 주었는데, 책봉 칙서를 찬술하는 일이었습니다. 그 중에 1통은 신들이 올린 정문에 의거하여 왕비의 책봉을 책봉 칙서 안에 첨가한 것으로, 황제가 열람하기 위하여 올린 것이었습니다. 자세한 내용은 수본의 등본에 있습니다. 책봉을 인준한 성지가 내린 후에도 그 사이에 고약한 주장들이 제기된 것이 없지 않았습니다. 최근에는 복건도어사(福建道御史) 이응승(李應昇)의 제본에서 책봉하는 일을 비방하면서 말투가 심하게 참혹하였는데, 다행히 황제의 성지가 엄준하게 내렸으니, 이제부터는 이의가 다시 일어날 것 같지 않습니다. 자세한 내용은 통보(通報)에 있습니다.

이번의 책봉 일은 당초의 논의를 가지고 본다면 극히 막막하였는데, 섭 각로가 수상으로서 이 일을 주관하였고, 임 상서가 예부의 장관으로서 이 일을 담당하여 신들의 호소를 채납해 주지 않은 것이 없었고, 아뢰는 것마다 곧 시행하게 되어 다행히 일을 마치고 돌아가게 되었으니, 모두가 우리 성상(聖上)의 덕이 하늘을 감격시켜서 된 것이고, 신민들과 종사의 복입니다. 강서도어사(江西道御史) 유박(劉璞)의 제본에는 또 우리나라의 일을 언급한 것이 있으니, 그 말뜻을 보면 조사(詔使)를 선발해 보내어 우리나라의 책봉을 주관하게 하고 모문룡 군대의 관리를 관장하게 하였습니다만, 성지가 어떻게 내릴지 알 수 없으나 바야흐로 탐문하는 중에 있습니다. 자세한 내용은 통보에 있습니다.

25일에는 방물을 올리는 제본이 결재되었고, 28일에는 비로소 방물을 황제께 올렸습니다. 앞으로는 하마연(下馬宴)·상마연(上馬宴)을 받고, 황제의 상과 칙서를 받는 절차가 남아 있지만 신들은 아무쪼록 기한을 정해 속히 북경을 떠나고자 합니다. 그러나 등주로 나간 뒤에는 항해할 바람을 기다려야 하므로 몇 월 며칠에 출발할 수 있을지 예상하기 어렵습니다. 당상역관 태덕립(太德立)과 신들의 군관인 전 수문장 윤연지(尹衍之), 출신(出身) 김천길(金天吉), 출신 김건방(金健邦) 등을 선발대로 먼저 보냅니다.

황자 탄생 반조(皇子誕生頒詔) 사본 1통, 통보(通報) 179권, 예부에서 책봉을 주청한 제본(題本) 사본 1통, 병부의 권서국사(權署國事)를 청한 사본 1통, 예부에서 방물(方物)을 올리는 제본 사본 1통, 등래순무의 주게(奏揭) 사본 1통, 모 도독이 예부에 올린 우리나라의 공본(公本) 관련 공문 사본 1통, 예부에서 한림원에 보낸 칙서 찬술 공문 사본 2통, 신들의 정문(呈文) 사본 10통, 신들의 제본(題本) 사본 1통, 주 낭중(周郎中)의 예단을 받은 답장 1통, 우리나라 관련 기사에 표시한 통보 6권을 따로 포장하여 함께 봉인하여 올리니, 잘 받아 보시기 바랍니다.

별도로 올린 장계
(별장계(別狀啓), 선발대 편과 같은 달 같은 날)

위 장계 작성 후 추가로 진행된 중국 조정의 동향과 칙서(勅書) 전달 절차에 대한 사항을 보고한 것이다. 주요 내용은 국왕을 책봉하는 칙서는 등래순무가 파견하는 관리가 사신들과 함께 가지고 간다는 것과 칙서 초고가 아직 한림원(翰林院)에서 완성되지 않아 사본을 베껴서 올려 보낼 수 없다는 것이다. 또한 조선 사신들이 길복(吉服)을 입고 반열(班列)에 참여하도록 허락받은 후에 조서(詔書)를 반포하거나 동지(冬至), 성절(聖節), 정조(正朝) 등 전후에 개최된 모든 의식과 연회(宴會)에 초청받거나 칙서를 받들 때에도 모두 길복인 홍포(紅袍)를 착용하였다는 사실을 덧붙였다.

　지금 국왕을 책봉하는 칙서는 예부의 제본에서 등래순무가 파견한 관리가 사신들과 함께 가지고 간다고 합니다. 성지(聖旨)에서도 역시 등래순무의 차관(差官)으로 하여금 배신들과 동행하여 보낸다고 되어 있습니다. 신들이 내각에서 칙서를 받아 나와서 등주에 이르러서야 비로소 등래순무의 차관과 함께 바다를 건널 것입니다. 또한 우리나라에 표류했던 중국인들을 돌려보내 준 것에 대해서도 칙서와 상(償)을 내린 것이 있습니다. 신들과 차관의 행차는 서로 갈라서 둘로 나눌 수 없게 되었으니, 형편상 부득이 칙서를 맞아들일 때 차관과 신 등이 함께 칙서를 모시고 예를 행할 것입니다.

　당초에 차관이 나오게 된 것은 본래 병부의 제본 중에 이런 말이 있었기 때문입니다. 예부가 조선국왕의 책봉을 청하는 제본을 올릴 때도 여전히 '차관'을 보내자는 구절이 있었고, 성지(聖旨)가 이미 그렇게 준허(准許)되어 내려왔습니다. 최근 며칠 사이에 황(黃) 당리(堂吏 : 예부의 하급 관리)가 역관들에게 말하기를, "본부의 당의(堂議 : 당상관들의 논의)는 차관을 보내지 않고, 이전의 예를 따라서 배신들로 하여금 (직접) 칙서를 받들어 조선으로 돌아가게 하려고 하였다."고 합니다. 그러나 이 말이 과연 헛된 말이 아닌지는 모르겠습니다. 신들이 생각해 보니, 근일에 어사(御史) 유박(劉璞)이 또한 제본을 올려 책사(冊使 : 책봉 칙서를 가져가는 사신)의 파견을 요청했는데, 이와 같은 의논이 혹 중국 조정에서 제기되어 예부가 차관의 폐단을 제거하고자 해서 이와 같은 말이 전파된 것인지 다시 탐문하면서 현재 결과를 기다려 보고 있습니

다. 칙서는 한림원(翰林院)에서 아직 지어내지 않았으므로 사본을 베껴
서 올려 보낼 수 없습니다. 마땅히 선래(先來 : 먼저 귀국하는 선발대)가
바다를 건너가기를 기다려야 할 것입니다.

신들은 중국 조정으로부터 길복(吉服)을 입고 반열(班列)에 참여하도
록 허락받은 후에 조서(詔書)를 반포하거나 동지(冬至)·성절(聖節)·
정조(正朝) 등 전후에 개최된 모든 의식에서 모두 홍포(紅袍)를 착용하
였고, 연회(宴會)에 초청받거나 칙서를 받들 때에도 또한 같은 옷을 착
용했습니다. 예전의 우리나라 사신은 길복을 착용하고 중국 조정의 거
동에 참여하지 못하여 전례에 따라서 흑단령을 입고 참여하였습니다.
그러므로 혹 칙서를 가지고 가는 일행이 우리나라에 들어가서 영접할
때는 백관은 조복(朝服)을 입고, 사신은 곧 흑단령을 입고 칙서를 받들
었습니다. 이제는 중국 조정이 이미 길복을 허락하였으니, 이 또한 특
별한 대우입니다. 칙서를 영접할 때 예의상 마땅히 길복을 입어야 할
것이지만, 일이 복색 규정에 관계된 것이므로 당해 예조로 하여금 결
정하여 회신해 주시기를 바랍니다.

모 도독(毛都督)에게 보낸 문서

우리나라 가도에 주둔하고 있던 평요총병관(平遼摠兵官) 모문룡(毛文龍)에게 보낸 사신들의
공문이다. 사신들의 여행에 베풀어 준 각종 편의와 인조의 책봉을 위해 힘써 준 모문룡의 호
의에 감사드리며, 그가 길 안내인으로 보내 준 반송관(伴送官) 낙유신(駱惟信)의 성실한 노
고를 칭찬한 내용으로 되어 있다. 이 문서도 사신들이 보낸 선발대를 통해 가도의 모문룡에
게 전달되었다.

(전문 생략) 삼가 아룁니다. 저희들이 사신 직함으로 오는 길에 귀 도독
부를 경유해 오면서 노야(老爺)의 곡진하고도 관대한 대접을 받아 잔치

도 베풀어 주셨으며, 예의를 두텁게 하고 여비까지 주셨으니, 비록 용문
(龍門)에 오르게 된다고 할지라도 그 영화롭고 다행스러움을 비유할 수
없을 것입니다. 은혜를 받은 것은 뼈에 사무치고, 덕에 감복한 것은 심장
에 새길 따름입니다. 저희가 담당했던 책봉의 일은 노야께서 내각과 예
부에 제본을 올려 청해 주신 데 힘입어 중국 조정의 고관대작들이 공정
하게 거듭 의논하여 일의 십중팔구는 이루어졌습니다. 그러나 조정에서
는 아직도 책봉을 신중히 생각하여 간략한 조사를 기다리도록 하였으나,
조사 회보(回報)가 올라오면 즉시 준허하여 완결될 것이 다만 조만간일
뿐입니다. 또한 다행히도 노야께서 이 일을 주장하셨는데, 우리나라의
사정을 상세히 아심이 우리 노야와 같은 분이 없고, 일의 완급(緩急)을 헤
아리심도 우리 노야와 같은 분이 없었습니다.

노야께서 처음부터 끝까지 은전을 베푸셔서 신속하게 문서를 가지
고 얼음이 얼기 전에 바다를 건너 북경에 도착하도록 하셔서 우리나라
대소 신민들이 밤낮으로 기다리던 일을 때에 맞게 완결하여 귀국해 보
고할 수 있게 되었으니, 터럭만한 것도 모두 노야께서 베풀어 주신 것
입니다. 당초에 도사 낙유신을 휘하의 여러 사람들 중에서 선발하여
저희들을 호송하게 하시고, 아울러 함께 북경에 도착하여 추위와 더위
를 겪으면서 온갖 걱정을 다하고 수고를 부지런히 하였습니다. 그 깨
끗하고 신중하며 삼가고 엄숙한 행동을 생각해 보면 실로 노야께 보고
배운 덕택일 것이니, 저희들은 노야를 위해 칭송해 마지않습니다. 정
은 넘치지만 표현할 말이 부족합니다. 황공하게 무릎 꿇고 아룁니다.

등주(登州)에서 올린 장계

책봉주청사 일행이 1623년 6월 21일 등주에서 본국에 보고한 장계이다. 그들이 등주에 도

착하여 등래순무(登萊巡撫) 원가립(袁可立)을 알현하고, 그와 대화한 내용을 장계(狀啓)로 작성하여 당일 군관 유경지(柳敬地)와 모천수(牟天壽) 등에게 주어 서울에 보고하게 한 것이다. 여기에는 당시 중국에 유포된 인조반정에 대한 각종 유언비어와 중국 관료들의 부정적인 인식이 잘 기록되어 있다. 그들이 반정을 쿠데타에 의한 왕위 찬탈로 보고 광해군이 시해되었으며, 인조 정권이 명나라의 군사 활동을 지원하지 않는다는 등의 시각이 담겨 있다. 이 장계는 『경정집(敬亭集)』 속집과 이경전의 「조천록」에 수록되어 있지 않고, 주요 내용 일부만 『인조실록』에 수록되어 있다. 본서에서는 『인조실록』 1623년 7월 21일 조에 수록된 내용을 전재한 것이다. 등주에서 서울까지 보내는 데 한 달이 걸린 것을 알 수 있다.

주문사(奏聞使) 이경전(李慶全) 등이 치계(馳啓)하였다.

신들이 등주에 도착하여 보단(報單)을 올렸더니 군문(軍門)이 곧장 신들을 불러 말하기를 "그대들의 옛 국왕은 살아 있는가?" 하기에, 신들이 답하기를 "살아 있다." 하였습니다. 군문이 말하기를 "아들이 있는가?" 하기에, 답하기를 "아들 하나가 있다." 하였습니다. 군문이 말하기를 "어느 곳에 있는가?" 하기에, 답하기를 "한 곳에 같이 있다." 하였습니다. 군문이 말하기를 "전하는 말을 들으니 구왕(舊王)이 3월 13일에 벌써 죽었다는데 맞는가?" 하기에, 답하기를 "절대로 그럴 리가 없다. 비빈(妃嬪)과 하인들도 모두 그를 따라가 함께 있다." 하였습니다.

군문이 말하기를 "옛 왕은 스스로 물러났는가?" 하기에, 답하기를 "옛 왕이 덕을 잃은 내용은 주문(奏文) 가운데 상세히 기록되어 있다. 온 나라의 대소 신민이 미리 모의하지 않았는데도 한마음이 되어 모두 신왕을 추대하자, 소경왕비(昭敬王妃)가 영을 내려 국사를 임시로 처리하게 하였다." 하였습니다. 군문이 말하기를 "그대 나라가 지금은 안정되었는가?" 하기에, 답하기를 "하늘이 명하고 백성들이 귀의하여 저자의 가게가 바뀌지 않은 채 반정하는 날 조야가 평온하였는데, 어찌 안정되지 않을 일이 있겠는가. 모 도독(毛都督)이 우리나라에 주둔하니 관계되는 모든 사정을 환히 알지 못하는 것이 없다. 만일 의심스러운 일이 있다면 모야(毛爺 : 모문룡)가 필시 우리 나라를 엄호하면서 조정을 속이지 않을 것이다." 하니, 군문이 상당히 시인하였습니다.

이는 대체로 맹 추관(孟推官 : 맹양지) 같은 자가 일찍이 우리나라에 와서 그가 하고 싶은 것을 다 채우지 못하자 크게 원망하고 노여워하여 망극한 말을 꾸며 내었기 때문에 그런 것이라 합니다. 『인조실록』 2권, 1년(1623) 7월 21일 기유(己酉)